刑侦档案

清韵小尸 著

北京燕山出版社
BEIJING YANSHAN PRESS

图书在版编目（CIP）数据

刑侦档案 / 清韵小尸著 . -- 北京：北京燕山出版
社，2021.9（2021.10重印）
ISBN 978-7-5402-6149-8

Ⅰ.①刑… Ⅱ.①清… Ⅲ.①侦探小说—中国—当代
Ⅳ.① I247.5

中国版本图书馆CIP数据核字（2021）第 168055 号

刑侦档案

作　　者：清韵小尸

出 品 人：一　航

选题策划：航一文化

出版统筹：康天毅

责任编辑：邓　京

特约编辑：王晓荣

封面设计：八　牛　林晓青

版式设计：林晓青

出版发行：北京燕山出版社有限公司

地　　址：北京市丰台区东铁匠营苇子坑138号

邮政编码：100079

发行电话：（010）65240430

印　　刷：北京盛通印刷股份有限公司

开　　本：710×1000　1/16

印　　张：17

字　　数：305千字

版　　次：2021年10月第1版

印　　次：2021年10月第2次印刷

书　　号：ISBN 978-7-5402-6149-8

定　　价：49.80元

一切由此而起

也可由此而终

目录
CONTENTS

目录

CONTENTS

第一章

——— 新人 ———

"那个……男人……大概比我高半个头。下巴很短,好像是有双下巴,颧骨高,他戴了一顶全黑的帽子,就是普通的棒球帽,呜呜,我……我记不清了。"

"别害怕,你慢慢想,关于他的长相,你还记得什么?"

"眼神凶,脸色有点儿黑,我……我真的不记得了,我当时都吓傻了……好多血……"

"他还有什么身体特征?"

"他的脖子好像有点儿短,而且粗,有点儿驼背……"

"有长胡子吗?"

"呜……胡子……好像还是有胡子的,又好像没有。我记不清了,我真的记不得了。"

目击证人是个十五岁的小姑娘,身量还没长开,有一双水汪汪的大眼睛。她刚进城不久,没有正式的用工合同,在同乡开的发廊里面打工,算是个非法童工。她早就被之前遇到的事情吓坏了,哭哭啼啼的,全靠警察安慰才能断断续续把话说完。

凶案发生在今天凌晨,整个作案过程在五分钟内,当时她躲在洗头发的池子下面,被鲜血和死人吓着了,只记得那行凶的男人长了一张令人憎恶的脸。

从案发起,那张脸就印在了她的脑子里,挥之不去。凶手所有的特征明明都在那里,可是细细想起来,却只有零星的记忆。

"如果画出来，你能认出来吗？"

女孩儿迟疑着点了点头，一边抹着眼泪，一边看向对面画图的人。

审讯室里面跷着二郎腿的男人，用铅笔在速写纸上涂涂画画着。

那是个二十多岁的年轻男人，此时低着头，神情专注。他的五官深邃，鼻梁高挺，面相干净。尽管坐着，依然可以看得出，他的个子很高，双腿修长。拿着画笔的手骨节分明，运动得很快，看着肆意放纵，其实对笔锋的掌控力很强。小指的第二个关节偶尔在线条处滑过，作为恰到好处的晕染，不多时，一个人物轮廓就被勾勒了出来……

就在七个小时前，南城城西一家正准备打烊的小发廊中发生了一起恶性杀人案件，一个矮胖的男人忽然冲进来数刀捅死了发廊的老板娘。

嫌疑人带走了凶器，现场没有留下毛发，只留下了半个血色的脚印。雨水把室外的痕迹冲得干干净净。发廊里的洗头妹是唯一目击证人，可是这小姑娘被吓破了胆，能够提供的信息非常有限。

尸检发现被害人是被数刀刺入腹部，伤到了肝脏，失血过多死亡。除此之外，也没有太多的信息。嫌疑人不是求财，店里的各种财物丝毫未动。被害人的社会关系看起来简单，可是仔细摸排起来却十分复杂，想厘清要花费大量时间。

他们能依赖的有效证据就是这连话都说不清楚的小姑娘，以及发廊门口摄像头拍下的一段视频。可是这视频太模糊了，很长时间只能看见一个戴着帽子的男人的模糊侧脸。就算他在镜头中扭了一下头，转成了正面，依然是一片移动着的黑白光影。

田鸣是负责侦破这起案件的刑侦队长，当他拿到这些材料时，也只能死马当成活马医。

他第一时间就去找了警局影像科的负责人王睿。这人是特招进入警局的，擅长人物头像模拟。

王睿的独立办公室安静得像是一间画室，墙上贴满了各种只画到肩膀的素描头像或是3D模型——男的、女的、老的，甚至还有小孩子。这些人或是穷凶极恶的凶手，或是案件的关键人物，或是失踪已久的人员。

那些东西把整个房间贴得密不透风，光是被这无数双眼睛看着，田鸣就觉得自己快疯了。他急忙垂下眼皮，和王睿说了基本的情况。

王睿看了他递过来的东西一筹莫展："田队，你这不是强人所难吗？就凭这些东西，杀了我，我也模拟不出来啊。"

田鸣心知自己这资料的确大有欠缺，却嘴硬着："怎么模拟不出来？有监控，有目击证人描述，还不够吗？"

"三维模拟，总得给我前测的数据，目击证人也得有详细的描述。"王睿双手一摊，表示自己实在是爱莫能助，"信息太少，巧妇难为无米之炊。我功力不够，总不能想象着给你胡乱搞一个。回头你抓不到人，还是会来怪我。"

就在侦查陷入僵局的时候，来看进展的顾局给田鸣出谋划策，轻飘飘地说了一句："宋文刚把上个案子的结案报告交了，他现在有空呢，要不，你去找他帮帮忙？"

那王睿也不嫌事大："对啊，宋队一定行，他比我厉害多了。"

帮帮忙？田鸣只觉得胸中浮起一股恶气，他瞪了王睿一眼："小老弟，那我们市局要你何用？干脆把你和宋文的工资合并得了。"

王睿委屈道："田队，我可是一天到晚八小时坐在这里的专职人员，宋队他是个大忙人，做得到吗？唉，你要是嫌弃我，下次别来找我了。"

得！一个个都是大爷，得罪不起，田鸣无奈地端着笔记本电脑走出门去。

提起宋文这个名字，他就气不打一处来。

南城市局刑警支队下共三个小队，一队长宋文，二队长田鸣，三队长程默。三个队长之间，说是同事队友，实际上是竞争对手，因为现在上面的支队长空缺，谁做得好，谁就可能坐了这个位置。

这三人之中，三队长程默圆滑而懒散，加之岁数大了，表面上不太争抢。所以，主要竞争就发生在二队长田鸣和一队长宋文之间。

田鸣这个人有个特点，就是争强好胜，万事喜欢拔尖儿。他的名字就是取自"一鸣惊人"，他从小也不负众望，出类拔萃，进了警校也是一路尖子。

宋文刚升队长的时候，田鸣忍不住把自己和他进行比较——田鸣，三十二岁，工作十年，正值壮年，经验丰富，屡破大案，受过两次嘉奖，连续三年市局破案率第一；宋文，二十五岁，工作两年半，初出茅庐，一队没人能担重任，他是被破格提升的刑侦队长。明眼人都知道谁更优秀吧？

田鸣本来以为自己压个毛头小伙子绰绰有余，没想到去年评比，宋文不仅破案率比他高了六点五个百分点，而且年终个人考核也甩了他一大截儿。

更可气的是，这宋文预备测试的时候还比他差呢，也不晓得怎么练的，正式考核时无论是射击，还是格斗、体能，样样都比他分数高。此外，宋文还有一手嫌疑人画像的绝技，警局里专门养着的技师王睿画不出来的图，宋文却手到擒来。对此，田鸣只能发出"既生瑜，何生亮"的感慨。

平日里受气就罢了，现在让他找宋文帮忙？除非把他的姓倒着写！

气归气，半个小时后，田鸣还是乖乖来到了宋文的办公桌前，心平气和地笑着说："宋队，帮个忙呗，我们队遇上个难题，想请你帮我们画张人像。"

目击证人的记忆、现场的线索，都会随着时间的流逝越来越难以还原，田鸣知道顾局的建议是对的，第一时间把案犯的画像确定，对破案大有帮助。为了案子，大丈夫能屈能伸。

于是，现在的审讯室里坐着三个人，一个目击证人，两个刑侦队长。小姑娘已经把该说的都说了，在那里无声抽泣，田鸣也一直安静着，狭小的审讯室里，只能听到宋文手里的笔在纸上摩擦的唰唰声。

田鸣有些紧张地坐在桌子前，看着宋文运笔如飞，又时不时停下来，看一眼一旁笔记本电脑上的监控画面再继续画。田鸣揉了揉眼睛，也想看出点儿有效信息，可是那画面上一片模糊，甚至连哪里是眼睛都看不清楚，更别说辨认面部特征了。看着一旁不停画着的宋文，田鸣心里想：这人不会是坑我瞎画的吧？

这么想着，田鸣有点儿后悔起来，他不应该那么听顾局的话，万一这姓宋的给他使绊子，随便一画，让他更抓不着人，做了无用功怎么办？

他正想着，宋文停了笔，弹了弹画上的铅笔屑，拿起来问那女孩儿道："还有哪里不像？"

那张铅笔画像画得有些肆意，局部线条勾勒得不那么仔细，看出他不是科班出身。可是画像仔细看来，却是特征分明，一笔不多、一笔不少地把人物特征勾勒了出来，五官更是鲜活，一双眼睛有些阴冷，直勾勾地盯着画外的人。

女孩儿看了一眼，"哇"地又哭了，指着那画道："像，太像了，就是这个人杀的云姐。"

那画说不上多好，但是特别传神，让她顿时又想起了几个小时之前的那个血腥的场面。就是这张脸，在她脑海中挥之不去。

宋文把画放下，起身道："那这边没我事儿了。"

审讯室里灯光昏暗，他这一抬头，那小姑娘才看清他的眉目。这人眼睛不大，年轻英气，还有种特有的少年感，竟然比刚才低着头的时候还帅。于是她止住哭声，忍不住多看了几眼。

田鸣这才放下心来，有些以小人之心度君子之腹的羞愧。他看了看那画，又看了看那段监控，再想想之前证人的描述，不由得啧啧称奇："谢了宋队，不过，这……是怎么画出来的？"

"天赋。"宋文眉毛一挑，简短地吐出两个字，言语中没有半点儿谦虚。

田鸣的脸瞬间挂不住了，险些吐出一口老血。此时他非常想给自己一个嘴巴，没事瞎感慨什么？

不过宋文并不在意他下不下得来台，转身开门出去了。

人的面部是由骨骼、血肉、皮肤构成的，每一块骨骼会随着年龄的变化而生长，肌肉的动向也会因为各种外因、内因发生变化，但这些变化并非没有规律。所以，有些有经验的老刑警只凭借一张童年照片，就能从人群中认出长大后的人。

在现代刑侦中，办案越来越依赖日新月异的科学技术，什么DNA检测，各种监控视频……传统的技艺已经不像过去那么被人重视。

就像王睿，他在描摹头像时，用电脑代替画笔，用电子数据库、三维建模，组成能够随时替换的眉眼五官。这样做出来的模拟画像，大大节省了时间。

可是宋文却觉得，作为一名刑侦队长，他需要一技之长。他不觉得刑侦模拟画像会过时，而且他喜欢那种从五官描摹中探知人们内心的感觉。三维建模做出来的图像虽然快，但缺乏了灵魂，只能用作参考。

宋文喜欢研究人的脸，千千万万的人便有千千万万张面孔，就像没有完全一样的两片树叶一样，即便是同卵双胞胎，长相也会有所差别。

人的长相就像人的指纹、DNA一样，是每个人的特有信息，而且每个人的样貌还会和他的成长经历、生活习惯密不可分。可以说，岁月之中的喜怒哀乐、悲欢离合全都蕴藏在其中了。

刚才小姑娘的描述虽然不详，但她说出了重要的特征：下巴后缩，有双下巴可能是长年用口呼吸造成的，相应的鼻子会增大，法令纹会加深；颧骨高，可能会导致眼睛的变形；驼背的体态会产生"富贵包""猥琐颈"……

这一系列的特征就像是多米诺骨牌，一点点放大了五官的特点，并且相互影响。视频虽然模糊，但提供了非常重要的一点，那就是面部的光影变化，其中蕴藏了大量的信息。

宋文不是科班出身，却有着常人难以匹敌的观察力，各块骨骼就像是拼图般在他的脑中移动拼合，最终让他能够画出一张嫌疑人的相似画像。

看起来很神奇，其实都是聪明加上经验再加上反复练习、观察而来的，说是天赋也不为过，宋文懒得和外人解释。

过了大约半个小时，二队的一个小警察过来道："宋队，田队让我再来谢谢您。我们给被害人的母亲看了画像后，对方认出是和被害人之前订过婚的同乡。被害人执意退婚，又交了男朋友，拉黑了嫌疑人的联系方式，这才……"

宋文点点头："找到就好。"

春天，万物复苏，那些案子也像雨后春笋一般，从初融的冰雪下面不停地冒了出来。

　　一连几个月，宋文都被这些事情缠得不可开交，他连"五一"假都没休成。经过四十八小时的侦查、抓捕、审讯，他这一队从嫌疑人那里获得一份口供，又找到了一份关键性的证据。他刚带领整队人搞定了"4·18"大案，今早他又乐于助人地帮着二队画了一张画像，顺便帮忙破了案。

　　五月，南城市公安局院内的花朵绽放得灿烂极了，再过不久，夏天就到了。宋文在写结案报告的间隙，出来呼吸呼吸新鲜空气。他的眼睛明亮，观察力极佳，扫视一圈，发现院子里多开了几朵花，还注意到一辆崭新的兰博基尼。

　　一大早看到这么一辆豪车，十分提神醒脑，宋文进了办公室，笑着和手下的副队傅临江闲聊："哎，临江，那院子里的豪车是谁的？"

　　傅临江凑过来道："宋队，那车是我们队新人开来的。"

　　"我们队？新人？"宋文抓住重点。

　　傅临江的头微微一点，眉眼含笑。

　　和宋文的年少轻狂、张扬带刺不同，这位副队可是警局里有名的老好人，性情温和。每每宋文发起脾气来，这位副队总能不紧不慢地用两三句话化解他的满腔怒火。所以，这位副队在市局的口碑非常不错，人缘儿比宋文还好。

　　但对于一名二十八岁血气方刚的年轻警察来说，傅临江又太过随和、谦逊了。他的能力中上，却安分守己、不求上进，甘愿屈居人下。

　　用顾局的话说，傅临江脾气好得像个菩萨，只可惜感化不了那些穷凶极恶的犯罪分子。因此，傅临江送走了两位老队长，又和宋文做了搭档。

　　队里人都开玩笑说，流水的队长，铁打的副队，不过有个这样的副队在身边，也省去了宋文不少心力。所有消息以及案子的进度，宋文都习惯性地先问他，也免得麻烦。

　　"新人？开这个车？这么有钱，当什么警察？"宋文微皱了眉头问傅临江。他是早就和顾局提了进人的申请，可怎么还没经过他同意，人就直接来了？这不合流程也不合规矩。这样的操作，让他不太舒服。

　　傅临江点头："嗯，新人早上到的，去报到领警服去了。"然后他递给宋文一个文件夹："这是他的档案，早上才送过来的。"

　　宋文接过文件夹，随手翻了翻，里面没贴照片，问傅临江："你见到了？人怎样？"

　　傅临江回想了一下，憋出了几个字："挺好看……"

　　宋文的视线从档案上抬起来："我问你人怎样……"

　　傅临江想了想，还是想不出别的评价，又重复了一遍："是真的好看，这世界上就是有人颜值很高。"

这是个甚高的评价，宋文还没见过傅临江这么形容过其他人，笑着开他玩笑道："顾局这回怎么这么善解人意，分配了个美女过来？回头你解决下个人问题。"

傅临江知道宋文误会了，笑着小声解释道："是个男的。"

听了这话，宋文脸上一僵，眉头皱了起来，"啪"的一声把档案合拢，有些不快道："好看又不能当饭吃，顾局这是搞什么呢，我这里是要人干活的。"

"现代社会，靠颜值吃饭的还少吗？"傅临江笑道，"宋队，你这是歧视。"

宋文听到这里再也按捺不住，上楼敲开了局长办公室的门。

顾局是这南城市局的一把手，今年五十多岁，还有三年退休，不穿警服的时候，他就像是隔壁小公园里打太极的小老头儿。

顾局脑子活络，经验丰富，破获了无数起大案要案，他在这市局当局长十余年，几乎把这里当成家了。下属们都说，南城市局只要有顾局在，就是稳的。

此时，顾局已经泡好了一杯菊花茶，整个屋子都有一种菊花的香气。听到敲门声，他抬起头，一看到宋文就喜笑颜开："小宋啊，你那个名额可算是下来了，我正要和你说……"

"我刚听说了，我这个当队长的可能是最后一个知道我们队进了人的。"宋文说着把文件夹往桌子上一放，然后坐在局长对面，跷起了修长的腿，开门见山，"顾局，这人我能不要吗？"

听了这话，顾局的眉头一凝，抬眼有点儿奇怪地看向宋文。宋文的眼睛不大，但狭长明亮。

宋文是顾局招进来的，在他手下好几年，一直是他的得力爱将。局里有人开玩笑说，宋文是顾局的关门弟子。

顾局平时没什么官架子，宋文也仗着领导的赏识，向来有话直说。这新人才刚来，顾局也不知道怎么就触了宋文的逆鳞，但是就他对宋文的了解，宋文肯定有其理由。

宋文解释道："您看了我之前提的需求了吗？我们队缺个普通基层刑警，虽然工作差不多，但是要求细心、文笔好、胆子大、吃苦耐劳、能出现场、能写总结报告。"

伴着菊花茶袅袅的蒸气，顾局笑着反问他："哪条不符合呢？"

宋文把身子略往前倾，面色不快道："这人是来做刑警的，天天出现场，非给我配个'花架子'，又不是去选秀。"

顾局翻开那文件夹："小宋你没好好看档案吧？那孩子又能当法医，又能当刑警的。我是征询了他本人的意见，他希望在刑警队历练一下，这才派给你。"

宋文皱眉看了看，这人本科学的是法医专业，随后又跨考了侦查专业的研究生。平心而论，这份档案很好看，各科成绩及体能测试都挑不出来毛病，自我评定的字写得也漂亮，娟秀之中带着股劲儿。

可是这些优秀只是表面的，宋文却从字里行间看出来很多的不足。他在年龄上点了点："您不是时常教导我们，警校学的不要当回事，考试成绩再好那还不是纸上谈兵？他都二十六了，还要来干基层刑警？"

二十六，比他还大半岁，宋文对此非常介意。

"我也教导过你们，刑警不光是个体力工作，更是个脑力工作。虽然他岁数大了一点儿，但是不像二十出头的小伙子毛手毛脚，有个这样的下属不是件好事吗，你怎么还往外推？"话说到这里顾局又威胁道，"臭小子，你当这儿进人是网购呢，还想七天无理由退货？你要是不要，我就给老林了。"

老林全名林修然，是市局鉴定中心负责人，统管法医科和技术侦查科。现在法医科一共四个法医，跟三个队，人手也很吃紧，忙起来经常连轴转。

宋文平时和林修然关系不错，叫他一声"哥"。这时候宋文却不肯让名额了："别啊，林哥那里不是还能坚持吗？我们队的情况您是知道的，老秦三月份刚伤退了，算起来比别的队缺两个人，就这样我们的破案速度还是最快的，破案率也是最高的，您给我配个得力的，回头不也是您脸上有光吗？"

宋文先是哭了一通穷，再拍了顾局的马屁，开口问："我要是把人让给老林的话，还有别的名额吗？"

顾局不为所动地摇摇头："别绕圈子了，我想听听你不要他的具体理由。"

宋文整理了一下思路，认真道："顾局，您看到那小子开来的车了吗？兰博基尼，把我们整个警队卖了也买不起。而且听说人长得不错，带出去查案子太扎眼。刑警是个高危职业，把这么个娇生惯养的富二代派过来，不说三长两短，就是有个磕着碰着的，我们也赔不起。这种家境好、学习好的人难免冷傲孤高，我怕他和队里的其他人打不成一片，反而不利于工作开展。"

顾局听他说完，抿了一口菊花茶："我来分析下你的心理，可能是这儿来了个比你年龄大、学历好，还有钱的，你怕压不住；也可能是你怕自己破不了的案子被见习警员抢了先，会没面子；还可能是你不想当保姆，带徒弟。"

这三个可能，顾局是故意刺激宋文的。

宋文听到这里，不再绕弯子，直指了正题："不是，顾局，我问您，之前我们申请打了半年也没排上队，为什么这小子要来，手续就办好了？他户口是晋城的，论成绩进个省局也没问题，为什么一个人跑南城市局来？我们这里条件还艰苦，一个月工资估计买不了他一只鞋……"

所谓事出异常必有妖，这个人进得太不是时候，也太不合常理了。

顾局看着宋文，他知道自己这下属是个优秀的刑警，观察力和敏锐性都很高，糊弄不过去，这才"哼"了一声交代道："省局打过招呼了，我的老搭档也给我打过电话。但是，没你想的那么复杂，他的导师是位刑侦专家，给他写了推荐信让他来这里历练。他从小在这里长大，比较喜欢南城的环境，毕业要等到六月，可是他各种考试又都过了，论文评了优，人就提前来了。"

宋文道："他导师的面子倒是不小。"

"嗯，以前是咱市局的老刑警，省局局长的前搭档。这推荐信，拿到哪里都够分量。"顾局说到这里，失了耐心般挥了挥手道，"小宋，你也太职业病了吧？反正只有他，你要就给你，不要我就真给老林了。"

顾局没有点出推荐人是谁，宋文的心里却是一动。现在省局局长的前搭档？那会不会是……他的脑海中浮现出一个身影。算起来，宋文和那人也已经有十几年没见了，万一是那人做担保的话，也许并没有那么糟糕。

可是随后宋文又否定了这个想法，省局局长的前搭档多了去了，说不准是哪一个揽的这破事。

看顾局把话说到头了，宋文妥协道："如果实在没别的，我就将就了吧。"他在心里打了主意，先探探这个人的虚实，大不了把这个富二代好好历练一下，让这人知难而退。

似是看明白了宋文所想，顾局又"哼"了一声，靠在椅背上道："是啊，这又不是包办婚姻，怎么还搞得我在强买强卖似的？反正现在是见习警员，见习期一年，我估计转了正，省局就会把人要走，回头你别哭着找我要把人留下来就行。"

顾局对自己认定的事情有种近乎于病态的执着，无论谁劝，都不好使。就如同他当初认定了宋文能够当好队长一般。顾局当时顶着压力，把刚刚毕业两年多的小刑警宋文破格提升，那时候有无数的人不看好宋文。

宋文呢，也不按照规矩出牌，侦查的时候经常用各种非常规手段。好在他运气不错，又有着一手高超的模拟画技，在市局中屡屡破案。

即便如此，顾局还是帮他顶下了无数的投诉。因为这孩子太过轻狂、打眼了，做起事来雷厉风行，始终我行我素，不愿意和规则妥协。

还好他的能力过硬，去年十一月，市局有次大的抓捕行动，顾局任命宋文做现场指挥，现场二十多人，分为五支小队，和武警相互配合解救人质。

宋文把每条线路安排得清清楚楚的，干净利索地完成了整个任务，不仅止住了所有非议，还给顾局长了脸。而他也因此成为了南城市局里当之无愧的刑侦第一人。

现在顾局似乎认定了这人，一定要塞给宋文。两个人都是固执的主，争执了一番，谁也说服不了谁。

宋文见说不通，不再提这个话茬儿，打岔道："顾局，记着我们队的奖金。"

"少不了你的。"随后顾局一句话摧垮了宋文的意志，"你的结案总结要按时交了。"

宋文瞬间变成了霜打的茄子，挑起嘴角冲着顾局讪讪地笑了一下。

他天不怕地不怕，任务完成得干净利索，偏偏最不爱写这总结报告。他写得差就罢了，队里其他几个人还不如他，每次都要他这个做领导的赶鸭子上架。

局里的同事都开玩笑说，这总结报告，就是阻拦他成为支队长的最后一个关卡。别的队办案是六分的成绩，写个报告润色一下变成八分；他们队则是八分的成绩，写成六分。那些缜密分析，宋文恨不得用一张画像抵过，因此提到结案报告，他就头疼得想要辞职。然而，一想辞职还要写辞职报告，生生忍住了。

临出门，顾局想起了什么，对宋文道："对了，周易宁让你下班过去下，让你去取新人的心理评定结果。"

周易宁是位心理医生，自从省局下达了重视警员心理健康的命令以后，南城市局就多了这么个负责警员心理健康的顾问，每个新人入队前都必须过周医生这一关。

普通人半年一测评，有些什么问题，也都需要去报备。

"反正肯定是通过了，不通过，他怎么肯放进队里来？"宋文还记得上次自己看上了一个警员，结果被周易宁以心理抗压能力不行，不适合做警员的理由拒绝，最后将那人打发去了后勤部的仇，撇嘴道："我们这么忙，还要让我跑腿。"

顾局道："说什么呢，周顾问是我们好不容易请来的，你别回头把人家气走了。而且周医生说了，想和你聊聊。"宋文应了一声："知道了。"

谈判的结果不太理想，宋文从顾局的办公室出来，拿着档案一边往回走，一边想着怎么给新人上这第一课，好好给他来个下马威。走到办公区，宋文转身问旁边的傅临江："哎，我们队的新人呢，怎么还没过来？磨磨蹭蹭的。"

一队的几名队员迅速低头把自己埋在办公文件里。队里的人都知道，宋队长向来雷厉风行，眼睛里容不得沙子，最看不得别人慢腾腾的，也看不得人开小差。

"自然没有宋队你的速度。"傅临江给他一指，"门口车里拿东西去了。"

宋文走到警局门口，望着那辆兰博基尼。好巧不巧，那车里的人刚取好了东西要下车，一只骨节分明的手搭在车门上。

晨光之下，那人抬起眼睛看向他。

那人长了一张让人过目难忘的脸，满满的少年气，又有种和年龄不相符的沉稳。白皙的皮肤就像牛奶一样，一尘不染。特别是那双眼睛，眼皮内双，眼尾微微垂下来，上下眼皮一开一合之间，一对眸子就像是落在宣纸上的墨珠，整个人显得斯文又心事重重。

在他那雪白的脖子处，棱角突出的喉结之上，有一颗红痣，像是一滴血。

看着那人，宋文准备好的一肚子教训的话瞬间忘得一干二净。

作为一个爱画画的人，宋文几乎在那瞬间，就把眼前人的骨骼皮相在脑子里描了个遍。

若说上帝是位画家，笔下千人千面，那他描绘眼前这人时，一定是偏爱了几分。五官各处，挑不出一点儿毛病，拼合在一起，又带了点儿冷淡的美感。那是种没有攻击性的样貌，让人觉得，冰冷又脆弱，像是玻璃窗上冻结的冰花，看上去万分美丽，稍不留意就会粉碎。

"你就是那个新人……"宋文掩盖了自己的片刻失神，他低着头，在档案上扫了一眼，"陆司语？"

那人先是一个垂眸，避开了宋文的目光，随后尖尖的下巴僵硬地微点，轻声"嗯"了一下，算做了回答。每个动作都慢了那么一分，看上去反应不是那么敏捷，甚至有些迟缓，给人一种呆呆的感觉。

"跟我进来吧，我是一队长宋文。"宋文一句话挑明了关系。从今天起，我就是你的直属上司了。

陆司语没吭声，往前走了两步，跟着宋文往一队的办公区走。两个人走到办公区，面对面站住了。

这里以蓝白色装饰为主，墙上写了几条警训，办公区的一角有傅临江养的几盆绿植，看起来郁郁葱葱的。

陆司语也就只比宋文矮了一点点，看上去却清瘦多了。宋文上上下下打量了他一遍，仿佛用眼神搜了个身，这人今天穿了一件休闲的白色衬衣，看起来普通，但价格不菲。

宋文心想：这人看上去哪里像是个二十六岁的人？斯文得像个学校的老师，不，更像个学生，说比自己小两岁都有人信。

回了神以后，宋文思考，就算是不训人，下马威也是要立的。他往前移了半步，陆司语就习惯性地往后撤了身。

"你怕我？"宋文的眼睛微微一眯，开口试探道。

"我就是第一次见领导，有点儿紧张。"陆司语的声音有点儿低。他说着，目光从宋文身上飘过，似是为了缓解尴尬，习惯性地伸出舌尖抿了一下嘴唇。他嘴唇的颜色很淡，显得有些薄情。然后他犹豫了一下，洁癖发作似的善意提醒："宋队，你小指上有铅笔屑，还没擦干净。"

宋文画画时习惯用指节支着画纸，这毛病改了多少次也没改掉。他翻起右手看了看小指，毫不在意地抽了一张纸擦了擦手："还算不错，做刑警，观察力是基本功。希望你回头到了现场，也能发现点儿什么。"

话说到了这里，宋文又开口道："以后我带你了，既是队长，又算是你师傅。"在刑警队，依然讲究着传承，师傅带徒弟，一老加一新。

宋文虽然年轻些，但有丰富的工作经验；而陆司语虚长半岁，却一直在学校里读书。

宋文的声音有些严厉，陆司语觉得自己该叫声"师傅"，可是看着这位比自己还小的英俊刑警，实在是喊不出口，最后他迟疑着说了一句："谢谢……宋队。"

看宋文不接话，陆司语又抬起头来看向他，那眼神怯生生的。

宋文这时候发现，陆司语前额的头发发梢微卷，明明个子不低，却给人一种绵软安静的感觉，可能是被他吓着了，整个人像只奶气的小兔子。

他自觉这个开场局面不错，又往前一步，继续严肃地道："进了警队就要约法三章，作为新人，自觉做事、尊重前辈这些就不说了。其他的，第一要务，就是听话。不该看的不看，不该问的不问，不要乱动乱摸；回头出完现场，要写现场勘查报告，结案后要写结案总结；出警带着记录仪，记得自己的身份，别被人抓了小辫子，不然我都保不住你……"

这时候，身后响起的一个声音给陆司语解了围："宋文，好不容易来了个新同事，你就别吓唬他了。"

随后那说话的人自我介绍："我是一队的副队，傅临江。"

陆司语"嗯"了一声，反应还是慢了半拍。他话不多，让人觉得有点儿距离感，倒是一直在点头，摆出一副服从领导安排的乖巧模样。

"你可以叫我副队、傅队，或者是傅副队。"

傅临江玩了个谐音"梗"，打破了初次见面的一丝尴尬和拘谨，然后他又笑着说："你放心，宋队平时没什么架子。工作嘛，队里文案是弱项，你字写得不错，可以试着做。

"第一年你是见习职，两拐，也就是两个小飞机。

"如果能够顺利过了这一年，就是三级警司的衔；平时没有活动和领导视察的时候不用穿警服；第一年没有配枪，不能单独办案，需要跟着老警察，熟练了以后再把案子接过来。过不了两年，你也可以带新人了。"

傅临江两三句话，说的意思和宋文的差不多，却中听多了。

然后傅临江又给陆司语介绍道："这边的工作时间一般是周一至周五，上午八点到十二点，下午两点到六点，但其实是不固定的，如果有案子，需要加班、熬夜、外出，忙的时候几天没法回家都是正常的。因为可能随时外出，我建议你在这边备个出差的包，放点儿个人用品、换洗衣物。"

他扭头又道："宋队，要不我带他去楼上楼下转转，熟悉下环境认识下人？"宋文明显不太乐意，他这下马威还没有立，就被傅临江打断了。而且上次朱晓来的时候，这流程到这里不就结束了吗？

刑警队不是幼儿园，陆司语是个缺乏锻炼、娇生惯养的富二代，又不是领导，还用人陪着逛？想到此，宋文开口道："临江，你上个案子整理的口供还没给我。大家都这么忙，让他自己熟悉吧。"

他这么一说，傅临江便退下了，笑着说："那休息的时候再说吧，小陆你先收拾东西，熟悉下工作。"

宋文回身看了下陆司语，那人一直没有表情的脸上竟然有了一丝茫然，他心里一软，介绍道："一楼是办公区，门口是负责接警的前台，旁边是会议室、总控室、休息值班室；二楼是物鉴中心，有档案室、审讯室；三楼是领导办公室。隔壁楼是扫黄部和缉毒部，食堂在后面。人就那么几个，常打交道的是物证科、法医科和技术侦查科，慢慢你就认识了。"

这话虽简单，却把整个市局主楼介绍得很清楚。

说到这里，前台的接警员拿了张单子进来道："宋队，平双区接了个警，是个命案。"

这么快，上个案子还没利索，新案子就来了！宋文简单做了个安排："老贾、朱晓，去找物证科和法医科的人，准备出警。"

他转头看向陆司语："你第一天来，跟着我们去看下。"

这是"五一"假期之后的第一起刑事案件，市局对此高度重视。一共去了三辆车，傅临江、陆司语还有一个姑娘坐一辆。

上了车，傅临江就对陆司语解释道："宋队有时候刀子嘴豆腐心，讨厌一切繁文缛节，并不针对谁，你不用介意。"

陆司语"嗯"了一声。

一旁的姑娘程小冰是今天随队的物证员，虽然名字里带了个"小"字，但她已是工作了三年的老物证员，工作的时候细心细致，平时生活里却是个大大咧咧的吃货。

刚坐上车子，程小冰就拿出了一袋瓜子，热情地往陆司语怀里塞："吃不？"

陆司语往后缩了缩，那表情像只受了惊吓的兔子，摆摆手道："谢谢，我不吃。"

傅临江笑着拦道："小冰，你这也未免太热情了吧，别吓着他。"

他自然而然地把陆司语当作了弟弟，言语里毫不掩饰对陆司语的照顾。随后他开始给陆司语介绍警局这边的情况。

他一路说着，伴随着程小冰嗑瓜子的咔咔声。

南城的五月天气已经足够暖和，现在是上午九点多，刚过了上班的高峰期，车辆依然挺多，警车在拥堵的车流中引来行人们的注目。三辆警车一直往南开，上了高架路才稍微顺畅一点儿。

市局离案发地点不太远，大约二十分钟的车程，但因为有点儿堵车，愣是开了三十分钟才到。

到达了目的地，程小冰却不急着下车，又从包里掏出一袋子奶糖，往陆司语面前一晃："这个吃不？"

"……"陆司语又摇摇头。

程小冰道："哎，你怎么这个也不吃，那个也不吃啊！你爱吃什么？"她不由分说地把一颗糖塞到了他手里。

陆司语不好意思再推托，只能把糖放进了口袋里，严肃认真地想了想，反应了几秒开口说："爱吃酸的……"

陆司语的本意是爱吃话梅、番茄什么的，没想到程小冰却咯咯笑了："酸儿辣女……那你岂不是很会吃醋？"她这话完全是在调戏新同事，听得傅临江在一旁偷笑。

正巧宋文过来听到了，被这对话酸得牙痒痒，他伸手把车门打开，盯着陆司语和程小冰道："到案发现场了，吃的都收起来，我看你们该吃点儿苦……"

陆司语反思了一下，垂眸乖乖地从车里钻了出来，不再说话。倒是司机位的傅临江看了看宋文，又看了看陆司语，笑而不语。

这是一处年头不久的中档小区，名叫玉庭华音，位于南城北面的新城。

五年前，这新城还是一片荒地，被开发商买下。随着后续的开发建设，高铁通车，现在这一块已经热闹了很多，但是依然没法和市区比。房屋以投资为主，整个小区的入住不足三分之一。

玉庭华音小区主打的是小户型电梯房，干净、整洁、隐私性强。小区布局上更是人车分离，停车库在小区下方，事先给物业以及保安处通报过，警车一路开到了地下停车库，早有人在等着他们。几位刑警中，负责外联的朱晓积极下车，和小区的安保负责人熟络地聊起了情况。

物业美其名曰不要打扰普通住户对停车库的使用，给他们指了几个停车位，都在犄角旮旯里。

刑事案件的现场探查，痕检、法医、刑警，三者的合作密不可分。他们到后不多时，鉴定中心的车也停在了车库。

法医林修然打头下了车，今天他穿了一件薄款西服，头发梳得一丝不乱。

在他后面下来的是一个身材窈窕、犹如出水芙蓉般的美女，她一下车就熟练地用手盘起披肩鬈发，然后开了后备厢换了一双平底鞋。

陆司语站在一旁，像个旁观者一般，仔细观察着这些人。傅临江给他介绍道："林修然，鉴定中心的主任；徐瑶，我们市局的第一美女，痕检专家。"

两个人都是三十岁左右，经验丰富，这阵容也算是南城市局的王牌阵容了。

这边的几位刑警中有个年岁最大的，一看到徐瑶就殷勤地走了过去，帮她拿勘测工具。傅临江又道："这位是老贾，我们队里岁数最大的刑警。"他介绍的同时，老贾把烟拿在手里，龇着牙吐出一口烟雾，冲着这边摆了下手。

陆司语又一点头，表示记住了。

老贾这人看起来还不到中年男人的岁数，却一副沧桑模样，额前的头发稀疏，胡子拉碴，不知几日没刮。这人若不说他是个警察，别人定然以为他是个街头的"老混混儿"。

想到此，陆司语的目光又在这精英、美女、"老混混儿"的身上扫过。他在心里琢磨着，这究竟是一支怎样的队伍啊？

林修然看了看站在这里的几个人，走过来问："宋文呢？"

傅临江道："和物业交涉去了。"

林修然的目光又落在陆司语身上，忍不住多看了两眼："新人？"

傅临江拍了拍陆司语的肩膀，给他介绍："我们队今天刚来的，叫陆司语。"

林修然低头戴上手套，取出鉴定箱拎在手里，对陆司语说："今天是个分尸案，等下我们先去看看情况，你在外面等会儿再进。"他这不算是对新人的歧视，实在是因为很多新人第一次见到比较恐怖的场面都会有些失态，也容易破坏现场。

陆司语淡然道："我本科学的是法医专业。"

林修然没想到这还是半个同行，抬起头多看了他一眼，还是给他打了预防针："学校能够见到的那些尸体和现场所见的尸体是完全不同的，你既然读过法医专业，可以自己观察了解下，有疑点和发现也可以随时和我讨论。"

在这空当儿，宋文和物业打过了招呼，转头先看了看这边的环境。这里是一梯两户，每一楼都有专门的电梯口。停车库打扫得十分干净，就是有点儿昏暗，现在是上班时间，停车库出入的车辆并不多。

人齐了后，众人等着电梯，宋文看了看站在人后的陆司语，他靠在后面的角落里，低着头不知道在想些什么。

既然跑来做见习警员，就要有从基层做起的觉悟，宋文伸手把本子和笔递给他："等下到了现场，不懂的就问我和副队，本子拿好，看到什么挨个儿记下来，回去整理现场勘查笔录。"

现场勘查笔录必须详尽，接警的由来，勘查的时间、地点、人物，现场的各种细节，尸体陈列的方位，提取的物证都必须一应俱全，整个下来是不小的工作量。

傅临江对陆司语说："回头我多给你找几份样例，你看看，学着总结吧。"

陆司语倒是毫不意外，也没推辞叫苦，清秀的脸上波澜不惊，他低头看了看宋文给的本子和笔："没事，我们课上都学过，以前实习也做过。"

这时电梯到了，几个人走进了电梯，老贾站在门口，伸手就按了关门键。

陆司语进了电梯，四周看了看总觉得缺了个人，最后他发现在人群中没有看到宋文的身影："哎，宋队……"

傅临江道："不用等他了。"

陆司语有点儿奇怪："他还有其他的事情吗？"

傅临江小声给他解释："宋队出现场，从来不坐电梯。"他的声音虽小，但是这电梯就这么大，其他几个人自然也都听到了。

陆司语一愣，还没反应过来："为什么？"

老贾对着电梯里的一块玻璃镜捋了捋自己没剩几根的头发，觉得这位新来的小同志单纯得可爱："这个……谁敢问啊？也许是爱锻炼身体吧，习惯就好了。"

就这几秒钟，电梯"叮"的一声停了，众人刚陆续出了电梯，宋文就从楼梯间走了过来。一边是爬楼而上，一边是坐着电梯，几乎同时到达。

宋文体力很好，呼吸均匀，丝毫不像刚刚爬了六层楼的样子。

几个人站在走廊，窄小的地方显得局促起来。

朱晓一边取钥匙，一边在一旁简单介绍着："保安说，楼下听着楼上冲了一晚上的马桶，以为漏水了，去洗手间发现从楼上漏下来红色的血水。房东在外地，联系不上租客，物业的保安用房东留的备用钥匙打开了门，发现洗手间内有一具残尸。"

"这边周围住了几户？"宋文问道。

朱晓刚问完物业，如实回答："对门都没装修呢，只有楼下入住了，还是群租简装，不然也不一定能发现。"

随着门打开，陆司语动了动鼻子，抬起头微微皱眉，站在屋外时他没有闻到尸臭，只闻到了一股奇怪的味道。

空气中的这种味道，陆司语曾经在法医系的楼道里闻到过无数次。

第二章

—— 凶案 ——

宋文是有名的拼命三郎，现在到了这边，马上进入了工作状态。他走到正前方，习惯性地把袖子撸到手肘处，露出一段精壮又修长的小臂，神情严肃道："开工，保护现场。"

虽然已经知道嫌疑人很大可能不在屋内，傅临江和老贾还是拿了配枪冲了进去，随后做了个无人的手势，其他人才跟着鱼贯而入。保安之前来查看过，踩了一地杂乱的脚印。徐瑶走进来，微微皱眉，看来屋子里留下的有效痕迹不多了。

房间位于六层，是个不上不下的高度，既可以坐电梯，也可以狠狠心走上去。窗户紧锁，没有从外面侵入的痕迹。房型是当下比较流行的户型，一百平方米左右，两室一厅，双卫一厨。房子南北通透，此时被拉着的窗帘遮挡得严严实实。整个房间里家具不多，那具尸体就在稍微大一些的外部卫生间的浴缸里。

宋文和傅临江直接走进了残尸所在的卫生间。

一进入卫生间，两个人同时都愣住了，凶案现场他们看过很多，可还是第一次看到这么诡异的。狭小的浴室内收拾得十分干净，没有太多的痕迹。

靠墙角的贵妃浴缸里泡着一具无头男性尸体，四肢残缺不全，身体也被分成几个部分，看得出来水已经被换过了很多次，尸体的血几乎被放尽了。透过半透明的水，还可以看到里面尸体的情况。

老贾和朱晓在外面布置警戒线，徐瑶也开始采集各种痕迹。林修然先是去了厨房，看了看灶上的锅具。锅里有着笊篱，只剩了一些肉汤。看了几眼之后，他也进入卫生间，淡定地扫了一眼浴缸里的残尸。

老贾紧跟着也进来了，他看了看那尸体，低头看到放在墙角的一个电器，过去用手摆弄了一下："这是榨汁机吧？"

林修然转头看了一眼道："如果我猜得没错的话，内脏被这个榨汁机绞碎了，又被冲进了马桶里。怪不得楼下听到楼上冲了一晚上的水。"

明白了这东西是干什么用的，老贾把东西放下，扑向马桶干呕着，然后被宋文一把扒拉开："出去吐去，别破坏现场！"

老贾捂着嘴冲了出去，好心的徐瑶递给他一个大号物证袋。老贾吐了几口才缓过气来，道："我这辈子，还没看过这么恶心变态的现场。"

林修然淡然地道："很恶心吗？感觉比不过上次的巨人观啊。"他回头看了眼一副淡定模样，在本子上记录着的陆司语："你也是多年老刑警了，还比不过一个新人。"

徐瑶解释道："我估计他下次聚餐时不会再点最爱喝的西瓜汁了。"

一句话说得老贾又连呕数声。

"这皮肤状态不太对。"宋文探着头看了看水里的尸体。他出的现场多了，也有了一些基本常识，皮肤已经出现腐烂，由于血早已经放尽，并没有出现尸斑，只是这尸体腐烂的方式和常见的被泡过的尸体不太相同。他们接触的大部分泡在水中的尸体都是溺死或者是抛尸水中的，这具尸体显然不太一样。

林修然看了看尸体上的痕迹，冷静分析："凶手应该多次换过池子里的水，有可能是冷热交替，有几次用了冰块。"

老贾听了这话一抖："还换水？这是养金鱼呢？"

"换水，失去了血液，能够延缓尸体的腐烂。"林修然说着又看了看，做了基本判断，"卫生间是主要分尸现场，凶手把一部分尸体泡在水中，随后放入冰块。把另一部分剁碎骨肉分离。"

他拨弄了一下尸体，确定尸体下方没有遗漏的器官："这边没有人头。"

傅临江问："是不是人头和骨头一起煮了扔了？"

宋文道："你们再好好找一找，人头比较方便辨认，也许还未被抛出。"

现在这房子的租客联系不上，难以确认尸体的身份。人头无疑是确认尸体身份的关键，在以往的分尸案中，人头一般较难处理，会被凶手放到最后。

宋文说完，又去了卧室。卧室的床铺有些凌乱，不知是常态还是之前有人睡过，朱晓帮着拉起了警戒线，而物证员程小冰拿出一盏紫外线灯，在屋子里照着寻找血迹。宋文一抬头，看到了陆司语，此时陆司语已经记录完了卫生间的情况，转过身拿着本子在屋子里走着，看起来像个参观行为艺术展的学生。

宋文正想叫住他叮嘱几句不要破坏现场，却见陆司语走到了冰箱前，微微仰头看了看，然后伸出戴着手套的那只手，拉开了冰箱冷冻室的门。

这像是一个完全无意识的动作，可宋文随着陆司语的目光望去却是一愣，在双开门冰箱的冷冻室里，所有隔板都被移开，里面放着一个被保鲜膜裹得严严实实的冰冻人头。

"人头在这边！"宋文顾不得别的，直接起身走了过去。听到他说话，林修然也走向了厨房。

陆司语却很淡然，就像他早就知道人头会在这里。他看到宋文和林修然过来，自然而然地侧身让出点儿位置，然后伸出手拨弄了一下位于冰箱另一隔层的一个块状物。那东西硬邦邦冷冰冰的，同样被保鲜膜包裹着。

缓过了一口气的老贾走过来瞥了一眼问："这是什么？"

陆司语神色平淡，手指在那东西上戳了戳，感受了一下道："大概是死者的生殖器。"

一句话说得老贾又差点儿吐出来。

观察了那颗人头后，宋文回头凝眉看向了自己队里新来的这位小同志。此时陆司语正在低头记录，没有注意到他的目光。

凶案现场宋文见过无数次，新来的法医或者警察他也见到过很多。他的观察能力好，细微的表情也躲不过他的眼睛，一般的新人就算是不失态，面对尸体的那种恐惧，还是会不由自主地从眼神、动作、语气、细微的表情里流露出来。

可是眼前的这个人，平静极了，甚至还有一些……那感觉太微妙了，宋文不知道该怎么形容那种表情。他不知道陆司语是心理素质奇佳，还是真的反射弧比别人长……

或者，因为修读了法医学，这些东西，陆司语早就司空见惯？

人头找到以后，其他的勘查工作变得顺利起来，现场所发现的线索也越来越多，他们找到了死者的车钥匙、钱包、手机。在卧室的垃圾桶里，他们还发现了一个用过的避孕套。朱晓也从和物业的交流中获得了更多的信息。

林修然和助理先用裹尸袋把浴缸里的残尸捞起，准备运回警局新建的解剖室。等解剖后，再运往殡仪馆的冷库。

等这边收拾得差不多后，林修然给宋文做了个总结："初步断定，死亡时间大概是在前天，因为尸体一度泡在冰水里，所以腐烂程度不高。尸体的内脏全部被清除，无法根据胃容物确定具体的死亡时间。很多煮过的骨肉还没有找到，其他的信息还待进一步尸检。"

徐瑶补充了几句："由于前期有保安进入，破坏了现场，发现的有效痕迹并不多。大多数的血液痕迹都留在了卫生间内，无法断定是否为第一案发现场。"她有点儿无奈地蹲在地上，思考片刻又道："我怀疑凶手戴了手套，而且看痕迹，应该是医用胶皮手套。"这种手套比较薄，既可以隔离血液、阻隔指纹，又不妨碍手感，这给勘查工作带来了一定难度。

朱晓对死者的身份做了个说明："死者名叫林正华，今年三十九岁，是一家互联网公司的高级运营总监。我这边终于联系到了当初和房东签署合同的租客，据他说，当时图便宜签了三年，后来转给了朋友，也就是林正华，每个月还涨了几百块房租。因为房租一直是他在按时交付，所以房东根本没有发现房子在自己不知情的情况下换了租客。"

宋文低头道："死者的家庭情况怎样？"

"父亲去世，母亲还在，有妻子以及一个十五岁的儿子。"

"通知家属，看家属是否有作案的时间和动机。不过失踪这么多天，他们怎么没有报警？"宋文微微皱眉，"原租客有嫌疑吗？"

"原本的租客这几天在参加公司的封闭式团建，所以一直没有接电话，有足够的不在场证明。"

傅临江凑了过来，表情有些惋惜："这房东可够倒霉的，好好一个房子，成凶宅了。"

尸体还没找全，这勘查工作没法结束，宋文抬起头又问傅临江："你估计，尸体的其余部分会被抛在哪里？"

傅临江道："这个目前没线索，只能在附近的垃圾场和荒地转转了，只是这难度有点儿高……"炖煮以后，尸体更加难以分辨，想在附近找被炖煮过的残尸，不亚于大海捞针。

一直在旁边忙着记录的陆司语听到这话，忽然抬起头，小声说了几个字："蓝色垃圾袋。"

这一回，他的反应倒是不慢了。

宋文正想提及这一点，此时看了陆司语一眼，接了他的话说："厨房里还有一些没有用完的蓝色加厚垃圾袋，如果没有意外的话，凶手用这种袋子包裹了尸块。是那种明蓝色带塑料绳的垃圾袋，应该比较好区分。"

他又转头吩咐傅临江："临江，打电话给局里，让他们带两条警犬来一起找。"这种情况下，警犬的嗅觉要比人类灵敏多了。

这时候，保安处的工作人员又过来和朱晓耳语了几句，朱晓听完了之后过来汇报："这小区车库一杆一车，根据记录，死者的车是前天晚上八点三十二分停在了小区车库，然后再也没有出去。"

宋文问："小区监控录像呢？人流无法监控？"

那工作人员听了这话面露尴尬，朱晓则是委屈地摸摸鼻子："宋队，你也知道，这种小区的监控就是个摆设，一共四个入口，多个坏了的摄像头，盲区也很大，就算调取了监控也没多大价值。"

"电梯监控呢？"

"据说早就坏了……"

"那也得按照规矩调一份。"宋文冷哼了一声，声音里难掩讥讽之意，"人监控不住，车倒是明明白白。"

朱晓小声嘀咕了一句："这不是为了收停车费嘛。"

这些小区就是如此，一旦能够和收入、物业费扯上关系的，就极其上心，其他的问题能马虎的就马虎了。监控虽然安装得都很齐全，但是由于入住率低，物业费收不上来，好多工作人员就开始偷懒。

几句话的工夫，陆司语走到了傅临江那边，宋文转头叫他："哎，陆司语，都记了吗？"

陆司语忽然被点名，回了头，手里握着刚从傅临江那里拿来的车钥匙。傅临江听不下去了，为陆司语辩解道："宋队，你办案也得让人喝水、喘气吧？他杯子和包放车上了，去拿下东西。"

宋文这才挥了挥手："快去快回。"

陆司语从门口出来，站在电梯口犹豫了片刻，还是走安全通道下到了车库，然后从警车上取了自己的水杯和一个黑色背包。车库的另一边，徐瑶正和程小冰对着一辆黑色的 SUV 取证，徐瑶在用小毛刷子刷指纹，程小冰则在四处拍照。陆司语走过去，学着傅临江，叫了一声"徐姐"，徐瑶便转了头，和他打了个招呼。

陆司语拧开自己的杯子喝了一口水，他并不急着离开，而是在一旁看了一会儿。

那明显是被害人的车，比他们警车停靠的位置更接近楼道口。几分钟后，陆司语走到后备厢处，打开来翻看。程小冰对这位新同事很有好感，此时看陆司语正发着呆，凝神皱眉时有种不一样的沉稳帅气。他的头发有一缕翘起，像是呆毛一般竖在头顶。

程小冰抬手用取证的相机偷偷给他拍了一张照片。相机的闪光灯在幽暗的车库忽地一闪，陆司语这才发现自己被偷拍了，而程小冰正在看他。他有些局促地关上后备厢，走到出口处，又看了看车库监控的位置，这才转身上楼。

楼上现场的各种标记已经做好。按照规定，这现场会再保留一周到十天，而后才可以做进一步清理。宋文那边正准备收工转移到楼下去，这时陆司语走过来问他："宋队，我能借这里的微波炉热个午饭吗？"

宋文看向陆司语，眨了眨眼。他的座右铭是"规矩是死的，人是活的"，可是就算如此，他还是觉得，这也太没规矩了。

带着打包盒出现场的刑警宋文还是第一次见，不过，在这样重口味的现场热饭不嫌恶心？洒出点儿什么就不怕破坏了现场？宋文刚想责备陆司语几句，一抬头却看到他微垂的眼角——他整个人都蔫了，仿佛一只垂下了耳朵的兔子。

宋文压下了心里的火，这是个见习警员，还不懂规矩。他抬起手腕，看了下表盘上的时间，十二点四十，原来是他这个领导忙得错过了午饭的时间，于是对陆司语道："你去找朱晓，让他帮你联系物业那边把饭热了。"

解决了这个问题，宋文回头招呼所有人下了楼："大家辛苦了，吃饭吧。这附近有两家小饭店，不过想网上点餐的也可以来找我，今天我请客。"

犯罪现场虽然恶心血腥，但这些人都是千锤百炼出来的，再恶心的场面都见识过。俗话说得好，人是铁，饭是钢。案子不能不破，饭也不能不吃。

下午还得开工，去了小饭店还得走回来，外加宋队难得请客，所有人都选择了网上点餐。做这行就是条件差、工资少，一年中他们有很多现场比这儿还艰苦，有时候买个烤红薯蹲在地上就垫补了。

等宋文点得差不多了，副队长傅临江凑过来："哎，今天陆司语第一天来，你就让他做所有记录？也不准备教教？"

宋文看不得他老好人，像是老母鸡一样把下面的人都牢牢罩在身下："新人嘛，总要锻炼一下。我发现你对他倒是格外关注。"

傅临江辩解道："没有，我是觉得，人家孩子一个人来这边挺不容易的，应该照顾一下。"

宋文被他气笑了："一个二十六岁的富二代算是哪门子孩子？你能不能照顾一下我？"

傅临江看着宋文叫屈："宋队，你不压榨我们就不错了。"

休闲区在小区中心，凶案现场在小区的角落，走去休闲区还要几分钟时间，这一队人走着走着就散开了，宋文和傅临江落在了最后。下午阳光灿烂，这小区的绿化不错，四周绿树的枝丫上冒着新芽，花也开了不少，只是入住率不高，人员稀少。

两个人一路说着话，来到了小花园。这边有几个石桌和椅子，是给小区居民休息用的，这时是下午一点多，正是午休时间，也没什么人在。

　　众人的食物还没到，陆司语已经在这里开了餐，面前几个餐盒一字排开，从左到右、从荤到素摆得整整齐齐的，色香味俱全。他拿着一副讲究的黑色筷子，正旁若无人地低着头小口吃着丰盛的午饭。宋文见状心想：这人果然担得起他富二代的身份，真是会宠着自己啊，一点儿也不受屈。

　　五月正是不冷不热的时候，小花园里鸟语花香，环境挺好。大家互相讨论着上午的案情，过了两分钟，宋文点的饭到了。

　　等快餐一拿过来，陆司语才发现自己低估了普通刑警和自己的经济差距，每个人只有一份盖浇饭，还是菜少饭多。他有点儿不好意思，把几份菜往前推了推："我带的菜有些多，你们不介意的话就一起吃。"

　　朱晓他们几个早就眼馋半天了，听后马上举起筷子。特别是老贾，早饭全吐了，这时候早就饥肠辘辘，丝毫没跟陆司语客气。

　　众人夹了菜吃到嘴里，纷纷赞不绝口。

　　"好吃，这厨艺不错。"

　　"哎，这排骨炖得酥烂入味。"

　　"这虾真是新鲜。"

　　宋文看着这一群狼吞虎咽的下属，嘴上说着"行了吧，你们几个给人家剩点儿"，行动上却一点儿没落下，夹了一块排骨放到自己的盒饭上。那排骨是糖醋的，用的是自然生长的生态黑猪肉，裹了一层酱汁，入口带了一点点酸甜，咬下去满口鲜香，不是快餐里勾兑出来的鲜味，而是新鲜的食材加上各种高档的调料，再配上完美的手艺制作而成的。

　　宋文一向觉得最好吃的食物是刚出锅的，隔夜再热就失去了味道，可嘴里这块排骨恨不得让人多吃几口米饭。这菜的确好吃，绝对是大厨的水准，从舌尖到味蕾都是一种享受。他又尝了尝其他的几道菜，觉得一道比一道惊艳。

　　一群人风卷残云般吃完了午饭，那几个刑警还没干完事情，都先撤了，一时石桌边只剩了陆司语和宋文。

　　陆司语在收拾餐盒，宋文问他："这饭菜是你家里人做的？"

　　陆司语没想到一向严肃的队长忽然问他这个，低头道："我自己做的。我没事的时候喜欢自己做吃的，外面的总是吃不惯。"

　　宋文舔了舔嘴唇，还有点儿意犹未尽，又问他："记录都做好了吗？"

　　陆司语道："嗯，都记了，我今晚回去整理。"

　　"今天第一天还习惯吗？"

"还好。"

"这个案子到现在你有什么想法？"

"我倾向于熟人作案，分尸的人有一定的医学基础。"话说到这里，陆司语的手一顿，然后开口说，"我认为凶手的目的，不一定是为了分尸而分尸。"

宋文双手抱臂："怎么说？"这话有点儿绕，但是他想了想，明白了陆司语的意思。

"经典案例中，分尸抛尸无外乎两种原因：首先，最常见的是不想让人发现死者的身份，增加勘查的难度，隐藏踪迹，方便弃尸；其次，则是和性有关，杀戮和分尸能够给部分人带来快感。"陆司语收拾好了餐盒放入背包，抬起头看向宋文，"但是在这个案子里，我觉得这两种原因都不是。"

"为什么这么说？"

陆司语摇摇头，低头把包合拢，不愿意再说。

新人总是会主观臆断一些内容，现在的刑侦工作其实很讲究推理，每条线索必须要清清楚楚的，才能够最后定论。陆司语的这种想法无凭无据，宋文起身收拾了那几个一次性餐盒道："我们继续查吧。"

下午，林修然先带着部分尸体回了警局。尸体的情况每时每刻都在发生变化，越早解剖，对案子的侦破就越有利。

两点时，警犬被调了过来。

南城市局刑侦队的常用警犬主要有四条，平时和缉毒那边的养在一起。傅临江这个人每天乐呵呵的，不光与人为善，和队里的警犬更是相处融洽。那些狗见了他就像是见了亲人一般，飞扑过来把他从上到下舔了个遍。

今天出警的是三黑和四花，它们都是身经百战的好手。傅临江、老贾牵着两条狗，带着那位法医助手把附近的几个垃圾场都翻找了一遍。到了下午五点多，他们将几个被翻找出来的蓝色袋子凑到了一起。

徐瑶翻动着袋子，把从里面找出来的东西分门别类地整理存放，准备回警局之后进一步化验。多亏遇上"五一"假期，很多垃圾场清理不及时，他们这一下午才收获颇丰。

袋子里不光有部分残存尸体和一把刀具，还有几件洗过后剪碎的血衣。

晚上七点多，宋文确定再也翻找不出什么蛛丝马迹了，这才下令收工，大家纷纷上车。现在已经是下班时间，除了需要把物证、配枪还有剩余的尸块送回局里的人外，其他人可以直接回家。

林修然是坐局里专门的运尸车走的，这时还有三辆警车停在小区车库。徐瑶、程小冰、朱晓上了一辆，陆司语跟着傅临江和老贾往来时坐的车上凑。那边宋文一个人拿着车钥匙："欸，你们不嫌挤得慌啊？"刑侦队的几个人都往一辆车上去，弄得这一辆车只有他一个人，明显是资源分配不均。

傅临江摸摸鼻子："可我们和你家真不顺路啊。"

宋文道："怎么不顺？我要去找趟周医生。"

这倒是挺顺路的，一时间，其他几个人却低下头，不搭茬儿了。

陆司语看了看这情况，睫毛颤了颤，主动站出来解围道："我和宋队一起吧。"不知者无畏，他迈出第一步，其他几位都以感激的目光看向他，恨不得给他颁发一面解救天下苍生的锦旗。

宋文那个工作狂，特别喜欢在车里聊工作，这都下班了谁不想放松一下？以前大家是被逼无奈，现在有了新人，他们都光明正大地抛弃了自家队长。

宋文看着陆司语走过来，眼睛微微眯着，在心里揣摩着陆司语的想法。

正要上车，陆司语的脚步却是一停，道："我把水杯落在犯罪现场了。"

宋文皱眉又有点儿无奈："你怎么又把东西落了？"中午是水杯忘在车里，晚上又是水杯忘在现场。

还好物业那边的钥匙作为物证还没还，宋文把钥匙递给陆司语，开车门道："我陪你上去吧。"

"不用了，我自己去吧。"陆司语有点儿惶恐，像是做错事的新人急于弥补自己的过失，不等宋文回答，他转身走向楼道，按了电梯按钮。

宋文在他身后不远处，看了看那电梯，最后没有跟上去。

外面已经黑了，走廊里亮着淡淡的光，陆司语小心地钻过了黄色警戒线，打开了门，在这华灯初上之时重返了分尸现场。客厅里一片漆黑，那种淡淡的味道还在。他没有开灯，借着月光走入客厅后拿起了放在餐桌上的保温杯，放入书包内。然后他并不急着离开，而是开始环顾四周。他犹如一只隐藏在密林中的野兽，眼神锐利而又淡定。

说来奇怪，这房子白天看上去和晚上看起来完全不同，也许是因为发生过凶案，晚上的房子多了一丝阴冷。凭着记忆，陆司语走到了外卫的门口，浴缸里的水还是半满着的，尸体却已经不在。

陆司语合上了眼睛，他错过了平时晚饭的时间，现在胃里已经空了，有轻微的刺痛感。从小时候起，他就讨厌这种饿了的感觉，像是生命要从身体内部抽离。

陆司语感觉不到身边的温度，好像有冷冷的冰水喷溅在身上，把他引入黑暗之地。在那瞬间，他就是那个蹲在卫生间里切割尸体的人。

他戴着手套，穿着雨衣，首先割下了人头。这东西太碍事了，那双眼睛好像在盯着他。他把人头用保鲜膜包裹起来，放入了冰箱里，然后他回到了洗手间，面对那具无头的男尸。

手中的刀子像是解剖一般划开尸体，血液喷溅出来。他的心里异常平静，动作步骤有条不紊，心里还有种解脱感。他的速度并不快，在切割尸体时，他既没有惶恐不安，也没有感到一丝兴奋，刀割开皮肉，撬开肋骨，分离四肢，像是在完成一项蓄谋已久的任务。

很长的时间，他沉浸于此，用所有感官的专注来消解孤独与恐惧，有一种力量在心里支撑着他，让他完成这一切。

他处理好了内脏，开始剖开尸体。每当味道浓烈起来时，他就拧开浴缸的下水装置，开始换水。他从冰箱里取出冰块，撒在尸体的旁边，然后他把胸骨和肉块放入锅中炖煮，再把这些煮过的骨肉分别装进了袋子里。

所有的工作做完，他小心地检查了一下，然后打开了淋浴喷头，想把血迹冲刷干净，正是这个举动，让一些血迹没有顺着地漏被冲下去，而是积攒到了浴缸的后面，顺着楼板缝隙渗了下去。

时间两端，陆司语和凶手遥遥相望着，像是在进行无声交流……

哪里不对呢？他好像忘了什么动作……陆司语沉思了片刻，另一只手上的刀缓慢地切割了下去……这个动作又意味着什么？

五分钟后，陆司语锁好门，下楼来到了停车库。另外两辆车已经开走了，只有宋文在等着他。看他坐到副驾的位置上，宋文问："怎么这么久？"

陆司语低声说："找了一会儿……"

"门锁好了吧？"

"嗯。"陆司语低着头拉好安全带。

"你住哪边？我直接送你回家吧。"宋文看他精神不太好，又觉得自己对这位新人的确有点儿苛刻，送他回家权当弥补。

陆司语开口报了个地址就开始低头玩儿手机。他的眼睛看着手机，心里却在想着别的，全然没察觉手机屏幕已经变黑了。

天色已经暗了，车开出去不久就上了高架。城市的道路上，各种车排成长龙，早上是上班高峰堵车，现在是下班高峰堵车，都市人在城市里就像候鸟一般，每天迁徙着。

陆司语发了一会儿呆，看向车窗外，从这个角度，可以看到南城的标志性建筑——南城塔。那也是南城的第一高建筑，在城市的夜空之中，南城塔上灯火熠熠。

似乎从很早的时候开始，人类就喜欢建塔，总觉得高塔矗立，是最为接近天空、接近神灵的所在。世界上有很多的城市选择塔作为重要地标，南城的塔也不例外。在二十多年前，南城人以富商为首，倾尽半个城市的财力才修建了这座塔，它耗费了很多的金钱、人力，同时也提供了很多的就业机会。塔上建有一座观光台，站在上面可以俯视整个城市。

曾经，这座塔是人们的希望所在，是南城的骄傲。就连出行，人们也经常约在塔下见面。在十几年前，南城经历了一次变革，企业改制，众多人失业，那时候出现了第一个从南城塔上跳下去的人。

一时之间，这样的举动震惊了整座城市。人们再次看向这座塔，目光却变了，在那时的大环境下，甚至出现了效仿者，数月间这里甚至发展成了自杀"圣地"。为了改变状况，南城政府不得不出资对塔进行了一次修复，杜绝安全隐患。

再往后，经历了阵痛之后的南城飞速发展，南城塔也不再是孤零零的了，在它的旁边，高层建筑林立起来。如今，这地方已经成为南城人的记忆了。唯有游人们还把这里当作打卡的景点，每天来参观的人络绎不绝……

在黑暗之中，南城塔上的灯光投射下来，照得陆司语漆黑的眼眸亮晶晶的。

"在看南城塔？"宋文看向陆司语。

"嗯。"陆司语小声应了一声。

宋文道："等回头你可以上去看看，我也已经好久没去过了，听说上面新建了一条玻璃栈道。"

陆司语似乎对这个提议兴趣不大，停顿了几秒后，有些冷漠地应了一句："以后有空再说吧。"

车转了一个弯，南城塔消失在视野里，陆司语转过头来，宋文从后视镜里偷偷瞄了他一眼。路灯的光斜着照进来，照在陆司语刘海儿下露出的一点儿额头和高挺的鼻梁上，白皙的皮肤像是上好的白瓷。此时他眨了眨眼，脸上没什么表情，让人看不透他心里在想些什么。

车子又开出去几公里，宋文伸出食指敲了敲方向盘："你之前说……"宋文侧头一看，陆司语在副驾上睡着了。

陆司语的头靠着车窗，身体微微蜷缩起来，那是一种缺乏安全感的姿势，似是因为满满一天的勘查耗光了所有的力气。车前排橙色的灯光照着他的侧脸，映出优美又有点儿尖锐的下颌弧线，他的鼻梁上镀了一层金色的暖光，显得整个人干净极了。

宋文一时忘了自己想要说什么，伸手把那盏顶灯关上了。

开过了一段路以后，时间过了八点，错过了晚高峰，整个城市像临睡一般变得安静起来。车最终停在陆司语所说的地址门口，宋文正犹豫着要不要叫醒他，陆司语就动了动身子，自己醒了。他伸手揉了揉眼睛，发现已经到了，整个人有点儿迷糊地下了车："谢谢宋队。"

宋文提醒他："东西别忘了拿。"

陆司语看了看身后的包和手里的水杯："都带了。"

"还有勘查记录！"

"知道了，明天交。"

宋文这才放过他，摆了摆手："明天见。"

目送宋文离开，陆司语的神志又恢复了清明，整个人睡意全无。他拿出手机，默念出了一串号码，那是被害人林正华的手机号码。

搜索页一下子就跳出了数个记录，都是一些交友网站上的，照片上的人很难和今日的碎尸联系在一起，但陆司语一眼就认出，这就是身份证上的那个人。

看着资料，陆司语凝了眉，长久未进食让胃疼得更严重了，注意力怎么也没法集中。他伸手攥住了口袋里的药盒，以往解决问题最简单的方式就是来上一粒，可是现在药盒已经空了。他用牙齿轻轻咬着拇指的指甲，把它啃得凹凸不平，忽然他的手指触碰到了什么，那是白天程小冰不由分说塞给他的一颗糖。

陆司语撕开了包装，含着糖，丝丝的甜味在口腔里扩散开来，那些烦躁不安的情绪似乎也都被压抑了下去。

宋文一路顺着城杨路开到了周医生的诊所。诊所位于一座高档的商业办公楼，到了这个时间点，办公楼依然有很多层亮着灯光。

宋文把警车在楼下的停车库停稳，仍是爬楼梯来到了办公楼的第八层。

约诊台的小护士早就认得宋文，看到他进来就略带歉意道："宋队，周医生还在看病人，你坐在这边稍等一会儿吧。"

心理诊所的每位客人都是预约好时间的，所以等待的机会并不多，诊所一角有几张沙发，开业到现在几乎都是全新的。

宋文向小护士借了纸笔，坐在一旁，习惯性地在纸上描画着。

画画对于他来说，是打发时间的最好方式，甚至比玩儿手机更让他喜欢。每当拿起画笔，他的心中就是平静的。

宋文心里想着今天的分尸案，不多时，一张脸孔就在纸上被勾勒而出，那是在冰箱里发现的被害人的人头。头发凌乱，眼睛紧闭，脖颈儿下有着锯齿状的切口。案子没有头绪，宋文又随手练习着，他把脑子放空，笔尖在纸上唰唰划过，眼睛、鼻子、嘴巴……他画了一道精准的下颌线，随后是喉结的部分。他的笔触在上面一顿，落下一点，然后他愣住了，凝视了几秒，把那张纸揉作一团。

他在下意识之中，画的是陆司语的脸，这个新人让他琢磨不透。

正在这时候，周医生的病人出来了，那是个五十多岁的女人，身材微胖，看起来有福相的一张脸，完全不是需要做心理咨询的样子。可是她的表情之中却透着一种喜悦，眼角带着泪痕，像是信徒拜到了菩萨，所有苦难迎刃而解。

宋文走进去，周易宁早就等在那里。周易宁扶了扶眼镜，在一旁的资料里翻找了一下，抬起手，把陆司语的报告递给他。

宋文坐在周易宁的对面，那是标准的病人位，座位舒适，适合谈话，而且比周易宁的座位低上那么细微的三厘米。就这三厘米，却让病人和医生之间产生了微妙的情感。

宋文接过来那份报告看了看，这种报告他也见过好多份了，分数越高，安全性越高，说明心理素质越好，适合从事刑警工作。陆司语的成绩算不上顶尖，可也是中上。宋文有些不解："成绩很好啊，可以让其他人捎过来，你为什么非要我单独跑一趟？"

周易宁有些疲惫地揉了揉眉心，他今天接待了六个病人，消化那些负面的情绪有些超负荷了："表面上看到的，不一定是真实的。"然后他解释了一句："心理学的题目设置都是有一定方向的，如果你对那些测验足够了解，就可以呈现出你希望别人看到的表象。"

宋文问："所以，你的意思是那小子背了题了？"这一套题目是从题库抽取的，不算是机密，只要对这套制度有所了解，就能够找到题目，了解判定的规则。

周易宁摇摇头："你有没有发现这位新人的反应稍慢，而且缺少情绪变化？"

宋文点了点头，在今天一天的交流中，他也发现了陆司语的这些特点，但是他毕竟不是研究心理的，并不知道这些代表了什么。

周易宁解释道："考试结束后在和他的谈话里，我察觉到了他一些细微的表现。开始我以为，那是因为他试图在预判我的问题，这种行为在一些自作聪明的人之中经常可见，他们对心理医生有所准备，认为背了书以后，答出的问题万无一失。可往往那些人不够专业，所以回答里会有漏洞出现，观察那些漏洞，也是我得到信息的一种方式……"开始的时候，他只是把陆司语当作一个研究对象，他是个旁观的评定人员，总是接触各种各样的人，他以为陆司语只是其中的一个。

"在谈话后，我得出结论，觉得他有一些情感冷漠，表现出来的是情感欠缺、反应迟钝，即便内心情感丰富，却鲜少流露出来，他会对外界保持不信任和不满的态度，难以和人亲近。这不是什么大不了的事情，作为我们这些研究心理的人来说，很多人都有大大小小的心理问题。一个完全没有问题的人，就好像是活在真空的环境里，几乎是不可能的。只要不影响日常的工作和生活，这些小毛病无伤大雅，所以我通过了他的评测。"

话到这里，周易宁顿了一下，随后道："可是等我对这次谈话进行复盘的时候，我发现我可能做出了错误的判断……"他微微抿着唇，双手触碰到一起，这是一个不愿意承认和接受的细微动作。他的目光闪烁，欲言又止。

"周医生，你可是我们南城的心理专家。"宋文的第一反应是不信，他觉得这应该是周易宁跟他开的玩笑，学心理的都有点儿神神道道，喜欢抛出各种话题测试人的心理。周医生以前就这么搞过他。

宋文经过这一天和陆司语的相处，他承认，就算陆司语有点儿奇怪，也仅是奇怪而已。陆司语的身上可能具有某些特质，但绝对没有那么严重。

周易宁却看着宋文，表情严肃，一点儿也不像是在开玩笑。他闭了一下眼睛，扶了下眼镜继续说："也就是，有一种可能，我被诱导和暗示，被各种表面的现象迷惑，没有发现更多的实质内容。我没有触及到他的内心。"

宋文微微皱眉，能够诱导和暗示一名资深的心理医生，他自然知道这意味着什么。他忽然想起了自己刚才的画，画死人和画活人的技法并不完全相同，死人是死气沉沉的，生命的时间早就定格在了死亡的瞬间。而活人，总是带有情绪的，无论是高兴的、愤怒的、悲伤的、忧愁的……

可是刚才他笔下画出来的那张陆司语的人像，没有丝毫的情绪。或许，那时候的那种感觉是对的，在他还没有看透那个人时，他的画笔就流露了出来。

第三章

── 嫌疑人 ──

宋文刚想再问得详细些，周易宁却动了，他收拾着桌子上的文件，准备下班。他的语气轻松起来，仿佛刚才说的只是无关痛痒的玩笑："不过，那也仅仅是其中的一种可能而已，可能是我多虑了，也许事情远没有那么严重。宋警官可以当作故事听，只是本着严谨的态度，我觉得应该告诉你这个领导一下，防微杜渐总是没错。"

宋文思考了片刻道："周医生放心吧，还有我在呢。而且再怎么异常他也只是一个见习警员，我这边会看牢的，不会出什么事情。"

宋文遇到事情有个习惯，就是先预想一个最好的结果，然后再预想一个最坏的结果。这样无论后续的发展怎样，都会在这两种情况之间，不会出现毫无准备的状况。他揉了揉额头，脑中浮现出陆司语的身影，这个人看起来长得像个小天使，其实可能是个小恶魔。现在的情况虽然有些异常，但是他判断自己应该应付得来。

"对了……"周易宁的手一顿，他不想再纠结陆司语的问题，而是换了话题，"田鸣之前做访谈的时候和我抱怨，说压力大。宋队你之前对他玩儿套路玩得够深的，能放人一马就放人一马吧。"

"我今天送了他一个嫌疑人，还要怎么'放人一马'啊？"

"去年测试的时候你是故意放水的吧？让他以为你不如他，然后正式测试的时候才用真本领。这事儿都成他心病了。"

宋文的嘴角挑了一下，没承认也没否认。

周易宁继续说："看起来田鸣是最在乎的那一个，可其实你才是绷得最紧的。自己废寝忘食就算了，别逼得下属也这样，别人做不到像你那样。你的强势，有时候会给他们压力。而且用强势掩盖你的内心，这不是一个很好的选择。"

宋文手一摊，拒不承认："我掩盖什么了？"

"你的恐惧。有时候，恐惧是一种自我保护机制。我不知道引起你恐惧的点是什么，但是我能够感觉到你在痛恨软弱。"周易宁想了想补充了一句，"我觉得这些情绪可能源自你的父亲和你的童年经历……"

宋文知道周易宁的职业病犯了。周医生苦口婆心，他却不太想听："算了吧，周医生，今天我不是来做谈话的，还没吃晚饭呢，不想喝'鸡汤'。"

周易宁道："宋队别这么见外，这只是对朋友的友好随访，又不按小时收费。"

两人正说着，外面那小护士敲门："周医生，你订的花到了。"

周易宁对着门外喊了一声："就先放在外面吧，我马上就出来。"

宋文抬眼问："又约会去？"

这已经不是他第一次撞见周易宁的约会了，有人把爱情当作生活中的调剂品，而这位周医生明显是把爱情当作必需品。他没有结婚，约会的对象却是不少，任工作再忙，大晚上的也要见见面，过上一个甜蜜的夜晚。

"恋爱是研究人类关系最好的方式。"周易宁继续苦口婆心，"宋警官，你也谈个恋爱吧。爱情能够让人变得更好，情感会让人得到改变，促进激素分泌，调节身体机制。"

宋文今天才发现，这周医生不光会危言耸听，有时候说起话来比自家老妈还唠叨，他开口回道："我真没空，今天又遇到一个分尸案。"

周易宁毫不犹豫地回嘴："你谈恋爱又不需要凶手给你批准放假，在你看来，所有的警察都要有丝分裂吗？"

宋文笑了一下："如果有这个服务选项，我一定第一个购买。"

第二天一早，宋文照例踩点来到办公室，他扬了扬手里的一袋包子，大方地招呼道："我早上顺路买的包子，没吃早点的来拿。"

走到办公桌前，宋文就看到桌子上端端正正地放着一本勘查报告，他从袋子里面拿了一个包子咬了一口，另一只手随手将勘查报告翻了起来。

第一眼扫去，报告写得工工整整，再仔细看内容，所有的情况和资料事无巨细，记录得清清楚楚，就连不是本职的物证、法医工作也做了一些记录，并整理了物证表格，方便和鉴定中心开展后期工作。看到这样一份报告，宋文心情更佳，觉得即便陆司语身上有再大的秘密，冲着这一手整理资料的绝活儿，留下来也是值得的。他刚想表扬一句，一抬头却发现陆司语不在自己的座位上。

人事的工作效率还挺高，陆司语的办公位就在宋文的对面，椅子上挂着打印好了的工牌。此时那处无人，只放了个包，表示人已经到了。那桌面被陆司语布置得干干净净，整整齐齐，所有办公用品从左到右、由高到低一字排开，把其他人的桌面衬托得凌乱无比。

老贾毫不客气地过来拿了两个包子，占了两只手："这几天宋队倒是大方。"

朱晓看了他一眼："老年人就是胆子大，我可不敢吃，地主家的粮，吃了的，是得还回去的。"

宋文道："没有，真不用多想，我只是庆祝一下再也不用为写总结头疼了。"

傅临江笑了："你还不是靠压榨新同事？"

老贾看了看手里的包子恍然道："原来我们是沾了某人的光啊。"

他们正说着话，陆司语面无表情地端着一杯水进来，手里还拿着一沓刚领的本子和印了抬头的办公纸，也不知道之前的话他听到了多少。老贾一扬手里的包子招呼道："小陆，来，吃早点。"

陆司语淡然又客气地拒绝道："谢谢，我吃过了。"

老贾咬了一口包子，含糊不清地感慨："那可惜了，这可是你的'卖身包'啊。"

陆司语不知道是没听清还是没听明白，抬起头，脸上又露出那种茫然的表情。

宋文走过去直接踹了老贾一脚："狗嘴里吐不出象牙。"

傅临江笑着摇摇头，看着这些人开玩笑，拿起杯子抿了一口刚倒的茶。

宋文看时间差不多，起身严肃地说道："人齐了吗？齐了的话，去会议室和鉴定中心的人开会。"看宋文发了话，所有人再也不敢嘻嘻哈哈，连忙开始收拾东西往会议室聚集。

宋文走到陆司语桌前，用自己的笔点了点桌面提醒他："记得做好会议记录。"

昨天在现场的人陆陆续续都到了，近十人把小会议室占了个满满当当。气氛严肃，宋文往主位一坐，简单开场："大家汇总一下新的情况和线索。"

林修然起身："我先说吧。"昨天那些尸块到得太晚，林修然为了分辨那些尸块的位置，做了半宿的"拼图游戏"，晚上就在法医室的行军床上睡了。现在是成果展示时间，他摆弄了一下设备，投影仪投射出一张勉强拼成的尸体图片。

林修然："首先说一个发现，避孕套里的东西是死者留下的。"

朱晓理了一下思路："这么说，他是在跟人发生关系之后，死在了家中？"

林修然道："死者是已婚状态，另外一人究竟是死者的短期情人还是长期情人，又或者是其他的关系，就要靠你们调查了。"然后他侧身指向投影仪投出的画面："我们来看看尸体。死者四肢和躯干分离，内脏被绞碎，这些都是在现场发现的。在冰箱中发现的人头颈部伤痕较为杂乱，基本都是死后伤。我们还发现了一些尸块，其中大部分是肋骨和腹部的相关部位，由于已经被炖煮过，很多肌肉痕迹无法辨认，我们从中剔出了骨头，进行了拼接。"

幕布上出现了胸部的复原图，那些骨头拼在了根据死者身材模拟出的黏土模型上。除了少量部分缺失没有拼上，大部分已经复原。

"我们可以看到，这些骨头大部分被分成四到五段，只有这个位置……"林修然在左胸靠中的位置画了一个红圈，"这里的骨骼多断了一刀。"

"掩盖伤口？"宋文转着的笔微微一顿，轻声问道。

如果那里本来有一处刀痕，想要让人看不出来，最好的方式就是在伤痕上再加一刀，可大概分尸的人也没有想到，在进行复原后，这样的行为反而让这多出来的两刀突兀了起来，像是在画蛇添足。

林修然戴上手套，拿出两段胸骨指给宋文看："就是这里，凶手是把肋骨一根一根分开之后再剁的，所以每一段剁下来的痕迹都是垂直使力，断口几乎是平的。而人的肋骨本身是有一个弧度的……"他比画了一下下刀的两种方式，"所以尽管凶手在差不多的位置上下了刀，依然没有毁去那两处痕迹。"

林修然的手所指之处，两小段肋骨上有两个浅浅的豁口，如果不仔细看很难发现："这两处痕迹，是在左侧肋骨的第四、第五根上，为两处斜向的相对浅淡划痕。如果只有一处这样的痕迹，还可以说是巧合或者是其他原因造成的，可是弧线形的肋骨上有两处位置完全呼应的伤痕，就绝对不是巧合了，可以确定，这应该是一次凶器的刺入点。"

"刀从这里刺入会造成什么后果？"宋文问。听了这话，陆司语停了记录，抬起头来，然后他转头看向宋文，竟不料宋文也正看向他。两个人目光交会的瞬间，他急忙低头回避，手中的笔在本子上戳下一个点。

"如果长度够，会直接刺入心脏。"林修然拉过会议室中心的一个小的人体解剖模型，两指并拢作刀，从那模型的肋骨上刺进去。修长的手指犹如利器，穿过胸腔直抵心脏。

随后林修然抽出手指继续道："如果刺入心脏，死者会在几分钟内死亡，来不及抢救，这可能是死者的死因，但是因为内脏缺失，我们不能排除其他的一些死因。比如，也可能是腹腔器官大出血造成的休克，还有可能是颈部中刀刺破了动脉。而且，仅凭骨骼上的痕迹，我们也不能确定这胸口一刀就是死者活着的时候被刺的。"

徐瑶补充了一下："我觉得不太可能是颈部中刀，如果颈部中刀，可能会有大量的喷洒状血迹，但是我们在被剪裁清洗过的血衣上并没有发现大量血液反应，这一点不太符合。"

林修然解释道："以上只是法医层面的推断，这就是尸体的主要发现，其他的都是一些无关的，比如后背没有出血点、颅内无损伤、舌骨未骨折、身体上没有其他的伤痕。这具尸体残缺得厉害，所以单凭法医解剖无法获取更多的信息。"

林修然说完开始收拾相关的图片，等收拾好之后，又总结道："我再给大家梳理一下我的发现。从尸体的状况来看，死者的死亡时间是当天下午六点至晚上十二点，因为曾经被泡在冰水里，又失去了重要的信息，死亡时间无法更为具体。死因疑似胸口中刀刺破心脏。我认为这可能是熟人作案，并不是连环性案件，从刀口判断，分尸者应该只有一人，力气不算非常大，肯定不是身强力壮的大汉，但是也不可能非常瘦弱，至少是有独立行为的成年人。凶手对人体和器官有一定了解，可能有一定的医学基础。"

林修然今年刚满三十，正处在法医的黄金期，经验丰富，精力旺盛，在尸检分析中，冷静淡定、逻辑清晰、没有废话，常达到事半功倍的效果。一番分析之后，众人对案子都有了一些新的了解。

"之前我这里有调取监控，虽然没有完整的图像，但是基本可以确定，死者是晚上八点半左右回家的。"朱晓归拢着各种线索，对时间线进行补充。

徐瑶也对物证信息进行了汇总："在物证方面，之前的物证表格已经整理出来了，死者是合租状态，也就是屋内曾经还有一个人。梳子和枕头上获取的毛发可以确定是同一人的。屋内痕迹很多，门把手、厕所、餐厅……到处都有指纹。随尸块一起被抛弃的刀上，我们也获取了一枚清晰指纹，和在屋内的一些指纹痕迹相吻合。"

有指纹这无疑是一个好消息，宋文问："调取指纹的流程走到哪里了？"

"顾局那里。"

"凶器上有指纹，那是不是就能确定嫌疑人了？"傅临江问道。

老贾点头道："这个人在案发后就不见踪影，估计是躲起来了。我还以为这案子会挺难，现在看来，破案指日可待啊。"

"发现的那把凶器再给我看下。"宋文伸出手要证物。徐瑶递给他一个证物袋，里面放着一把沾了血的刀。

宋文上下翻看了一下，提出了不同的观点："我觉得这可能不是凶器，根据肋骨上的两个豁口，我们可以得出凶器的宽度，也可以模拟形状，双刃的刀子才能够形成那样的伤口。这把刀也许只是分尸的刀具。"

林修然接过刀子看了看，点了点头："是的，这样的刀具只能在单根肋骨上形成伤痕，与胸口的刀痕并不吻合。"

"有没有可能，凶手是用这把刀刺杀了死者，刺中的是腹部，而胸口那一刀是用另一把凶器补刀？"傅临江提出另一种假设。

宋文低头思考了片刻，摇摇头："有点儿复杂化了。我有些地方想不明白，尸体都损毁成这样了，掩盖死因还有意义吗？在常住的居所分尸时，戴着手套，却又把指纹和血迹留在一把被丢弃的凶器上，这点不合常理。凶手有很多的时间处理尸体，既然戴了手套，就应该把所有的蛛丝马迹都清理干净。凶手没有刻意处理其他房间的指纹，还在凶器上留了痕迹，这和他的谨慎行为不相符。"

这把刀出现得太巧了，屋子里到处都是指纹，而他们在主要的作案工具上却一无所获。跟着尸体被丢弃的刀子上却出现了指纹，还沾染了血迹，其中有很多地方逻辑不通，以至于有些东西像是凶手故意留给他们的。宋文沉默了片刻，目光锐利，说出了另一种可能："这把刀可能是凶手故意用来误导我们的。"

众人沉默，为了误导警方判断？那么目的就是为了嫁祸给林正华的室友？

"陆司语你有什么看法？"宋文忽然抬头问。

"我？"陆司语忽然被点名，有些惊讶，不自觉地做了一个舔唇的动作。

宋文道："没关系，想到什么说什么。"

陆司语翻看了一下手里的本子，犹豫了一下才开口："这个案子较为残忍，我觉得分尸的人具有较强的心理素质。那种分割方式，不能排除女性嫌疑人。"

林修然点了点头："因为等同心理，女性凶手杀害女性时，相较男性凶手，更少虐待胸部和性器官；男性凶手杀害男性时，也较少会对男性的性器官下手，少数出现这种情况，也往往是因为双方关系为情敌，采用这种行为进行情感报复，或者凶手是天生变态。"

陆司语提出的角度是之前众人没有考虑到的，宋文顺着他的话思考下去，忽地想明白了什么般眉梢一挑，随后转头看向他，没有发表意见。

陆司语察觉到了宋文的目光，又低头开始在本子上记着什么。

傅临江点头赞同："如果仅仅是为了杀人灭迹，没有必要做这个多余的动作。而且凶手在处理尸体的时候，做了很多的无用功。"

也就是说，这样的步骤用作毁尸，太刻意了。凶手似乎并不在意别人是否会获取死者的身份，却在刻意地隐藏着伤口和某些东西，这是什么逻辑？

宋文转了一下转椅，下了决断道："不管怎样，案子查到这里已经有了很大进展，死者的室友就算不是凶手，也要彻查清楚。他的指纹出现在涉案的刀具上，说明也是相关人物，获取越多的信息，就会对案件的侦破越有帮助。朱晓你抓紧时间汇总死者的信息，明确合租者身份。傅临江你带着老贾继续查案子。现在我觉得我们有必要去见一下死者的家属，"他起身，"也就是我们的另一名嫌疑人了。"

钟情，三十八岁，是林正华的妻子。她卫校毕业，做过一年心胸外科的护士，二十二岁时嫁给了林正华，一年后就给他生了一个儿子。孩子生下来不久，她就辞去了工作，成为了一名家庭妇女。

在外人看来，林正华主外，收入颇丰；钟情主内，把家中打理得井井有条；儿子林尚学习成绩很好，一路重点学校。可以说，这是一个幸福美满的家庭。

可其实在外人不知道的地方，他们却有其隐痛。

宋文看着眼前的女人，钟情身高一米六左右，有些瘦小，她保养得挺好，没有发福，完全看不出来真实的年纪，只像是一个三十出头的少妇。现在她的眼睛是肿着的，双手有些无措地搓着衣角。

今天，钟情是被通知来认领尸体的。在签了一系列的单子之后，她被领到了殡仪馆的尸体存放处。林修然是个专业的法医，每具尸体解剖之后都会进行缝合，这具尸体也不例外，尸块拼凑后，能够缝合在一起的都尽可能地进行缝合，让尸体看起来不那么狼狈。冷库拉开不多，仅露出了林正华的头部，钟情就捂住嘴点了点头，然后倒退了两步，流出泪来。

宋文把她从殡仪馆的停尸房领了出来，让她坐在接待家属的专用休息室中。宋文让陆司语给她倒了一杯温水，随后把死亡证明等资料递给她。宋文见过太多的尸体认领过程，每个人的反应各不相同，惶恐的、难以接受的、疯狂的、晕倒的、冷漠的……比较起来，这女人的反应较为冷静。

"关于你丈夫的死因我们正在调查，可以问你几个问题吗？"宋文等钟情的情绪平复下来，开口问她。这是例行的排查，也是刑警工作之一。

钟情把水杯握在手中，似乎需要热水的那点儿温度给予她力量，然后她直起腰身，点了点头。她的行为显露了她是一名受过良好教育的女性，言行都颇为克制。

见她同意，宋文看向陆司语，示意他开始问讯。这还是陆司语第一次审问嫌疑人，他抬头看了看钟情，似是有点儿紧张，轻轻舔了一下嘴唇问："你最后一次见到林正华是什么时候？"

"大概是一周以前。他……不常回家，我们基本上是分居状态，各过各的。"人已经死了，现在再隐瞒那些，伪装家庭和睦已经毫无意义。

"你知道你丈夫最近在外面和谁走得近吗？"陆司语又问。

钟情轻轻点了一下头："知道，有一个叫……"

"叫什么？"

钟情努力地想了想，吐出一个名字："什么……辉。"

"你觉得会有什么人想要杀害你老公吗？"

钟情摇了摇头。

"那最近有什么反常的事情吗？"

钟情又摇了摇头，然后像是想起什么般点了点头说："不过他最近似乎有些心烦，还曾向我借钱，理由却说得很含糊。"

"借钱？"宋文眉头一皱，这对夫妻还真是各过各的，如此生分。

钟情解释："我们婚后，他的一半工资是要打给我的，自己留着另一半花。他的工资一直不算低，除了我和儿子的生活支出，我还存下了一些，最近他却忽然向我借钱。"

陆司语继续问："你借给他了吗？"

钟情听到这个问题，迟疑了一下，低了头，如同蚊子细哼一般："开始没有，后来……打给他十万。"

十万，又是一个关键点，林正华的死会是因为钱吗？加上林正华手头的那些，估计钱不止这些。他让朱晓查过林正华的收入，一年五十万左右。可是为了钱的话，为什么屋内没有任何抢劫迹象，被害人的手机、钱包等都没有丢失。

"案发当天的晚上八点到十二点，你在哪里？在做什么？"在钟情露出为难神色之后，陆司语没有在钱的问题上深究，转而问了其他的问题。

钟情回忆了一下，用手绞着包带："那天晚上，我儿子要上补习班，我送他去上课了。补习班是八点半开始。"

"班上有多少补课的学生？"

"是个小班，一共有八个人。"

补习班人少，如果她说去了，应该是作不了假的。

"八点半开始，到几点结束？你儿子在补习班的时候，你在做什么？"

"从八点半一直到十点半，两个小时的英语课。我在附近的咖啡馆等他，由于经常去，那边的店员都认识我。"

　　大概问了十几个问题后，陆司语看向宋文，征求他的意见，看看有什么想要补充的问题。宋文开口问钟情："你爱林正华吗？"

　　钟情似是没有想到这刑侦队长会忽然发问，而且一问就是如此尖锐的问题，一时语塞。宋文收敛了脸上的笑容，目光沉稳，继续问她："嫁给一个不爱你的人，生活不和谐，你没有想过要离婚吗？"

　　钟情几时被问过这样的问题？伤痛被摆在台面上，让她的脸都涨红了："我……我……"

　　宋文直视着她的双眼，步步紧逼："你不恨他吗？"

　　陆司语侧头看了宋文一眼，那人的目光锐利如剑。他刚才的问题还比较常规，而宋文现在直指核心所在。听到那后一个问题，钟情忽地像是一条被打中了七寸的蛇，整个人都失控起来。大滴大滴的眼泪从眼角流下，她却挑着嘴角努力微笑，这样矛盾的表情，让她的脸部扭曲得厉害……

　　"离婚？"钟情的眼中带着泪，苦笑着说，"在结婚的第一年，他很正常，后来我怀孕了，他就让我安心养胎，很少和我睡在一起。我登录他的电脑，发现了一些照片，我哭着把这件事告诉我亲妈，我亲妈的第一反应是这件事千万不能让其他人知道，家丑不可外扬。"

　　她又哽咽地说道："开始的时候，我不理解我妈，觉得自己最亲近的人都不肯给自己做主，我那时哭了一天。后来我才发现，我妈的话不完全是错的。你知道其他人知道他出轨后是什么反应吗？他们首先觉得，我一定是个不检点的女人，否则他为什么要这样做呢？明明有错的是他，可是我在别人的眼中，也是罪恶、肮脏、有病的！"

　　钟情的笑容是苦涩的，压抑已久的话终于说出口："那些知道了这件事的朋友和亲戚非但没有帮我，还觉得我傻，觉得我活该。可其实，我才是受害者！我遇到了一个不爱我的男人，可我并没有错啊！

　　"你说得对，我想要离婚，想过不止一次两次，可我要是能离婚，早就离了。老人和儿子，生活和家庭，所有的事情加在一起，不是我想离就能离的。所以你们不会理解我过着怎样的生活，别把你们那些肤浅的理解加在我们身上。我的生活，远比你们想象中凄惨。"说到这里，她又努力笑了一下。那个温顺的女人似乎不存在了，取而代之的是一个恶毒的妇人，她有些歇斯底里："他死了以后，我除了有点儿伤心，更多的是解脱……"

　　钟情说出这句话，双肩抖动着哭起来，似是把十几年的压力都发泄了出来。这次哭不是为了林正华，而是为她过去十几年的生活。她哭了一会儿，似乎才发觉自己的失态，掩面道："对不起，我可以去下洗手间吗？"

不等宋文和陆司语回答，她就自顾自地起身向洗手间走去。陆司语坐在一旁低了一会儿头，他忽然小声问宋文："宋队，我能问你一件事儿吗？"

宋文对陆司语现在的表情有种熟悉感，抬起手表一看，果然，十二点零一，这又是饭点到了。他猜到了陆司语想要干什么，有点儿无奈地皱眉道："你不会是想在殡仪馆热饭吧？"

陆司语点点头，晃了晃黑色背包里的高级日式便当盒。

宋文无比头大："你昨天几点睡的？"

"没看表，大概两三点吧。"陆司语是个就算天塌下来，一天三顿饭也不能省的主，还是个不禁饿的，生物钟无比之准。这才刚到了饭点，他就仿佛是个被抽去了空气的充气娃娃，整个人都失了神采。看着他都快趴到桌子上，宋文万分无奈，压下了性子和他好言好语地商量："等下，找个便利店行吗？"

"要不我自己去……"陆司语提了个建议。

"警校怎么教的？执法过程中必须两人以上在场。"宋文把他一把拉住，然后又看了看时间，"好吧，我加快速度，再忍半个小时，就半个小时……"

宋文一边说一边觉得自己这个领导真是委屈，明明是个刑侦队长，可是现在干的这活儿，这不是保姆吗？

一番讨价还价之后，陆司语点了点头。两个人刚在这里达成一致，钟情就从洗手间里出来了。宋文走上去问她："钟女士，你是怎么来的？"

"刚才打了辆出租车，我不会开车……"钟情刚洗过脸，整个人有一丝慌乱，不复刚才的平静。她说着，用湿着的手抚了一下乱发。

"我可以送你回家，顺便去你家里看看吗？"宋文问道。

"这个……"钟情犹豫了一下，"家里有点儿乱……"

这是一个委婉的推辞，宋文假装没有听懂："我们就是顺路，不会耽误多久，我同事急着去吃饭呢。"

钟情看了看在一旁单手揉胃的陆司语，他确实是一副饿得前胸贴后背的模样，便没再说什么，报了个地址。警察想去的话，她一个女人又如何拦得住？

三个人上了警车，宋文驾驶，陆司语坐在副驾驶位，钟情坐在后面。这个女人似乎还一直沉浸在刚才的情绪里，后座时不时传来低低的抽泣声。宋文也没想逼得太紧，没再问她问题。他是可以走流程申请搜查钟情的住所的，但是他更希望能够打个出其不意，只有这样才能够获取更多藏匿的真相。

钟情的住所离殡仪馆不太远，大概只有十五分钟的车程，离林正华租住的房子不远不近。

宋文对南城最为熟悉，他在心里绘制了地图。钟情的住所、林正华租住的房子和林正华的公司差不多可以构成一个等边三角，这几个地方都可以开车十几分钟到达。

钟情住在一栋六层的老式建筑里，住所在四楼，面积挺大，三室两厅，一厨一卫，前后有阳台。宋文和陆司语换了一次性拖鞋，钟情把他们引进去以后，走到一旁给他们倒了两杯水。她好像已经从刚才的状态中恢复了过来，又如往常一般淡然："家里不常来什么客人，所以有点儿乱。"

这句话实在是太谦虚了，屋子里整洁得厉害。可以看得出来，整个住所，林正华的痕迹不多。

"这是我的房间，那间是我儿子住的，林正华不常回来，如果回来就住客房。"钟情简单介绍了一下。他们是夫妻，却过得像是两个同在一个屋檐下的租客。

宋文走进去，看着林尚房间的照片墙。照片墙上挂了几张照片，都是一家三口的合影。有孩子小时候去游乐场的，有大了之后逛博物馆的，还有一张钟情和林正华给林尚过生日的。照片中的家庭和一般家庭相比，根本看不出什么异常。

陆司语也走过来仔细看着，其中的一张照片稍微歪了一点儿，他眨了眨眼睛，忍不住伸出了手，把那照片挂整齐。

钟情道："他对我没什么感情，对儿子还好，毕竟是爸爸嘛。在今天之前，我还抱着一丝侥幸的心理，没有把他的死亡告诉儿子……我不知道该怎么开口。"她的脸上露出了为难的表情，毕竟这不是什么光彩的事。

宋文的目光落在了一旁林尚的书桌上，上面都是学习用品。在桌子的一旁，贴了几张奖状。

陆司语在这里看了几眼，似乎就失去了兴趣，又背着包来到了厨房，他指了指厨房的台面问："这个位置，原来有个榨汁机吧？"那台面有些发黄，其中有一个位置和其他部分的颜色不同，甚至能够看出来有一个弧形的痕迹。

"哦，原来是有个榨汁机，我本来买来给儿子榨果汁的，林正华用过几次觉得好，就拿走了。我也不知道他带到哪里去了，一直想要再买一个，却总是忘记。"钟情又是详细作答，回答得天衣无缝。

宋文的心里明了，原来放在这里的榨汁机，从大小和形状看，应该就是凶案现场的那一个。他看着陆司语一直在人家厨房里张望，进去以后再没准备出来，仿佛下一秒就要说出"我能借你家微波炉热个饭吗"，他十分担心陆司语影响人民警察的光辉形象。

宋文看着时间差不多，从口袋里拿出一张名片，对钟情道："好吧，不打扰了。这是我的名片，回头你要是想起什么有关的线索，随时打我的电话，也可以到警局找我们。按照规定，遗体还需要保留一段时间才可以火化……"

陆司语也看得差不多了，主动往门外走。他走到门口，换鞋的时候忽地停下了动作。

那边，宋文正在和钟情说话，钟情接过名片点着头，然后余光看向了陆司语。那个长相俊秀的刑警此时正在低头穿鞋。这两个警察都有点儿难缠，像是早就把所有的事情看透了一般。穿了一只鞋的陆司语忽地抬起头冲她笑了下。钟情没有想到，这男人浅笑起来更加好看，一时看得痴了。

陆司语伸出手，仿佛不经意般，修长的手指滑过了地上的一双男士皮鞋……

这时候，正巧宋文转过身，就在一刹那，他没有看到他身后的钟情好像是忽然想到了什么，脸色瞬间变得苍白如纸……

十分钟后，在距离小区不远的便利店里，宋文把热过的饭菜端到了陆司语的对面，他顺便点了一份关东煮，这才让自己面前的食物看起来不那么寒酸。

陆司语这个热外食的非但没有换来店员的嫌弃和白眼，店员反而还给了他优先，宋文再次清醒地认识到，原来脸这个东西真的可以当饭吃。

两个人坐在便利店的桌前，陆司语打开餐盒的时候有种仪式感，那餐盒华丽又保温，上面四个格子，他把它们从左到右一字排开，放得整整齐齐，然后拿出米饭，端正地放在面前，再从里面取出了筷子，这才准备开饭。

看宋文的目光总是不经意地瞥过来，陆司语大度地把自己放菜的餐盒往前推了推。他今天做的是酱爆鱿鱼、蒜香黄鳝、香菇鸡肉丸子，外加一份炒菜心。

四道菜荤素搭配，色香味俱全。美食往面前一放，宋文毫不见外，伸出筷子夹了一块。他嚼着黄鳝，连骨头都有些舍不得吐。

宋文一边吃着一边看着陆司语，心里想着怎么有人能够长得这么好看，又怎么有人做饭做得这么好吃，忍不住问："其实，你读的不是警校吧？"

陆司语看向他，有些不明所以。

宋文笑道："觉得你的手艺堪比五星级大厨。"

听完了冷笑话，陆司语的嘴角也挑起了一丝笑意。只是嘴角的微微一挑，却让陆司语那冷冰冰的眼角和眉梢都带了点儿人气。宋文忽然想起了之前周易宁和他提起的情感冷漠症，现在接触起来，他倒是越发觉得陆司语有些符合这病的特点，至于其他的，不知道是不是周医生想多了。

面前的食物很快被吃了大半，垫了肚子的陆司语又恢复了往日的淡然，小声问宋文道："你现在还怀疑钟情吗？"

　　宋文也正想分析一下案情："我本来怀疑她，但是现在又不太怀疑了。"

　　"因为时间对不上吗？"陆司语抬头问他。

　　宋文摇摇头："不，没有作案时间仅仅是一方面，还因为她是个左撇子。"

　　陆司语刚才也看到，钟情拿水、开门用的都是左手。对此，他没有发表意见，抬起头来看着宋文。

　　宋文继续分析："她恨林正华，但是我不觉得她会杀了她老公。再说钟情的身高也不符，林正华一米七三左右，两人有十几厘米的身高差，如果是站立状态，她很难直接从那个角度刺入；如果是其他的姿势，考虑体力悬殊，她也很难做到身上没有一点儿搏斗痕迹……"

　　陆司语侧头听得有些入神，他的筷子拿得偏高，更衬得手指修长，骨节分明，白到发光。他吃饭时的动作和神情，不知怎么让宋文想起朋友家那只血统高贵的猫。这样的人往对面一坐，弄得宋文也变得小心翼翼起来，再也不敢狼吞虎咽。

　　宋文一边思考着，一边夹起一枚鸡肉丸子放入口中。那肉丸是将鸡肉打成茸，加了一些菌菇粒，香味融进了肉里，外面又煎过，入口一咬，鸡肉带着汁水就散开了，鲜嫩无比。他却无心点评美食，轻轻皱眉，自言自语道："还是有哪里不太对。"

　　"你觉得哪里有问题？"陆司语沉声问。他的声音很轻，压得很低。

　　"我现在有点儿拧巴，曾经我觉得她的嫌疑最大，到现在也没有完全排除她，但是我总觉得有一些地方讲不通。"

　　宋文也说不清自己现在的这种感觉源自哪里。杀人动机、手法、凶器、时间、地点……这些因素怎么也无法还原。他越是想把一切理明白，就越是觉得杂乱无章，思维像是钻入了死胡同，一时拐不出来。

　　"也许局里有了其他的线索，等下我们回去看看。"宋文收拾着桌子上的垃圾，说道。

　　"你等下我，我买点儿其他东西。"陆司语说完去一旁的热饮柜里拿了一瓶热饮，又逛到了便利店的角落里。那里摆了一个书架，上面放了一些畅销书和近期的杂志，他站在一旁翻看了几眼，取了几本书去付了账。

　　宋文看了一眼，那是几本东野圭吾的小说，他随口问道："你喜欢看推理小说啊？"

　　"也不是经常看，今天碰巧看到了。"陆司语回答得轻描淡写，"午休时间差不多了，我们回局里吧。"

宋文点点头，两个人仍是开着警车回了警局。这一上午，局里的进展也很快。他俩一进警局，朱晓就兴冲冲地汇报："宋队，那个和林正华合租的人已经找到了，指纹匹配。这人是酒吧的调酒师，名叫马明辉，老贾和傅副队去提人了，应该一会儿就到。"

"其他的进展呢？"宋文又问。

"法医报告、物证资料、被害人的详细信息，都已经汇总过来了。"

"手机信息总结了吗？"

"近期的通讯记录，重要的信息都总结了。"

"再查查，被害人近期有没有什么大额的转账记录。对了，马明辉的也调取一份。"

"好，我协调银行调取。"

第四章

—— 自首 ——

下午三点，南城市局里所有人正在忙碌着，傅临江从外面走了过来："宋队，马明辉带到了。"

案子走到这一步就算到了关键的地方了，有可能会山穷水尽，也有可能会柳暗花明，整个审讯过程犹如一场博弈，无论对错，都会得到更多的信息。和之前讯问钟情的情况不一样，马明辉是直接作为嫌疑人被带进来的。不用再藏着掖着，可以直奔主题。

警局的审讯室中只有桌椅板凳和一盏灯，显得干净而压抑。马明辉已经被带入审讯室，宋文带了傅临江和陆司语走到一墙之隔的观察室内。这里有一面大的单面玻璃，通过它可以看到嫌疑人的动作和表情，嫌疑人在对面房间却不能看到这一侧的情况。

朱晓递给宋文关于马明辉的详细资料以及刚刚调出的银行转账记录。宋文接过道："别给水，晾他二十分钟。"

然后他转身对陆司语讲解道："现在审讯早就不能用刑，也不能诱供欺骗，所以更要讲究心理技巧。你不能诱他，但是能够诈他，要注意随时把控节奏，让自己处于主动的位置。"

随着时间的推移，审讯室里的马明辉明显急躁起来。由于还不能确定他的罪行，警局并没有限制人身自由，只是把他的个人物品全部收走。他在屋子里踱步了几分钟，敲了敲门。

自然是没人理他。

马明辉有些无奈地搓了搓手，又坐了回去。几名刑警就在一墙之隔的观察室里看着他，这人看起来二十多岁，身高一米八左右，小麦肤色，头发染成棕色，刘海儿微长，整个人说不上英俊潇洒，打扮得还算干净利索。

宋文凝神看各种材料，几张纸一比对，用手指点着道："这里面的确是有问题啊。"傅临江听到他说话，凑了过来，看着几张银行的流水单。

林正华最近除了从钟情那边借了十万，还陆续取出了二十万现金。现在支付方式如此便捷，他又没有买房买车，这大笔的取款的确让人怀疑，而他最后一次取款竟然是在被害当天的晚上七点十分，总共取了十万。这个时间点引起了他们的注意，通过与银行的电话沟通，证实是林正华提前预约好的。

宋文又看了下朱晓找到的其他证据，那是林正华一个月前收到的一封匿名邮件，里面有一张林正华和别人在酒吧包间里的亲昵合影。然后宋文又翻开了马明辉最近的记录，有几单大额的消费，银行入账也多于往常。再往前翻，似乎每过一段时间，马明辉的账户就会多上一笔不明来历之财。

傅临江皱眉："这不会是……仙人跳吧？"

宋文点了点头，叮嘱了一句朱晓："做好视频、音频记录。"

这一次是宋文和傅临江负责审问工作。马明辉没提防忽然来了人，被他们开门的声音吓了一跳，惶恐地抬起头来。

宋文看了他一眼，坐在他的对面，往前拉了一下凳子。

马明辉这才如梦初醒："警官，这中间一定是有什么误会，我真的不知道林正华已经死了，我真的什么也没有做……"

傅临江却不理他，一向笑眯眯的老好人绷起了脸，开口问："姓名？"

"我……我……"马明辉还想说什么。

宋文重复了一下："姓名。"比起傅临江，他的语气严厉多了。

马明辉这才蔫了，结巴道："马……马明辉。"

"性别？"

"男。"

"年龄？"

"二十四。"

"民族？"

"汉。"

"职业？"

"酒吧调酒师。"

"文化程度？"

"高中毕业。"

"被害人和你是什么关系？"终于切入正题。

"我……我们就是……偶尔在一起。"

"你们认识多久了？怎么认识的？"

"有三个月了，在我打工的酒吧认识的。后来我租的房到期，没地方住，便在他那儿暂住下来了。"

"大前天晚上，你见过林正华吗？"

"见过。"

"几点？"

"七点……"

宋文抬了一下眼睛："少撒谎，六点五十被害人下班打卡后就直接去银行取了钱，七点十分在银行监控上出现，在这期间你们是没有见面的。"

一般嫌犯有几种：有一言不发撬不开嘴的；有如竹筒倒豆子般一吐为快的；有满嘴胡说八道，问不出几句真话的；还有这种十句真话里夹着半句谎话的……对付马明辉这种人宋文有经验，就要第一时间把他们话里的谎言揪出来，还要逮着不放。你揪得越紧，对方就越慌乱。

"那大概是之后吧……警官我记不清了……那天我休息，晚上和朋友喝了酒，七点就回去睡了，然后我就被林正华从床上提起来，我们吵了一架，吵到后来我就拿了点儿东西走了，打了个电话去朋友家借宿了。"马明辉越是说得吞吞吐吐，就越是让人觉得其中有鬼。他想把时间说得模糊，因为他知道，在那之后林正华就遇害了，时间越早，他的嫌疑就越小。可正是他的说法，才显得他越发可疑。

"你们吵得厉害吗？"

"嗯……急起来谁还记得……"

傅临江道："也就是，你有充分的作案时间。"

马明辉还在喊冤："警官我说的都是实话，我可不敢杀人，我胆子很小的……"

宋文"哼"了一声："我看你胆子一点儿也不小，你找人拍了林正华在酒吧里的暧昧照片，威胁他说要把这些照片发给他公司对吗？"

林正华怕影响自己的前途，遇到勒索的第一反应是想要用钱消灾。

他们没有在开始问讯时就把这些证据丢出来，而是在等马明辉露出第一个破绽之后再用这些来压倒他。

"我没有啊，我不知道。"马明辉还在死鸭子嘴硬。

宋文合上了资料，望着他道："现在就算是现金取款，银行也会有冠号记录，我们要不要赌上一把，看看你钱包里的钱和林正华取出来的钱有没有正好一样的？"

　　听了这些话，灯光映照下，马明辉的脸上褪去了血色，额头也出现了汗珠。

　　"招了吧，我们已经掌握了你敲诈勒索林正华的证据。"宋文用手指在桌面上点了点，"敲诈勒索数额特别巨大可是要判处有期徒刑十年以上的，现在这杀人案，你的嫌疑又最大，而且……"

　　话到这里，宋文看向马明辉，那眼神让马明辉的后背出了一层冷汗。

　　"你是个仙人跳的惯犯吧？借由自己调酒师的身份，专门挑人下手。一旦成功，随后再威胁被害人，要把事情曝光。"

　　马明辉没想到那些事情这么快就被警方查得清清楚楚，颤声道："警官，我都招了，敲诈那事儿都是我同伙郭仔干的，这次……他拍了林正华的暧昧照片发到林正华的邮箱里……开始勒索了二十万，林正华给了，后来郭仔说这小子既然这么痛快给钱，肯定还有……就又要了十万，但是杀人真和我没关系。"

　　"郭仔的大名叫什么？"

　　"就叫郭仔……我也不知道他爹妈怎么给他取的。"

　　傅临江抬手给外面的朱晓做了个手势，朱晓马上意会，转身去办公室查这郭仔的资料。

　　"你和同伙敲诈勒索他的这件事，被林正华发现了……所以他晚上开车回家，去租的房子质问你，你就拿刀杀了他？"傅临江觉得问到这里，已经越发接近事情真相了。

　　"我当时……是拿了刀没有错，可是我只是吓唬他，他骂了我几句，让我还钱，但是我没杀他……"马明辉想到什么，瞳孔忽地一缩，"对了……郭仔……我离开那里以后，可能是那小子气不过，杀了林正华……"

　　为了洗脱自己的嫌疑，马明辉已经开始出卖同伴了。观察室内，陆司语抱臂咬着指甲看着审讯室里的一切。

　　宋文直视着马明辉，是郭仔杀了人吗？就因为这三十万，他们已经花去了大半，怕林正华打击报复，找他们要钱，所以他们索性杀死了林正华？宋文总觉得事情还有哪里不对。不管怎样，这两个人敲诈勒索数额较大，等待他们的都是监牢铁窗。马明辉开始交代细节。

　　老贾敲了敲观察室的门，走进去。只有陆司语在，老贾看着他撇了撇嘴，完全没有要和他说话的意思，转头又敲了审讯室的门。

　　口供还没录完，宋文抽不开身，傅临江转身出去和老贾一起到了观察室内。

老贾这才开口："副队，外面来了个女的，叫什么钟情的。"

"钟情？那不是被害人的妻子吗？她来干什么？"傅临江对钟情这个名字还有印象。陆司语听到钟情的名字也转过头来，看向老贾。上午刚见过的人出现在这里，他却不太意外。

老贾看了看在里面痛哭流涕交代情况的马明辉，有些疑惑地开口道："她来自首，现在这是什么情况？"

"都是我一个人做的。"钟情低着头轻轻地说出这句话。

南城市公安局，下午四点三十六分，刚结束了一场审讯的宋文看着面前的女人，白色灯光把她照得一清二楚，宋文可以看清她额前几根没有梳好的头发，看清她眼角的细纹。她的睫毛覆盖下来，遮住了那双眼眸。

当宋文让马明辉交代了所有事实后，就听到了钟情来自首的消息。他万万没有想到会有这种情况出现，这案子要么没有嫌疑人，要么有了两个嫌疑人。他之前怀疑过钟情，却因为某些原因没有锁定她，原因之一是钟情的身上有一种冷漠的气质，让人想到四个字——心如死灰。她仿佛是一只淹在水里的蝴蝶，随着水波漂荡着，连挣扎的力气都没有了。他难以想象这个女人会刺出那致命的一刀。

她没有杀人的激情，甚至对生活都已经绝望，活着的只是一具躯壳。而现在，这个女人坐在他的对面，毫无保留，没有一丝抵抗与防备，仿佛她把自己的生活与身体剖开，摊在别人面前。

"杀人、分尸，都是你做的？"宋文追问了一句。

钟情点了点头。

"为什么？"

"我早就想杀他了。这样的生活，我在家里和在监狱里没有什么区别。"钟情吸了一口气，只有这个时候，她的情绪才出现了一丝波澜。

"那过了那么久，你为什么这次会突然……"

"因为钱。"钟情抬起头来，脸上的表情微微变了，像是画皮的女鬼脱下了贤惠的皮囊。宋文觉得自己仿佛不认识这个女人了。

"我没有给他钱，那十万块钱是他自己转走的。"她自嘲地笑了一下，补充了一句，"我就是这么庸俗的人，感情没有了，总得留下点儿什么。他动了给我的钱，就是动了我的命。"长久的压抑早就让她无比脆弱敏感，那挑起的嘴角让她看起来有些神经质。

"你具体说一下案发的过程。"

"那天晚上，我和儿子打车去了补习班，我去旁边的小咖啡店消磨时间，然后晚上七点多我看到了自己的银行卡转账成功的消息……我特别气愤，我记得林正华在这个小区租了房子，就跑过去和他理论。谈到钱的问题，他很激动，我顺手拿起了一把刀子，刺入了他的胸口……

"我当时特别害怕，觉得就和做梦似的。我装作若无其事的样子回了咖啡店，等到补习班下课，接了孩子打车回家，然后晚上再偷偷过来处理尸体。"

钟情捋了一下额前垂下的发丝："我的第一反应是想抛尸，于是我就在洗手间把他的尸体分开了。可是我发现，即使是分开了，尸体也比我想象中要大。我想把他绞碎了，冲进厕所，可是榨汁机的进展很慢，还不能榨带骨头的地方，所以我只榨碎了内脏。我怕有味道，就在浴缸里放冰块，不停换水。后来我把砍下来的肋骨炖煮了，趁着天还没亮，把这些骨头和一些刀具还有洗过剪碎的衣服扔在了楼下……"钟情面色平静地说着这一切，语速却越来越快，她仿佛回到了那间出租屋，回到了那个现场。

"我意识到我可能没有时间和精力把这具尸体完全毁掉，然后我就把我留下的痕迹冲洗了。这几天来我都在害怕。"

其中有很多未向民众披露的细节，她都能够说出来，说明眼前的这个人很可能就是凶手。或者说，至少她到过案发现场，可能是共犯之一。

"早上我们还见过，那时候你为什么不说实情？"宋文又问。

"之前……我还有一些侥幸的心理，可是后来……我觉得自己被你们发现只是时间问题。"钟情忽然侧过头，看向一旁的玻璃，她的目光仿佛可以穿透那面玻璃，落在陆司语的身上。她的秘密被人发现了，急急忙忙地进行补救之后，她越发不安，只好改变了计划，主动出击。不过看来，那个小警察还没有把她的秘密说出来。

"其他你还有什么要交代的？"宋文对她的动作有些不解。

"我们这种是家庭纠纷，自首可以申请减刑吗？"钟情这才收回了目光，抬起头来看向宋文。

"你先把所有的相关情况都交代下吧，交代得比较多、态度比较好的话，法官审判时会酌情考虑。"宋文还是难以想象眼前这个平静的女人就是杀人凶手。

下午五点的警局没有普通公司那种下班前的宁静，宋文从审讯室里出来，傅临江就对他道："老贾和朱晓已经把郭仔带过来了，我这边大概问了下，那小子全招了，和之前马明辉说的差不多，敲诈勒索是存在的，不过杀人分尸这件事应该不是他干的。"

宋文"嗯"了一声，似乎没有在听，他径直走到自己的办公桌前，拉开了椅子坐下。

办公室里的其他人此时都一身轻松,老贾拿了钟情签了字的文件道:"结案啦,结案啦,皆大欢喜,今天下班就可以回家睡个好觉了。"

朱晓也调侃着:"这次真是意外顺利,这下子,田队估计脸都要气歪了吧。"

宋文抓到了钟情,却并没有什么成就感。

每一次破案,他都在走近一些人的生活,一步一步查看各种资料,一遍一遍地审问,从陌生的人变成熟悉的人,尽管这种熟悉是敌对的。

这是一个怎样的案件呢?一个是表面风光,其实却暗藏秘密的出轨丈夫;一个是看起来贤惠温柔,其实却心如蛇蝎、满腹恨意的妻子;一个是表面上跟你称兄道弟,其实却敲诈勒索你的室友。

没有无辜之人。不管怎样,只要犯了罪,就要付出代价。

但是他觉得,这个案子还有哪里不对。

宋文抬起头,隔着办公室的那面玻璃看向陆司语。陆司语已经把所有的审讯记录整理好,这时候低着头,毫无表情,手里拿着中午买的书正在翻看着。

从宋文的角度,正好可以看到书名的前几个字。一瞬间,他的眼睛忽地睁大,脑中的结瞬间打开。

他走到走廊里打了一个电话,回来以后就招呼几个人道:"一队的人过来,小会议室开个会。"

那几个人正在等下班呢,看到宋文这反应,不知道自家领导要做什么。

一进会议室,宋文就道:"我核对了,那天林尚和钟情是出现在了英语补习班,但是林尚迟到了一会儿……大约八点四十才到。那个补习班离被害人遇害的地方非常近,就隔了一个小区。"

"所以呢?"傅临江不解其意,他并不知道这和林正华被害有什么关系。

"这个案子的进展太过迅速了,我们一直有一点说不清,凶手这么大费周章是为了什么?"宋文又问道。

"这个……"其他人一时语塞。只有陆司语站在众人身后,他的表情冷漠,似乎事不关己。

"反正钟情都承认了,细节也都能对得上,哪里有人自认是凶手的?"老贾又道。

宋文苦笑了一下:"是啊,哪里有人会自认是凶手?除非是为了包庇什么人。"他说完,擦掉了之前在白板上罗列的案件线索,继续道:"我们之前梳理案件,就有很多事情对不上,但是如果犯罪时间和犯罪地点都是假的呢?"

"什么叫作是假的?"朱晓疑惑了。

"我们最早就得到了一个信息，死者的车是晚上八点半左右停在了小区的地下车库，正是监控干扰了我们的视线。"宋文摆了一下手，"陆司语，过来，在这个白板上画一下时间线。"

陆司语忽然被叫到，他愣了几秒才举步上前，拿起白板笔，在白板上画了一道竖线，然后开始标注。

"我们现在知道，死者是在晚上七点左右取了钱，郭仔和马明辉的敲诈方式是让他把钱放在一家餐厅角落的书包里，随后再去取走。我猜测，林正华这一次看到了郭仔。在回去的路上，林正华回忆起自己曾经在马明辉那里见过郭仔，回去找马明辉对质。如果马明辉没有说谎的话，他跟林正华的对质和冲突可能发生在七点一刻到七点半之间，林正华确定了是马明辉勒索自己，两人发生了争吵，而后马明辉离开。然后我们得知，晚上八点三十二分，死者的车停在了玉庭华音，这似乎也和之后钟情去见了林正华并把他杀害相符。"

白板上，陆司语记录得很快，似乎早就知道宋文所想一般，把所有的时间和事件标注其上。

"但是，如果钟情说谎了呢？"宋文话锋一转，从陆司语的手中接过了笔，在七点半到八点半之间画了一个圈，"这中间的这段时间，死者去了哪里？"

"难道说……"傅临江似乎终于明白了宋文的意思。

"我们之前只有死者的下班时间以及取款的监控视频，我大胆地做个假设，死者那天因为一些原因没有开车，八点半的时候他已经死了，那辆车只是把死者的尸体运过来……"宋文又在旁边画了一个三角形，标了家、公司、玉庭华音这三个地点，相互之间的车程是十五到二十分钟。

"死者在中间那一个小时回家了？！家中才是遇害地点？"傅临江恍然大悟。

"可是如果林正华是在家中遇害的，我不信她能够拖得动尸体！"老贾叫道。分析到了这里，他还是有些没跟上宋文的思路。

"所以她有帮凶，或者说，她只是个从犯。"宋文退后了一步，看着面前的案情梳理，这一下，整个过程都清晰多了。

"我们一直都错了，因为杀人的和分尸的人根本就不是一个人。"

宋文理顺了所有的事情，总结道："我认为，钟情做那些事情，不是为了销毁尸体，而是在最大限度地扰乱我们的视线，让我们对死者的死亡时间、死亡地点、死亡原因做出错误的判断。"

她带着对那个男人的恨意进行了分尸，但是她是有理智的。缺失胃部和心脏的尸体反复浸泡在冰水里，看上去像是精神错乱、毫无顺序的行为，可每一步都毁去了上面的痕迹，让法医和物证员无法做出正确判断。

因为时间是假的，地点也是假的。

厘清了全部思路，宋文走入了关着钟情的审讯室。钟情还坐在那里，似乎姿势都和宋文上次离开时一模一样。

"那天林正华是死在你家里的吧？然后你开车把尸体运到了那处出租屋，随后进行了分尸。"宋文直接问道。

钟情有些惊讶地抬起头："宋警官，你在说什么？我根本就不会开车。"

"你是不会开车，但是你的儿子林尚会吧？林尚他还未成年，没有驾驶证，但是之前林正华教过他。"宋文还记得，在钟情家中时，他看到林尚和林正华的合影，其中有一张就是靠着车拍的，他继续指出钟情话里的漏洞，"而且，正常人听到我问你的那个问题时，第一时间是会否认家中是案发地点，而不会说出不会开车的细节。"

这一瞬间，钟情的脸色变了，仿佛有一枚子弹击中了心脏。

"你是左撇子，林正华跟你面对面时，应该是右胸中刀才对。林正华不是你杀的，而是你儿子林尚杀的，你为了帮林尚脱罪，进行了分尸，毁掉了痕迹。混淆作案时间和作案地点，就是为了给你儿子做个在补习班的不在场证明。你为了阻止警方继续追查，所以来自首，想给你儿子顶罪，希望案子就此终结。"宋文步步紧逼。

钟情低头抿着唇，不再说话，一双眼睛却暗淡了下来。

"你现在不说话没关系，我们已经有人去搜查你的家，并且抓捕林尚，很快一切就会水落石出了。"

六点了，下班时间到了，在最后的时刻，宋文终于找到了真凶，他转身往外走，如释重负。

门在钟情的面前关上，她这才像是活过来般叹了一口气。她是憎恨林正华，但是孩子是无辜的，她一直对自己的儿子十分宠爱。案发以后，她还是疏漏了，之前她和林尚慌乱地把林正华的尸体放入行李箱时，却忘记拿上他的鞋……

那双属于林正华的皮鞋，直到上次宋文和陆司语去她家时，还保持着进门的方向……

都说人如其名，她叫作钟情，这一生也栽在这一见钟情上了。当初她不顾父母反对，嫁给了林正华，自此就落入了无间地狱。

一直以来，林正华出轨这件事，他们夫妻两个人都很好地瞒着儿子林尚。可那天林正华怒气冲冲地回到家，把气往她身上撒的时候，两个人吵架之中无意间提到了那些钱以及林正华在外面做的那些事，当林尚红着眼睛从屋里出来，质问林正华时，她就知道这个家完了。

父亲的形象在心中破灭，崩溃的林尚把刀刺入了自己父亲的胸口，接着钟情和他把尸体运到了出租屋内，然后她做了曾经在梦中做过千万次的事，亲手将这个男人千刀万剐了。

林尚是在他的外婆家被抓到的，他对犯罪过程供认不讳，和宋文推理的几乎一致。

当时激愤的他一刀刺入了父亲的心脏，林正华很快死亡，由于有刀子堵在伤口里，出血并不是太多。他当时吓坏了，钟情却十分淡定。尸僵形成前，钟情和他一起把尸体塞入一个大号的行李箱运到了那间出租屋。

母子两人装作无事一般去了补习班，但是所补的课，林尚完全没有听进去。

法网恢恢，疏而不漏，虽然钟情做出了牺牲，愿意为他顶罪，但是最终林尚还是没有逃脱法律的制裁。

宋文把整个案子又过了一遍，之前的问题基本上都已经有了答案，漏洞也大半补上。

林尚未成年，他可能要进入少管所接受教育；马明辉和郭仔会因为敲诈勒索被判刑；钟情也将会被法律制裁。

至此，一起残尸案可算是破了，四名犯罪者全部落网。

案子告破后，又忙碌了好几天进行收尾，一队的这几个人终于迎来了一个难得的周末。到了周日下午，宋文习惯性地拿出了速写本开始画画。

他画着一张张脸孔，钟情的、林正华的、林尚的……直到各种各样的脸占满了整张纸，他才把那本子合上。

随后宋文打开了手机，手指在屏幕上滑动着，忽然想到了什么，他翻开了相册。相册里有一张照片，那是那天他从程小冰的物证资料里发现的。那张照片原本不应该被拍下来，可是小姑娘按下了快门，又舍不得把它删掉。宋文发现了这张照片以后，也没有声张，而是在手机里存了一份。

照片上的陆司语低着头，看着被害人那辆车的后备厢，神情专注。

有些事情就像是一颗颗珠子，看上去毫无关联，可是细细想起来，却早有一些征兆，可以穿成串。宋文想起了周易宁的话，还有之前的调查结果，他忽然起身，拿起衣服出了门。

下午五点，陆司语在南城西的小别墅内烹饪晚餐。今天他炖了一锅鱼汤，这条鱼是他亲手剖杀的。

陆司语的动作干净利索，他先把鱼打晕，去除了鱼鳞、鱼鳃和内脏，还有腹内的黑膜，随后面无表情地把鱼洗干净，冲去了手上的血迹。鱼身上的水用厨房纸吸去，热锅冷油，先把鱼身两面煎黄，再加水，淡黄色的油花儿冒了上来，一直煮到汤色奶白，渐渐浓稠。

炖上了鱼汤，陆司语又做了个番茄牛腩。他将食材放入高压锅内，又将煮熟的土豆碾成泥，拌了肉汁进去。烤箱里的肉卷发出"吱吱"的声音，用生菜卷了就是绝顶的美味。

等其他几个菜陆续做好上了桌，屋子里飘散出食物的香气，陆司语正准备坐下来享用美食，忽然听到了门铃声。他有些惊讶地抬起了头，这小区之中，除了快递员和保安，少有人来。陆司语擦了擦手，走到了门口，从猫眼往外望了望，就看到宋文站在门口。

陆司语的第一反应是想装不在，回身看了一下灯火通明的屋子，又看了看没有拉窗帘的落地窗，考虑到他不开门的话，宋文还真干得出翻窗而入的事来，他犹豫了一下还是主动把门慢慢拉开了，乖巧地叫了一声"宋队"。

宋文自来熟地换了鞋，陆司语蹲在门口，把他换下来的鞋摆正，和其他的鞋并作一排。

宋文走到了屋里，习惯性地查看着环境。

这片小区属于南城的富人区，每一栋都是独门独户，还带了院子。

据说这房型是西班牙设计师设计的，整个别墅带了点儿异国风情，客厅挑高足足有四五米，顶面做了弧线造型，一进门就是一个一百多平方米通透的客厅外加餐厅。厨房内有一个边长两米的方形中岛，周围一圈儿放置着各种设备，既有中式的，又有西式的。此时陆司语做完了饭，那厨房却是十分整洁。

宋文有职业病，把整个客厅都扫视了一遍，目光最后落在陆司语身上。陆司语站在一旁，穿着一身柔软舒适的居家服，戴了一副金丝圆框眼镜，面无表情地看向这个不速之客。

宋文的目光最后扫过桌子上那些菜，每个餐盘都摆得整整齐齐，他问道："你每天都吃这么丰盛啊？"

"习惯了，做饭也是种休息。"陆司语看了看宋文，今天是休息日，宋文显然是从家里直接过来的，还专门赶了个饭点。他又客套了一句："宋队还没吃晚饭吧？"

"我就几句话，说完了回去吃。"宋文轻咳了一声，推辞得言不由衷。

"不麻烦，不过就是加一副碗筷的事儿。"陆司语取出碗筷，放在宋文面前，然后又往鱼汤里加了点儿香葱末，盛出来摆上了桌子，最后贴心地倒了两杯红酒。开始的时候一个杯子的酒稍微少了一些，陆司语皱眉，把酒又加了点儿，等两个杯中的酒一样高，这才端了其中一杯给了宋文。

宋文倒是没客气，仿佛自己本来就是来蹭饭的一般，坐在餐桌前跟着陆司语吃了起来。作为主菜的鱼汤味道尤其好，毫无腥气，有鱼肉特有的一种香气，不像其他肉类那么油腻，那浓稠的汤汁喝下去，宋文整个人都暖融融的。

陆司语夹了一大筷子鱼肉，宋文抬起头，就听他亲昵地叫了一声："小狼……"

宋文忽然被叫了小名，动作一停，看向陆司语。他这小名连同事都不知道，也很难让人把这名字和他现在的样子联想到一起。他正想问陆司语从哪里知道他的小名的，却见一条纯白色的萨摩耶从一旁的客卧里跳了出来，熟练地两下上了桌。陆司语把鱼肉往桌子上一放，那狗就开始吃。陆司语低垂着头，面无表情地伸出一只素白的手，在那狗的肚子上挠了挠，那狗就受用地眯了眼睛。

明明是一条狗，为什么偏偏要叫作狼？

那狗被摸得美美的，宋文看着陆司语玩儿狗，不知怎么心里浮上一丝奇怪的感觉。平时那么冷的一个人，这点儿温柔全用在狗身上了。

"小狼，和客人打个招呼去。"陆司语一声令下，那条狗就跳了下来，在宋文的牛仔裤边蹭来蹭去。

"你家的狗挺自来熟啊……"宋文感觉脚下的狗蹭得亲昵，忍不住伸出手来摸了摸狗头。

陆司语有点儿看不下去了："小狼，别拿你屁股蹭人家裤子……"

那狗被批评了，露出委屈的表情缩了缩身子，在宋文脚下抬起一条腿，摆了个要撒尿的动作。

宋文拿着筷子的手僵住了："……"他忽然有种想吃狗肉火锅的冲动。

狗又被陆司语抱走了，宋文看着他忍不住问："这狗为什么叫小狼？"

"怎么，不好听吗？"陆司语掐了掐狗子的圆脸，抬头看他，然后解释道，"这条狗是我捡到的。我那时候从宿舍搬出来，有点儿怕寂寞，回家的路上就捡到了这条狗。那时候它浑身脏兮兮的，冲着我龇牙，像是狼一样，但个头儿小小的，看起来不凶，反而特别可爱，我就忽然想到了这个名字。"

宋文抽出一旁的纸巾擦了擦嘴，毫不留情地戳穿他的谎言："能够捡到一条纯种的萨摩耶，你的运气可真不错。"

陆司语"嗯"了一声，似是完全没有听出宋文话里的怀疑和讥讽，他没再解释，低头摸着那条狗的肚子，不知道在想些什么。

一顿饭吃完，宋文碗筷一放，这才切入主题，他习惯性地把上衣袖子撸了起来："我今天来这边，想要和你说点儿事儿。"

　　陆司语又"嗯"了一声，伸手把萨摩耶弄下了桌。那条狗便非常识相地夹着尾巴钻到了客房的狗窝里。

　　宋文顿了一下："之前你的心理测评，成绩不太理想。"

　　陆司语那一向没有什么表情的脸上露出了一丝疑惑，他扶了一下眼镜，似是有点儿不明白为什么会是这样的结果。

　　"我有个问题想问下你。"宋文开口问他，"为什么要做刑警？"

　　陆司语轻咳了一声："我从小就有这么一个梦想……"

　　宋文打断了他的话，挑眉道："说点儿实际的，别用警校学的那一套糊弄我。"

　　陆司语看向他："那么宋队，你能不能告诉我，你为什么要做刑警呢？"

　　"这个城市，总是有很多坏人，也需要有人去抓那些坏人。"宋文抬头看向陆司语，"这是一件总需要有人去做的事。"

　　屋子里很安静，宋文继续说："不过，我选择这份职业，主要是因为我的家庭。市局很多人不知道，我的父亲就是一名老刑警。最初的时候，父亲的形象在我的心中是光荣而伟大的，可是后来我发现，我父亲也有做不到的事，也有让我失望的事。而且我的父亲是个挺要面子的人……他非常大公无私，也就是人们常说的打肿脸充胖子，他凡事喜欢冲在第一线，是个人人称颂的好警察，一旦遇到了事情……在他的心里，儿子也好，老婆也好，他自己的生命也好，都是可以抛弃的……"

　　宋文没有把事情说得很清楚，但是陆司语明白，其中一定是发生了什么，让身为儿子的宋文对父亲极度失望，父亲的形象在他心中一落千丈。

　　"后来，在我八岁的时候，我的父亲和我的母亲离婚了。"

　　宋文说到这里，陆司语的眼神略微变化，他眨了下眼似是对此表示同情。

　　宋文却耸肩道："他和我妈互相折腾了几年，后来又复婚了，所以我也并不算是单亲家庭成长起来的，只是中间有几年父亲的位置是缺失的。他很少出现，一旦出现又对我非常严苛。到了后来，我在他的训斥和责备之下，学会了反抗。我习惯性地和他对着干，他不看好我，我就非要做给他看，那时候他想让我当医生，我就跑去做了警察。现在，这份工作我还挺喜欢的。"

　　这些话，宋文很少和别人说起，他和父亲宋城两个人都十分倔强。宋城希望他能够和他的母亲一样，考进医学院，成为一名医生，宋城认为做警察是个非常辛苦的工作，而且里面有很多是非，每天要接触很多罪恶。可宋文专门和宋城对着干，报考了警校，毕业以后更是进入了南城市局。

做了几年刑警以后，宋文觉得自己非常适合这份工作。他能够胜任这个位置，是一个天生的刑警。于是对这个选择结果，他也就释然了。随着年龄的增长，他渐渐明白了宋城做事时的身不由己，可是父子之间的鸿沟并不是三言两语就能化解开的。

陆司语听完了宋文的话，低头道："我考大学时，报考的是法医专业，后来有一次我选修了一门犯罪行为侦查的相关课程。课程快结束的时候，那门课的老师忽然找到我，他郑重地建议我考虑一下将来的职业规划，究竟是做一名法医，还是做一名刑警。在他的描述中，刑警的工作似乎更适合我，所以我后来慎重考虑，选择了这个职业。"

宋文继续问："做刑警挺苦的，你确认你能够坚持下去吗？"

"目前适应下来，觉得还行。"在陆司语坚持不懈的努力下，他并没有受什么委屈。

"你来警队也有一个多星期了，上次的案子，你跟下来觉得怎样？"

"感觉学到了不少的东西。"

谈话进行到了这里，宋文的表情变得越发严肃起来："我还有个故事，想讲给你听。"

陆司语似乎也察觉到了一些不一样的气氛，在椅子上坐正，看向了他。他现在的表情陆司语有些熟悉，那是他审讯时候的表情，仿佛坐在对面的不是他的同事、下属，而是一名嫌疑人。他那双眼睛，仿佛已经洞穿了一切。

"这个故事发生在几年前，一所警官学校里有着各种院系，其中就有法医系，这一批招收的新生中有个男生成绩明显优于其他人，而且他长得挺不错的，惹得学校里很多女生都去追他。可这个男生冷冰冰的，拒绝了很多人……"宋文沉声讲着。灯光下，陆司语的脸上依然没有表情，仿佛在听一个纯粹的故事。

"这样的情况，无疑会引起宿舍一些男生的嫉妒。班上的男生开始抱团，以那个男生为假想敌，开始的时候还是一些无关紧要的玩笑，后来那些男生变本加厉，撕他的书本，弄湿他的被子，再后来有一天晚上八点多，他们把那个男生骗到了实验楼，偷走了他的手机，把他锁在了解剖室里。而那天，解剖室有一具刚刚被运来的尸体。"

宋文的目光盯着陆司语的脸，不放过他任何一个细微的表情："那时候他们刚大一，虽然是学法医的，可是都还没有正式接触过尸体，那些恶作剧的男生后来说他们希望能吓唬一下自己的同学，锁上他一夜，灭灭他的傲气。这件事到了晚上宿舍熄灯查寝的时候才被管理员发现，院长心急火燎地带了老师去救人。等他们打开了解剖室的门，却发现那个男生淡然地面对着那具尸体，把各种脏器分离，仔细观察……"

陆司语终于开口说了一句话："在上学的时候，解剖的机会是很难得的，特别是单独面对尸体。"

"可是那时候，那个男生也不过才十八岁吧。"宋文看着眼前的人，灯光下他的皮肤白得发亮，喉结上的痣却红得如血，不知道那时候他该是一副怎样的模样。

"那几个男生受到了处分，领头的更是被开除了，而那个被关的男生借由此事被准许可以不住校。学校里没有人再敢和他做朋友，大家都说他是疯子、变态，甚至有人说他对尸体有些特殊的嗜好。这个男生呢，也许是天生孤僻，他并不在乎同学的看法，反而和导师都相处得很好。"宋文抬起头来，"这是个普通的故事，坏学生得到了惩罚。不过……"

宋文拿起杯子喝了一口红酒，看向陆司语："薛童，这个名字你还有印象吧？"那是那件事中被开除的学生。

"我总觉得，这件事不像表面上那么简单，后来我就查了一下薛童这个人的社会关系。辍学以后，他进入了一家出租车公司，当我问起他当年的那件事，他好像害怕什么般不愿多说，在我的再三质问下，他才说了几个字，'那是他所希望的'，然后他就挂断了电话，再也不愿意透露什么了。"宋文问着陆司语，"你觉得，薛童的这句话是什么意思呢？"

陆司语迟疑了一下，看向宋文，没有回答他。

房间里灯火通明，两个人却各怀心事。

宋文没有再问当年的事情，转而说到了眼下的事情："陆司语，你入队以后，我就觉得你有些不一样，和警队的环境格格不入。你原本有更多更好的选择，却费尽了心机想要进入这里，犹如这一案的凶手拼命地想要毁去尸体上的一切印记，最后反而留下了痕迹。"

陆司语轻轻地"嗯"了一声，似乎不懂他在说些什么。

"第一天上班时，你两次把东西落下，单独回了一次案发现场。"说完这句话，宋文顿住了，似乎在等陆司语的解释。

陆司语微微侧了头看向他："我是有点儿丢三落四，宋队，你是嫌弃我丢东西太频繁了吗？"

宋文继续说："我开始只对其中一次较为有印象，并没有觉得不对，但是后来我在小程的物证照片中发现了第二次，你近距离观察了死者的车，其实那才是第一次。我推断，你那时候应该就在后备厢里发现了一丝蛛丝马迹。因为那辆车的后备厢，是钟情放置过尸体的。"

陆司语迟疑了片刻，轻声解释着："我只是下去以后顺路和徐姐打了个招呼。"

宋文看向他，目光牢牢锁在陆司语的身上，眼前的人看起来人畜无害，可是他明白，陆司语绝非那么简单："这个案子，你一直走在我们前面，在第一次集体开会的时候，你就锁定了分尸人是钟情，把嫌疑引到了她的身上，后来你去过他们家之后，你知道了案件的真相。"他顿了顿，继续道："可是我很奇怪，你既没有揭发钟情，也没有直接告诉我，而是暗示我……"

陆司语张了张嘴，舔了下嘴唇，想说什么，但没有插进话。

"你煞费苦心地去买了本《嫌疑人X的献身》，就是在告诉我，案发的时间、地点是有更改的。"宋文问出了他今日过来的目的，"这么多年，你的行为方式还是没有变化……就像当初你希望借由那些学生之手让你能够触及尸体，甩开了那些麻烦能够破例住在校外一样；就像你回答心理测评，为了进入警队，又不想显露自己的本心，故意迷惑周医生一样。陆司语，我想问你，你到底来这里干什么？"

在和周易宁进行过谈话，又进行了一些调查之后，宋文还是选择来这里，把话说清楚。

队里的其他人，聪明的也好，笨的也罢，都在绞尽脑汁寻找真相，只有陆司语像是在玩一场游戏。他不在乎正义，不惧怕死亡，也不管坏人是否能够伏法，他好像只是在寻找真相，印证脑子里的推断。

宋文感觉，陆司语在用情感冷漠掩盖他的真正目的，掩盖他异于常人之处……

整个过程被宋文分析了一遍，见他步步紧逼，陆司语终于不再辩驳，似是借着那点儿红酒的醉意，表情也逐渐变了。灯光照射下，金丝眼镜折射出一点儿光晕，陆司语倾身向前，双眼微微一眯，衬得眼角的那抹红越发明显。"宋警官。"陆司语尖尖的下巴轻轻一点，"还有其他人知道你今晚来找我吗？"

这句话带了点儿威胁的意味，他的表情似是在推断宋文知道了多少，又像是在思考应该怎样通过这一次别致的面试。

陆司语叫了一声"宋警官"，不是"宋队"，两人之间的距离仿佛又被这三个字拉远了。可是不知道为何，听着他叫自己"警官"时，宋文有种奇怪的感觉，眼前的人看上去人畜无害，却浑身透着一股寒意，冰冷无情，拒人千里。他的手指纤细、白皙，可那是触碰尸体的手、解剖内脏的手，就是这样一双手，刚刚制作了一桌精美的食物。

豪华的屋子里，吊灯在头顶明晃晃地亮着，屋子里的空气仿佛瞬间凝固了，桌边的两个人一时相对沉默。什么是真的，什么又是假的？什么是正，什么又是邪？

陆司语伸手搅动了一下那锅鱼汤，一段鱼骨浮了上来。美食、美酒……这些东西摆在面前，映在宋文的眼睛里，好一个花花世界。眼前的陆司语，仿佛就是一名嫌疑人，而且无比聪明，也更加狡猾，更加难缠。

陆司语终于开了口，他似是被宋文的推理气笑了："你是不是看多了案子，见谁都要审一遍？我刚杀了一条鱼，宋队你要查查作案手法和痕迹吗？"然后他伸出舌尖，舔了一下有些干的唇，睫毛轻颤，说道："宋队，我真的只是来这里做个刑警。当年学校的事，我也是个受害者，你这样的阴谋论，说得我都不知道该怎么辩驳了。我选择了南城，你说我别有目的；我落了个水杯，你就说我是故意的；案子是你主导着破的，我买本书看，你就说我先看出了谁是凶手。我家还有套《名侦探柯南》呢，是不是以后遇到相似的案子就得给你放一本？"

在宋文的印象里，陆司语还是第一次一连串说了这么多的话。陆司语这一次终于不再木讷，反应迟缓了，而是连珠炮似的发问，没等宋文做出反应，他就继续道："你把注意力放案子上行吗？或者你快找个女朋友，别大晚上那么闲着了，不然你总觉得我那么聪明还来这里给你当见习警员，是在图什么。"

宋文用手支着下巴，看着陆司语忽然耍了毛竟十分受用。整个过程他像是一只被逼急了的兔子，又像是忽然被吵醒的猫，一边叫着一边张牙舞爪。

宋文微微眯了眼睛，看着眼前的人，这几天陆司语还算是安分守己，虽然有些可疑，却并没有做什么过分的事情。而且陆司语各种文件整理得挺好，让他省了很大的力气，好不容易有这么个用得顺手的下属，他并不希望陆司语走，但是他需要让事情变得可控，需要让陆司语明白，什么都躲不过他的双眼。

宋文似是对陆司语的回答还算满意，把话题绕了回来："恭喜你通过了最后的面试考核。当年我入门的时候，一个老警察问过我一件事——如果遇到穷凶极恶的歹徒，你是否已经做好了随时牺牲的准备？"

陆司语似是松了一口气，点了点头："我明白选择这个职业，对我的人生意味着什么。"

宋文站起身，拿了自己放在椅背上的衣服，陆司语把他送到了门口。他换好鞋，又回过头来望着陆司语道："结案总结，后天一早交给我。"他话题转得自然，仿佛今天他就是来做家访的领导。

陆司语沉声道："知道了。"

走到门口时，宋文忽地转身，陆司语没有提防，腰撞了一下后面的柜板，他仰头看着宋文，觉得自己仿佛是一只被铐住的猎物。宋文盯着他，表情微妙地变化了，片刻后沉声道："不管你要做什么，我都会好好看着你的。"然后宋文挥了挥手："明天见。"

等把宋文送出去，豪华的别墅里只剩下陆司语一个人。他这时才发现，后背都被汗浸湿了，思维仿佛也不受控制，胃里像是有把火在烧一样，疼得他抽搐起来。他冲进了洗手间，把刚才吃的东西吐得一干二净。腿是软的，屋子里又只剩下他一个人了，他忽然有种惶恐感，叫了一声小狼。

那条狗从屋子里跑了过来，用柔软的毛蹭了蹭他的腿。

陆司语这才回过了一丝神志，忍着眩晕走上了楼，取出一小瓶止疼药，顾不上倒水就吞下了几颗。他靠着床头柜坐了下来，双手紧紧地按住腹部，头埋在膝盖里，把自己团成一团。

陆司语晕得厉害，甚至没有力气爬到床上去。汗一直冒着，他冷得浑身发颤。心脏也跳动得厉害，好似快要从胸腔里冲出来了。耳边是各种说话声，还有血液喷溅的声音。他的脑子里一片混乱。

狗还在他身边"呜呜"叫着，围着他打转。大概过了十几分钟，疼痛被压了下来，过量的药终于起了作用，等到情况好一些了，他才虚弱地抬起头，伸出手摸了摸它的后背。

陆司语还记得宋文说过，讯问不能诱供，但是可以用诈。这一个"诈"字有时候就省去了无数口舌，今天宋文就是来诈他的。他反思着自己是不是太急于辩驳，露了什么马脚。他也不能再玩那些小花招儿，因为逃不过宋文的眼睛。

宋文比他想象的更加聪明，也更加敏感。

有那么几个瞬间，陆司语觉得自己被宋文看透了。他是腐烂的，是地狱之中的恶鬼，而宋文像是骄阳烈火，似乎只要站到宋文的身边，被宋文看着，他就要融化了。

第五章

—— 投毒 ——

宋文打车回到家中时已经晚上八点了，小区里的灯都打开了，一片星河灿烂。他顺着小路走到楼下，一抬头，发现自己家的灯也亮了。宋文不太意外，上了楼，打开房门就看到自家老娘拿着拖把在客厅里勤劳地拖地。

宋文一边换鞋一边道："妈，您怎么忽然来了，也不提前给我打个电话？"

老太太一抬眼："怎么，我到我儿子家还得先打个申请报告不成？"为了搞突然袭击，老太太还专门扣留了宋文这处住所的钥匙。

对待老妈可万万不能用对待下属那一套，平日里不苟言笑的宋文此时露出了客套而标准的微笑："哪儿的话，我这不是好去接您吗？"说着他就友好地接过了拖把："我来吧。"

宋老太太"哼"了一声，坐在了沙发上，依然有些不大开心。她本名叫李鸾芳，今年五十八岁，自打五十五岁从医院退休后，就一直做着抱孙子的梦，可等了三年，自己都从老年大学毕业好几回了，宋文这儿还是没着落，急得老太太直跳脚。

宋文知道自家老娘为什么要来突袭，这毛病是和他做过刑警的爹学的，一定要亲眼见识一下"案发现场"，不错过一点儿蛛丝马迹。他知道老娘希望发现什么，比如床上的长发丝啦，镜柜里的化妆品啦。从老太太的微表情判断，这次的结果同样让她失望。

拖好了地，宋文整理着桌子上的画像、铅笔还有图册："妈，您吃过晚饭了没？我要不再从网上给您点点儿东西？"

宋老太太一副没胃口的样子："来的路上吃过了。"然后她像想到了什么般抬眼问："你怎么今晚没在家吃饭？"

宋文老实回答："我找同事吃饭去了。"

"男的女的？"宋老太太眼睛一亮，凑近他闻了闻，"还喝酒了？"

"一点点红酒。"宋文往后躲，"当然是男的……"

"还以为你开窍了会找女同事吃饭了呢，和男同事你喝什么红酒啊？"老太太抱怨了一句，宋文就看到她眼睛里那点儿八卦的火星熄灭了。

"妈，我刚结束了一个案子，一个女人把她的老公分尸了，由此可见，婚姻太危险了。"宋文看着老太太，试图让她打消找个儿媳的念头。

老太太看着他道："那出门有可能被车撞死，你就不出门了吗？医院里天天死人，你就不去医院了？"

宋文一时噎住，只能继续埋头收拾东西。闲不住的老太太还没把沙发坐热，又起身对宋文道："你裤子给我，脏兮兮的，成什么样子？"

宋文表示抗议："哪里脏了？我下午刚洗了澡，新换的。"

老太太指着他的裤脚道："哪儿干净了？还有狗毛呢，那黑的又是什么？"

宋文："……"忽然更想吃狗肉火锅了。

最后还是拗不过老太太，宋文乖乖地换了一条居家的睡裤。刑侦队长颇为无奈地提好裤子，回头问往洗衣机里塞裤子的宋老太太："妈，您为什么要给我起那么一个小名？"

"小狼吗？"宋老太太抬头说，"那时候，我和你爸给你起了个'文'字，又怕把你的性子磨得太安静了，就给你取了个野一点儿的小名，想着综合一下，谁想到你这一下子就野大发了。那时候我和你爹开玩笑说，你怕是属了狼了。"

宋文想起以前自家老娘生气了会举着笤帚疙瘩，连名带姓地叫他"宋小狼"，满院子追着他跑。老太太看他不说话，抬了眉毛问他："怎么，嫌不好听？"

宋文讪笑道："哪里啊，特别有品位，起的人特有水平。"

南城的大学城位于城市的东面，这里地广人稀，几所大学在这里肩并肩挨着，不断涌入的学生给这里注入了新鲜的血液，这里也慢慢变成了一片繁华的城。此时的南城大学，像是沉睡了一般，再也没有白日的热闹。

校园里安静极了，只能偶尔听到一两声野猫的叫声。

今年的夏天好像比往年来得早了一些，五月就可以穿单衣了。可现在，温度忽然就降了许多，阴冷的月光洒入校园，最后投射在女生宿舍的楼廊上，留下一片斑驳之影。

　　静谧之中，108寝室的房门忽地"吱呀"一声被人拉开，有个细瘦的人影挣扎着从里面跑了出来，然后跌跌撞撞地往前跑去。一种奇怪的味道从原本密闭着的寝室内飘散出来，她身后的门晃了一下，又关上了。

　　那人影在楼道里跑了几步就体力不支跌倒在地，她跪坐在107寝室的门口，伸出无力的手，用指甲挠着房门。仿佛有一双无形的手紧紧扼住了她的喉咙，鲜血混着白沫无法抑制地溢出："救命……救……救我……"她想要大声呼喊，却只变成了几声呜咽。

　　107寝室内，白小小被那声音惊醒了，抬起头看了看，隔壁床的邓佳也翻了个身睁开眼。她们寝室原本有四个人，但是有一个成功保研，搬去了研究生院的宿舍，还有一个最近请假回了家，所以只有她们俩住在屋里。

　　"是什么声音？你听清了吗？"白小小问邓佳。

　　"该不会是猫吧？"邓佳听得并不清晰。这校园原来是一片野地，别的不多，就是虫子多，猫多，有几只猫快要成精了，晚上还会扒门。

　　"我怎么听着有人喊救命啊，我不是做梦吧……"白小小有点儿胆小。

　　寝室里的两个人一下子静了下来，她们侧耳听去，外面没有救命声，但是摩擦门的声音还在，那声音里夹杂着沉重的呼吸，像是喘不上来气一般。

　　"不会是鬼吧……"白小小快要哭出来了，校园之中流传着各种各样的鬼故事。传说在古时候这地方是流放用的，很多囚徒被埋在了这里。当初开工挖地基就挖出了无数白骨，到现在，校园的一角还有着好大一片核桃林，传说可以镇住那些鬼怪邪气。

　　"胡说什么呢！我去看看。"身为舍长，也是无神论者的邓佳从上铺翻身而下，"小小帮我打个光。"为了防止学生们熬夜影响学习，南城大学到了晚上十一点就会强制拉闸熄灯，现在就算想开灯也没电。

　　小小把手机调成手电筒模式，给门口方向投去一束白光。

　　邓佳壮着胆子拉开了一条小缝，借着月色和身后的光亮，她看到黑暗之中有个身影趴在她们宿舍的门口。她一开门，就有个原本搭在门上的东西垂了下来，打在她的脚上。那是一只流着血的苍白的手！

　　邓佳不由得发出了一声尖叫，整栋宿舍楼的人都被叫声惊醒。门外那凄惨的景象，成为了她这一辈子都挥之不去的噩梦。

　　宋文发现，眼前是一条阴暗的走廊，他往前走着，脚下磕磕绊绊。外面是密集的雨声，夹杂着雷鸣与闪电，走廊的尽头是一扇半开着的铁门，里面亮着灯，透着点儿温暖的橙黄色。门里传来一股很臭的味道，像是菜场里放了很久的鱼的那种腥臭味儿，混在老旧地下室的霉味儿里，令人作呕。这阴暗的地下室里，有什么东西腐烂了。

宋文站在门口犹豫着，不知道该不该进去，手往门把手上一放，不知怎么，那看起来有些分量的门却无声地开了。借着眼前的光亮，他先看到了地面上暗红色的血迹，然后看到地上躺着的人，不止一个。那些人和他平时见的都不一样，那是不会动、不会呼吸，甚至已经腐烂的——死人。

那些尸体中有一具女尸，有着长长的头发，穿了一件白色的纱衣，那美丽的身体已经腐朽，只有蛆虫为伴。如果是在平时，宋文看到这种景象根本连眼睛都不会眨一下，可是在梦里时，那种发自内心的恐惧是完全不受控制的。

宋文从脚底开始发凉，冷汗不停往外冒，他的喉咙仿佛被一双手紧紧扼住，想叫却叫不出来。他的耳边好像有千万鬼怪在哭喊，那瞬间，他感觉那些鬼怪要把他的灵魂拽入地狱之中。就在那极其痛苦的感觉里，有个清脆的声音想把他往外拉，然后宋文反应过来，那是他的手机铃声。一个电话，打断了他的梦。

宋文睁开眼，大口地喘着气，他觉得心脏在胸腔里快速地跳动。明明温度不低，他却全身发冷。梦中的景象还在，他闭上眼就能够看到那橙黄色的灯光以及地面上的血色。这个梦他做过不止一次了，曾经看到的景象总是在梦中重演，但是几乎每一次都断在这里。

手机响了几声，宋文才按下了接听键："喂？"

手机那头是值班负责接警的小王，他声音急切，连珠炮一般汇报着："宋队，这边出事了，顾局钦点你来负责，具体的位置是……"

宋文感觉自己还被困在噩梦里，正努力让自己清醒过来，他抚着额头哑着嗓子问："什么案子？在哪里？"

小王这才理了一下思路："人命案子，至少两条，死的是大学生，地点是城东大学城，南城大学的女生宿舍。"

"什么叫作至少两条？"宋文抓住了关键词。

"意思就是还有其他人在抢救呢。"

"死因？"

"好像是中毒……"

大学校园多人中毒？两人死亡？这个级别绝对算是大案了，听完这几句话，宋文一激灵就清醒了。他从床上一坐而起，随后看到了自己穿着的卡通睡裤，像想起什么般骂了一声。

手机那头，小王一愣。宋文急道："对不起，没说你。帮我通知陆司语和傅临江到现场，老贾和朱晓在警局待命，配合工作。我马上过去。"

他挂了电话，从床上爬起来。他用冷水简单洗漱后，然后回身开始敲客房的房门。宋老太太睡眼蒙胧地起来，打开房门问："怎么？要出警？"作为家属，她早就熟悉了这阵仗，那些犯罪分子犯罪可是从来不挑时间的。

宋文点点头急问："妈，我裤子呢？"

老太太指了指阳台："今天刚给你整理了衣柜，不是都洗了……晚上一吹，明早就差不多干了。"

宋文看了看外面，阳台上一排裤子从长到短，随着夜风飘扬着。

他的第一反应是想起了自己许久未穿的警裤，然后又想起来上次领完了年度奖把警服放市局了。他有点儿欲哭无泪："好歹给我留一条啊，您让我穿什么？"

"那你等下。"老太太回房间，几秒之后翻腾出了一条花花绿绿的宽松九分裤，跳广场舞的那一种，递给宋文，"要不你先凑合下？这款式不分男女。"

"……"宋文没好意思伸手接。

老太太又一抖裤子："这一条，你的睡裤，还有没干的牛仔裤，你选一条吧。"

宋文有点儿郁闷，自己好歹是个英俊潇洒的刑侦队长。

看宋文为难，宋老太太撇嘴道："谁叫你不找个老婆，有人打理还用你妈千里迢迢赶过来帮你洗衣服？"

宋文发现，对于母亲大人来说，一切话题都可以绕到找对象上，只要她想。

半夜出警，必须及时赶到现场，宋文拿出手机看了看时间，又看了看自己的睡裤，咬牙把老太太手里的裤子接了过来。那裤子一换上，腰臀紧，裤腿松，原本是九分，现在变成了七分吊在腿上。

宋老太太闭眼鼓励他："挺合适的，显得腿长，快去吧，别耽误正事。"

宋文也顾不了那么多了，披了件外衣，揣了警官证在口袋里，转身换了双旅游鞋就出去了。外面天色漆黑，整个城市都沉睡着，大马路上别说是人，就连鬼影都没有。宋文打开打车软件试了一分钟没有人接单，索性扫了一辆共享单车直接上路。这时马路空旷，他愣是把共享单车骑出了七十迈的速度。

宋文上气不接下气地赶到了南城大学，他问门口保安："女生宿舍在哪边？"

那保安看了看宋文，又看了看他穿的花裤子，有点儿迟疑。

宋文知道这是把他当变态了，掏了警官证出来，自证清白："我是警察。"

那保安对照了一下宋文的照片这才信了，知道他是为了女生宿舍的事情来的："那事儿我这里也收到通知了，我带你过去。"

这时一辆救护车从里面开出来，因为深夜无车，没有开警报器。那保安看着渐行渐远的救护车，摇头叹了口气道："太惨了，我听说出事的还是大四的学生，没几个月就要毕业了，却死在了这里。"

南城大学是一所综合性大学，迄今已经有三十八年的历史，它是南城的最高学府，整个学校有学生九千余人，分为八大学院，教师团队七百余人。

学校里这么多人聚在一起，完全不出事是不可能的。南城大学一直算是平平稳稳，可这一出事，就是大事，这种恶性事件只怕波及不小。

保安带着宋文一路来到了女生宿舍楼下，宋文抬起头，就看到楼上窗边有人影晃动，他还能感觉到投射下来的目光。这楼结构挺简单，阴面是走廊，阳面是房间。此时校工已经拉开了电闸，整栋宿舍楼灯火通明，但为了保护现场，防止学生骚动，所有学生必须待在宿舍内，不得外出，就连窗子都必须关闭。

今晚注定是个不眠夜，出了这样的大事，自然惊动了校长，所有能够调动的校工和老师都被叫了起来，有的维持秩序，有的负责安抚学生。这些住在象牙塔中的女生，哪里见过这种阵仗，她们除了惶恐不安，还有点儿好奇。此时校园内网和一些班级群已经炸了锅，所有人都在做着猜测。

整栋宿舍楼已经被警方封锁，楼下停了几辆警车，其中有一辆是林修然的，宋文知道自己人已经到了。他往案发现场走去，出事的是108寝室，在这条走廊的尽头，此时门外面已经被黄色警戒线封了。值班的刑警、协警，还有法医都到了，见他走过来和他打了招呼。

林修然站在门外，正要和宋文交代一下，却先看到了宋文的裤子，被这风格吓了一跳，小声问："你怎么穿这玩意儿就来了？"

宋文咬牙道："我妈把我所有裤子都洗了，穿着总比不穿强。"他忽地想到了周易宁之前说的，别把自己和同事逼得太紧了，今天这身打扮倒是意外地平易近人。

林修然被那花色吸引得移不开眼："我还以为你黑灯瞎火地穿错了女朋友的呢。"

"那我这女朋友的品味可够差的。"宋文摆手道，"别说废话了，快看看案子。"

林修然这才指了指正在走廊里和两位值班刑警谈话的白小小和邓佳："那两个是发现的人，是她们叫来了保安和舍管大妈报了警。"

"具体过程怎样？"宋文微微皱了眉，他看到两个女孩儿披着外衣，脸色苍白，显然是吓得不轻。

"她们住在107寝室，出事的是隔壁108寝室，有名受害者跑到了她们的门口呼救，把她们惊醒了。保安打开宿舍，发现了另外三名受害者，其中两名已死亡，一名中毒不深，神志清醒。目前这两名还有生命体征的都被送往了医院抢救。"

林修然撩起黄色封锁线，把宋文引入了身后的寝室，也就是案发第一现场。

南城大学的整个寝室楼都在前年做了一次改造，如今都是一间寝室四个人，床下是电脑桌和柜子，上面睡人，寝室的侧面有一间小的洗手间，只能上厕所和洗漱，不能洗澡。宋文跟着林修然踮着脚尖走进去，寝室中一片混乱，被褥和各种书本物品凌乱地散在地上。

在卧室的南侧，有两具穿着睡衣的年轻女尸，其中一具身体蜷缩着，痛苦地缩在角落里。这名女孩儿穿着一件淡粉色蕾丝睡衣，虽然面目有些狰狞，但是可以看得出皮肤白皙。另外一具在她不远处，看样子是带着被子一起滚下来的，那是个留着长鬈发的姑娘，身材细瘦，涂着暗红色的指甲。因为死前极其痛苦，整个人和被子几乎是绞在一起的，双手双脚都嵌在被子里。

这两名女孩儿都刚二十岁出头，原本正是美好的年纪，可现在却惨死在自己的宿舍之中。宋文纵然见惯了生死，可是看到这样的景象还是不禁有些唏嘘。

两人死前显然经历过一番挣扎，面目狰狞如同厉鬼。由于是中毒，唇色不太正常，地面上有一些呕吐物，还引起了失禁，整个寝室里都有一种刺鼻的臭味。

林修然已经简单地检查过尸体，此时有物证人员在拍照搜集指纹，为了不干扰他们工作，林修然把宋文拉到了走廊里，说道："这两名死者已经确认了身份，都是土木工程系的大四学生，蜷缩着的叫董芳，抱着被子的叫马艾静。应该是烈性毒药中毒。"

"大四，土木工程，这时候应该正在准备毕业论文、答辩，还有找工作吧？"宋文问，"死因确定了吗？"

林修然道："她们属于急性中毒，发作之后引起呼吸困难，心肺衰竭。我们刚采集了一些样品，还要进一步尸检。"想了想他又加了一句："目前来看，其他宿舍的学生没有反应，应该是针对本宿舍的投毒事件，毒药疑似氰化物。"

"毒药是从哪里来的？"宋文抖开了手套戴上，"这种毒不是有名的速度快、痛苦少吗？"这两名女孩儿显然是死前受尽了折磨。

"可能剂量不大，只是微量，却足够致死。"林修然解释道，"中毒之后，发作的时间和状态主要是和血液浓度有关……"

两人正说着，外面忽然射来一道强光，划破暗夜，直刺入宋文的眼。林修然也被那光晃了眼，侧头躲开，宋文张开了手掌挡在眼前，走到走廊边看了看，只见宿舍楼门口有辆奥迪缓缓停下。

宋文顿时想起了一句话。

世界上有两种车灯：一种是其他车灯，另一种是奥迪的车灯。

他正想问这车是哪个不开眼的领导开过来的，还嫌这案子不够打眼？然后他就看到陆司语打开车门从车里走了下来……

天空中的乌云还未散去，风却消失了，天闷闷的，感觉随时会下一场雨。凌晨两点的女生宿舍楼中，老师们继续安抚学生，让她们熄灯睡觉。

在宿舍楼下，陆司语锁好了奥迪，把车钥匙放入口袋，从楼门口走了进来。

宋文刚被车灯晃了眼，对陆司语道："你知不知道办案要低调？这么打眼，下次是不是准备开辆法拉利来？"

陆司语此时完全没了昨晚的狼狈，也看不出来任何睡眠不足，在大剂量止疼药物的作用下，他现在正是最亢奋最清醒的时刻。他没提昨晚的事情，仿佛所有的一切都翻篇了一般，继续扮演着见习警员的角色。他走近后淡然而认真地看了看宋文："宋队，你穿得也挺打眼的。"

宋文往上撸了一下袖子道："我这个是意外事故。"那语气没了往日满满的自信。他平时雷厉风行，大部分时候是严厉的，强硬起来会让人忘了他的岁数，这时候倒让人想起来他本来也没比这些学校里的学生大多少。

"没什么，也挺好的，显得腿很长。"陆司语看向宋文道。白炽灯的照射下，陆司语身上的白衬衣和雪白的皮肤互相呼应，不知是他穿衣的风格，还是那衬衣的款式设计，袖口以及领口的扣子都是没扣的，露出一段纤细手腕。宋文没想到有人能把白衬衣穿得这么干净好看。

陆司语走近几步站在宋文面前，伸手帮他理了一下上衣的领角，小声道："宋队，其实你可以给我打个电话让我帮你带来的，还好我车的后备厢里本来就有一套备用的衣服，要不你在我车上换了吧。"陆司语说完后想起什么，又轻声叮嘱道："把上衣和鞋也换了，要不然不太协调。"说完，陆司语就把车钥匙塞在他手里。宋文放下面子对他道了声谢，急忙接了钥匙跑了出去。

陆司语则戴了手套，拿着纸笔开始记录，程小冰正在里面拍照，见到他后点了点头。同行的还有一名男物证员，也摆手跟他打了个招呼。

小小的寝室里站了四五个人，他们还要随时注意着不能踩到地上的东西，有点儿让人移不开脚。记好了时间、地点，陆司语来到了董芳的尸体前。随着时间推移，她身上的尸斑已经形成，只是和一般的不太一样，呈现出一种鲜红色。陆司语伸出手指，小心地隔着手套翻看了死者的眼下以及口腔的黏膜，都是樱红色的充血状态。他抬头看向林修然，问："氰化物？"

林修然点头："疑似，还需要进一步检验确定。"中这种毒后，会造成体内氧利用不足，血液中的氧合血红蛋白增多，所以尸斑会和一般情况不同，呈鲜红色，这是明显特征之一，也是法医学中的基本常识。不过为了严谨，他并没有现在就下决断。

陆司语又看了看时间，死亡时间大约在两个半小时前，如果中毒剂量较大的话，会发生闪电式昏迷或死亡，死亡可能就发生在几秒钟之内，连抢救都来不及。但是从现场情况看，这些女生中毒有可能发生在睡前，由于剂量不大，这才有了一个发作的过程。毒物潜伏期大约是半个多小时，其后有一个十五到四十分钟的毒发过程。

林修然在一旁看着陆司语忙碌，这位新人不光是个刑警，还像个法医，良好的专业素养让他在现场能够很好地应对眼前的工作。

人们都说法医是佛心鬼手，可是林修然却觉得这一份佛心拖累了自己，让自己无法超脱世外，看清更多的案情，惩罚更多的凶犯，救助更多的人。

林修然一直努力着，让自己变得更为专业，可是他从业将近十年，身经百战，依然做不到对死亡漠然。他能够容忍更可怖的尸体，更难闻的味道，可是每当面对受害者的时候，他始终无法不对这些人产生怜悯，内心深处总怀有仁慈与同情。

林修然觉得，陆司语和一般人不同，这个新人从第一次到现场就让他刮目相看，现在第二次合作更是如此。陆司语对于生命和尸体有种异于常人的"冷漠"，这是一种褒义形容。林修然觉得，作为一名法医，足够冷漠冷酷，收敛了人性，才能够更全身心地投入到案子中。不让人类的同情、恐惧来影响自己，才能够更为客观地勘破一切真相。

陆司语看起来对这些被害者无动于衷，却全情投入。他冰冷无情，但也无所畏惧，对任何的凄厉悲惨似乎都不为所动。

站在寝室中，陆司语似乎可以看到女孩儿们之前所经历的一切。

在晚上十点左右，女孩儿们几乎是在同一时间服下了毒物，只不过剂量有多有少，寝室十一点熄灯，她们洗漱完准时上床，最开始只是感觉到口腔有点儿麻木，她们努力想用唾液滋润喉咙，嘴角却开始不可抑制地流涎，然后应该是服用剂量最大的董芳开始呕吐了，她根本没有来得及从床上下来，就歪头吐在了枕头上，因此在枕套上留下了一摊呕吐物。

听到了声音的女孩儿们纷纷起床，可是由于夜深人静，并没有引起其他寝室的注意。毒发较轻的两个女孩儿甚至过来探查了一下董芳的状况，只是那时候她们为什么没有及时呼救和报警？

陆司语转头看向一旁的床铺，继董芳之后，马艾静也开始发作，她更为猛烈些，直接从上铺裹着被子跌了下来，呕吐并没有缓解她们的症状，同时伴有头疼、恶心、胸闷、呼吸困难。那时候，学过化学的她们应该已经知道发生了什么，可是毒药发作迅速，让她们来不及做其他的反应，或者是故意没有做其他的反应？

这时候，有个女生跑了出去，来到了走廊中，那时她也已经开始发作，毒物很快让她窒息，无法发声，她用手指在隔壁寝室的门上留下了一些血迹。

最后，第四个女生也开始毒发……可是她之前在做什么？在那之后又做了什么？陆司语微微皱眉，又回到了凌乱的寝室之中。

女孩儿们挣扎着，无法呼救、心律不齐、四肢无力、瞳孔缩小……最后她们进入了麻痹期，深度昏迷，直至死亡。这是走廊的尽头，这么一番动静，除了旁边的107寝室，没有再惊动其他人。

死者的呕吐物闻起来有一些苦杏仁味儿，陆司语忽然注意到董芳的枕套，那上面看起来还有些棕黑色半干的痕迹。其他的几摊呕吐物中，也出现了咖啡色至深棕色的东西，混在吐出的血丝之中，很难辨别。

由于现在还未确认毒源，他们对现场的所有证物都必须更小心。陆司语拿了一根棉签，挑起一点儿呕吐物中的块状咖啡色物体。他看了下，微微皱了下眉头。

林修然看他的表情有变化，问他道："有发现吗？"

陆司语道："呕吐物中好像有还未完全消化的巧克力，几个人的晚餐不同，却都吃了巧克力。"

巧克力可以很好地掩盖掉氰化物的那种苦杏仁味儿，也能够让食用者放松警惕。那几个女孩儿不会想到，她们最后吃的巧克力会夺去她们年轻的生命。

陆司语翻找了一下几个垃圾桶，在靠门口的那个里面发现了一个巧克力的包装盒，然后递给程小冰。

程小冰不愧是个标准的吃货，只稍微看了看就辨认出来："这是最近非常流行的网红熔岩巧克力，里面包裹着巧克力酱。这种巧克力特别难预订，需要排队等上一周以上才能够订到，然后全程冷链运送，才能够保证巧克力形状完整。"她转头看到墙角有个小冰箱，说道："之前大概是存放在那里。"

林修然点头确认道："这有可能是毒源。具体的还需要进一步确认。"

　　陆司语环视四周，仔细看来，这些巧克力遍及整个寝室，纸巾上、桌角上……往日里甜美的食品，如今变成了夺人性命的毒药。

　　查看完了室内，陆司语又走到门口看了看。108寝室门外，一侧是幽深的走廊，另一侧有一个小门，他走过去试着开了开。门是锁着的，只能从里面开启，现在没有钥匙，锁上又布满了铜锈，他只能又折了回来。

　　走廊的窗都装了铁栏，他从一扇打开的窗中往那个方向看去。那里是宿舍楼的死角，植被疯狂生长，学校的保洁员显然也忘记了那个角落，那里堆满了从楼上掉落的垃圾。陆司语正要转身离开，却忽然听到那方向传来了一声猫叫，他清秀的脸上浮现出了一丝诧异，这地方倒是成了流浪猫的天堂。

　　物证人员显然也发现了这里，问学校的工作人员道："这门能开吗？"

　　那工作人员有点儿为难道："开是能开，不过这钥匙还在舍管那边，这外面就是个巴掌大的平台，周围都是几米高的围墙，进不了贼，除了垃圾真没什么。我们基本上半年打扫一次。"

　　林修然道："我们也是按规定做事，这门还是打开看看吧。"

　　那工作人员这才打了个电话，不多时，有位四十多岁的舍管大妈去取了钥匙。她走过108寝室门口的时候恨不得贴着墙，能躲多远躲多远。那大妈把钥匙插入门锁中，发出了吱呀声响，她双手用力才把门拉开。一股冷风从外面吹了进来。

　　两名物证人员里里外外检查了一遍，果然是没什么人进入的痕迹。那大妈又把门锁了，说了一句："上次有只猫死在了外面，尸体发臭了我才发现。那死的是只黑猫，这回头就出了人命，真是邪啊。阿弥陀佛，阿弥陀佛。"

　　说者无心，听者有意，陆司语问道："这校园里流浪猫多吗？"

　　那大妈连连点头："多，何止是多，简直是太多了。春天的时候，吵得人睡不着觉。"

　　"猫怎么会死在这里？"

　　"这个谁知道啊……也许是生病了，也许被狗咬伤了。"

　　陆司语想了想又问："那死猫的尸体还在吗？"

　　那大妈似乎不解他为什么要追着一只猫问，开口道："这都快一个月了，尸体早就扔了。"一旁学校的工作人员也说："这院子里这么多的猫，死几只太平常了。"没人会把几只死猫当回事。他想了想又补充了一句："不过好像一个月前，有次死了几只，收垃圾的环卫工都抱怨那时候死猫多。"

　　此时，宋文在陆司语所说的那辆奥迪车后备厢中找到了一套衣服、一双皮鞋，他拿着东西坐到了较为宽敞的后座。后座两侧的车玻璃上贴了一层保护膜，从外面看不到里面，正好可以换衣服。宋文穿上了陆司语带的备用裤，这时候他终于明白了陆司语说的上衣和鞋一起换的意思，这居然是一整套休闲西装，颜色是正黑色，料子垂坠。他不常穿正装，还没怎么尝试过这种风格。

虽然陆司语看上去有些瘦，但宋文没想到，这衣服的尺码和他的完全一致。俗话说得好，人靠衣装，佛靠金装，换了一身西服的宋文在车的后视镜处照了照，镜子里的人帅气逼人，英俊潇洒中又带了一丝严肃，整套衣服合身到简直像是为他定制的。

宋文不敢耽搁太久，把鞋穿上，又把自己的衣服简单叠了一下。刚打开车门，他就看到傅临江在一旁锁了车下来。两个人对视了三秒，傅临江似乎才认出他，倒退了一步问："宋队！这可不是你的风格，你……这不会是准备去约会吧？"

宋文看了看自己这一身打扮，的确引人误会，但还是毫不留情地回道："三更半夜来犯罪现场和谁约会？"他藏好了那条花裤子，想了个合理的解释："我衣服脏了，借了陆司语的备用衣服来穿。"

现场环境复杂，弄脏衣服倒是经常发生的情况，傅临江没有再提这事儿，开口问道："现场情况怎样？"

提起这茬儿，宋文又有些沉重起来："挺惨的，老林和陆司语在。"

两个人往里走去，傅临江叹口气道："没想到南城也出了这种事。每次跟学校相关的案子，似乎都会引起关注。"

两个人来到了案发现场，法医和物证员此时都已经完成了基础勘查，林修然也准备和助理把尸体放入黑色的裹尸袋中。抓紧时间进行尸体解剖的话，上午应该就可以出部分结果。

林修然和他们打了个照面，他看了看宋文这身装扮，满意地点头，表示肯定："宋队，你偶尔也该换换风格。"他继续道："现场记录差不多了，物证也基本搜集完成，采集到了多处巧克力的痕迹，找到了四个手机，密码还未破解。我们重点检查了一些餐具和杯子，饮水机也提取了。"

宋文点点头，完成交接："留个相机还有物证袋给我们，我们再搜查一下，搜完后去问报案人。"

做好了安排，林修然道："我把尸体带走解剖，先撤了。"

陆司语接过程小冰递过来的相机，转头看向宋文，目光在他身上转了一圈儿，满意地点了点头："宋队，这一身你穿着挺好的。"

第六章

—— 玫瑰齿 ——

林修然和另一名法医、两名物证员离开以后，狭小的宿舍顿时宽敞了很多。宋文走到窗前，把窗户打开，屋子里的气味顿时散去了不少。地上的尸体已经被抬走，根据尸体最后的姿势画了现场痕迹固定线，用以参考。

陆司语递给宋文几张表格，习惯性地舔了一下嘴唇："刚才你去换衣服的时候，学校那边来人了，说了几句客套话，什么一定全力配合之类的，他们还送来了四位学生的学籍资料。"

宋文接过表格翻看起来，除了已知死亡的董芳和马艾静，表格上还有两个学生的名字，一个叫郭婳，另一个叫林绾绾，目前都还在医院抢救中。

陆司语继续道："郭婳是跑到其他寝室呼救并且引起注意的那一个，林绾绾中毒最轻，被发现时基本保持清醒状态。是林绾绾先拨打了120，所以警方和救护车几乎是同时来的。"

宋文看了看寝室的四张床铺以及桌椅："那我们排一下，靠近门口的这张床是谁的？"那张床铺着蓝色的床单，下方书桌上摆了一些学习书籍，上面贴了各种便签，桌子上满是纸笔，东西有点儿杂乱。

"这张床是郭婳的，在她对面住的是林绾绾。"陆司语接话道。林绾绾的床单是素米色，书桌收拾得最干净，东西最少，生活用品也不多，看得出是一个较为爱干净的女生。

靠里面的，粉红色床单的那张床是董芳的。董芳是个标准的富二代，她的桌子上除了书籍之外，还有一台笔记本电脑、一些化妆品，床边的椅子上堆满了衣服，那个小冰箱看起来也是她的。

最后一张床自然是马艾静的，摆了一台台式电脑，垃圾桶里有很多的瓜子壳，桌子上有一些零食。随后他们按照编号打开了女生们的柜子，一一对应了身份。

宋文道："学校的投毒案和寝室关系分不开，你们仔细搜一下这间寝室，看看能不能找到什么有用的线索。"相比于民宅，宿舍里的信息更为集中，更能够获得有效信息。

三个人在寝室中里里外外翻找了一遍，宋文问："临江，你发现了什么？"

傅临江道："都是一些常规的东西，书本资料、衣物以及生活用品，没发现什么特殊的。哦，对了，我在林绾绾那里发现了一个围裙，可能是打工穿的，上面写着'鑫鑫'。可是我用手机搜了一圈儿，也没找到附近有叫鑫鑫的餐饮店。"

宋文转头问陆司语："你呢，发现了什么？"

陆司语扬了扬手里的记录表："都记在表上了。"

宋文挑眉道："说点儿表上不能记的。"

勘查表上记录的东西都较为浅显，而实地搜查往往会根据所看到的信息，推理得到一些结论，这些结论可以靠推断得出，却因为是推论，不好记录。

陆司语思考了片刻，偏了头道："这四个人中，董芳家里是最有钱的，但是她粗枝大叶，东西摆放较乱，个人卫生也较差；马艾静复读过一年，她长得最漂亮，喜欢玩儿游戏，喜欢结交朋友，最近玩的是一款正流行的网游，她玩的频率很高，应该是每天玩到熄灯前；林绾绾是最爱干净的，她和她现在的父亲不同姓，应该是后爸，家里有个弟弟，她平时不常回家，周末也基本待在宿舍；郭姵是学习最好的，家境不太好，获得过奖学金，偶尔去打工，她是院级三好学生，有神经衰弱的毛病，睡觉要佩戴耳塞，经常跑校医院。"

这一番话听得傅临江一愣，他也看到、搜到了很多东西，可是明显没有联想到这些内容。他正想插话，宋文却像是很不满意，继续追问陆司语："你不会只看到了这些吧？你知道我问你的不止这些。"

陆司语看向宋文，宋文微微侧了头，用右手拇指擦擦下唇回望他，一双漆黑的眸子仿佛洞察了一切。

刚才陆司语翻找东西的动作都收入了宋文的眼中，根据陆司语查询的轨迹和时间，他就可以判断出陆司语留意了哪些线索。

宋文那眼神似乎在责问陆司语，既然都看到了，为什么不说，而且他昨晚刚提醒过陆司语。

陆司语叹了口气，宋文自从昨晚蹭了一顿饭之后盯他盯得更紧了。他知道不能蒙混过关，这才又整理了思路，先分析了一下几人的背景。

"土木工程系在十几年前火过一段时间，现在已经少有女生会选择。这个专业需要经常下工地，有很多脏活儿累活儿，还需要和包工头、农民工打交道。这几名女生选择这个专业的原因不太一样，据我推断，董芳的家里可能和房地产有关，家里人希望她读土木工程类专业，回去继承衣钵；马艾静是知识分子家庭出身，家中父母可能从事相关的职业；郭姗和林绾绾家境不是太好，南城大学土木工程系设置了高额的奖学金，这也许是她们选择该专业的原因。"

傅临江在一旁听得认真，宋文点点头，动了动手指，示意他继续。

陆司语继续道："四个人中，董芳和马艾静的关系较好，董芳觉得自己给了马艾静恩惠，不过马艾静似乎不太领情，她对董芳有点儿羡慕，也有点儿嫉妒。"

这一番话说得傅临江目瞪口呆："你是怎么知道这些的？"如果不是知道陆司语也是刚到现场不久，他简直怀疑这小子背着他们调查过。

陆司语没有回答，反倒是宋文开了口解释。他一边说话，一边盯着陆司语，似乎在剖析陆司语的推理思路："其中的道理挺简单的，她们两人的东西有很多同款，同款纸巾、同款拖鞋，甚至是同款卫生巾，这显然是一起去超市采购的。"

说完这些，宋文又指了指两个女孩儿的化妆品："董芳喜欢用高档化妆品，她买的那些化妆品一般都会送小样，那些小样却出现在了马艾静的化妆品里，显然是董芳送给她的。董芳用的口红牌子很有名，她这里有四支，马艾静的桌子上也放了一支。我之前在网上看了看，这个牌子有出过这样五支装套装，马艾静的那支颜色很偏，应该也是董芳买了之后觉得颜色不适合才送给她的。"

傅临江尽显直男本色，走过去看了看那几支口红道："我完全看不出来这些口红的颜色究竟有什么区别。"

"那支口红基本没用，大概……就算是美女也驾驭不了死亡芭比粉。"宋文打开了马艾静的电脑，里面的 QQ 设置了自动登录，"马艾静的游戏中有一些聊天记录，她提到自己有个有钱就为所欲为的室友，长得没她漂亮。总之，她一边羡慕着董芳，当她的闺密，一边又在嫉妒她，利用她。"

听了宋文的分析，傅临江才茅塞顿开，陆司语也在一旁点了点头，默认了这些推断过程。

宋文又追问："其他的呢？"

"在寝室里，郭姗是被孤立的。"陆司语继续道。

傅临江继续惊讶："我看出了郭姗在成绩以及家庭上和其他女孩儿有差距，可是不到被孤立的程度吧？你这又是怎么看出来的？"

宋文扬了扬手里的几份资料表："大概是因为这张成绩表。我注意到，大一的时候，她们的选修课还算是正常，几个人互相有重叠，可是到了大三和大四，郭姗的选修课完美避开了其他三人所修的课程，选择了又难又偏的课程。选修课一般只有那么几门可以选择，同寝室的同学大部分会选择搭个伴儿一起去，毕竟能互相提醒，而郭姗所选的课程和其他人完全不一样，想必是不想和寝室的那几位同学再有交集。"

傅临江听到这里，接过资料表看了看，现在被宋文点破，他才发现这样的一份选修课单的确是太不正常了。

"还有，八个月前，以及半个月前，郭姗的病例上有过两次去校医院的记录，都是身体多处擦伤，有一些皮下出血，她说是摔倒所致，我怀疑是被人打的。"宋文指了指郭姗的病历本。校医开了一些治疗跌打损伤的药物，他们未必没有看出实情，只是没有多事。

这些推理听起来玄奥，一旦被解释了，就很简单，傅临江很快就明白过来。

"还有其他的发现吗？"宋文又问。

这次陆司语摇了摇头，俊秀的脸上恢复了冷若冰霜的表情，不知是没有了还是不愿意再说了。

这些关系都太表象了，他能够看得出来，宋文也可以看得出来。但是，一个寝室的四名同学，关系可能远远比他看到的这些要复杂得多。

陆司语的目光落在了林绾绾那张床上，那里很干净，甚至是太干净了，完全不像是有人在上面睡到半途忽然毒发后挣扎过的样子。这四个人中，林绾绾是中毒最浅的人，等她醒来后，总有机会问问她。

宋文和陆司语是两个聪明人，搜查时有默契，刚才的那一番对答，一个说，一个解，配合得天衣无缝，仿佛能够互相看穿对方所想。

结束了搜查之后开始调查问讯，为了节省时间，在场的几位刑警分两批，宋文和陆司语讯问报警人，傅临江和最先赶来的值班刑警去和她们的班主任谈话。

所谓的问讯室是他们在宿舍楼里临时征调的，屋子里灰尘很多，角落堆满了杂物。

宋文选择了两人中身材更为瘦小的那个女生先讯问，她叫白小小，人如其名，个子不高，小鼻子、小眼睛、小脸盘，戴了一副小眼镜。女孩儿还没来得及换衣服，穿了一条白色的睡裙，外面套了一件褂子，掩了身形。那女孩儿有种没有走出过校园、不谙世事的干净感，她坐在两位刑警面前，用指甲小心地抠着落满了灰尘的桌子。

这女孩儿和同宿舍的邓佳都是学通信工程的，和108寝室的几位女生不同专业。

宋文清了清喉咙例行开场，问了姓名、年龄之后，切到了主题。现场的事情，白小小看到的不多，她和邓佳看清了门外的人是隔壁宿舍的同学之后，就急忙喊来了管理员。

简单描述了经过之后，白小小小声道："我就知道，她们寝室早晚会出事。"

宋文心里一动，追问她："为什么这么说？她们寝室关系不和吗？"

"嗯，说白了她们就是在欺负郭姵，孤立她。"白小小嘀咕了一句，抬头看向面前两位年轻英俊的警官，鼓起勇气继续道，"我和郭姵是老乡，都是附近东安镇上的，她在我们那里学习特别好，全镇统考第三名，因为填报志愿出了问题才来我们学校的。她和她们寝室的其他人都不一样。"

"怎么不一样？"看着白小小欲言又止，宋文又问，然后加了一句，"这些信息对我们找到凶手很有帮助。"

白小小还是有点儿犹豫："那个……我和你们说了的话，其他人不会知道吧？"

宋文点头："那是肯定的，我们在这里的谈话都是保密的。"

白小小又抠了一下桌面，这才继续说："我听说，董芳的成绩根本不够我们学校的录取线，她是家里花了钱才来的这里，不过这个我没有凭证，你们可以自己去查；马艾静外号叫马屁精，就会跟着董芳走，每天玩儿游戏，收男生礼物，背地里戏特别多。这两个人在她们班上每次考试都垫底。"

基本的关系厘清了，和他们在现场推断的情况差不多，宋文继续问她："你能够说说具体的吗？比如，你所知道的，她们是怎么欺负郭姵的，又比如她们之间有什么矛盾，关系是怎么到了这一步的。"

冰冻三尺绝非一日之寒，几个女孩儿又能有什么深仇大恨，一定要置对方于死地呢？

白小小梳理了下思路开口道："就我知道的……有这么几件事。

"第一件事发生在大一。我们这个寝室楼晾晒衣服需要到外面去，每个寝室分配一个衣架，但是那里晾晒的人多，乱七八糟的，丢衣服什么的都是常事。

"有一次我在寝室外看到董芳和郭姵在吵架，意思是说，她丢了一件很贵的衣服，认定是郭姵偷的，马艾静也在一旁帮着说，什么小偷啊，贼啊，都骂出来了。郭姗虽然家里穷，但是人很要强的，她让她们搜查，查来查去，根本没有发现董芳所说的衣服，董芳这才改口说看错了。这时候郭姗要她们道歉，这也是合情合理的要求，可董芳大概是面子上挂不住，咬定自己放在洗手间的洗面奶和护肤品经常少，一定是被郭姗偷用了。

"拿衣服还有凭证，化妆品少了，那是无凭无据的事，两边吵到不可开交也没个结果，但是梁子结下来了。后来她们宿舍的化妆品都改为放在寝室里，用的时候带进洗手间，郭姗也不怎么和她们说话了。"

宋文点点头，让白小小继续说下去。

"第二件事，是大三的时候。她们宿舍里只有董芳有一台笔记本电脑。那天董芳正拿着笔记本电脑，隔壁的同学忽然喊她有事，她急着出去，就随手把笔记本电脑放在了郭姗的桌子上。因为董芳的桌子一向比较乱，而郭姗的桌子最靠近门口。

"没想到，等董芳回来，发现郭姗的桌子上有水，自己的笔记本电脑湿了，后来拿去检查，发现主板烧了，维修花了三千多块钱。董芳是自己有错，不该把东西乱放，但是她一口咬定，自己放的时候桌子是干的，是郭姗为了报复她，故意把水泼在了笔记本电脑上。郭姗说，她没动过电脑，更没有故意泼水把董芳的笔记本电脑弄坏。

"这件事闹得挺大的，两方各执一词，吵到了班主任那里，甚至惊动了她们院长。最后，因为董芳的态度比较强硬，甚至有家人过来施压，老师让郭姗赔了五百块钱意思了一下，又让董芳保管好自己的贵重财物。"

宋文听了这件事，眉头微皱，寝室里没有摄像头，究竟谁说的是真话，谁说的是假话，无法评判，最后的处理方式，看样子是各打了五十大板。郭姗觉得自己很委屈，董芳也咽不下这口气，事后她们第一次打了郭姗，那应该也是郭姗第一次去校医院就医的时间。

"从那以后，她们就一直欺负郭姗，有时候还很过分，郭姗经常要帮她们洗衣服、刷鞋、打水。有一次，我看到郭姗在帮她们洗蕾丝内衣，边洗边哭。"

宋文皱了皱眉，一个女生被这么欺负，的确是非常过分了。

"还有一件事，是发生在最近……"白小小低下头，"有一天郭姗来找我吃饭，我看到她的手臂上有道伤痕，看上去挺严重的样子。她开始说是自己不小心弄的，后来我问了半天，她才哭了，说是被董芳踢的……"

白小小继续道："我们最近临近毕业，很多同学开始找工作单位。那天郭姗一直在等一个很重要的面试电话，如果顺利，可以得到一个规划院的面试机会。中间有一段时间，郭姗出去打开水，把手机放在了寝室桌子上，后来电话响了，董芳正在睡觉，就在那里骂了一句，马艾静过去把电话关了，然后把郭姵的手机调成了静音。等后来郭姵发现自己漏接了电话打过去，已经是两个小时以后，对方告诉她电话面试结束了，也已经找到了合适的人选。郭姵气得和她们理论，反而遭到了董芳的大骂和殴打……"

一件丢失的衣服，一个被弄坏的笔记本电脑，一个没接到的电话，每件事情都不大，但又足以让人郁闷。这一件件小事叠加起来，终于让几个女孩儿水火不容。

"她们打郭姵，班上的老师和其他同学都知道吗？"陆司语轻声问。他忽然插话，宋文转头去看他。灯光映照下，他的皮肤白得像是透明一般，神情极为专注，他的眉头微微锁着，凝神等着答案。

白小小眨眨眼睛："自然是不知道的，这事儿有点儿丢人，我们都是大学生，又不是小孩子了，怎么可能还有告老师那一套。就算是有点儿寝室矛盾，老师最多也是和稀泥。郭姵开始连我都不愿意告诉，就是怕连累我。我和郭姵走得近一些，她们和我就算是不同班也要欺负我呢，有次我在食堂吃饭，她们故意把汤泼在我的身上……"

宋文问："那你怎么说早就知道她们寝室要出事了呢，是不是早就有什么预兆？"

说到这个话题，白小小的脸色微微变了，眼中闪过一丝犹豫，似乎经过了一番心理搏斗才开口："就在电话事件之后，郭姵当天没有回宿舍，和我挤了一宿，第二天中午，她……她和我说不想活了……我当时觉得她有点儿抑郁，我还……我还开导她说，该死的不是她，是欺负她的人……可……可我那时候是为了开导她瞎说的啊……我也没想到……事情会发展成这样……"

很明显，白小小似乎已经认定了这次是郭姵为了报复董芳和马艾静下的毒，说到这里，白小小眼角带了泪。作为老乡，郭姵这个名字是她听着长大的，她对这个女生一直是仰望的，后来她们做了一个学校的邻寝同学，假期偶尔一起回家，算得上是好朋友。现在事情发展到这一步，出了这么大的事儿，郭姵也中了毒，她有点儿担心，但更多的是害怕。

看她哭了，宋文好心地递了一张纸巾过去。白小小道了声谢，接过来擦了擦，然后把湿了的纸巾拿在手中握着："其实……郭姵有机会离开那个寝室的。大三的时候，我们寝室有个女生因病退学了，空了一个床位，我曾经问过郭姵要不要搬过来，郭姵当时挺开心的，说自己考虑一下，和老师申请。可是半个月以后我再见到她，她却说她不搬了，而且当时她乐呵呵的，我还以为没事了呢。但过了不久，我又见到她被欺负。这次也是一样，前几天我还问她要不要搬过来，她明显在犹豫，可是后来又拒绝了我。"

"她为什么不搬走呢？"宋文问。看今天的情况，郭姵还是住在108寝室。他也不知道如果郭姵当时搬过来的话结局是否会不同，或许那时候的郭姵已经打定了主意要留在宿舍里实行她的计划？

"我也不清楚，这一次，她'五一'休假了几天，然后就忽然说不搬过来了。"白小小的声音越来越小，"我问过她在寝室里如何了，她们是不是还欺负她。她说没事了，还让我别操心了。我当时也在忙毕业论文，我没想到……"

白小小说到这里顿了一下，开口问道："警官，她们没大事吧？"

陆司语记录着的笔一顿，抬头看了她一眼。由于现场恐怖，事关重大，身为报案人的她们也只见到了郭姵，没有见到董芳她们的尸体。学校老师和之前赶来的刑警也只告诉她们隔壁寝室集体中毒，并没有告诉她们确切的消息。

宋文轻咳了一声，对她道："后续的情况学校应该会进行通报。"

"林绾绾呢？"陆司语提醒她，隔壁的寝室可是有四个人。宋文在一旁没有作声，仿佛是心有灵犀，他也正想询问林绾绾的情况。

白小小回忆了一下："林绾绾那个人，成绩很好，人也挺好的。她长得像是一只小松鼠，就是看起来眼睛圆溜溜的，个子不高，身材娇小，她平时不声不响的，为人挺和善，和所有的人都没红过脸。但是她这个人，在外面不太有存在感，还经常出去打工什么的，有时候不在宿舍。"

"具体的事情能说一些吗？"

"我对她了解得不多，但是我知道郭姵对她很好，把她当作朋友。有一次，林绾绾从外面回来，赶上下大雨，被困在了外面的公交车站。那雨太大了，大家都懒得动，郭姵二话不说拿了伞去接她，两个人回来的时候几乎都湿透了。平时郭姵也帮林绾绾打饭。"

这样听来，林绾绾倒是一个很和善的女孩儿，也并没有参与到董芳和马艾静对郭姵的排挤与暴力中，而郭姵对她也很好。

"林绾绾在哪里打工，你们清楚吗？"

"开始的时候是在学校周围的一个咖啡店，后来又换过一家西餐厅，再后来我就不知道她去哪里了，只知道她每个星期要出去几次。"

"她为什么换打工的地方你们知道吗？"

"好像是说离学校太近，总是碰到熟人，有点儿尴尬。"

"她们有男朋友吗？"陆司语又问到一个问题。

白小小犹豫了一下说："我……和她们不在一起上课，和其他人都不太熟，只是听郭姵和其他同学说过一些。马艾静交过几任男朋友，上一个被她甩了，有三个月了，后面的就没听说了。有人说，她好像是有男朋友的，但是大家都不知道这位神秘男友是谁，也许根本就不存在。郭婳一直是单身，我也没听说林缩缩有男朋友，或许是我不知道。现在临近毕业，大家心思都在论文上。"

凌晨四点钟，把尸体运回了殡仪馆的林修然已经开始工作了，两具尸体被摆放在两个不锈钢解剖台上等待解剖。整个解剖室无窗，用无影灯照明，还特别安置了两套超强力的通风系统。

市局里有一间现代化的解剖室，分为标准化的尸体解剖室、监控会商室以及尸体储存室三部分，那里主要是用于一些疑难尸体的解剖。不过鉴于尸体在殡仪馆与市局之间运送比较麻烦，所以这种死因较为确定、等待安葬的尸体，会在殡仪馆的解剖室进行处理。

由于死者有两名，为了节约时间，除了林修然外，还有一个市局的年轻法医同他一起解剖。林修然负责董芳的尸体，另一个负责马艾静的。

那个法医叫万棕，是个戴着眼镜的小法医，法医专业毕业三年，南城的法医人数不足，他这样的资历早就独立跟案子了。万棕的小名叫"小粽子"，后来他到这里报到的时候，怕大家不好记，提了自己这个小名，说也可以这么叫他。

那几年盗墓小说盛行，林修然听到他这个小名皱眉道："虽然说那些都是封建迷信，但是别人叫起来还以为我们这鉴定中心诈尸了呢，以后你外号不如叫'端午'吧。"于是"端午"就在市局叫开了，到后来比他的本名叫得还多。

解剖室里安静极了，这里的温度比外面低了很多。

"端午"刚从睡梦中被提溜过来，还有点儿迷瞪，观察了一下尸体的外观道："今天看来没什么大麻烦，应该就是中毒而死。"

林修然提点他："别大意，要验过再下结论。"做法医可是千万不能有行活的想法，有时候越是看起来简单的案子，就越容易错过一些细节。"端午"的胆子挺大，就是人有点儿马虎，还好之前的案子简单，没有出过什么大的纰漏。

两个人开始忙活起来，一边观察一边进行交流，林修然复测了一下尸体的温度："根据肛温，死亡时间在晚上十一点和十二点之间。"按照现在的温度计算，每一个小时，尸体温度大约降低一度。相比于董芳，马艾静的肛温略高。

两人一边交流，一边把各种检验的情况填写在表格上，这一步是检查尸表，必须把尸体上的所有痕迹都检查到。两个人围着解剖台游走了一圈儿，"端午"道："体外没有什么外伤，死者瞳孔缩小，黏膜充血，尸斑呈鲜红色，很明显的中毒特征嘛。"

林修然检查完尸体的外观，开始下刀。随着刀子切割下去，皮肉被利索地分开，在尸体上划出一个大写的"Y"，空气中泛起了一股更为浓烈的苦杏仁味儿。检查从上端开始，逐渐到了消化腺。

"肌肉、血液都是鲜红色的，消化道水肿、充血……由于死者呕吐过，胃里东西不太多，有黑色的巧克力颗粒。"随着林修然娴熟的动作，胃容物和心血很快提取完成，心血盛入试管之中，等待化验。

那一边"端午"的进展也十分顺利。时间很快流逝，两个人这一忙活起来就是将近两个小时，"端午"反倒先完成了，放下解剖工具道："这边完成了，基本可以确定是中毒，如果没有什么问题，我这里准备缝合了。"

"等下，我过去看一下。"林修然放下手里的工作，走过去，看向马艾静的尸体。他是鉴定中心的负责人，是要在所有的检验报告上签字的，也要对这些死者负责。

林修然看了那尸体几秒，表情凝重了起来，深深地皱了眉思索着。他有点儿睡眠不足，万分疲惫，只要合上双眼，眼前就浮现出了那少女的尸体与被子紧紧纠缠在一起的画面，不知为何怎么都挥之不去，好像在冥冥之中暗示他什么……

不知道是不是受到隔壁大功率冷藏库的影响，这里温度比室外还要低上很多。解剖台上的两具少女尸体的内脏被取出，并排躺在那里，皮肤被白色的无影灯照着，透出瘆人的光。

南城市的殡仪馆位于城北郊区，修建得很是大气，但空旷而冷清，更别说在这暗夜之中，除了值班人员，就只有他们两个人，死人比活人多得多。之前工作着还不觉得，这一安静，胆子很大的"端午"也有些受不住。他看向一脸严肃的林修然，有点儿心虚，又仔细检查了一下眼前的尸体，依然看不出端倪，小声问："这不都是氰化物中毒的典型特点吗？"

"这具尸体不太对。"林修然没有很快下结论，而是掰开了死者的眼皮，和死者对视了片刻。

而后他放开了双手，才开口继续道："是中毒没有错，但是这具尸体和我那具有明显的差别，比如中毒不会引起眼睑和颊边的血点……"

林修然伸手拉了一盏白灯过来，在灯光的照射下，可以看清马艾静尸体面部的一些鲜红血点，这些痕迹在她刚死的时候尚不清晰，随着时间的推移，已经越来越明显。

"端午"凑过来观察，那红点分散在面部，十分细小，像是脸部的毛细血管全部炸裂开来。这么近看，有点儿诡异，像是有人在尸体的脸上撒了一把朱砂。

"还有，她涂了指甲油，掩盖了手指的紫绀。"林修然又指向了马艾静手指的前端，那里的颜色发紫。他倒了一些化学药剂在药棉上，把马艾静残存的指甲油擦去。少女的指尖青紫，指甲的颜色也不正常，紫绀的痕迹更为明显。

"其他的还有……"林修然指着死者内脏上的一些斑点。

随着一个个线索出现，一个令人胆寒的真相逐渐浮出了水面，林修然觉得自己的心口倏然一缩，这凶手太过丧心病狂了。

"塔雕氏斑……"这下子"端午"认了出来，塔雕氏斑是指黏膜下的一些点状出血，是窒息死亡的特征之一，"所以……真正的死因是……窒息？"

林修然打开死者的口腔，观察了一下死者的牙齿，死者齿颈处呈现出一种粉红色。这一现象有个浪漫的名字——玫瑰齿。

看到这里，林修然神色凝重地下了定论："是的，这位被害人是被被子闷死的。"然后他直起身子补充道："死者死亡时已经开始毒发，所以尸体会有中毒特征，比如尸斑呈现了鲜红色，而那些窒息死亡的特征被你忽略了。"

因为是闷死的又处在毒发末期，并没有机械性窒息的一些特征，比如说舌骨骨折之类的，容易和中毒致死混淆。

这是一个细思极恐的结果，两位被害人，几乎同一时间死在一起，死因却是完全不同。或许是毒发的过程中出了什么变故，凶手甚至等不及马艾静毒发，想让她尽快死去。毒发、窒息，这都是极其痛苦的，难以想象，这个女孩儿在死前经历了怎样的过程。

"是我没有看仔细。""端午"这时正视了自己的错误。他之所以判断错误，是因为这尸体中毒迹象太过明显了，他一上来就有种主观臆断，觉得一定是中毒致死，就没有再考虑其他的可能性，现在被林修然点出，他才知道自己险些酿成大错，吓出了一身汗，问道："林主任，这死因，对案子影响大吗？"

林修然看了他一眼："自然很大，宿舍没有闯入痕迹，这样一来，凶手就被局限在了宿舍内，而这个凶手，也太过残忍了。"他望向躺在解剖台上那两具尸体，两名少女眼睛圆睁着，死不瞑目。

在现场时，马艾静的尸体与被子纠缠在一起，开始的时候他们以为是因为毒发较为痛苦，所以被害人才抓紧了被子，现在看来，那条被子应该就是凶器。凶手在她毒发时，怕她喊叫，直接跨坐在她的身上，用双手压制住她，再用被子蒙住她的头，把她活活闷死在被子里，这才导致她一直死死抓着被子，至死不能分离。也正是她临死前的这个动作，帮助林修然确定了她的真正死因，也进一步锁定了凶手，那名杀人犯就在108寝室之内。

第七章

—— 军令状 ——

　　清晨五点半，刑警的问讯还在继续，送走了白小小，宋文和陆司语眼前的人换成了邓佳。正是这名女生发现了毒发后倒在门口的郭姗，现在她的脸色依然苍白，似乎还沉浸在恐惧之中。

　　邓佳比白小小大上一岁，开始的时候她只是摇头说不知道，对隔壁寝室不熟悉。谈话过半，陆司语出去给她倒了点儿热水，她这才逐渐放松下来。

　　"他们土木班一共三十个学生，大部分都是男生，只有她们四个女生。董芳有钱又大方，马艾静则是长得最好看，被选为系花……"

　　"那董芳对马艾静怎样，你知道吗？"

　　"对她挺不好的，我看到过一次，董芳用开玩笑的语气说她是马屁精、小跟班，捡自己不要的东西。可是我觉得马艾静应该是听到心里去了，她有点儿记恨着。"

　　"董芳欺负郭姗的事情，你知道吗？"

　　邓佳犹豫了一下，点点头又摇摇头，然后胆怯地说："白小小和郭姗熟悉一些，我和她关系一般。"

　　宋文听懂了，就算是知道，她们这些普通的女生也不敢管，看到了只能当作没看到。他们又问了邓佳几个问题，她说的和白小小的描述大同小异。

　　外面天色已经快亮了，乌云散去，那场雨最后还是没有下下来。

　　宋文和陆司语对望了一眼，准备结束问话，宋文例行问道："我们问得差不多了，你还有什么要补充的吗？"

邓佳咬了一下嘴唇，似是下了很大的决心："在半个月前，很晚的时候，大概是晚上十一点半，我去取落在自习室的东西，远远地看到马艾静和一个中年男人一起从外面回来。那人，好像是他们土木工程系的一名教授……"

"当时你看清了吗？"宋文加问了一句，依照邓佳的描述，当时很晚，又远，很容易看错。

"应该是马艾静……"邓佳回忆了一下说，"我认得她的伞，她有一把样子很别致的花伞，印的是凡·高的《向日葵》，在雨夜里特别显眼。"

宋文点点头："谢谢你提供线索，这些事情稍后我们都会查清的。"他把邓佳送了出去。

傅临江那边的问讯也已经结束，几位刑警一起汇总着资料。宋文把他们这里的结果简单地说了一下，抬头问傅临江："你们那里如何？有结果吗？"

"我们问了她们的班主任，也问了几位任课的老师，都是一问三不知。她们班主任开始情绪很激动，说肯定不是郭姬，也不是林绾绾，她自己的学生自己了解，都是好孩子。我问她郭姬曾经被欺负，她是否知情的时候，她又改口说自己不知道不了解。"傅临江叹了口气，"她是个二十六岁、研究生刚毕业的女老师，本身也没比学生大多少。"

宋文点了点头，他本来也没指望在那边能够找到更多的线索。几岁的差距就像是不可逾越的鸿沟，一方是走上社会的成年人，另一方则还是校园里的孩子。

大学里，如果把学生比作羊群，老师就像是牧羊犬，他们只管有哪些羊掉了队，但对羊群里的打闹却很少关心。

宋文转头问陆司语："查到这里，你怎么想？"

陆司语没提防又被点了名，想了想开口道："毒药的确切来源以及下毒的人还是没有头绪，人物关系看似简单，但是总觉得哪里不太对。"

傅临江插话："是啊，土木工程系的学生又不是化学系的，怎么能够拿到这种管制剧毒材料？她们是不是认识化学系的学生，能够从实验室里拿出材料？"

宋文道："大学里都有各种药品管制方法，如果想从中拿出材料很难不留痕迹，回头你们调取下监控，再问一下这里的老师吧。"以前国内的几件类似案例中，有出现过从化学实验室中取出毒物的情况，也是在那些案件之后，各地高校的实验室都加强了管控。

话聊到这里，宋文的手机响了，他看到是林修然的来电，按了接听："喂，老林，情况怎样？"

宋文接听了两分钟以后，扭头对其他人道："尸检的部分结果出来了，董芳是毒发致死没错，而马艾静是被闷死的。毒物中的主要成分是氰化钠，另外在她们体内还发现了少量的麻醉剂。"

陆司语脸上的表情微微变了，他的眉心忽地舒展开来，似乎一直困扰他的疑团终于得到了印证，然后他低头道："那么这嫌疑人，就在郭婳和林绾绾之间了吗？"

郭婳依然昏迷，还在危险期；林绾绾洗了胃，情况也还没有稳定。现在想直接审问当事人不太可能，只能继续追查其他的线索。

"寝室外杀人已经被排除，会是她们谁投的毒呢？"傅临江考虑着各种情况。

宋文摇摇头："现在还不能断定。"

傅临江忽然想起了什么，又说："这案子查到最后不会自产自销了吧？"

这个案子看似明了，凶手逐步锁定，嫌疑人似乎就在两人之间，可是其中还有很多疑问无法解答。

"自产自销"顾名思义是自己生产自己销售，在刑侦行业里意思是凶手自杀，最后无法归案。自产自销的案子更难侦破，因为没有了活着的人，也就没有了被害人和嫌疑人的直接供述，只能依靠各种证据来进行推断，很难判断出凶手。如果是马艾静或者董芳下毒，那这案子就更难破了。

宋文沉思了片刻，用手指揉了揉眉心："反正没有那么简单。"他想了想又说："如果是校园暴力案件，为什么忍到了大四快毕业了，却忍不下去了呢？"

校园暴力最后发展为凶杀案的例子并不少，特别是在宿舍之中。生活像是绵软的刀子，日常相处时难免受伤，每次留下一个小口，日积月累，却足以让人遍体鳞伤。那种细细绵绵的痛，常常让人感到绝望，最终一点儿微小的触发，加上一瞬间想要解脱的冲动，就变成了血案。

"大部分的校园案件都是激情犯罪，就算是有筹划，也不会这么精心。如果想要投毒，放在水杯、饮水机、食物里都有可能，为什么要从网上专门买来巧克力？"

宋文说完这句，习惯性地扭头看向了陆司语，陆司语有点儿心不在焉，低着头用修长的手指玩着手腕上那块价格不菲的劳力士手表。看这动作和表情，宋文就好像知道了他所想，转头对其他人道："回头我们继续商量吧，现在六点多了，也忙了半夜了，去吃个早点吧。"

无论陆司语之前多积极多听话，只要饿了就像是没电的玩具娃娃一般。宋文避免显得苛待下属的方法就是在陆司语喊饿之前，提前招呼。

宋文一向是遇到案子就会化身为拼命三郎，不饿到饥肠辘辘绝不放人，错过饭点或者晚上加班是家常便饭，众人并不理解自家队长为什么忽然开恩了，一个个都是一副难以置信的表情。他们坐在那里没有人敢挪窝儿，弄得宋文只得又招呼了一遍："走吧，吃饭回来继续查。"

大家这才如梦初醒，傅临江去问学校陪同的工作人员食堂在哪里，几点开门。那人姓严，这时候倒是机灵，招呼道："刑警同志辛苦了，这顿早饭理应我们请。要不我叫几个学生把早饭给你们送过来……"

宋文看出了他的心思，本来这校园里出了案子就够乱的了，几位刑警往外一站，虽然没穿警服，但还是怕引起恐慌。他直接点破了："严老师，这校园环境我们还得看看，毕竟这也是查案的一部分，所以您还是告诉我们食堂的位置吧。请吃饭就不必了，我们也有规定，您留个微信，回头吃完了饭，我们可能要在校园里随处转转，有需要再联系您。"

严老师不敢再强求，顺着坡儿就下了："警察同志哪儿的话，只是早点而已，你们如果有规定就算了，缺什么随时和我说。"

傅临江也在一旁道："放心吧，我们有分寸。"

要到了学校食堂的地址，宋文用手指戳了戳站在一旁的陆司语："你今天不热饭了？"

宋文心里清楚，今天是周日，大半夜把人从被窝儿里拽出来，哪里有时间做饭，更别说是早餐。要不是因为今天还是休息日，他也不至于大意到没了裤子。

陆司语抬起头来看向他，眼神依然平静，安静得像是一只兔子："我只是不喜欢吃外面的食物，并不是不能吃。不过，我后备厢有个车载冰箱，我带了几个包子，已经和严老师说好了，能帮我热。"陆司语这次连操心的机会都没给宋文，在吃饭上，他从来最积极。

宋文本来想说"那我请你吃个早点吧"，结果陆司语这么一答，他只得挥挥手道："那成吧，第三食堂，等下你这里好了去找我们。"

早上的阳光照射进来，整个学校就像是活过来一般，有一种年轻人独有的喧嚣与活力。周日上午，没有主课，一些选修课却没停，刚到七点钟，就能看到忙忙碌碌夹着书本的学生，几个篮球场的场地争夺也已开始。

学校几个食堂早就陆续开了门，宋文他们去的是离女生宿舍最近的第三食堂。食堂分两层，一楼大厅，二楼小炒。宋文多年没过过这种集体生活了，还有点儿向往。

南城大学的早点是出了名的物美价廉，种类也繁多，只要不苛求正宗，绝对可以花最少的钱美餐一顿。宋文去买了份馄饨面，外搭了一杯豆浆，那下馄饨的阿姨见了他，对他一笑，还给他额外加了个荷包蛋。端着东西的宋文往回走，只见傅临江他们几个正好占了一张四人小桌。

宋文不想落单，寻摸着周围有没有椅子可以拉过来。那值班的刑警小王笑道："宋队你这西装革履一表人才的，就别在我们这桌凑合了。"

宋文难得和他们几个插科打诨："怎么，你是怕我的颜值吸走了漂亮女生的目光吗？"

傅临江笑了："得了吧，漂亮女生的早点，现在已经被积极的男生送到楼下了，你还指望她们起早过来吃？"

宋文回身一望，陆司语从身边拎着一个餐盒走过。他那种生人勿近的开关一开，在这嘈杂的大学食堂里干净得扎眼，宋文果断甩了傅临江几个白眼，端了桌子上的餐盘快步跟上。

陆司语选了角落里一张干净的桌子，刚把东西放下，宋文就自然地往对面一坐。

陆司语也不介意，打开了餐盒，变魔术似的拿出来一盒牛奶，还是温的，然后又拿起一个包子小口小口吃着。那包子一被咬开，就在空气里散出一阵诱人香气。

宋文吃下去几个馄饨，被包子的香气吸引，抬头问他："包子自己包的？"

陆司语"嗯"了一声，毫不介意地递给他一个。

宋文也不客气，咬了一口，只觉得自己这辈子吃过的包子都不是包子，只能算是加了馅儿的馒头，开口问："这什么馅儿的？"

陆司语道："猪肉虾仁，放了一点点咸蛋黄提鲜。"传统的做法会放蟹黄提鲜，可是蟹黄会有种腥气，陆司语改良了一下，变成了咸蛋黄。

宋文顾不上说别的，两口把包子吃了。包子二次加热后，完全入了味儿。一个包子下肚，直把面前的馄饨衬成了白开水，可他也不好再和陆司语要，于是把荷包蛋吃了，然后在那里喝豆浆。

往来的学生越来越多，食堂里越发嘈杂。他们坐在角落里，却还是有不少学生往这边张望着，特别是女生。

宋文开始以为是自己面生，但是傅临江那桌完全没有引起关注，那解释起来，只能是自己和陆司语长得比较惹人注目了。

陆司语背朝大厅，带着点儿冷漠，吃得专心致志，似乎没有感受到身后的变化。一顿饭快吃完，宋文终于察觉出来有点儿不对，微微皱了眉头。他毕竟是刑警，刚才人少没太在意，现在食堂人多了，他才发现这些目光不同寻常。

宋文转头问陆司语："我脸上有东西吗？"

"东西嘛，倒是没有。"陆司语把手机递给宋文，"不过，我大概知道他们在议论什么。"

宋文接过手机，陆司语打开的是南城大学的校园 BBS。女生宿舍出事，这件事成了所有人茶余饭后热议的焦点，人人都说得有模有样，仿佛个个都在现场似的，还生生传出了好几个版本，什么因爱生恨啊，什么仇杀啊，好像不讨论几句，自己就落后了。

然后宋文的目光落在其中的一个帖子上——来的这货是警察吗？这能不能靠谱儿点？下面配了一张宋文穿着"时尚"，站在豪车前开门的照片。

宋文还想再看下面的评论，手机忽然被陆司语抽走了："我吃完了，我们准备开工吧。"

宋文用屁股想也知道，评论里肯定没什么好话，看向陆司语的目光更为复杂了一分。

这人还真是表面人畜无害，切开了身体透着黑，陆司语早就知道那些人在看什么，却故意吃完了一顿早饭，现在才告诉他。

陆司语收拾好餐盒，宋文也不想在这食堂里多待下去，刚要起身却忽然收到了一条信息。

宋文看了看手机，忽然神色严肃道："走，和我回趟市局，顾局要问话。"

宋文叮嘱了其他人几句，让他们继续在学校里调查，然后和陆司语还有傅临江一路开着奥迪回了市局。

他们已经忙碌了半夜，而对于其他人来说，现在只是一个再普通不过的早晨，各种店铺陆续开门，街上的行人和车辆匆匆，忙碌的生活刚刚开始。

地球没了谁都会照常运转，每个人都在关心着自己，似乎根本没人注意到，昨晚有两名花季少女惨死在了宿舍之中。

刚到上班时间，警局里还有点儿嘈杂，户籍科的几个小姑娘见宋文一身正装，眼神都有点儿发直，反应过来以后纷纷打着招呼。宋文点头应了几声，就直接走入了顾局的办公室。

顾局坐在桌前，面色凝重，都没顾得上泡菊花茶，看到宋文进来，先是打了个官腔："这次的案子……各级领导可是十分重视。从昨晚案发到现在我已经接了四五个电话了。"

宋文点头道："我知道，我们也在抓紧查案，现在已经有了一些头绪。"

"你可真够抓紧的，还送我这么个惊喜？"顾局找出几张宋文穿着花裤子的照片，目光在他身上扫了一圈儿，"现在倒是穿得人模狗样的，之前干什么去了？其中有两个电话就是投诉你的！"

宋文有点儿无奈，深切体会到了什么叫作好事不出门，坏事传千里，他还不是被这位领导半夜指派过去的？他看了看照片说："我后面换了衣服怎么就没人拍了呢，好歹做个对比图啊。"

顾局一大早听到这些，肺都要气炸了，看宋文这态度，他用手指头点着照片道："你知道这个案子有多敏感吗？各种媒体都在等着消息，你还敢这副打扮去?！你看了网上怎么说的吗？要不要背一遍出警要求？你也是多年的老刑警了，还捅这个娄子？我们警队的脸都被你丢尽了！"

宋文心里知错，却还嘴硬道："顾局，他们说的是咱们警局连续两年的最优秀警官。"

顾局挑眉："臭小子，你这是什么态度？想写检查了是吗？"

"我保证下次不再犯，可现在怎么办？"宋文叹了口气，开玩笑道，"要不我引咎辞职，把案子给别的队吧？"

"不想着怎么将功补过，光想着往后撤？"顾局听了这话更气了，"哼"了一声，"案子查得如何了？"

宋文这才正色汇报道："老林那边尸检已经完成，确定了死因，其中一名是中毒而死，另一名却是被被子闷死的。到现在毒源还未找到，不过嫌疑人已经基本锁定了，是寝室内作案。我们已经找了案件的相关人员进行谈话，了解案情。"

顾局对这个办事效率还挺满意，这才告诉他道："目前影响只局限在南城大学的校园网内，一周内你一定要破案，得对民众有个交代。"他一向最爱才，也最护短，早就做了安排，帮宋文挡去了七七八八，这才招他回来问责。

宋文憋了一口气，抬头正视顾局："三天，我给您立军令状，三天我把结果摆您桌子上。"

顾局就爱宋文这性格，点头道："好，你要是三天破得了案子，回头让你拍今年警队的宣传视频；如果你破不了，我就把这照片放大了贴警局门口。"

宋文从顾局的办公室出来后往工作区走，就看到傅临江笑盈盈地看着他，不用问也知道，这位副队现在也知道了昨晚的事儿。宋文有些置气，傅临江把他拉过来开导道："宋队，顾局要是说什么了你别在意。在我看来，这是件好事，过去你总是那种一丝不苟的态度，整个人都是紧绷的，你画画好，破案快，是个一言九鼎的刑侦队长，大家明面上不敢表露什么，却都怕你。可是这一回，你这身上像是沾染了点儿人间烟火，平易近人多了。"

宋文听了这话，有些感谢傅临江的善解人意，转头开口道："那也不是什么大事，我没往心里去，等下大家去开个会吧，眼下最重要的，还是要把这个案子理出头绪。"

傅临江很快做好了安排，把人都聚集到了会议室。徐瑶刚来上班，伸手用发圈绾了披肩的长发；程小冰半宿没睡，打着哈欠在一旁汇总昨天的各种情况。宋文见了徐瑶之后问："林哥呢？还没回来？"

徐瑶说："他从殡仪馆那边出来后就直接去医院了，现在还在那边呢。"

这时候跟医院那边也要多了解情况，宋文点头："辛苦了，你们这里情况如何？"

"昨天的鉴定结果大部分都出来了，四个人的指纹我们也已经录入系统了，寝室门锁没有被破坏的迹象，各个入口没有人进入的迹象，宿舍楼外也没有其他的可疑人员出入。我们在多处巧克力残渣中化验到了毒物，基本可以肯定毒就是下在巧克力里，然后我们在那个盒子上发现了郭姗的指纹。"程小冰作为昨晚到过现场的物证员开始介绍情况，说到这里她停了一下，抬头看向宋文，"可以说是遍布了她的指纹。而且……只有她的指纹足够清晰。"

"我这里也查到，'五一'前郭姗在一家网店下单了一盒高级手工溏心巧克力，看包装应该是这盒。"朱晓打开了电脑，几个人的账号和各种信息昨晚已经开通可查。看这个时间，正好是之前白小小说的，她们爆发了最后一次冲突之后。

"这是一款网红巧克力，外面一层脆皮，里面都是巧克力酱，浓浓的好像岩浆一般，因此又被称为岩浆巧克力。因为这种特质，这款巧克力广受甜食爱好者的喜爱，又因为纯手工制作，不耐高温，也不方便运送，所以只在每年的九月到来年的五月限量供应。这款巧克力一直供不应求，看时间，郭姗定的差不多是最后一批。"

"哎，说起来那些巧克力寝室里到处都是，床上、地板上、垃圾桶里、鞋子上，就连洗手间我们都有发现。"程小冰抱怨着，正因如此，他们昨天才忙了半宿。

"巧克力送去化验了吗？"宋文问道。

徐瑶点头："已经都收集好写了编号送过去了，不过估计要晚一些才能出结果。"

"她们的手机破译了吗？"宋文又问。

"只有林绾绾的安卓手机被破译了，郭姗、董芳、马艾静三个用的是苹果手机。"

宋文点头："先按流程申请着。"

"不过我们发现了一件事情。"徐瑶说到这里又卖了个关子，拎出了三部放在物证袋里的手机给众人看，这三部手机都是一样的新款，只是颜色不同，"在郭婳的手机上，我们发现了林绾绾的新鲜指纹，指纹上还沾了一些巧克力。她是用郭婳的手机打的急救电话。当时的现场很乱，这三部手机上都沾了一些巧克力，有的可能是不小心蹭上的，有的是呕吐物，我们都有提取。"

宋文听到这里轻轻皱了眉："郭婳家不是一直经济不太好吗？她怎么也会用这么贵重的手机？"

"这个问题问得好。"朱晓翻了翻记录道，"我也有这个疑问，后来查了查发现，郭婳买那部手机是在获得了一笔学校发放的奖学金之后。"

这一下就说得通了，获得了一笔不小的可以自由支配的奖金之后，冲动消费一下也是情有可原。这一个寝室，三个人都用了同一品牌的手机，倒是显得林绾绾特殊了起来，宋文道："把林绾绾的手机给我们研究下。"

听着他们讨论到了手机上，老贾急了："哎，我们不是讨论中毒案嘛，别总绕在手机上。依我看，这案子挺明白的了。我们现在可以确定毒源是巧克力，巧克力的盒子上又都是郭婳的指纹，那巧克力也是她买的，她大概是想报复那两个欺凌她的同学。"

这么拼凑下来，倒是一个完整的思路了。

宋文问老贾："那我问你，既然是郭婳下的毒，为什么最后她要出去呼救呢？"

老贾挠挠头："这个……大概是毒发以后太过痛苦了吧？"

宋文又问："那毒源呢？"

"可能是向化学系那边的帅哥要的吧。"老贾又在拍脑袋，看没人回应他，理亏道，"下一步的工作重点我来好好查查。宋队，除了郭婳，就剩林绾绾了，你不会是怀疑她吧？她虽说是中毒不深，可是目前为止，没有一点儿证据，我们做了一圈儿随访，这个女孩儿的评价最好。"这个案子查到现在，林绾绾清白得像是一个旁观者，既没有作案动机，也没有犯罪证据。

"就是因为没有，所以才可疑。"宋文没下结论。这个案子看起来是简单的二选一，其实有着多种可能，比如说协同作案。

徐瑶没理老贾，从他身边擦身而过，把林绾绾的手机递给了宋文，又把一张表格递过去："指纹信息已经存档了。手机我们简单检查过，没有什么特别有价值的信息。你们签个字，手机拿走。"

"好吧，回头有什么线索再告诉我们。"宋文签了自己的名，把手机拿在手里，"大家开工吧，我可和顾局立了军令状了。"

朱晓问："这次几天？"

宋文这性格，和顾局立军令状是常事。他虽然性子傲了点儿，平时不按规则出牌，但是他是真有能力，运气也不差，别人是吹牛，他却是真的很厉害，从当了队长到现在，这军令状还没有一次超时的。

听朱晓问他，宋文用手比画了个"三"，到现在，第一天已经过半。这案子有点儿棘手，还需要抓紧时间。

走出了会议室，宋文转身把那手机给了站在他身后的陆司语："你先翻翻看有什么线索。"

陆司语先是一愣，停住了脚步，犹豫了片刻，才低头把那手机接过来，走到自己的座位上把手机打开。那手机是普通的安卓系统，几年前的一款常见机型，价格便宜，功能齐全，性价比较高。

手机有点儿旧，看来是大一买了就没换过，但是保护得比较好。陆司语按了开机键，现在密码被破解了，可以直接进入，手机桌面很简单，连系统自带的壁纸都没换。

由于这手机内存不足，并没有下很多软件，只有几个常用的。

陆司语试了试微信和 QQ，发现需要输入密码，转而打开了短信，里面躺了几条垃圾信息，然后他又翻开了通话记录，通话不多，也许被删过，好几天才有一通电话，还经常是外卖、快递或者是中介的，往下翻了几页才看到一条打给她妈妈的。陆司语皱着眉头，又点开了浏览器，是无痕浏览模式，过去的搜索词被删除得干干净净。

陆司语摆弄着手机，把能够打开的地方都点了一下，只觉得这手机电池快要不行了，就这么一会儿，电量就少了很多。陆司语伸手去找充电器，一抬头，看到宋文正隔了一面玻璃发着呆，他的表情是少有的严肃认真，下颌微微绷着。

陆司语不得不承认，这么看起来，这个男人真的挺帅，特别是穿了自己那一身衣服以后，有着一种介于熟男和青年之间的可靠感。他身上有一种讨人喜欢的气质，看似有些高傲，可实际上心怀热血，一往无前，他有打破规则的勇气，还有猎人般的敏锐，全情投入的时候更为迷人，就这几点来说，他就是个天生的刑警。

宋文是自信的、炽烈的，和他不一样，陆司语心里清楚，他看起来有多么冷漠，内心就有多么不安。他像是一个行走在人间的异类，用那种冰冷掩饰自己，用远离那些人类的方式来保护自己。

此时宋文发现陆司语在看他，侧过头问道："你怎么看这个林绾绾？"

陆司语这才不再胡思乱想，整理了一下思路，缓缓开口道："是个乖巧、干净，但是又很小心的人。要么她是个极其无辜的路人，要么她是个极其会伪装的罪犯。"

林绾绾长着一副好女孩儿的模样，她站在人群里，看上去温暖、柔顺、听话，她有着平凡的出身，白净的脸庞，楚楚可怜的样貌，优秀的成绩。但是她又有点儿不同，别人的喜怒哀乐都显露在表面上，而这个女孩儿，不管别人怎么了解，对她的获知都很少。他们始终触碰不到她的内心世界。

这时候，宋文的手机响了，他低头看了看，开口道："我们有机会去亲口问问她了，林大法医发来了短信，林绾绾终于醒了。"

第八章

── 毒源 ──

　　宋文和陆司语赶到南城市第一人民医院的时候，已经是上午十点半。今天是周日，门诊不开门，只有住院部和急诊部人满为患。陆司语等了好几分钟电梯，才和一群大爷大妈一起挤上了楼，那电梯爬得像蜗牛一般，还每层必停。

　　又磨蹭了几分钟，才到了十二层。这里是危重病房，不专属于哪个科，集合了各个科室的专家，接待的都是一些综合性的危重病人。

　　宋文走楼梯反而快一些，到了十二层就看到林修然站在 ICU 外，急忙走过去问道："现在情况如何？"

　　"郭姵早上进过氧舱，现在还在 ICU 里观察，至今没有醒过来。林绾绾中毒不深，催吐洗胃后正在输液，转到了这边的病房观察。"说到这里，林修然又指了指坐在一旁的一名中年妇女，"这是郭姵的妈妈。"

　　宋文转头去看，那是一名四十多岁的中年妇女，看起来衣着朴素，人有些微胖，她的旁边放了一个有些旧但是洗得干干净净的书包。她的眼皮肿着，明显哭过几次，她就那么呆呆地坐在门口的椅子上，不知道在想些什么。

　　宋文又看了看安静却布满了各种仪器的 ICU，里面有个护士在忙碌，他最怕看到这种场面，没准备过去打招呼，转头问林修然道："你问过了吗？"

　　林修然小声道："大概聊了几句，郭姵的爸爸身体不好，所以这次只有她过来。郭姵是独女，她本来想着女儿毕业了就能补贴家用，可现在……打击挺大的。郭姵在学校里面的事儿，她也知道得不多，只说女儿从没让她操过心。刚才校方的人一直在陪同，现在下楼买东西去了。"

宋文点点头："家属的住宿安排了吗？"

林修然道："校方做了安排。"

"有人在这里盯着吗？"

"校方出了人，二十四小时在这里陪同。"

一旁的陆司语问："林绾绾的家人没来？"

"这个……刚才那校方的人还在抱怨呢，通知家属以后，他们问了医药费怎么办，当学校表示暂时先全款垫付以后，那边问了问情况，听说没有生命危险，就没过来人。"林修然显然也没见过这种当爹妈的，现在的孩子哪个不是父母的心头肉？孩子出了事，父母都哭天喊地要过来，可是这家……真是够冷漠的。

宋文道："不奇怪，我看了林绾绾的资料，她和她父亲不同姓，应该是重组的家庭，家庭关系不太好，母亲后来又生了个儿子，所以这女儿可能就被冷落了。"说到这里，他又探头看了看郭姵的妈妈。那女人坐在那里，生生地把自己当作了一尊雕塑，一动不动。宋文有点儿怵，没有主动过去打招呼，转而道："我们去看看林绾绾的情况。"

林修然看了看表："我也差不多要撤了，已经和负责的医生打过招呼，有情况会通知我们。林绾绾在 1205 房间，双人房暂时只有她一个人。"

宋文和陆司语按照房间号，来到了 1205 房间的门口。相对于抢救区，这里安静多了，门半掩着，他推门进去，没有什么阻力。

床上躺了一个正在输液的二十多岁的女孩儿，她是醒着的，察觉到有人进来就侧头去看。她看起来乖巧又美丽，她的眼睛不大，黑眼球在眼眶里占了很大的面积，头发细软而柔顺，就像是一只小动物。此时她穿着白色的病号服，深陷在白色的被褥里，弱小惶恐又无助。

宋文想起了和白小小的谈话，她的那个比喻再恰当不过。

因为还在观察期，林绾绾的身上连着一些测试心电和脉搏血压的东西，她苍白的唇紧紧抿着，眼神里有些戒备。

宋文拉过床边的椅子坐下，出示了一下警官证自报家门："你好，我是南城市公安局负责这一案子的刑警。昨晚你们宿舍发生了一起投毒案，你作为本案的当事人，能否告知我一些当时的情况？"

林绾绾半支起身子，目光闪烁，没有开口。

陆司语站在一旁掏出本子和笔准备做记录，宋文继续低声问道："我知道你不想回忆，可是这些信息对我们找到凶手很重要。"他说"凶手"这个词的时候加重了一丝语气。

林绾绾的眸子动了动，这才回忆道："昨天晚上……我正准备睡觉，董芳忽然说她肚子疼，然后她就吐了。郭姵说去看看，刚把她扶下床，她就倒在了地上。这时候马艾静从床上摔下去，发出很大的声响，郭姵在那里安抚她们，我想帮忙，也爬下去，一下床就觉得呼吸不上来，眼前都是花的。

"后来我就听见有人在黑暗中挣扎，好像发生了什么事，再后来郭姵就跑了出去。我手机没电了，想打120，那时候我想起来，之前偶然得知过郭姵的手机密码，就用她的手机叫了120。"

林绾绾的描述有点儿凌乱细碎，但是也解释了为什么郭姵的手机上有她的指纹。说到这里，她怯生生地抬头问："董芳和马艾静是死了吗？郭姵呢，她怎样了？"

宋文没有回答她："你们是中了毒，你对中毒的事还有什么印象？"

林绾绾脸色苍白地摇了摇头："我……我不知道，我都不知道我为什么会在这里。昨天的经历就和噩梦似的，我现在想起来就头疼。"

"你们昨晚睡前吃了什么？"宋文又问了一句。

"巧克力，我们吃了郭姵买的巧克力……"林绾绾的声音有点儿颤抖，"我……我知道她们一直欺负郭姵，她们在的时候，我也不敢和她说话，等她们不在的时候，我才能安慰她。前几天，郭姵忽然说她不想活了。我安慰了她很久，后来有一天她又说不想和董芳她们继续僵持下去了，我还挺开心的。她让我帮她出主意，看怎么能把寝室关系缓和下，我还帮她想办法。再后来她买了一盒董芳喜欢吃的巧克力，低声下气地给她们道歉，然后大家很开心地分巧克力吃……"

林绾绾说到这里，有些惊恐地抬头："毒不会是下在了巧克力里面吧？郭姵是想让我们都陪她去死吗？"她的情绪激动起来，眼角溢出泪水，捂了嘴一副想吐的模样，一旁的仪器也忽地亮起了红灯。

宋文没理会那些，站起身上前一步逼问道："你觉得郭姵放在巧克力里的毒是从哪里来的？"

"我……我不知道……"林绾绾的声音发着颤。

门忽然被人打开，还没等宋文和陆司语反应过来，就从外面冲进来一名女医生和两名护士。她们急急忙忙开始检查仪器，待林绾绾的情况稍微稳定，那梳着马尾辫的女医生转头皱眉看向宋文和陆司语："你们是谁，病人家属吗？"

她的语气有点儿不善，宋文觉得在这里争论这些不太好，让了几步撤到了病房外，亮了亮警官证道："这位患者和一起投毒案有关。我是南城市局的刑警，在进行例行讯问……"

那女医生矮了宋文一个头，看起来就像是个小姑娘，将信将疑地接了警官证，仔仔细细查看了几遍才还给了宋文。

　　就在宋文以为要给他们开绿灯的时候，那女医生一抬头又连珠炮似的说："你们把这医院当警局了？她现在是病人，病人的安危需要医院负责，她刚脱离危险，现在需要观察和休息，你这样，出了问题你负责吗？"她说着小脸一沉，挥手道："请你们不要打扰我们工作和其他病人休息，等她能出院了随便你们审。"

　　宋文并没有和她争论，他也不清楚林修然是和哪位大夫打的招呼，这时候再闹矛盾没什么意义，所以他心平气和地退让了一步："好，这是医院，医生最大，我们会考虑等病人情况进一步稳定后再进行问讯，希望你们到时配合我们的工作。"

　　那女医生被他这么一说，反而觉得自己有点儿理亏了，语气缓和了下来："那……回头等她情况好点儿了，我们再沟通吧。"

　　等那医生走远，陆司语低头道："我觉得，刚才的信息已经足够了……现在有了新的线索，这时候正好去查一下。"

　　宋文像和他心有灵犀一般："你也觉得林绾绾在说谎？"

　　陆司语点点头："她从昨晚一直清醒着，应该早就在心里把昨晚的事儿考虑了好几遍。如果她是一个对此事毫不知情的被害者，应该耿耿于怀，无比愤怒，先急着质问你，印证心里所想。可是她的态度明显不对。"

　　宋文点头接过他的话道："没错，刚才林绾绾在我们进入时分外冷静，她的回答都是按照我们问的顺序走，有一些问题她回答得很快，像是早就准备好了说辞，急于说给警方听。她说对巧克力里面的毒药毫不知情的时候，侧着头望向窗口，眼神飘忽，那是一个很明显的躲闪动作，对那些毒，她至少是知情的。"

　　被宋文逼问了几次以后，陆司语终于不再什么都自己闷着，两个人的推理角度不同，但结论一致，通过刚才只有几分钟的交流，他们都很确定，林绾绾说了谎。

　　宋文想了想又道："只是我还是想不通，那毒药究竟是哪里来的？"

　　一个普通的女大学生，如何去获得剧毒又不被人所知呢？

　　他觉得那毒药不是从化学实验室带出来的，她们几个人都不认识化学系的学生，而且她们使用的毒药的纯度明显没有实验室的纯度高。否则的话，现在就是四人毙命了，不会给她们这么多的反应时间。

　　"关于毒源，我倒是有一个想法。"陆司语从口袋里拿出了林绾绾的手机，

"林绾绾打工的店很杂，咖啡店、快餐店，每一个店她干的时间都不算长。她最近所打工的地方，应该是在这里。"

陆司语打开了林绾绾手机地图上最近的搜索地。她的手机里太干净了，干净得像是故意清理过，可这些不太常用的软件却暴露了一些微小的信息。

"新家地广场？"宋文接过手机看了一下，最后的搜索指向是这里。

"不，她应该去的是那个广场附近的地方，只是找了一个附近标志性的地方进行搜索。"新家地是南城的一个综合性广场，距离南城大学不太近也不太远，附近有一些小店面。

"那你觉得她最近在哪儿工作？"宋文问。

"如果我没猜错的话，大概是宠物店，而且是一家不太正规的宠物店。"陆司语薄唇轻启，说出一个猜测，"氰化钠加琥珀胆碱，那是毒狗针的一种常用药物配方，也许毒药由此而来。"

宋文忽地想起了当时搜寝室时傅临江翻出的那条围裙，手指指向了新家地广场旁边的一个小店："鑫鑫宠物店！"案子到了这里，他刚刚觉得走入了死胡同，一转弯前方却豁然开朗。

上午十一点，南城市第一人民医院十二层的走廊里，宋文看向了陆司语，医院走廊长年不熄的白色灯光像是在陆司语的脸上落了一层霜。他的淡然，就像是在告诉宋文一杯咖啡的配方，而不是能够取人性命的毒药。

宋文恭维了一句："多亏你见多识广，要不找这毒源不知道要走多少弯路。"

陆司语谦虚道："不过是因为家里养了条价格不菲的狗，多看了几条社会新闻罢了。"

两个人说到这里，宋文却忽然不再说话，他收回了扶在墙上的手，忽地站正了，定定地看向陆司语的身后。陆司语回头，就看到郭婳的母亲不知何时站在了后面。他们没去找她，她却自己过来了。

医院里人来人往，这样一名普通的中年妇女实在是太不打眼，宋文甚至不知道她是什么时候来的，又听去了多少。

那女人先开了口："你们是负责这个案子的警察吗？"

"那个……案子正在调查之中……"宋文一下子不知道该怎么面对眼前这个女人，告知、讯问和安慰似乎都不合时宜，她的女儿此时还躺在病房之中生死未卜，而且可能就是本案的凶手或凶手之一。

陆司语先反应过来，开口问："阿姨，您这里有什么相关的线索吗？"

那女人摇了摇头，对着他们鞠了一躬，陆司语想去扶，那女人却就势跪下了，伸出一只冰冷的手紧紧拉住了他，仿佛拽着一根救命的稻草："警察同志，我求你们救救婳婳，救救我们一家。婳婳那个孩子我知道，挨了打、受了苦都只会往肚子里咽，她是不会杀人的。"

她大概是从学校那边听到了一些话，自己也猜到了一些，同宿舍的两个女孩儿死了，生前还和郭婳有矛盾，毫无疑问，郭婳会被列为嫌疑人。

听了这话，陆司语愣住了，"警察同志"这个称呼他感觉距他甚远。这个词带着一种年代感，不知怎的，让他想起幼年时捡到一分钱的儿歌，时至今日，一分钱已经很少见到了，那首歌孩子们也早就不再唱了。他虽然选择做了一名刑警，但他一直有他的目的，他的身上缺乏一种信念和所谓的正义感。但现在，他却忽地被人拽住，往手中塞了一份信任，仿佛别人的生死就在他的掌心之中。

宋文看陆司语愣住，以为他没见过这种阵仗，急忙把郭婳妈妈扶起来，安慰了她几句。宋文迅速安抚好了郭婳妈妈的情绪，拽着陆司语往楼下走。

两人下了楼，仍是陆司语坐电梯，宋文走楼梯。直到两人坐上了车，陆司语还觉得自己的手心是凉的。宋文没想到他反应这么大，坐在副驾上扣上安全带后对他说道："你以后见得多了习惯了就好了，这时候他们没有别的办法，就只能祈求上天，然后寄希望于警察。"

陆司语的眼珠转了转，像是才醒了过来："郭婳现在的情况不太好，就算醒过来也可能有并发症，醒不过来的话可能就这么死了，还留下高额的医药费。这个案子的证据对郭婳不利，如果是她下毒的话，这个家庭可能还需要赔偿其他家庭，被人指责，郭婳的父亲又常年有病，到时候这个家也就只有死路一条了……她说的救救他们一家，不算夸大。"

这些事情宋文也是知道的，这正是他开始不想接触郭婳母亲的原因，可是他也没想到，那老太太竟然自己找了过来。他不想被这件事影响了情绪，侧头看向陆司语道："你要是觉得不舒服，那就努力查明真相。"

然后宋文又上下打量了一圈儿陆司语，这个人平时是冷的，很多常人该有的反应，惊恐也好，同情也好，似乎都不属于他，他像是没有感情一般，所以之前周易宁才会觉得他是情感冷漠。要不是每天都要按时吃饭，宋文几乎怀疑他已经成了仙，现在他竟然说出这些话，像是躯壳中有了一丝人味儿，宋文收回了目光道："没想到你还有那么点儿正义感。"

陆司语拿起自己的水杯喝了几口水，很快又恢复了往日不为所动的样子，仿佛结果如何事不关己，冷冷道："只是说个事实，现在我们去哪里？回市局还是……"

"先去那宠物店看看吧。"宋文建议。

陆司语发动了车，出了车库一路往新家地开去，他说道："中毒的狗大部分会被送到狗肉馆去，不过有一些价格较贵的狗，他们是需要找销路的，这些狗往往会等治疗以后再送到宠物店卖掉，有些宠物店的店主见钱眼开，会和他们合作。当然，这些只是我的推理，我们也只能碰碰运气。"

按理说，开宠物店的人都应该是有爱心，喜欢宠物的，而毒狗的人却在残害动物，怎么看这两伙人也该是水火不容，可现在为了利益，两伙人竟然凑到了一起。

宋文道："你这么一说我倒是想起来了，分局的老常之前说他们那边在追市里的一批狗贩子，那群人很是猖狂。你等我打个电话，问问消息。"

十分钟后，电话打完。宋文以前没想到，隔行如隔山，他们做刑警的没接触过这一块，现在听起来里面门道还不少。老常还和他交代了一些细节，此时他讲给陆司语听："市里是有那么一伙毒狗的，一般毒狗有两种办法：毒狗针与毒狗药。毒狗针用的是氰化钠，毒狗药则用的是异烟肼，此外还有一些麻醉的针剂。这些东西他们都有专门的购入渠道，销赃也有专门的链条。"

陆司语点点头，这和他了解的差不多。

"这些狗贩子都有自己的一套经验，在农村里就骑摩托车，两人夜里去，把狗麻醉了往麻袋里一拖；在城里则是盯着一些小区，有的专门偷名贵犬，这偷狗比入室抢劫判得可轻多了，还不少赚。"

陆司语又点头，特别是前几年，藏獒价格被炒得虚高，想要一只纯种的獒犬，价格几乎要几十万乃至上百万。

"一般来说，毒狗的贩子不会只在一家宠物店销赃，会跨区域作案，东边偷的狗往西边卖，南边偷的狗往北销，甚至销往周围的城市。而且对于这些来路不明的狗，店主往往只卖给那些贪小便宜的熟客，不卖给生客……"

陆司语点头道："这些我也了解一些。"

"他们那次行动是因为有人遛狗没拴绳子，被那伙人误伤了，差点儿死在了医院里。亲属不依不饶，他们就成立了专案组跟了两个月……组里一共十几位民警加协警，每天二十四小时监控……"

"抓到人没？"陆司语问。

宋文叹口气："没抓到……"然后补充了一下："后来狗贩子的窝点出了他们分局的地盘，也就不了了之了。"

这种盗狗杀狗的事儿，人人痛恨，可是真要实际行动起来，却是难上加难，消耗人力、物力、精力不说，收效还奇慢。狗贩子关不了几天，就被放出来了，换个地方继续作案。警察也讲究效率问题，众多警力和几个偷狗贼较真儿不太划算。

宋文又道："那群人里有个领头的，叫刀老三，曾经和他们打了个照面。那人是个四十多岁的男人，额角有道疤，据说以前是什么屠宰场的，戾气很重……"

现在虽然确定了那家宠物店是林绾绾的打工地点，但是毒源只是他们两人的推断，如果查了以后没找到那群毒狗的贩子，或者打草惊蛇，那好不容易找到的线索就又断了。

正说到这里，陆司语踩了脚刹车，宋文精神一振："到了？"

陆司语指了指不远处的一个橙黄色招牌，上面写了几个大字——鑫鑫宠物店。那店名的字体设计和当初林绾绾宿舍里围裙上的一模一样。

宋文一解安全带，精神抖擞道："走，进去看看！"

陆司语却转头看向他："宋队，能不能先吃饭？"

宋文回望了他一眼，再看了看手表那刚过十二点的指针，妥协道："好吧，听你的。"然后他有点儿戒备道："你不会还有包子吧？"

陆司语摇摇头："我还带了个比萨。"

宋文问："比萨……也是你自己做的？"那语气中有几分惊叹和不可思议。

陆司语忍不住解释："比萨啊，最好做了，就是面团发酵以后，把食材处理以后放入烤箱……"

宋文："打住打住，听不懂。"

陆司语再次解释："包子你早上刚吃了吧，比萨就是没把馅儿包起来，馅料撒上面了。"

宋文对这种解释还能接受，恍然道："噢……"

在陆司语看来，这世界上的菜只要会做几种就可以融会贯通，那些不同的做法只有用料和火候的差别，本质上没有什么区别。可是在宋文看来，多会一国的菜就像是多掌握了一门外语一般。

他们把车停在鑫鑫宠物店不远处，然后去马路对面找了个小店。那小店的老板娘十分热情，等着宋文点了菜，毫不介意地帮陆司语把比萨热了。

两个人坐在那里吃着，宋文的眼睛却一直瞥向那家小小的宠物店。那店临街，果然如陆司语所说，不算太大，看起来有点儿简陋，看那橙黄色招牌的磨损程度，大概开在这里有几年了。

现在是中午，生意不算好，他们吃饭的空当儿，一共进去了两个客人，一个买了猫砂，另一个看了看就出去了。从这个角度，可以看到店里有个店员，也是和林绾绾年龄相仿的小姑娘，其他的就被挡住看不清了。

陆司语吃完了东西，清俊的脸上毫无表情，他随着宋文的目光，侧头看着宠物店的方向，坐在一旁安静极了。

宋文也吃好了，起身结了账，陆司语跟着出来，等他把餐盒收到后备厢里时，宋文已经溜达着进了宠物店，他急忙跟上。

宠物店不大，一百来平方米，阳光洒进来，照亮了门口的一片区域，最外面的桌子上放了几只仓鼠和龙猫，墙角处有个玻璃的格子，里面趴了一只小小的变色龙。靠里有一片宠物的游乐区，几只猫顺着爬架上上下下，再往里放了两排笼子，关了几只狗。这里的动物很多，卫生做得还算不错，空气里喷了清新剂，掩盖了动物身上特有的味道。

宋文一走进去，几只猫狗听到门口自动的"欢迎光临"都纷纷蹿起来，如见了天敌般开始一阵狂叫。

宋文有点儿无奈，他倒是忘了自己这不受动物喜欢的特质了。那些宠物对人更为敏感，对于喜欢的和不喜欢的会差别对待。警队里那几条狗，看到傅临江就亲切地扑上去，看到宋文则是掉头哀嚎，就好像宋文克扣了它们的狗粮，强制它们加班似的。

那看店的小姑娘倒是见怪不怪，出来转了一圈儿，拍了拍笼子，安抚了那些躁动的小动物，又给那几只猫加了点儿猫粮，然后转头招呼："您好，要看什么？"

宋文顺口道："哦，我们买点儿狗粮。"

"大型犬还是小型犬？我们这里什么牌子都有。"说着那小姑娘指了指身后贴满了各种包装的墙壁。

宋文被那花花绿绿晃花了眼，他是个连自己都差点儿养不活的人，哪里晓得狗粮有哪些品牌。他想起了陆司语家的狗，转头问："哎，对了，你家狗吃啥来着？"

陆司语开口报了个名字："Nutram 的 S6 你们有吗？"

小姑娘一愣，随后略带歉意道："那是进口的高端狗粮，我们这里没有……"

宋文心里想着说好的啥都有呢，嘴上还是打圆场道："没事，那我们再随便看看。"

那小姑娘"嗯"了一声，又好奇地看了看这两位客人。两个人都是个子高高的年轻帅哥，一个看起来阳光洒脱，一个却面寒如冰，听起来这两人还是住在一起的？

小姑娘打量了一会儿，觉得老盯着客人看不太好，这边帮不上忙，她就回柜台低头玩儿手机。

宋文悄悄地走到陆司语的旁边，小声抱怨："看，话头断了吧，你就不能说个便宜点儿的牌子？"

陆司语把手一摊："买了便宜的狗粮，如果我家狗不吃，你让我喂谁去？"

两个人在宠物店里逛了一圈儿，这里的猫比较多，狗只有几条，最大的是一条苏牧，病恹恹地趴在那里，只有当宋文路过时会龇一下牙。等到陆司语走过去，那苏牧马上就温顺地吐着舌头，还在笼子上亲昵地蹭了蹭，似乎是希望陆司语把它带走。这狗成精了，一边取悦着陆司语，一边满眼戒备地看向宋文，还伸了一只爪子出来，爪尖钩着笼子以示威胁。

宋文把宠物店逛了个遍，走到柜台旁和那小姑娘套话："哎，我上次来这边好像不是你在，你们这边是不是还有个店员？也是个小姑娘，大概这么高吧，中长发，瘦瘦的，眼睛挺黑的。"

那小女孩儿抬起头，对宋文这样的帅哥显然是没什么防备心："哦，你说绾绾姐啊，她之前就不在这里做了。"

这倒是直接证明了林绾绾的确是在这里干过。

"怎么不干了？"宋文继续问。

小姑娘欲言又止，低下头，伸出手摸了摸一只跳到柜台上的白猫。

"哦，我和她不熟，也就问下。"宋文抬眼看向她，神情认真。

那小姑娘的脸被帅哥盯得一红："我也不太清楚具体的，好像是绾绾姐说自己学业太忙，就不过来了，还介绍了她朋友过来打工。"

看小姑娘不排斥和他聊天，宋文继续问："你们这里有没有稀罕一点儿的大型犬啊？"

"有，但是老板不常进货……"

两个人正说着话，忽然门口又是一声"欢迎光临"。只见一个男人从外面风风火火地进来，这人走路带着一阵煞气，那些猫狗像怕他似的，顿时都夹了尾巴。

男人进来以后直奔柜台："哎，妹子，你们王老板说留了东西……"这么一错身的工夫，宋文的视线正从他身上扫过，瞬间就看到了他额头上的那道疤，宋文的目光不自觉地在他身上停了一秒……那男人做贼做惯了，无比警惕，只是这么一对眼，打了个抖回身就跑。

宋文和陆司语急忙去追。看到店里面的三个人忽然一阵风似的跑了出去，小姑娘被这变故弄得一脸蒙，店里的狗也开始叫了起来。

宋文一边追一边对陆司语道："那是刀老三！"

陆司语应了一声："我看到了。"

这种被警察追着满街跑的人，有个风吹草动，立马就能观察。刚才陆司语也注意到了进来的那个人，宋文盯着刀老三的时间长了，让对方起了疑。

他们本来是过来探探风声，谁能想到这偷狗的贼大白天的往宠物店里来，而且就在他们刚到店后不久。

这样一来倒是省了他们各种套话的工夫。说话间两人绕过了路边的一堆电瓶车，宋文拿出百米冲刺的架势，狂奔出去十几米，刀老三眼看被他堵在了死路上。

这时，一辆破旧的面包车忽然冲出来停在了两人之间，刀老三三步并作两步蹿了上去。

陆司语刚才没追人，仿佛早就料到这伙人的路线般，直接就奔着自己的车去了，此时他把车掉转了方向，冲着宋文喊了一声："上车。"

宋文拉开车门坐在副驾上，刚坐好，陆司语便问："宋队，现在怎么办？我们是等支援还是先向他们喊话……"

宋文道："和这帮人有什么话可讲？直接抓。"

陆司语一顿："宋队你倒是勇猛……"对方两个人，他们两个人，人手并不占优。

宋文笑道："你知道我为什么叫宋文吗？我妈信奉命里缺啥就叫啥补啥。"说完他一撸袖子："等支援的人来了那两个人早就跑了，不妨赌一把。"

"那好。"陆司语得了令，看那面包车已经出现在了视野里，低声道，"坐稳了！"话说完车子就"嗖"地飞了出去，直奔那面包车。

那面包车十分破旧，没装车牌，开车的人对附近的路况十分熟悉，一个急转抛了大道就往小路里面钻。

下午一点的南城市区，道路上的车辆不多，这一块虽然临近新家地广场，但毕竟是在老城区，好多道路并不太宽，路边还有各种摊位和电瓶车，那面包车在前面不要命地逃，陆司语这辆奥迪的速度也不慢，两辆车在路上你追我赶。

宋文没想到陆司语开车这么猛，担心这车撞了，在一旁急道："小祖宗，你开稳点儿！"

陆司语一转方向盘，直接把宋文甩得一晃，冷冷道："我这车有保险。"

宋文："我没保险！"

宋文绝对不是贪生怕死之辈，也没忘刚才的壮志豪言，他一直以为自己会是那个冲锋陷阵大义凛然的，没想到陆司语这时候有种不要命的匪气，像是不见血便誓不罢休。

"哎，小心行人……"眼看着前面有人过马路，宋文急忙叫了一声。

"我知道！"陆司语说着一转方向盘，和那行人擦肩而过。

两辆车一路飞驰而过，还好一直有惊无险。陆司语一路避着行人车辆，找了个空子，牙关一咬猛地一踩油门，奥迪从那面包车的侧面擦了过去，面包车的后视镜直接被刮掉，擦出一串火花。

两车平行的时候，宋文摇下车窗，从身后抽出枪来，没开保险比画了一下："停车！"

对方也两个人，除了刀老三还有个瘦子，此时刀老三坐在副驾上，脸上带着杀气，抽出一把射狗的弩，直对着宋文晃了晃。那弩枪上带了药，在阳光下晶莹一闪，这种枪一般都是对付大型犬用的，里面是毒药，对狗有效，对人同样有效，一旦被射中，急救都来不及。

宋文低骂了一句，怕伤了群众，不敢硬来，又把车窗摇上了。

两车并排在窄小的街道上蹭了一段，前方出现一个路口，陆司语面色一冷，一踩油门，整个车便犹如炮弹一般飞了出去，然后一个漂移，车身忽地九十度一转，堵在路口处。

那面包车左边是个铁制路栏，去路又被堵上了，眼看就要撞上去，司机急忙刹车带转方向盘，随后两辆车"砰"的一声撞在了一起。

面包车的车头一下子凹了进去，奥迪一震后也弹开了气囊。陆司语早就做好了撞车的准备，却千算万算没提防这事儿，他只觉得眼前一白，面上一痛，有什么划破了脸颊。然后就听宋文在一旁叫了一声："没事吧？"

车身过了两秒才稳住，陆司语低头"嗯"了一声，还有点儿蒙。撞车没什么事儿，最后气囊的这一下，却把他的眼镜镜片震碎了。

宋文那边早就三两下扒拉开那碍事的气囊，顾不得看面包车如何了，一侧头，看到陆司语煞白的脸颊上沾了血，像是白雪里落了红梅，拉起他想看他有没有伤到哪里。陆司语单手捂了脸颊上的伤口，一巴掌拍开了宋文的手："我没事！"

宋文这才握着枪下了车，面包车被奥迪挤入了路角，撞歪了路边的围栏。此时车头凹陷，驾驶位上的人头上流着血，刀老三跟跄着下了车，一瘸一拐，准备弃了同伴逃跑。

"站住！再跑我就开枪了！"宋文跑了几步后举枪威胁，他右手拿枪左手托腕，姿势帅气，干净利索。

刀老三回过身，满眼通红极其凶神恶煞，对着他举起了那一支弩："你别过来，你过来老子就杀了你！"

宋文盘算了一下，两个人相距不过四五米，这么近的距离，就算是他开了枪，对方也不一定会死，但是如果对方的弩射中了他，他倒是要把命交待在这里。

宋文的心脏在胸腔内怦怦跳着，他没有放下枪，反而拇指用力拉下了保险，沉声道："刀老三是吧，你偷个狗最多是关三到五年，你要是冲我射了这玩意儿，那可是袭警加杀人。你这辈子就别想出来了。"

刀老三咬着牙，怒视着宋文，他没有说话，也没有放下手中的弩，反而紧了紧手中的扳机。

看对方一时被威慑住了，宋文挑了挑嘴角，冷笑着往前走了一步："你们现在逃不掉的，不光是你，你信不信，整个南城你所有的弟兄都会被我们找到，再没你们容身之地！"

宋文这不怕死的架势直接把刀老三压住了。刀老三一犹豫，弩往下放了三分。这时陆司语也出了车门，几步上前，单手一扣把那支毒弩夺了下来，然后一脚踹在了刀老三的胸口。那一脚直接把刀老三踢到了车门上，他的后背和车门相撞，发出"哐当"一声巨响。

刀老三整个人都被踹蒙了，险些吐出来一口血。他被夺了武器，再也没有刚才的猖狂，抬头看着陆司语，身上的杀气竟然被陆司语压住了，他怒视了三秒，没敢说狠话，小声地憋出了一句："警察打人……"

陆司语没理他，直接一个过肩摔把他摔在地上，然后身体下压，膝盖直抵着他的胸口。

宋文没想到看起来柔柔弱弱的陆司语原来这么猛，急忙收了枪拉住他道："算了，算了，铐了得了，你还在见习期呢，要是给打残了等下我怎么问话啊！看看他同伙伤得严重不，需不需要去医院。"

陆司语看了宋文一眼，他现在脸上带着血，满身杀气像是玉面罗刹，看向宋文愣了几秒，才像是清醒了一般，眨了下眼，又恢复了往日的平静冰冷。他伸手接过了宋文递给他的手铐，把刀老三的双手铐在一起。

第九章

—— 谎言 ——

下午两点，新家地广场附近的一条街道上，那辆停在路边的破旧面包车基本报废，奥迪却仅仅是擦伤，这场事故引得无数群众围观，大家议论纷纷。

宋文打电话叫来了几名同事，把这次行动登记了，又和交警联系，找了拖车把面包车拖走，陆司语的奥迪让保险公司收了，等一系列步骤进行完，已经过了两个小时。几人坐着警车把刀老三和他的同伙押回了市局。陆司语带人把犯人从侧门带入审讯室，宋文则先回了办公室。

一进门，宋文险些不认识自己工作了几年的单位了，整个门外都是杂乱的脚印，还有一些金银白纸散落得到处都是，往里的办公区也如台风过境一般，满地纸钱。然后他就看到半个警局的人都在打扫卫生，顾局站在走廊的尽头叉着腰发着脾气："撒泼撒到警局来了，成何体统！要不是体谅他们家里刚遭遇不幸，我就把他们都铐了！"

宋文奇怪，把黑色外衣搭在肩头，转头问一旁的老贾："这是怎么了？顾局发这么大火。"

老贾一边打扫一边道："唉，别提了，刚才董芳家里来人了，除了家属还有二十多个建筑工人。这伙人先去学校闹了一通，然后又来警局闹了半天，说要严惩凶手，给他们交代。后来被顾局骂了一顿，这才刚走。"

宋文长松了一口气，心想还好自己刚才不在，董家毕竟是死了女儿，家里那么有钱，肯定是不会善罢甘休的。他正想到这里，就听顾局说："宋文！你给我过来！"

宋文只得转身跟着顾局进了办公室，顾局往椅子上一坐，气得用手理了理自己所剩无几的头发："宋文，我跟你说，这次你不在我帮你顶回去了，下次你得自己收拾烂摊子。"

宋文叹口气道："我也不想摊上这案子，再说人家毕竟是死了女儿……"

"你还替他们说话！就算是受害者家属，那受害者的家属多了去了，也不能都来警局哭丧啊！"

"可万一，他们气不过回头捅给媒体，就更麻烦了。"宋文假装不经意地说。

顾局也冷静了下来，宋文这句话倒是提醒了他，刚才他的态度是有些强硬了，这个案子如果捅出去，绝对是社会版的头条，那时候警方的压力就更大了。他道："那我等下再打个电话安抚下，要解决问题，还是要尽快把案子破了。"顾局说完上下打量了宋文一圈儿，问他："你刚才干什么去了？"

宋文实话实说："先去医院问了下嫌疑人，然后去抓了两个偷狗的贼。"

"抓偷狗贼？"顾局冷哼了一声，"都什么时候了你还有这闲心？"

宋文正色道："那偷狗贼是在嫌疑人打工的宠物店门口抓到的，他们的药有可能是毒源……"

宋文把案子的进展简述了一下，顾局也一直挂念着这个案子，看过基本资料，想通了其中的环节，马上挑眉道："好，干得不错。"他对下属从来是有错就批评，做得好了也不吝表扬。

宋文进一步解释："嫌疑人在说谎，等我们把毒源这部分弄清楚，就能够锁定凶手。"

顾局连连点头："不错，两案并查，回头给你记功。"

宋文："那……还有别的事儿吗？没事我去审狗贩子去了。"

顾局指了指手表："记得时间。"

宋文伸出两根手指："记得，还有两天。"

等宋文从顾局的办公室出来，陆司语已经回到了工位，拿着纸巾在擦脸颊上的血迹。这边的人都去打扫门口的纸钱和脚印了，整个办公区空荡荡的，就剩了他们两个人。

宋文走过去靠在办公桌的桌沿上："回头车修好后就把你那豪车开回去吧，下回还是多用警车。"

陆司语道："谢谢。"然后他抬头看向宋文："宋队，你不是怕再撞几次以后没车坐了吧？"

宋文摇摇头："不是，私车公用不合规定，幸好刚才你那车不在，要不然回头被人砸了。"

陆司语低头继续擦脸上的血迹，不再说话。

宋文却不离开，看向陆司语的伤口："没事吧？要不要去医院，别回头留了疤。"

陆司语只是被眼镜片的碎片划伤了脸颊，那伤口在右眼角下，不太深，现在血也止住了，他眨眨眼睛道："我还没那么娇气，等下副队回来，我找他借个创可贴就可以了。"要是这么点儿伤就要折腾去医院，他得成整个警队的笑话了。

"你这才来没半个月，副队叫得真熟练。"宋文拉开了自己的抽屉，取出酒精、棉签和创可贴，从事刑警工作以来，这些东西他都是常备着的，"你别看傅临江平时老好人一个，处理这些可没我经验丰富，我来吧。"

陆司语起身看向他："宋队，你不急着去审刀老三吗？"

宋文道："晚些去吧，熬一会儿等下好问。"

宋文拿了棉球轻轻擦着他的伤口。那道伤口落在陆司语的眼角下，他清秀的面容沾染了红色，整个人平添了一种危险的气息。宋文一瞬间又想起了之前他满身杀气之时，觉得自己对他越发有些看不透了。

棉球一上，陆司语疼得微微一缩，身体紧绷着，宋文这才反应过来："好像是用碘酒合适，可是这里就剩酒精了，忍着点儿吧，让你长点儿记性。"

陆司语没吭声，一时间办公室里没了其他的声音。宋文觉得身旁的这个人安静极了，难以想象两个小时以前他在市区飙车然后暴打了刀老三一顿。宋文忍不住说："你这车，今天开得太猛了。"

陆司语低声道："我有分寸，要不是那安全气囊……"

"这叫作有分寸？要是镜片伤到了眼睛怎么办？"宋文手上用力，擦到了伤口里面。这段时间伤口的血凝固了，现在是要把这血融开。

陆司语"嗞"地叫了一声，他们两个贴得有点儿近，他甚至可以闻到宋文身上淡淡的味道。他对尸体的容忍性很高，却对距离自己过近的活人难以忍受，但是现在面对宋文，他并不讨厌他身上的味道。

宋文的动作很轻，可是痛还是不可避免，好像是在撕开他陈年的内心伤疤。

似乎是为了分散陆司语的注意力，宋文一边清理伤口一边开始碎碎念："我吧，开始觉得你这个人挺娇气的，饿也饿不得，渴也渴不得。可是后来我想明白了，你看我这个人，从小到大被我妈惯坏了，厨房我也没怎么进过，衣服也懒得洗，什么事情都很随意。"

血迹全部被擦去，只留了一道两厘米长的伤口，宋文撕开创可贴，小心翼翼地往陆司语脸上贴："人的习惯和过去的经历密不可分，你这么会心疼自己，并不像是被娇惯大的，肯定是平时没人想着这些，才会自己打理，做饭也是自己做，车开成这样也不怕家人着急。归根结底，是没人在意你。"

宋文的声音很轻，陆司语听着，心里却像是忽然被什么东西填满。

他抬起眼睛看着宋文，有点儿紧张地舔了一下嘴唇，然后小声说："宋队，今天你和那狗贩子对峙的时候……太危险了。"

宋文低头看着陆司语，陆司语的脸上被擦得干干净净的，就是多了一个创可贴，一副很好欺负的样子。

宋文放开了陆司语道："好了。"然后他整理了一下桌子上的各种东西，把药物放回抽屉，再看陆司语还在低头发着呆，招呼道："走，审刀老三去。"

整个审问过程出乎预料地顺利，刀老三这人之前倔强得不见棺材不落泪，可是现在进了局子，被手铐铐着往审讯室里一放，他便彻底怕了。

此时刀老三全没了当时在路口和宋文对峙的气势，宋文吓唬了几下，他就全都说了。

"就是那小丫头片子向我要的毒狗药，她在老王店里打工的嘛，我见过几次，我看这个小女孩儿不爱吭声的……一好心就……"

宋文："说说那毒是怎么回事？"

"她和我说要那东西是用来药猫的，我开始想给她丸子，可是她说那东西对猫不管用，我这才给了她毒狗的针，弩枪我都没敢给她。"

"具体时间。"

"大概是一个月前。"

"一共给了多少？"

"给得不多，就给了一根。"

一旁的老贾眉毛一挑接着问："那叫不多？！出了这么大的事儿，两条人命，你也脱不了干系！对于其他的事情你还知道些什么？"

刀老三快哭了："我真的以为她是去药猫的，我怎么能想到她是去杀人呢……我要是知道打死也不会给她啊！你说我这生意做得好好的，不是自己给自己找麻烦吗？"

老贾冷笑："你们的生意？好个屁！还不是不合法的？等回头跟你算那笔账。"

刀老三赔着笑脸点头如同捣蒜："我都招，我配合，求宽大处理。"

这边刀老三和同伙都审过，供述一致，宋文让老贾他们盯着写供词，出来就遇到了林修然。林修然已经把刀老三的针剂里面的药和之前巧克力盒子上残留的药进行了比对，递给了宋文一张结果表道："两种药物经过比对确认一致，就是毒源没错。"

找到了毒源，就离真相更近了一步，宋文了了一桩心事，松了口气，他给傅临江打了个电话，直接问："临江，你们那边查得如何了？"

傅临江之前在学校查了一圈儿，周边的信息收集了不少，不过关键的毒源等问题还是没有进展。

宋文道："别管学校那边了，毒源确定了，从外面拿到的，证据确凿，明天撤回来吧。"

傅临江听说案子有了进展也放松了下来："哎，宋队，你都查出来了还问我？"

宋文："这不是一得到消息就给你打电话了嘛。"然后他又想起了什么："对了，告诉分局的常哥一声，他当年没抓到的偷狗贼被我抓到了。"

宋文在外面转了一圈儿，回去看了看刀老三的供词，朱晓正在那里督促着："哎，写清楚点儿，你这个写得太模糊了，你是什么时间什么地点把药给林绾绾的？"

"林绾绾？"刀老三听到这个名字皱着眉头抬起头，"我没把药给她啊！我给的那个女孩儿，好像姓郭。"

"郭婳？"朱晓眉头紧皱，他差点儿跟着反问一句"怎么会是郭婳？"

宋文在一旁也有点儿惊讶，这个情况和他预想的不太一样，他们是从林绾绾的手机里追到的这根线，现在怎么变成了郭婳的证据？

他忽然想起来在宠物店时那个小姑娘说的，林绾绾不做了，还介绍了自己的朋友来，这个朋友莫非就是郭婳？

"对，就是她啊，不爱说话的一个小姑娘，我也没想到她会和我要药猫的药。"刀老三点了点头。

这结果和宋文预想的不太一样，但是这也还算合情合理。

毒源终于找到了，杀人动机也有了，虽然没有直接的证据，但是如果加上林绾绾的指证，郭婳投毒的事儿也就可以板上钉钉了。

可是……林绾绾之前为什么要说谎呢？她在隐瞒一些什么？

宋文思索着，从审讯室里走出来，把最新的进展告知其他人。

听了这个消息，所有人都沉默了，特别是陆司语，他低下头，垂着眼眸咬着手指。

真相就是如此吗？总觉得还有些不对的地方……

忙碌了一天，工作收尾下班。宋文进了楼道，一到家里，浑身和散了架似的。他喊了一声"妈"，屋子里一片漆黑，安安静静，无人应答。他开了灯，老妈的鞋已经不在门口了。自家老太太来得突然，走得也十分利索。

宋文看了看被打扫得干干净净的小屋，各种洗过的衣物晾干了，整整齐齐地叠放在沙发上，最上面的就是他那一沓牛仔裤。

桌子上留了三菜一汤，下面压了一张小字条："儿子，妈放心不下你爸，先走了。注意身体，按时吃饭。"

看了这字条，宋文坐在沙发上，觉得浑身的疲劳都被这句话暖没了。

第二天一早，宋文踩着点到市局的时候，陆司语已经坐在了座位上。

宋文支在格栏的玻璃上问："你车的验车结果出来了吗？"

陆司语道："保险公司说车漆是进口的，修起来有点儿麻烦，其他的没什么大事。"说着他伸出手揉了揉眼睛。

宋文看他精神有点儿不好，问道："怎么，没睡好？"

陆司语指了指桌子上的一沓文档："我昨晚把记录完善了一下，就一直在想这个案子。"

"整理了这么多，昨晚你没怎么睡吧……"宋文拿起来翻了翻，桌子上手写的加上打印的文案资料，每一页都整整齐齐，字迹清晰，毫无涂改痕迹。那档案合并了林修然的法医报告、物证科那边的报告以及各种证人的证词，放起来成了厚厚的一沓，案发到现在总共一天多，这工作量可是不小。他想起过去遇到案子，都是需要自己整理，往往案子都破了，资料却还没汇总完，他真觉得往事不堪回首，而今的现实幸福得让人感动。

"还好……"陆司语眉头还是微微皱着，有点儿欲言又止。

宋文觉得陆司语话中有话："怎么，还有疑点？"

陆司语迟疑了一会儿才开口："如果说凶手是郭姵，中间有一些问题我想不太明白。如果是郭姵下毒的话，她讨厌董芳和马艾静，那就直接报复她们就好了，为什么要捎带上自己最好的朋友林绾绾？既然已经带上了林绾绾，为什么林绾绾服用的剂量又最小，完全没有大碍？就算不是林绾绾做的，但昨天林绾绾的确是说了谎，为什么要说谎呢？还有，为什么郭姵作为凶手，要跑出来呼救？"

宋文低头翻了翻卷宗，然后又转头看向他，陆司语提出的这些问题也是他想不明白的地方。

上个案子陆司语被他警告了一回，到了这个案子，陆司语参与得还挺积极。他这个做领导的，也挑不出什么毛病。

这时傅临江从外面走了进来，衣服都快被汗浸透了，越是临近夏中，天气就越热。

宋文问："临江，人带到了吗？"

傅临江到一旁拿了瓶矿泉水喝了几口才顾得上回答他："刚回来，早上差点儿出事，我们去医院要人，结果人不在病房里。"

宋文皱眉："学校不是说有人陪着吗？"

"就是趁着学校的人睡着了跑的！那女老师不知道怎么看着的。开始我们所有人往下找，怎么也找不到，后来发现林绾绾爬到了天台上，就站在边上，呆愣愣地看着下面。真的，晚一点儿说不定就跳下去了。我吓出了一身汗，总之还好没出事。"

几个人急忙赶到审讯室，林绾绾已经低头坐在了里面。

正常情况下，她这种病况还需要再住院观察两天，但是因为事情特殊，经医生检查后没有大碍就特批提前出院。这次医院那边非常配合，大概是早上那一出也把医生吓坏了，急着要把这个烫手山芋丢出去。

此时林绾绾坐在审讯室里，头发披散下来，刘海儿微长，遮住了眉眼，她安静极了。

宋文道："看这情绪，不像是要跳楼的。"他看了看傅临江填写的传讯单上的时间，用手指点了点道："去和顾局申请，四十八小时。"一般的传唤持续的时间不超过十二小时，案情特别重大的，传唤持续的时间不得超过二十四小时，再延长至四十八小时就要往上汇报特批了。

宋文有种预感，今天的审讯一定是一场硬仗。

一旁的朱晓道："那等会儿……等我换个大点儿的内存卡。"按照规定，这种审问过程必须录像，而且中间不能间断。

宋文一走入审讯室，林绾绾就抬起头来，眼睛闪了闪，带了泪水："警官，对不起，我昨天……说了谎……"

宋文还是按照流程走，性别、年龄、民族、家庭情况等先问了一遍。然后他一抬眼，目光锐利地问道："林绾绾，你是否有犯罪行为？"

"我……我有罪。"林绾绾说出这句话，观察室内的几位刑警都有些惊讶。陆司语低着头，习惯性地把右手拇指的指甲咬在牙齿之间，继续听林绾绾说。

宋文往前倾了下身子，表情严肃地道："林绾绾，你知道如果说谎的话会有什么后果吗？"

"我了解。"林绾绾点了点头。

"陈述你的犯罪过程。"宋文沉声道。

"我……我知道郭婳那里藏有毒药，我曾经看到过她毒死过几只猫。"林绾绾的手指微微绾在一起，"可是我也没办法，那些猫就聚集在我们宿舍不远处的后门外，赶都赶不走，春天一到，就在那里整晚整晚地叫。郭姵的睡眠质量不好，后来她想了个主意，要来了一根针剂，给猫下了药。"

宋文没想到林绾绾一上来就来了个坦白从宽，问她道："那药是从哪里来的？"

"那药是郭姵从我们之前打工的宠物店拿来的……之前用了一些，还剩半支……"

"后来你就用那药猫的药，毒杀了你的同学？"宋文进一步问。

"没……没有……我是说了谎，可是在那件事情上我没有说谎。"林绾绾低着头，"我没有想到，郭姵把剩余的毒药下在了巧克力里。"

宋文依然面无表情地继续问："你再说一遍整件事情的详细过程。"

林绾绾考虑了一下，缓缓开口："在半个月前，郭姵和董芳还有马艾静发生过一次冲突……"

"是因为那个没有接到的面试电话吗？"

"不，不光是因为那个，还有一些隐情。郭姵有个交换生的名额，能够出国考察几个月，按照成绩排，应该是郭姵去，可是名额却换成了马艾静。"

这一点倒是之前众人所不知道的，细细想来，也算是符合他们的推理。

林绾绾继续说："那天她们起了冲突，郭姵被打伤，当时我也在寝室，但是我也怕她们，不敢太偏帮郭姵，后来我陪郭姵去校医院开了点儿药。那天晚上，郭姵没敢回宿舍，在隔壁白小小那边住了一宿。"

整个审问室里只有她细小温柔的声音，宋文没有打断她。

"第二天，我再找到郭姵，当时……当时郭姵和我说，她不想活了，想自杀。我那个时候一直都在安慰她，完全没想到她动了杀念。"

说到这里，林绾绾顿了一下，那小兽一样的眼睛微微抬起，望向宋文，看起来楚楚可怜："我是中毒了以后才想到，可能是郭姵用了从宠物店里拿来的药，再后来的事情你们应该查到了，郭姵买了一盒巧克力，现在想，她应该是把药偷偷注射在了巧克力里。"

宋文眯了眯眼睛，这下子，郭姵下毒的人证也有了："这和你之前的证词不同，你昨天为什么要说谎？"

林绾绾的眼泪开始顺着脸颊流下来："昨天我躺在病床上一直在想这件事，你们来问的时候，我就想告诉你们，可是我担心说了药的事儿，会把自己扯进去。我当时心里也很难受，我没想到，我作为郭姵最好的朋友，她也想让我一起去死……"

"那你今天为什么要告诉我们？"

"我说了谎以后，一直特别不安，今天早上我站在天台上的时候，我觉得我对不起我的同学。如果我早就把郭姵起了杀心的事情告诉董芳和马艾静，她们会更加警觉，不吃那巧克力，那晚的事情也不会发生……而且，我觉得毒杀过猫的事儿，你们早晚会查到的……"

"你把前天晚上的过程再叙述一遍。"

"前天晚上，郭姵低声下气地给董芳和马艾静道歉，然后拿出了巧克力，让她们先选。我当时没有疑心，只是觉得巧克力的味道有点儿怪，就少吃了几口。"

"再然后呢？"

"再然后……董芳先毒发了，后来马艾静也毒发了，我下床查看，发现郭姵趴在马艾静的身上，她怕马艾静喊叫，就用被子蒙着马艾静……我去拉她，可是我根本拉不住她，一直到马艾静再也不动了。"林绾绾嘴唇颤抖了一下，似乎在回忆那个可怖的夜晚，"这个时候我和她也发作了，我问她是不是给我们下了药，她忽然就跑了出去。我的手机没电了，我找到了她的手机，打了急救电话。"

"我对不起董芳，也对不起马艾静，还对不起郭姵，我有罪……"林绾绾的肩膀不停地颤抖，看起来像是在真心忏悔。她坐在椅子上，用手擦去了泪水。全部都说完了，她的身体微微放松下来，用红红的眼睛看向宋文。

宋文也望向眼前的这个女孩儿，判断着她的话是真还是假。

"警官，我可以喝点儿水吗？"林绾绾开口。

宋文站起身道："稍后会有人拿水进来。"

案情发展到了这里，林绾绾填上了昨天证词里的所有漏洞，物证、口供、人证……每一条线索都指向了郭姵。宋文俯视着林绾绾逐渐平静的面容，忽然想起了陆司语对林绾绾的评价——要么她是个极其无辜的路人，要么她是个极其会伪装的罪犯……

一间寝室，四名女生，两名遇害者，一人昏迷不醒，仅剩这一人能够审问。

案子看起来简单，答案呼之欲出。可是，真相真的如同林绾绾所说吗？他们还能知晓那天晚上究竟发生了什么吗？

第十章

—— 试探 ——

等宋文从审讯室出来，走入观察室时，观察室险些炸了。

傅临江有些头疼地按着太阳穴："郭姮昏迷不醒，事情是怎样，还不都任林绾绾说了算？"

老贾道："我倒是觉得，林绾绾说的应该是真的，这么一说，所有的疑点也都解释得通了。这个案子应该就是一直被压抑的女学生对欺凌她的同学进行的报复，这也解释了为什么林绾绾中毒最轻，可以活下来，因为她本来就不是对方报复的目标。"

傅临江抬头问宋文："如果按照林绾绾的口供，会怎么判？"

宋文没回他，一旁的朱晓插话道："如果她只是对毒药知情，并没有参与的话，不会被重判，甚至不会获刑。"

宋文看向一直没有说话的陆司语，问道："你相信她吗？"

陆司语摇摇头："我不知道，我的直觉是里面还有问题。"他理了一下思路道："郭姮购买手机是在那次挨打之后，一个都决定要去死的人为什么要买那么贵的手机？而且，手机是很私密的东西，就算是最好的朋友，也不太可能轻易知道密码吧？怎么会在难受的时候没有叫其他人来，而是用朋友的手机打电话求救呢？"

这个情况显然是不太合乎逻辑的，听了他的话，所有人都陷入了沉思。

现在这些人明显分了两派，一派觉得投毒的是郭姮，林绾绾只有知情的嫌疑；另一派却依然觉得林绾绾的投毒嫌疑更大。

宋文思考了片刻道："我也同意林绾绾有问题，可是如果是林绾绾的话，我依然无法解释她的杀人动机是什么。而且，巧克力和毒药都是郭婳买来的，她买来东西让林绾绾下手？这太不合常理了。"

朱晓点了点头："林绾绾的嫌疑主要源自她之前撒了谎，但是在人际关系与所有的证物上，明显是郭婳的作案动机和嫌疑更大。"

傅临江叹了口气："但是现在……郭婳昏迷不醒，我依然觉得林绾绾身上有疑点。"

宋文下了决断："陆司语，给她送点儿水进去，记录时间，老贾你再审一遍。"然后他转头道："朱晓，把周边证人的证词整理一下，所有人今天的工作就是翻找卷宗，找出疑点。不管最后的结果是什么，我们都要努力去查找真相。"

宋文想起什么又道："陆司语，那水给我也倒一杯。"

陆司语正在取一次性杯子，听到这话又拿了一个，两杯水都是先加的热水再加的凉水，水的位置一样高，然后他端给了宋文一杯，问道："我可以过去看看吗？"

宋文点了点头，陆司语就拿着另一杯水进了审讯室里，把水杯放在林绾绾的桌子上。林绾绾抬头看了他一眼，似是认出了他们曾经在医院里见过面，对他友好地点头，然后乖巧地拿起了杯子，小口地喝着水。

随后老贾走了进来，面色严肃地将各种记录本摊开放于身前。陆司语没有退出去，也在一旁坐下了。

一队的这几位刑警之中，老贾的年龄最大，虽然平时抽烟喝酒，有点儿邋遢，像是个老混混儿，可内心还算是正直善良。林绾绾看着他，眨了眨眼睛，开口问："叔叔，你是这里的领导吗？"

"啊……"老贾一时认也不是，不认也不是。

林绾绾似乎发现了自己的唐突，低头小声道："我以为上一个队长问完，就该是官职更高的人来问了。你长得有点儿像我的远房表叔，就叫你叔叔了。"

老贾的面色这才缓和了一分，看着眼前楚楚可怜的少女，咳了一声："我只是个普通刑警，你别怕，我们只是问你一些问题，你只要如实作答就好。"

林绾绾点了点头。

陆司语在一旁饶有兴趣地看着这两个人，在审问室外讯问嫌疑人和在审问室内讯问的感觉是完全不同的。有点儿奇特的是，在观察室里隔着一层玻璃观察和在近距离观察的感觉也是完全不同的。

"林绾绾，你觉得这次是谁毒杀了你寝室的同学？"

"应该是……郭嬿。"

"你怎么知道她那里有毒药？"

"她告诉我的，她曾经药过流浪猫。"这次林绾绾加了几句解释，"附近的几个寝室都被猫吵得睡不好觉，其他的方法都用尽了，没有猫以后，大家都说终于能睡个好觉了。"

"是你们一起药的猫吗？"

"不是，你记错了。"林绾绾轻声道，语气却很笃定。

"嗯？"老贾皱眉，有些疑虑地去翻过去的证词。一旁的陆司语抬起头来，看向林绾绾。

"是郭嬿药的猫，我没有参与，也没有亲自动手，我只是知道这件事。"林绾绾解释。

老贾换了个问题："之前在医院的时候，你为什么说谎？"

"我那时候太害怕了……"

几乎是把一样的说辞重复了一遍。

审问进入了死循环，这些问题似乎重复一千次一万次都是这样的结果，林绾绾不会再说出不同的答案。

林绾绾看向老贾的眼神忽然有了变化，她双手捏着那个纸杯，表情委屈极了道："叔叔，你……你是不是也怀疑我是个坏人？觉得是我杀死了我的同学？"

老贾道："我们只是在进行正常的问讯。"

林绾绾低下头，委屈地哭了出来："我和她们的关系都很好，我也没有欺负郭嬿。我是错了，不该帮她保守秘密……现在我的头还在疼，原本我才是受害的人，那时候在寝室我很害怕，我差一点儿就和她们一起死了……"

林绾绾的肩膀耸动着，似乎把近日的压力和恐惧都发泄了出来。老贾一时语塞，不知道该怎么宽慰眼前的女孩儿，他审问过无数的犯人，有强硬的，有喊无辜的，但是都没有眼前的女孩儿这般让他觉得无措。是啊，她原本是个受害者，如果她不是凶手，还要接受这样的对待，被这样问责，那就太不公平了。

老贾看向一旁的陆司语，陆司语面无表情，仿佛铁石心肠。看老贾停止了问话，陆司语引回了正题："我们现在问你，只是希望你提供更多的信息，而且你只是嫌疑人之一，并非认定你就是凶手。"

林绾绾这才止住了泪水，又看向了老贾道："叔叔，能给我张纸巾吗？"

老贾有一丝慌忙，想要出去拿纸，陆司语却从口袋里取出了一包纸巾，放在了林绾绾的面前。林绾绾擦了擦泪水，吸了一下鼻子，她看了看陆司语，然后又看向老贾道："我也理解，你们是好警察，盘问我只是你们的工作。"

又是一轮毫无进展的问讯，宋文皱眉看着观察室里的众人，然后对傅临江道："去把他们叫出来，换你和朱晓进去。"

傅临江进去问讯，林绾绾一直都是这套说辞，连细节都没有变化，时间线、犯罪过程，所有的东西都抠了一遍，他们再没有发现新的突破口。

午饭的时间很快过去，大家分开去食堂吃了饭，陆司语今天直接把午饭分成了两份，做好了晚上也不能按时回去的准备。

林绾绾被关在审讯室里，越来越淡然，午饭的时候吃了他们从食堂打来的饭，下午又申请休息了两个小时，其间除了出去上了几次厕所，没有离开过审讯室。

到了下午四点，顾局把宋文叫到了办公室。宋文一进去，就看到顾局坐在位置上，双手交叉放于腹前。顾局开口问他："听说你们今天的审讯陷入僵局了？"

宋文不想承认这一点，但是今天的确毫无进展，回道："嫌疑人说了和之前不一样的供词，另一个一直昏迷不醒。"

"一个寝室死了两个人，另一个昏迷不醒，证据链缺乏，你们也不能判断林绾绾说的是不是真相吧？"顾局看向宋文，"不过现在案情也基本整理清楚了，你把案子整理整理，回头交接吧。"

"顾局……"宋文对顾局的这个提议有点儿惊讶。

他抬头看向自己的这位领导。此时的顾局面色平静，一点儿也不像是在开玩笑或者考验他的样子。平时的顾局总是督促着他们破案，在顾局的这种坚持下，很多的大案要案都被攻破了，可是现在，顾局却让他们撤。

顾局叹口气道："我们是警察，并不是法官，把一切汇总上去，等法院审判时，自然会有人定夺她们的命运。毕竟当时真正发生了什么，以现在的勘查证据，我们根本无从得知。"

宋文低着头，没有说话。

顾局的一双眼睛却像是把宋文看透了："你是不是觉得有点儿失望？"不等宋文回答，他又叹了口气说："这不是妥协，这是现实。"

作为一名多年的老刑警，顾局一步一步走到这个位置，他看到过多少事儿，经历过多少事儿，吃的盐比他们这些年轻人吃的饭都多。他清楚，这件事情再纠结下去，不一定会有结果。

这个案子压在警局，时间越长，社会关注度就越高，他的压力也就越大。

宋文还是一言不发，顾局又道："在该放手的时候，就要学会放手，我们做自己力所能及的，其他的工作交由他人来完成。事情到了这里，我们已经可以向上面交代了。"

宋文似是下定了决心一般，抬起头来，他的目光中燃着一团火焰，道："顾局，我查这个案子，不是为了向上面交代，是为了查清其中的真相，而且，我和你说的三日期限还没到呢。"

顾局沉声对宋文道："就刚才，林修然从医院打来了电话，郭嬿的情况很不好，可能熬不过几天，你就算是用尽了力气，结果也没差多少。"

如果郭嬿死了，那晚发生了什么，可能除了林绾绾，再也不会有人知道真相了。

宋文摇头："差了很多，如果这案子就这么结了，万一郭嬿是冤枉的，对死去的女孩儿不公平，对郭嬿也不公平。不过您放心，我只是想彻查清楚真相，并不是针对林绾绾，不可能抓着她不放，只是我觉得这女孩儿的身上还有些疑点。"

顾局看着眼前的这名爱将，沉默了片刻，最后妥协道："好吧，那就等到后天，如果后天还没结果，你就乖乖地从这个案子里脱身，好好工作。"

宋文"嗯"了一声："人生在世，总要坚持点儿什么吧？有的仗，就算知道有可能要输，也是必须要打的。不战而退，这不是我的风格。"他说放弃，只是一句话的事儿，可是对于这些女孩儿来说，却是一辈子的事儿。

时间很快过去，到了晚上，天气又闷了起来，让人感觉浑身黏腻，一场雷雨将下未下。六点半，宋文又集合了所有相关的人员一起开会，还专门叫上了刚从医院回来的林修然。

会议室里的气氛一时凝重起来。所有人都没有想到，案情在即将明朗的时候，又陷入了窘境。没有关键证人，没有关键物证，他们所掌握道情况就是林绾绾对郭嬿藏有毒药一事知情。

那一晚到底发生了什么？

相关卷宗都被翻看了好几遍，所有人都已经疲了，宋文在白板上列了案件的所有相关信息和推导过程。

在白板的左面，是假设郭嬿是主犯所推导的过程和犯罪动机；白板的右边，是假设林绾绾是主犯所推导的过程；白板下面的一个角落，写了其他。

左边的脉络清晰，右边的却情况甚少，宋文画了一个问号，然后在林绾绾的名字上画了一个圈道："林绾绾的事儿还没查清楚，我们假设，如果事情和林绾绾说的不一样，郭嬿是从犯，或者郭嬿未知情，林绾绾是主犯，那么林绾绾为什么要杀自己的同学？她是如何借助郭姗的巧克力和毒药杀死自己的同学的？"

问出这个问题，所有人一片沉默。傅临江低着头，朱晓也靠在旁边，老贾有些无精打采，陆司语也一言不发，他们现在的所知，并不能得出任何结论。

之前朱晓已经把周边证人的证词整理出来，有一些细节出乎宋文的预料，他以为林绾绾频繁地更换打工地点可能是因为上班时间问题，或者是被老板辞退。可是他却发现，几乎所有的工作都是林绾绾自己辞职，而且她拒绝了那些老板加薪的挽留。

这个女孩儿，就像是随着心情在那些店里增加社会经验一般。

在他们的电话排查中，所有人都反馈，林绾绾是温顺的，很谦虚，不声不响。似乎除了对警察撒过一次谎，清白得没有一点儿污点。

"我们再看一遍所有的物证吧。"案情到了僵局，宋文只能开始整理相关证物。

徐瑶道："小程，你把所有的照片拿来，我们再过一遍。"

不多时，程小冰把所有的资料拷贝过来，幻灯机开始一张一张放映现场的物证图片，众人看到有疑点的就会提问。等照片播放到了那张一直被马艾静抱着的被子时，林修然眉头微皱，指着其中的一个角问："那是什么？"

程小冰放大了照片，可以看出那是被头处，上面有两个椭圆形的棕色印记，一横一竖，相隔大概有十厘米。

"可能是蹭上去的巧克力的印记。"程小冰又放大了一些，这下看得清楚了很多。

"不，不是蹭上去的。"林修然上前几步，调出了马艾静死亡时的照片。最初时，被子盖住了马艾静的下半张脸，那个位置看起来更加明显，正处于被害人耳侧不远处的位置。

林修然做了个示范的动作："那是嫌疑人紧紧按着棉被时，右手手指沾染了巧克力留下的。"

他这么一说，所有人随之一震，他们之前查找物证是在确认死因之前，那时候他们着重寻找了和毒药有关的东西，却忽略了被闷死的被害人身边留下的痕迹。

程小冰急忙跑去物证室，把那条被子抱了过来。顺着被子上的折痕方向，发现那两处痕迹正好是嫌疑人紧紧抓着被子往下压时留下的。

"这不会是有人想撩起被子留下的吧？"傅临江看了看痕迹。

"不会。"徐瑶拿起来仔细看了看，作为一名痕迹学专家，她马上下了定论，"这个痕迹，需要把被子抓得很紧，要用很大力气按压，才能够造成。在被子旁边的相应位置，也有同样的褶皱，说明当时凶手是用两只手抓紧被子，一起向下。总之这个痕迹肯定是杀害马艾静的凶手留下的。"

宋文问徐瑶："这一处痕迹是否有提取的价值？"

程小冰急忙闪身到一旁，徐瑶低下了头，仔细查看那两处痕迹，想了想道："巧克力足够多，可以提取出来，可是这被子上的纤维并不足以提取指纹。也就是即使发现了这两处痕迹，我们也不能证明这一处痕迹究竟是郭姵还是林绾绾留下的。"

现在提取指纹的方法有很多，有常规的粉末法和磁粉法，有宁海得林法和荧光试剂法，但是无论是哪种方法，都不足以提取这两枚指纹。

这一句话又让大家陷入了沉默，刚刚找到的一点儿希望的火苗就这么熄灭了。

陆司语凝望着桌子上那些打印出来的证物照，嘴唇轻轻抿着。他们曾在现场推理过，也推导出了一些人物关系，可是现在，他对自己的推理产生了一丝怀疑。他忽然觉得，他看到的事情是别人所希望他看到的，干净、刻意……这些东西像是迷雾，把犯罪的动机掩藏在其下。

想到这里，陆司语眨了眨眼睛，开口道："我觉得，我们现在走入了一个误区，我们都在执着于那一晚发生了什么，但是我觉得更应该挖掘的，是这四年发生过什么，这个寝室曾经发生过什么，她们都是怎样的人。"

四年的朝夕相处，一句话，一个动作，都有可能产生矛盾或者激化矛盾，今天是朋友，明天可能吵架，这关系绝对不是几个别的寝室的女生能够看透的。但是现在，当事人去世了两个，他们也只能从周边环境去勘查，去挖掘，去推测。

老贾道："没有啊，这不是挺清晰了吗？郭姵藏的毒药，郭姵买的巧克力，郭姵和她们有仇，想要她们死，我就是搞不懂了，你们为什么非要怀疑林绾绾，她没有做过的事情，我们假设什么？"

宋文思考了片刻道："案子里还有疑点，我们还是再查得细致一些吧。朱晓，晚上我们加班，再做一下家庭随访电话，务必每个家庭都了解清楚。"

朱晓点头："是。"

宋文把笔帽插上道："等会儿再审一遍。你们想想还有什么突破点。"

突破点，可以问出真相的新的突破点，一时间所有人都皱眉凝思。

宋文转头看向陆司语。陆司语低垂着头，眉头微蹙着，俊秀的脸越发苍白，似是陷入了沉思，等他发现了宋文的目光，微微抬头开口道："我觉得，我们可以试探一下她。"

"用什么试探？"宋文侧头望着他。

"用郭姗。"陆司语直视他，眼神锐利。现在，郭姗的状态只有警方才知道，如果林绾绾对当晚的描述还有谎言，那么她可能会是最不希望郭姗醒来的那个人。

傅临江马上赞同道："我觉得这个计划可行，而且我们现在也没有更好的其他方法，只是估计要林法医配合，才能够把戏演得真一点儿。"

宋文点了点头，同意了这个方案："那我们对一下流程。"

简单布置之后，宋文安排了各个节点，考虑了一下道："等下我先来，我出去以后，老贾进来，陆司语你审她。"

陆司语对这个安排有些惊讶："为什么是老贾？"他没有过多考虑就问出了这句话，说出来才感觉不妥。他入职的这些天，和老贾的交流一直不多。这个老刑警明显不是一个配合的好帮手，而且老贾一直坚持林绾绾无罪，肯定无法和他很好合作。可是他刚才这么一问，有点儿嫌弃之感，又像是在报复老贾之前对他的抢白。老贾看了他一眼，没有说话。

宋文解释："刚才我们几人分别进去询问，她和老贾说的话是最多的，神情也最为放松，我想尽量把她放在一个舒适的环境里进行试探。"

陆司语这才点了点头，同意了宋文的安排。

做好了安排，陆司语和宋文先进入了审讯室。林绾绾经过了短暂的休息，看到他们两个人进来，坐直了身子，道了一声："晚上好。"审讯室里是没有钟表的，也没有窗户，所有的通风都靠一个小型的排气扇。她是靠生物钟判断的时间，已经是晚上了，她就在这狭小的审讯室里被问了一天。

宋文没有回答她，坐在她的对面，调节了一下桌边的灯，陆司语则是坐在一旁，摊开了本子。

"想看看你同学死后的惨状吗？"这一次，宋文没有发问，而是把几张照片摊开来，放在她的面前。画面上的女孩儿们，死得触目惊心。

林绾绾的眼眸低垂了下去，没有惊恐，她迟疑了两秒开口道："不用了，我也差点儿是她们中的一员。"

宋文问出了第二个问题："当时你是唯一清醒的人，为什么你没有第一时间报警？不要用害怕来解释，到场的医生说，你镇静极了。"

林绾绾舔了舔嘴唇："最开始的时候，我以为大家只是普通的食物中毒，我打开了抽屉想取治肠胃的药，然后我想到可能是因为郭姗下了毒药，那时我很害怕，一迟疑就没有报警。后来毒药发作起来，比想象中快，等我想要报警时，那些毒药让我不能很快做出反应，只来得及打了急救电话。"

宋文的眼睛微微眯了起来："这些听起来，像是托词和辩解。"

林绾绾轻轻摇头："我没有什么可辩解的，我说的所有话都是实情。"

宋文直视着她："也许这只是你脱罪的方式。"

陆司语在一旁安静地听着，宋文在试图让林绾绾的情绪回到现场，他在不停地给林绾绾施加压力。

敲门声响起，然后门锁扭转，林修然探进身来问道："宋队，能否出来一下？"

宋文起身，林绾绾在医院时也曾见过林修然，知道他是法医，目光跟着他飘出了审讯室。林修然和宋文在外面说话，声音不大，但是刚好里面可以听到一点儿。

"医院……电话……郭姵她……嗯，醒了，你们尽快……口供……也许可以……新的证据……"

断断续续的声音传了进来，陆司语一直低垂着的眼睛微微抬起，他看向对面的林绾绾，捕捉着她脸上的表情。

她一定是听到了那些对话，女孩儿的脸上扫去了倦意和疲态，反而有一丝隐隐的……陆司语有些难以形容，那是一种有点儿奇怪的表情。

在那瞬间，他意识到，自己可能把案情想得过于简单了……

第十一章

—— 控制型人格 ——

按照之前所商量好的，老贾走入审讯室内，把门关上了，密封隔音的门把一切都隔在了外面。

陆司语一直在观察着林绾绾的细微表情，等老贾坐好，他把审讯室的灯光调暗了一些，开口道："那我们继续。"

林绾绾的目光这才收了回来，看向了他。她见过陆司语几次，无论是在医院还是刚才他进来把水递给她，他大部分时间都是默不作声的，只说过一两句话。现在他和老贾坐在她的对面，没想到却是这小警察主审。

陆司语的开场还算常规："我想聊聊你和你室友的关系，她们都是怎样的人？"

这个问题林绾绾已经被问过几次了，她侧头回答他："董芳有钱又大方，马艾静漂亮，郭姵学习刻苦。虽然董芳、马艾静和郭姵有些矛盾，但是她们对我都很好。"

陆司语看着她道："可是我觉得，她们都没有你聪明。"

林绾绾看着他，嘴唇微微一动，没有说话。

陆司语继续道："郭姵虽然学习成绩好，但是也仅限于学习而已，在生活方面，为人处世不够圆滑；董芳大大咧咧的，做事粗心大意；马艾静有点儿小心眼儿，难成大器；只有你，在这个宿舍，你的智商也好，情商也好，都是最高的。"他理了理面前的卷宗，把那一张张死者的照片收了起来。

听到这几句话后，林绾绾那一直面无表情的脸上终于有变化了，她的眉梢挑起，看了陆司语一眼，竟露出了一丝得意的神情。

随后，陆司语没有像刚才几人一样问重复的问题，而是像朋友聊天一般，给林绾绾出了一道选择题："你觉得，学业和朋友，哪个更重要？"

林绾绾一愣，回答他："学业，呃……朋友也很重要。"

陆司语："你们药猫的事儿，寝室的其他人知道吗？"

他把"郭婳药猫"的主语改成了"你们"，林绾绾似乎还沉浸在刚才他对她的恭维里，并没有察觉和反驳，点了点头道："知道，在那之后我告诉了她们，她们说做得很好。只是她们不知道，郭婳那里还有没有用完的药。"

陆司语："整个下毒的案件，你除了知道毒药的来源，其他的与你无关？"

"和我无关。"林绾绾又把整件事简述了一遍，语速稍稍加快，不过这个过程中，她的声音平稳，没有一丝颤抖。这一切也和她之前所陈述的内容一致。

观察室内，几位刑警对视了一眼，如果她撒谎，郭婳醒来的事儿会给她带来很大的压力，但是她到现在都没有露出破绽，至少他们没有发现。特别是提到郭婳的时候，她的表情也非常自然。

难道说，下毒的事情真的和林绾绾没有一点儿关系？

陆司语没有急着继续问问题，他有种感觉，这个女孩儿在把他们所有人玩弄于股掌之间。在她的眼里，她的那些同学是无法和她相提并论的，可是为什么她不害怕郭婳醒来戳穿她呢？他思考着问题，坐直了身体，忽然从口袋里掏出了糖果，那还是他临时从程小冰那儿借来的。他撕开包装，放了一颗在自己的嘴巴里。

在审问室里吃东西明显是不合规矩的，老贾刚想制止他，陆司语却问林绾绾："你要吃糖吗？"

"嗯，是什么糖？"林绾绾问道。她如同小动物一般，自从陆司语掏出糖开始，目光就一直跟着那颗糖移动着，仿佛灵魂都被牵引。

"巧克力。"陆司语拿起了一颗捏在两根手指之间。

"谢谢。"林绾绾点了一下头，眼神中有着一丝期待，陆司语就递给她一颗。

巧克力是包在糖纸之中的，女孩儿伸出手，小心翼翼地接过来把糖纸剥开。

老贾猜测着，这说不定是陆司语的策略，想要用这一点点的甜头去取悦收买林绾绾，可是这手法也太天真了吧？他努力压着性子，这才没有打断陆司语的话。可是他一低头，看到那些案发现场的照片，想到了巧克力，就有些头皮发麻。

林绾绾却不介意，她把巧克力用右手手指捏着，张开了嘴巴，一点儿一点儿吃了下去。咖啡色的巧克力在她的嘴巴里化开，她淡定地吃完之后有些意犹未尽地舔了一下指尖，看向陆司语。

陆司语也淡然地望着她，然后指了指自己的额角："你这里，是被你爸爸打的吗？"

林绾绾的额头那里有一道浅浅的伤疤，显然已经过了很久了，她"嗯"了一声："我亲爸打的。"

陆司语："手上的冻疮呢？"

她的手不像一般女孩儿的那样光洁，就算现在已经痊愈，还可以看出淡淡的红色痕迹，林绾绾回想了一下道："我过去在很冷的时候洗衣服留下的。"

陆司语："你爹妈很心疼吧？"

林绾绾摇了摇头："没事，早就不痛了。"说完她低下头，用手叠着刚才的那张糖纸，那是最简单的手工——跳舞的女孩儿。叠好了以后，就是一个侧站着的女孩儿，长长的裙子垂到地面。

老贾的目光一直在林绾绾的身上，他看着那糖纸在她的掌下成形，到现在，他们已经把郭姗醒来的消息传递给了她，可是这个女孩儿就像是没有听到那个消息一般，依然泰然自若。她的镇定让他更相信她的无辜。

陆司语整理了一下资料，继续问他："我知道你的经历，你从小是在你的父亲身边长大，母亲很少出现。十岁时，父母离婚把你判给了母亲，母亲改嫁，才把你带入了新的家庭。"

林绾绾"嗯"了一声。

陆司语："在你的原生家庭中，是父亲对你的影响比较大，还是母亲的影响比较大？"

林绾绾犹豫了一下，咬了下嘴唇道："父亲。"

陆司语："你亲生父亲过去经常打你吗？"

林绾绾低头，又"嗯"了一声。

陆司语："你喜欢你的弟弟吗？"

林绾绾："毕竟我们有一半的血缘，但是他小我很多。"

陆司语点点头，似是理解了，他继续问："你是怎么选择打工地点的？"

"这个……自然是选简单、方便、自己感兴趣的。"林绾绾道。

陆司语继续问："你曾经在宠物店工作三个月，老板说你做得不错，薪资也很高，为什么你离开，反而介绍了郭姗过去？"

林绾绾的手指绞动了一下道："我只是觉得郭姗比我更需要这份工作。"然后她眨了眨眼睛问："我是否可以问一下，现在几点了？"

听了她的话，老贾不由自主地看了一下手机上的时间。陆司语却全然没有要告诉她的意思："等我问完了会告诉你，不会占用很长的时间。"

林绾绾这才点了点头。老贾在一旁有点儿听不下去了，小声对陆司语道："你问点儿和案子有关系的。"自从那颗巧克力之后，陆司语的问话就开始离题万里。

陆司语像是没有听懂老贾的建议，继续问她："你喜欢玩儿游戏吗？"

"什么游戏？电脑还是手机？我玩得不多……"林绾绾显然没有料到会被问这样的问题。

"人的游戏。"陆司语补充解释，"你喜欢吗？"

林绾绾又出现了迟疑，然后点了一下头。

陆司语又问："今天早上的时候，你为什么上天台？"

林绾绾："我那时候心里很乱，憋得慌……等反应过来，我已经站在那里了。"

陆司语："如果警方没有找到你，你会跳下去吗？"

还没等林绾绾回答，老贾终于忍耐不住，压低了声音道："陆司语，你要问就问跟案子相关的！"

陆司语微微停顿了一秒，目光锁在林绾绾的身上，女孩儿抿了唇，没有说话。

陆司语却得到了他想要的答案，他的嘴角微微挑起："你喜欢小动物吗？"

林绾绾开始揪着手里的糖纸："自然是喜欢的，否则我不会去宠物店工作。"

陆司语："那你为什么会选择毒死那些猫？"

"那些猫影响到了我的生活……"林绾绾说到这里忽地反应过来，"而且是郭姆毒死的，不是我。"

陆司语："所以你的这种喜欢，建立在不影响你生活的基础上？一旦受到了影响，喜欢就不存在了对吗？"

林绾绾犹豫了一下，没有回答这个问题，她的脸上有些不耐烦："现在几点了？"这是她第二次询问时间。

陆司语："等下我会告诉你。"他的声音平和而沉静，没有过多的感情。看林绾绾没有回答，他就又跳向了下一题，仿佛他问的这些问题都不重要，只是为了印证他心里的一些想法："你毒死过那些猫，见到过猫的尸体，那种感觉和你看到人的尸体时一样吗？"

林绾绾的脸色忽地煞白，胸口起伏。

陆司语的身体微微前倾，继续问她："你之前说过一次谎，现在还在说谎吗？"

林绾绾没有再回答他的问题，而是看向了老贾道："我问时间，不是因为别的，我早上出来的时候，医生叮嘱了我要吃药的。你们已经问了我一天了，我没有说谎，你们去问郭婳，一切就都明白了。我在这里再说下去，回答这些无聊的问题都抵不上她的一句话。如果她醒了的话，是不是这件事情就可以结束了？你们就可以放我出去？"说到这里，林绾绾弓下身，趴在了桌子上，有些难受得喘不上气来："我好累啊。"

　　看着痛苦的女孩儿，老贾顿时有些慌乱："你忍忍哈，我去看看那些药。"

　　观察室里，傅临江这才想起来早上医生的确开了一些药，他翻了一下，看着药物的说明书道："宋队，服药时间过了，是我疏忽了。"他之前把全部精力都放在案子上了，这件事早就被忘得一干二净。

　　老贾走到这边，看了看那堆药，带了怒意，他拿了药和水，走入审讯室里。

　　朱晓看向了宋文，征求他的意见："宋队，这……还审吗？"

　　宋文叹了口气，揉了揉额角道："今天不审了。"这戏再演下去，就要穿帮了，他看不太懂陆司语的审问方式，但是他可以感觉到林绾绾最后出现了慌乱。可是他也不能确定，那种不耐烦和紧张是因为长时间没有服药引起的，还是问题触及了她的敏感处。他想了想道："把他们叫出来，换夜班的执勤警察把她带去休息，我们去小会议室开会。"

　　宋文到了小会议室里，打开了灯。外面已经一片漆黑，警局里安静极了，就剩下他们这一角还在办公。陆司语先拿着卷宗走了进来。老贾跟在他的后面，一进来就有些不快道："陆司语，你刚才过分了啊。"

　　陆司语就像是没有听到那句话，低着头坐在了一张椅子上，清俊的脸上毫无表情，他翻开笔记本，一副准备记录的样子。

　　老贾看他不答复，"哼"了一声道："林绾绾不怕和郭婳对口供，而你刚才的那些问题，不是和案子没有关系，就是在反复揭开她的伤疤，还有的根本就是在污蔑！"

　　宋文没理老贾，看向了傅临江和朱晓，问："对于林绾绾，你们怎么看？"

　　朱晓道："我觉得林绾绾没有问题。这是个才二十岁的女孩儿，你看刚才她回答案情时的反应，根本没有任何破绽。她的面部表情坦然，心理素质极佳。在我们的连番问讯下，还一直这么说，我现在也觉得这事儿应该不是她做的。"

　　老贾也在一旁道："我们还说用郭婳试探她，可我看她是真心期盼郭婳醒来，洗刷她的冤屈。"

　　这时候，一直没有说话的陆司语忽然开口纠正道："她不是期盼，她是不介意……"

宋文看向他，对这个观点感觉比较新奇："怎么说？"

陆司语完全没介意自己站在了大部分人的对立面，对宋文道："我怀疑林绡绡是控制型人格。"

听了这话，老贾气笑了："控制型人格？你说她是控制型人格？一个软得不能再软的小女孩儿？她能够控制得了谁？有钱的董芳？漂亮的马艾静？还是学霸郭婳？还是能控制你？控制我？你刚才问的那些是什么狗屁问题？还不让她吃药，差点儿出事你知道吗？"

"控制型人格也不一定是强硬的，她是在通过询问时间来打乱节奏，确认主动权……"陆司语还想解释几句，却被朱晓打断："不是，陆司语，你说我们要用郭婳诈她，我们按照你说的做了，可是对审问的回答，她一点儿漏洞也没有。我们做警察的不是学心理学的，说出的话可是要讲证据。"

他们把后期林绡绡的反应只当作是她被拖延服用药物的应激反应，全然不把那些当作破绽。陆司语习惯性地舔了下嘴唇，继续他的推理："如果她不是无辜的，那么她的不介意，有两种可能性，要么是她聪明到看透了这是我们设置的陷阱，要么就是她能够肯定，就算是郭婳醒来，也不会说出对她不利的证词。"他顿了一下补充道："也可能两者兼具。"

老贾这次是彻底听不下去了："你这小子抬杠是吧？她要是凶手，那被害人还能帮她说谎？你这是什么天方夜谭？刚才让所有人陪你演戏，什么试探，你就试探出这个结果了是吗？"

傅临江看老贾说得越来越不像话，皱着眉，叫了一声："老贾！"

没想到这一声却让老贾更来劲儿了："副队，我知道你挺喜欢这小白脸儿的，可是你也听到了，刚才他进去都问了什么，问题杂乱无章，和本案毫无关联。他会不会审问啊？他才当了几天警察？他一共见过几个犯人？到了现在还是咬着林绡绡不放，如果造成了冤假错案他负责吗？如果林绡绡因为没按时吃药生命出现了危险他负责吗？"

老贾一直觉得自己是多年的老刑警，就算是职位不高，也应该受新人敬重，可是陆司语一直没有表现出来，他今天借着这个事情，把心里的怨气发泄了出来。可自从他开始大声说话，陆司语就忽然沉默，让他的怨气更盛。

看着这边都要打起来了，朱晓急忙拉架："别别，老贾，别生气，小陆也是想破案。大家目的都是一样的。"

老贾看向低头不语的陆司语："你有没有考虑过林绡绡受到过怎样的心理创伤？一个好好的姑娘都快被你们逼得跳楼了，你就是在折磨林绡绡，然后让我们所有人跟着加班对吧？"

从案发开始，所有人就没怎么好好休息过了，老贾这一通话，把对陆司语的愤怒，对林绾绾的同情，发泄在了这里，其他人也一时沉默，所有人都觉得身上压了担子。宋文依然没有放弃对林绾绾的怀疑，可是在刚才对她的试探中，林绾绾的确毫无破绽。这种情况下，宋文不好明显偏向陆司语，而且他也想听听陆司语的分析和辩解，这才一直没有说话。

可是自从老贾开始逼问他，陆司语就异常沉默，他一直没有说话，低着头用笔在本子上画着一条一条笔直的线。那线条直得像是比着尺子画的一样，他低着头，全然没有要停手的意思，表情没有变化，把所有人当成了空气，仿佛刚才挑起的事端与他无关一般。事情到了这里，宋文再也不能不管，他坐直了身体，说道："老贾，我们作为执法人员，最基本的原则就是公平公正，林绾绾目前还是嫌疑人，你不自觉地把她代入了被害人身份，产生了同情，那这案子还怎么查？"

老贾没想到宋文这么说，嘀咕道："怎么连你也偏向他？"

宋文耳朵尖，明显听到了，继续道："这不是偏向谁的问题，刚才朱晓说得对，觉得有罪和无罪都没用，我们要寻找证据。目前为止，这两个犯罪嫌疑人的心理画像也不清晰。"

宋文说着，脑海中浮现出刚才林绾绾吃巧克力的画面，这一案中，几个人都是被巧克力夺去了性命，她自己也差点儿身死，换成其他人，恐怕都会对巧克力避犹不及，甚至可能一辈子都不会再碰。但是刚才……她却吃得那么淡然。

宋文继续道："老贾和朱晓，既然你们觉得是郭姗做的，那么去调查郭姗，去医院找郭姗妈妈，甚至可以开车去镇子上看她的父亲，汇总犯罪线索，还原作案过程，拿出郭姗是凶手的具体证据。"

然后宋文转头看向陆司语，那人还是安安静静地低着头，宋文说："明天我和陆司语去一趟林绾绾家里，朱晓给我们定早上八点的火车票，还有，傅临江带着物证组再去一下学校。不要放过每个角落，每个线索。"

距离三天期限，还有最后一天。

自从这个案子开始，南城的天就一直是灰蒙蒙的，根本看不到太阳。可是这雨就是差点儿什么，怎么也落不下来。这样的天气，搞得到处都是湿闷闷的，伸手摸去，所有的东西似乎都含了水，连呼吸都有点儿憋得慌。

陆司语家里开了一天的除湿和新风，可是并没有让他感觉好多少，晚上十二点，等他在床上多次翻身之后，终于睡着了，梦里一片纷乱，然后就被电话吵醒了。

陆司语睁开眼，眼前漆黑一片，他的心跳有片刻失速，下意识地叫了一声小狼。黑暗中，狗在屋子的角落支起了耳朵，给了他一声回应。

陆司语这才感觉心跳渐渐恢复了正常，他擦了擦额头上的冷汗，拿起手机一看，是宋文打来的，时间是半夜三点半，他接了电话："喂……"

对面的宋文无比清醒，任务下达得简明扼要："收拾东西，下楼，我在你楼下等你。"

"怎么了？又出事了还是……"陆司语迷迷糊糊地问。

"不是，这个案子时间太紧，我刚去换成了四点一刻的票，我们现在过去能节约三个小时，中午可以赶回来……"

陆司语这才清醒了，挣扎着爬了起来，电话那头，宋文还在催他："快下楼，去火车站，不然等下来不及了。"

"你不会是开了警车来的吧？"陆司语走到窗前，忽地有种不祥的预感，他用两根手指撩开了遮光的窗帘，果然看到不远处停了一辆警车，夜色下闪着红蓝交错的光。

"不开警车我开什么？我可没有凯迪拉克。"然后宋文威胁道，"快点儿，不然我放警铃了。"

陆司语微微皱眉看了看，宋文进门肯定是惊动了小区的保安，有几个保安在不远处张望着，看着热闹，似乎是觉得这景象太过稀奇，盯着警车比盯着贼还积极。他只能长长地叹了口气，半夜有警车等候就够拉风了，若是警铃大响地把他拉走，只怕这小区以后就住不得了。

陆司语翻了翻衣柜，穿了件休闲的轻薄连帽衫，匆匆刷牙洗脸后下了楼。走到门口时，他犹豫了一下，拿出几粒止疼片吞下，最后把药瓶放在了茶几上。

宋文在快等到不耐烦的时候，终于看到陆司语从门口出来，他背着一个包，头发都没有梳好，有点儿岔毛，整个人写满了一个"困"字。

陆司语拉开了副驾的位置坐了上去，眼睛直直地望着前方一言不发。

"安全带！"宋文一边提醒他一边发动了车，然后看了看一脸不快的下属，"陆司语，你是不是对我打扰了你今天睡觉有意见啊？"

陆司语这才侧身去扣安全带，咬牙道："宋队，我不是对你今天打扰我睡觉有意见，我对你每天打扰我睡觉都有意见。"

宋文略带歉意地安慰他道："等下到火车上让你睡个够。"

陆司语侧着头看向车窗外，不吭声了。大马路上一片空旷，车里安静得厉害，宋文为了缓解尴尬，找了个话题道："哎，昨天的事，老贾对事儿不对人，你别在意，队里因为案子争执几句也是常有的事儿。"

陆司语来的时间不长，却得罪了队里最老的刑警，宋文怕他心里委屈。陆司语却大度地道："我不介意，他虽然看起来不太着调，其实是个好人。"他眨眨眼睛补充了一句："就是有点儿傻。"

老贾虽然看上去不像个警察，嘴上又没有遮拦，但是他本质上还是个有正义感的警察，是个传统意义上的好人，但是有时候越是好人就越是容易被人操控，成为傀儡或者棋子。

宋文叹了口气："唉，他们都觉得是郭嬿做的了，我们却还在怀疑林绾绾……"

陆司语往角落缩了缩，警车的座位坐着太难受了，简直就是为了犯人设计的。他小声地说："我想睡觉……"

那声音可怜兮兮的，宋文看了看表："你抓紧时间，还可以眯会儿。"

陆司语的上下眼皮打着架，好不容易才睡着，又被宋文晃悠醒："嘿，嘿，起来，到地方了。下车，你先进站。"

陆司语这才发现，车子不知什么时候已经到了火车站，停在了进站口处，他感觉自己就和梦游一般，回头问宋文："你呢？"

宋文道："我去停车库停车，你先进去，别等我。进站时间还剩十分钟左右，这时间太紧张了。"

陆司语这才迷迷糊糊地点点头，开门下了车，宋文有点儿担心他，看陆司语这架势仿佛站着就能睡着了，也不知道听明白了没有。宋文这一趟是临时起意，他们时间本就紧张，车子驶入火车站的地下车库，还耽搁了一会儿。停车的时候又找了一阵车位，等他过去时，发现候车厅里几乎是满的。也只有车站这地方，一天到晚，永远都不缺人。

"借过！借过！"宋文一路跑着，来到了检票口，抬头一看，那检票的绿字瞬间蹦成了红色，距离发车只剩五分钟，眼看闸门就要关闭，宋文心里一着急，握着身份证，两手一撑那验票机跨栏而过，在工作人员的惊讶中直接蹿入门中。

那守门的是个岁数不大的小姑娘，急着喊："哎哎……危险……"
宋文对她一挥手道："警察办案，行个方便。"
那小姑娘还想说什么，结果宋文就这么一阵风般跑了进去，拦都拦不住。

宋文一路百米冲刺般找到了站台，跑下去的时候正好车子快要进站，看着能赶上车，他也就不着急了，放慢脚步往前走着，现在所在的位置是六车厢，他们买的票是八车厢。他正走着，远处的工作人员忽然挥手叫道："那位穿黑衣服的旅客，请退到安全黄线后！"

宋文抬起头，就看到陆司语站在离他不远的站台上。这趟车是长途慢车，只是路过这里，深夜里，站台上人不多。陆司语戴着兜帽，孤零零地站在那里，低着头，愣愣地看着轨道之下。他的目光无比专注，身体微微前倾，眼眸一动不动，像是在看着什么吸引人的东西。

不远处，火车终于进站，宋文只觉得身后响起了一阵轰鸣，随之身侧被带起一阵风。在火车灯光的映照下，不远处的陆司语整个人显得单薄极了。那瞬间，宋文的心忽地一揪，看陆司语那架势，好像要纵身一跃跳下站台，来不及细想，宋文叫了陆司语一声，往前就跑。

陆司语似乎是听到有人叫他，有点儿迷茫地抬起头看了那灯光一眼。夜色中，银白色的灯光照亮了站台，风吹起了他的头发，他的脸色苍白，眼睛微红，看起来像是刚刚哭过，整个人却冰冷而平静……

宋文先于减速的火车冲到陆司语面前，伸手一拉，把他整个人往后一拽。

陆司语被他带离了黄线，还转了半个圈儿，然后直接被宋文结结实实地抱住了。呼啸的火车自两人的身后"嗡"的一声驶过，然后逐渐减速，停了下来。

"宋队，怎么了？"陆司语这时才像是醒了，看了看宋文，还有点儿蒙，此时他倒是一脸无辜，仿佛刚才摆出一副要跳铁轨的样子的人不是他。

"你知不知道'危险'怎么写的？站得那么近，你刚才都被大喇叭点名了你没听到吗？"宋文气喘吁吁，他被刚才陆司语的举动惊出了一身冷汗。

这时候才有工作人员赶了过来问："哎，没事吧？"

宋文这才把陆司语放开："没事。"

那拿着喇叭的工作人员瞅着这两个人，一个冲了站，一个看上去要跳轨，要不是现在大半夜人手不够，真想把他们扣了，他批评道："你们这些小年轻啊！刚才站的那位置，一个不留神栽下去命就没了，太危险了！"

"对不起。"陆司语这才有点儿不好意思起来，诚恳道歉，"可能我太困走神了，没注意。"

宋文也急忙亮出了警官证："我们是警察，急着去办案，所以匆忙了点儿。多谢提醒，以后一定注意。"

看着他们低头认错的样子，那工作人员也气不起来："算了，算了，你们做警察的也不容易，大半夜的还要出差，没出事就好，你们快上车吧，这站就停两分钟。"

宋文道了声谢，伸手推着陆司语往车上走，感觉自己就跟带了个不省心的孩子一般。这辆车是现存的少数长途慢车之一，全程要开一天以上，贯通了南北。开到这一站，这车已经连续开了十几个小时，三个小时以后他们才能到林缩缩的老家——秦城。

一上车，陆司语就皱紧眉头捂了嘴，车上热乎乎的，比外面还要闷，整个车厢脏乱差，旅客们睡得东倒西歪。车厢里满是呼出来的废气，扑面而来的就是一种人味。要不是因为车已经开动了，陆司语差点儿就要逃下车去。

宋文知道他嫌弃，拍了拍他道："等会儿就好了。"

陆司语脸色难看地摇了摇头，闭了眼睛，喉结滚动，拼命往下咽着唾沫："这味道闻着想吐……"

宋文找了座位放了行李，对他道："那你去厕所，要我陪你吗？"

陆司语冲他摆摆手，以示拒绝，自己摇摇晃晃地过去了。

没过一分钟，陆司语就回来了，脸色比去的时候还要难看。

宋文问他："吐完了？"

陆司语捂着嘴，脸色惨白地摇摇头："厕所太脏了吐不下去，有垃圾袋吗？"

"我看你还有工夫嫌弃，就还能忍忍，这车上空气质量虽然不好，但是习惯了就好。"宋文随手递给他一个袋子，他原本以为陆司语只是想要个袋子备着，没想到陆司语抖开袋子把脸埋进去就直接吐了。

宋文真没想到，这个人娇气到了这种程度，一时有点儿手忙脚乱，看陆司语吐得一塌糊涂，又不知道怎么帮他好，到最后拍了拍他背："哎，你没事吧……"

陆司语感觉吐得整个胃都翻了过来，直到再也呕不出任何东西，才接过宋文递过来的水杯漱了漱口，把垃圾袋扎上，眼泪汪汪地缓过来一口气，整张脸更白了。看他拎着袋子要起身，宋文有点儿嫌弃又有点儿无奈地把袋子接过来："我帮你扔了吧，别回头你去厕所那里又吐了。"

这么折腾了一番，宋文好不容易把东西收拾干净了，洗过手回到座位，刚准备眯上一会儿，就看到陆司语捂着胃趴在了桌子上，他的额角冒着冷汗，脸色白到几近透明，宋文被吓了一跳："怎么了，胃疼？"

宋文一年到头都很少生病，基本不知道药店怎么走，更别说随身带着药了，在火车上要是闹起肠胃炎来，可不是闹着玩的。

看着陆司语，宋文忽地想起来，小学时他养了几只荷兰猪，其中有一只母的有一天要生了，偏偏家里大人都不在，那时候他面对着那只虚弱的荷兰猪，就如现在这般手足无措。他身上那种不受动物喜欢的体质那时候就有，他想要帮它，那荷兰猪就吱吱叫着往前爬，想要躲他，挣扎着流了一窝的血，还好它的生命力顽强，最后自己下了一窝崽儿，可这件事给他留下了深深的心理阴影。

此时宋文望向陆司语的眼里有担忧，还有深深的恐惧……看起来，陆司语可是比那只荷兰猪金贵多了。

陆司语完全不知此时在宋文的眼中，他娇弱得像是只待产的荷兰猪，睁开眼睛摇了摇头："没事，老毛病了，主要……有点儿饿……"他胃浅，又有胃病，之前服的药是止疼的，就是怕半路上犯胃病，没想到吃多了后有强烈的刺激性，现在吐了反而好受多了。

他现在身体里有点儿钝痛，不难忍耐，就是胃里空得难受。陆司语在心里祈祷，希望吃的药多少吸收了一些，不要影响白天的正事。

宋文看他的指尖蜷了蜷，把衣服拽得更紧，有点儿心疼："那怎么办？你带饭了吗？要不垫补点儿？"

陆司语有气无力地抬起眼皮，看起来很可怜，继续给他出难题："带了，但吃不下冷的。"

"那我……给你找乘务员买点儿吃的？"宋文整理了下衣服，"我去餐车看看。"

现在外面还是一片漆黑，宋文穿过几节车厢，再往前走就是卧铺区了。他问了乘务员才知道，这个点餐车也不提供吃的，他不甘心无功而返，好不容易找到个值班的乘务员，买了一盒方便面回去。宋文还生怕陆司语嫌弃，没敢买辣的，也没敢买酸菜的，而是买了一盒汤鲜味美的豚骨拉面。

宋文去接了开水泡了，端到了座位前的桌子上，掐了三分钟的点，摇了摇陆司语道："起来，吃几口泡面垫补一下吧。"这么一番折腾，他觉得自己已经是万分周到了。

陆司语有气无力地抬起头，伸手去抓方便面的桶身。

"哎，倒的开水，烫！你小心点儿。"宋文拦了他一下，掰开了叉子递给他，"还是我来吧。"

陆司语眨眨眼睛，把那叉子用牙齿咬了，叼在嘴里。宋文帮他把方便面桶的盖子撕去，这才推给了他。

陆司语用叉子挑起了一根面，放在嘴里，皱着眉头道："好腻啊……有点儿油……"

"这可是我千辛万苦买回来的。"宋文斜眼看着陆司语一根一根地吃方便面。

陆司语吃了小半桶，喝了两口汤暖了暖胃，就说不舒服不想吃了，把那方便面推开。宋文忍不住担忧问道："你能撑到明天早上吗？这趟车七点多才到呢。"

陆司语想了想道："你能帮我买点儿糖吗？"他虽然现在不饿了，但是还得防着万一犯低血糖。

作为一个尽职尽责的保姆，呃，是领导，宋文叹口气，又起身走向车厢的另一端。十分钟以后，宋文终于回来，递给了陆司语三根棒棒糖。

"怎么是……"陆司语对棒棒糖有点儿惊讶，但还是接了过来。

"这车开了一路，其他的都没了，将就一下吧。"宋文劝他。

"没事，挺好的，我喜欢吃，就是有一段时间没吃过了。"陆司语把糖纸剥开，用手指转了一圈儿，看着晶莹剔透的糖体，过了片刻才把糖整个含在了嘴里。他一只手捏着棒棒糖的棍儿，吃得一脸满足。

宋文看他吃着棒棒糖，忽然觉得，自己也有点儿饿了……他被陆司语来回遛了好几圈儿，之前赶火车也跑了很久，这时候只觉得饥肠辘辘，拿起一旁那桶陆司语吃了几口的方便面就开始吃，然后他就看到陆司语一脸惊讶地看着他。

"看什么？我又不嫌弃。"宋文说着用小叉子搅和了一下。

"你刚才应该吃了再去买糖。或者你再买一桶呗，这会儿面都冷了。"陆司语咬着糖，精神了一些，他习惯性地舔舔嘴唇，嘴唇也是甜甜的。

等宋文的方便面吃完，陆司语的那根棒棒糖也吃完了，他靠着窗打了个哈欠，显然是困了。

宋文道："反正我们是短途，三个小时，我定了闹钟，你睡吧，睡着了就不饿了。"

陆司语小声道："下次我们还是开车去吧，领导，我不用报销油钱，也不用你修车，真的。"

宋文习惯性地把袖子撸到了手肘："下次吧，回程也买好了。"

火车摇摇晃晃的，车灯不太明亮，让人昏昏欲睡，陆司语靠在桌子上，觉得车厢里闷到让人缺氧。宋文说的是个真理，习惯了就好了。不知什么时候，陆司语竟然睡着了。

看着陆司语睡了，宋文却睡不着了，低着头看着手机，身边的人睡着睡着，换了个姿势，头枕到了宋文的肩膀上。宋文一侧头，就看见睡得香甜的陆司语。

火车里灯光昏暗，陆司语的脸上还贴着创可贴。也许是待的时间长了，方便面的味道已经散去。

火车轻微地晃动着，暗夜中有灯光从窗口快速划过，宋文无心看手机，侧头看了陆司语一眼，然后收回了目光。没过半分钟，他又忍不住再去看了一眼，陆司语伸出舌尖，习惯性地舔了舔嘴唇。当他第三次看过去时，这一次，他和陆司语的目光对上了，陆司语的眼睛半睁着，像是一潭深水一般。

陆司语仿佛只是梦游了片刻，合上眼睛又睡了。

宋文又低下头去看手机，这一次睡意全无，直到手臂都被靠麻了，宋文才转头又看向靠在他肩膀上的人。陆司语在睡梦之中，浓密的睫毛微微颤抖着，身子轻轻动了动，宋文便借机换了个姿势。

天色渐渐亮了起来，到了早上快七点，火车又到站了，这次是个大站，呼啦下去了一群人，然后又上来了一群人，身上带着冷气。

坐在对面的一家三口中，有个四五岁的小朋友，这时候被上车的人吵醒了，"哇"地大哭了起来，这一下惊醒了半个车厢，孩子的母亲醒过来，急忙哄着孩子。

"宋队你不会一直没睡吧？"陆司语也被吵醒了，支起身子活动了一下脖子，他这两个小时睡得还挺好，甚至比在家里床上睡得还要踏实些。

"没事，我不困。"宋文说着，动了动僵硬的肩膀。

随着人流，有个文弱的姑娘上了车，那女孩儿一个人出门，却拎了一个很大的行李箱，她坐在宋文他们旁边，拿着箱子一时有点儿为难。宋文起身主动道："我来吧。"说着他把那大箱子托举起来，放在了行李架的空位上。

姑娘对乐于助人的宋文略有歉意："谢谢你，这箱子沉吧？"

宋文道："还好，我正好坐久了，运动运动。"两人说着，宋文有点儿惊讶地发现那小孩儿止住了哭声，一回头，发现那孩子正吃着他昨晚买的一根棒棒糖，借着早上的初阳，一旁的陆司语收了往日的冷若冰霜，眉眼带着笑意，正在逗那个小孩儿。

宋文几乎怀疑自己看错了，这还是他第一次看到陆司语笑，那人笑起来似乎如冰雪初融一般。

第十二章

—— 回马枪 ——

　　秦城位于南城的北面，气温比南城低了三四度，一下火车，陆司语深吸了一口新鲜空气，然后被那冷硬含沙的风呛得直咳嗽。比起南方的春意盎然，绿树葱葱，这里还处在一片荒芜中，天、地、人，眼过之处都是灰蒙蒙的，就连人的口音都透着一种干，干里还隐含着一种烈酒的辛辣。

　　宋文是第一次来到秦城，看着哪里都觉得不太习惯。这里的人平均身高似乎比南城的高一些，还好他们个子比较高，站在人群中才不显得另类。

　　出来出差就不能再讲究了，两个人在火车站外的早点摊儿点了早点，宋文点了豆浆油条，陆司语要了一份白粥，加了一块豆腐乳。

　　吃过饭再上路，林绾绾的家并不在城里，而是在附近的镇上。在陆司语的一再坚持下，他们没有再坐城际大巴，而是打了一辆出租车，一路折腾着，按照地址找寻过去，终于来到了林绾绾的家。

　　那是一处有些年头的小区，一栋八层，没有电梯，所有人家窗外都装了防盗的铁栏，用的还是不同的规格，看起来有点儿杂乱，阳台外晾了各种颜色的衣服和被子。走进去，楼道狭窄而漆黑，各家门口堆了杂物，这样的风格在南方不多见，还好这里靠南，就算楼道阴暗也没有发霉。

　　宋文走到 403 门口，敲了敲门，昨天他已经让朱晓联系好了林绾绾的家人。林绾绾的继父是个跑长途的司机，常年不在家，这次行程的目的地很远，回家还得等个四五天。于是他们只能先约了林绾绾的妈妈，让她今天不要外出。

　　门打开来，先有人隔着铁门看了看，然后里层打开，探出一个女人的头。

这是个四十多岁的女人，梳着马尾，但是发色枯黄，似是因为睡眠不好，眼窝很深，黑眼圈严重，八字纹也有点儿深。她的衣着朴素而干净，在她的身上，宋文看到了林绾绾的那种柔顺。

宋文出示了警官证，说明了来意，那女人就把他们引进门去。屋子不大，层高却不低，这屋子和南方流行的格局不太一样，几乎没有餐厅，客厅就是吃饭和看电视的地方，然后两间卧室，一间是大人的，另一间是孩子们的。

林绾绾的妈妈一边找着杯子给他们倒水，一边道："发生了那件事以后，我可担心了，我儿子还在念书，他爹又不在，学校老师说她没什么事，我也就没急着过去，可是惦记得睡不好觉。"说着她打开了柜子道："唉，我这个记性，茶叶放哪里了……"

听了这话，宋文微微抿唇，和陆司语交换了一下眼色。他原本以为林绾绾的家长没有去学校是因为家庭关系不好，可是听这个女人关心的语气，不像是在作假。宋文看那女人还蹲在厨房翻找茶叶，开口道："阿姨不用这么客气，我们坐一会儿就走，就是了解下绾绾的家庭情况。"

陆司语来之前也看过这女人的资料，她叫王文颜，早年去过南方的服装厂打工，后来在家附近的一家超市上班，最近两年休息在家。

王文颜听了宋文的话这才没有纠结，给宋文和陆司语端来两杯清水，也给自己倒了一杯，然后坐在了沙发对面的凳子上。

照例是宋文问话，陆司语打开了本子记录，宋文先走了个流程，询问了一些基本的信息，家庭成员的年龄、工作等，然后切入正题："阿姨，您能给我讲一下你女儿的基本情况吗？"

王文颜开口道："我家绾绾是个好孩子，从小到大都没让大人操过心，上学的时候就学习好，又乖巧懂事。就是我不好……"

说到这里她叹了口气，似乎回想起了自己不幸的婚姻："我前夫家比较传统，有点儿重男轻女，我嫁过去以后，平时吃饭，女人们都是不能上桌的。绾绾生下来时，我婆婆就各种不乐意，说我是个赔钱货，他儿子是三代单传，到我这里要断了，当初我坐月子时，她让我吃了一个月的稀饭。那时候我整个人瘦到八十斤，都快抑郁了。后来他们又想逼着我和我前夫离婚，让我前夫娶个别的女人再给他们生个儿子。我那时候想不开，不想离婚，一气之下把女儿放在了那里，自己躲出去打工。"

王文颜提到林绾绾时，语气里有种难以掩饰的骄傲，可同时也有着一丝亏欠。

"那林绾绾在你前夫家的时候，主要是谁照顾她呢？"

"主要是我婆婆吧，她是个刀子嘴豆腐心的女人，虽然嘴巴上不依不饶，但是行动上还是照顾绾绾的。"王文颜搓着手，"那个家庭有点儿压抑，家中的规矩很多，等级分明，整个家主事的是绾绾的爷爷，老爷子非常严厉，眼睛里容不得沙子。绾绾的爸爸脾气比较暴躁，有时候生气会打孩子。"

这是一个传统家庭，重男轻女，等级分明。在家中，女人负责大部分的家务和劳动，男人掌管大事，家暴时有发生。一个幼小的女孩儿，忽然没了母亲的呵护，放在这样的家庭里，虽然王文颜没有具体描述，但是足以让人想到她经历了什么。

宋文微微皱眉道："那时候林绾绾还很小吧？离开你女儿，你不心疼吗？"

王文颜点头道："自己家的娃儿，自然是心疼的，绾绾十岁的时候，我终于想开了，和那个男人离了婚。"

"所以那段时间，是你和女儿两个人在一起生活吗？"

"那段时间过得有点儿艰难，说是我们母女相依为命也不为过，两年以后，绾绾小学毕业，经人介绍，我嫁给了现在的男人。"

宋文看过资料，王文颜现在的老公姓李，高中学历，简历非常简单，是个开长途汽车的司机，吃苦耐劳，风吹日晒，工资却一直不高。

"后来我给他生了个儿子，绾绾也长大了，学习很好，考试争气，还上了大学，是我们全家人的骄傲。这些年，我都向着她，她虽然是个女孩儿，但在我这边没有受过气。"她把女儿接到自己身边，有求必应，并把这些作为对女儿童年不幸的一种补偿。

"林绾绾上初中以后，平时的生活和学习，也都是你在照顾她吗？"

"绾绾这个孩子，挺聪明的，没怎么让我操过心。我这个人吧，从小就一事无成的，学习不好，做很多事情也没有常性，年轻时不好好读书，也不懂事，遇到个男人就嫁了。我时常和绾绾说，你千万不要成为像妈妈这样的人，你要有更好的人生。"

提到教育，王文颜忽然找到了话题，对于她这样的家庭妇女，孩子才是她最好的成绩单，特别是有一个像绾绾这么乖巧听话成绩又好的女儿，是多少人羡慕不来的。她平凡的人生，也有了闪光的点，有了值得骄傲的地方。

宋文继续问："绾绾上了大学以后，就不常回家了吗？"

王文颜刚被挑起来的兴致出现了一丝暗淡，她用手捋了一下头发，缓解了自己的尴尬，说道："她学业挺忙的，还在外面打工，学费我们有出，生活费却给得不多，但只要她说缺钱了，砸锅卖铁我们也都会给她打过去。"然后她叹了口气："我们这样平庸的父母，也挺给她丢人的。"

"林绾绾有没有说过，她在学校的生活如何，寝室的同学关系怎么样？"

"绾绾说她在学校挺好的，老师和同学都很照顾她，她们宿舍的几个孩子我过去给绾绾送东西的时候都见过，看起来都是好孩子，怎么会……"王文颜有些惋惜地叹了口气，"我记得里面有个孩子个子很高，长得很漂亮；有个挺白净的，看起来家庭环境不错。"

"她还有一个同学，叫郭姵的，你见过吗？"

"我对那个姓郭的孩子也有印象，不过没怎么听绾绾提起过。"王文颜将了一下头发。

陆司语轻轻皱眉，思考着林绾绾和郭姵究竟是怎样的"朋友"，没等宋文继续问，他抬起眼睛，看了看女人那粗糙的手道："林绾绾在家的时候，一般都是您做家务吗？"

女人点点头，似乎服务家里的子女和老公是天经地义的事："做饭、洗碗、洗衣服、打扫卫生这样的事都是我来做的，孩子们上学忙，我老公工作也忙，常年不在家，赚个辛苦钱。"然后她叹口气道："警察同志，我家绾绾是没问题的，这次肯定只是被连带的，她是个乖巧听话、心地善良的女孩儿。"

陆司语记录了这些，咬着笔帽低头思索，有些信息似乎和他们之前所知的不太相同，林绾绾虽然出身不好，但其实是个寒门娇女，所受的虐打和苛责似乎都是在她十岁以前。宋文又问了一些常规的问题，王文颜一一作答。看了看时间快到十点半，宋文起身道："我们可以看看林绾绾的东西吗？"

王文颜把他们领到了孩子们的房间，里面放了两张床，一张有护栏，一张没有，显然那张有护栏的是给林绾绾弟弟睡的。

男孩儿还小，林绾绾又考学出去了，这才没有分屋。屋子里有一个柜子，里面有几层放的是女孩子的东西，另外几层是男孩子的东西，分隔清晰，林绾绾的摆放整齐，她弟弟的却是一片脏乱，东西堆得都放不下。可神奇的是，就算再脏再乱，他弟弟也没有把东西堆到林绾绾那尚未填满的空格中。

王文颜解释："绾绾现在不在家了，可是她的东西我们从来不曾动的，她弟弟也不敢翻她东西。"

宋文探头去看，里面都是一些课本、作业本，还有几本世界名著。

柜子里面还有娃娃，是商场里卖的那种芭比娃娃，成套的有四五套，摆在那里光鲜亮丽，和整个屋子的风格不太搭调。宋文看到里面还放着一个盒子，是过去的那种饼干盒。他伸手取出打开，里面是满满的一盒巧克力糖纸，花花绿绿的，统一叠成了跳舞的女孩儿的样子，他曾经见过林绾绾在审讯室里叠这个，抬头问王文颜："这个是？"

王文颜："这个盒子是绾绾从她爸爸那边带过来的。我前夫虽然偶尔打骂她，但也经常买糖给她吃，后来她也偶尔和我要过糖果，我也会买给她，就攒了这么一大盒。"

看完了书柜，宋文和陆司语又在房间里翻找了一遍，别的就是一些旧衣服，没有什么特别的。

这时候，门忽然被踹响了。听了这声音，王文颜的脸色一变，有些惊慌地跑去开门。锁一开门就被人从外面大力撞开："妈！你是不是又忘了把我体育课要穿的鞋子放书包里了？"随着话音，从外面跑进来一个小男孩儿，发育得很好，有些微胖，看起来像个小大人。

"今天有体育课？你没提前和我说啊。"王文颜站在一旁有点儿尴尬地搓了搓手。

"我说了！我早就说了，再说了我们每周都是这个时候，都开学两个多月了，你怎么不记得？"那男孩儿进门后拿起桌子上的凉杯咕嘟咕嘟地灌了几口，然后才发现家里多了客人，抬起头看向宋文和陆司语，"你们是干什么的？"

宋文正要说话，王文颜对他使了个眼色道："是你姐学校的老师，来家访，问你姐姐的家庭情况。"

那男孩儿就是林绾绾的弟弟，名叫李子辰，今年九岁半，姐弟两人虽然是一个母亲所生，却有不同的父亲，姓氏不同。李子辰的眼睛转了转，问："我姐姐怎么了？"十岁左右的男孩儿，正是半懂不懂的时候。

陆司语没有戳破王文颜的谎言，随口圆了个谎道："学校里有个交换生的出国名额，我们来做家访调查。"

李子辰点点头："哦。我姐学习好，名额肯定该给她的。"

看李子辰在这里，王文颜似乎不想再继续被问讯，从厨房里端出一个放了橘子的盘子道："反正都回来了，你吃个橘子再吧。"说着她把盘子往孩子面前推。

没想到这个举动却引来了那孩子的反感，他伸手一推王文颜，王文颜的身体往后一倒，盘子里的橘子咕噜噜地滚到了地上。

李子辰道："我不吃橘子。我要我的运动鞋，我和他们约好了踢球呢。你总是忘事情，什么都做不好，这么没用，怪不得我姐不愿意回家。"他完全不顾忌姐姐学校的老师或者是什么人在，站在客厅里撒着泼。

王文颜叹了口气，起身捡起橘子，然后去阳台上取了一双洗好的球鞋。李子辰跺脚道："鞋带你还没穿呢！"

王文颜只得又坐在沙发上把鞋带穿好了，李子辰这才心满意足地跑回去上课了。送走了孩子，王文颜转头看向宋文和陆司语，似乎有点儿不好意思道："这孩子，都被我给惯坏了。"说着她笑了起来，似乎全然不觉得这是一件难堪的事儿，而是生活中的常态。

宋文尬笑道："小孩子嘛。"

看这边问得差不多了，两人起身告辞。从林绾绾家出来后，宋文看了看时间道："我们还有会儿时间，要不要问问邻居什么的？"

陆司语点了点头道："她妈妈说的话不能全信，这个家庭里有些疑点……"

两个人刚说到这里，忽地从前面的路口蹿出来一个戴着红袖箍、满头白发的老太太，一双眼睛直勾勾地盯贼一般看着他们道："你们两个，鬼鬼祟祟的，是什么人啊？"

宋文被这忽然出现的老太太吓了一跳，这老人家走过来完全是没声响的，忽然就从墙后蹿出，身姿无比灵巧。他急忙取出了证件："我们是警察，来这里寻访的。"他又看了看那老太太："您是？"

老太太指了指自己的红袖箍，无比自豪道："我是这片区居委会的主任，你们警察来，怎么不和我们居委会打招呼？谁让你们进来的？这不合规矩的！"老太太将信将疑地拿过宋文的证件看了看，防范意识非常强，抬眼看他："南城的警察，怎么到我们秦城来了？"

宋文心想：你们这里连个门房都没有，谁知道还管得这么严？他耐着性子，开口简单解释："阿姨，我们南城发生了一起案子，其中的一个相关人员和这边有关，所以过来了解情况，去的是三单元的 403 房。"

"哦，你们是去林绾绾家啊。"那老太太显然是对这一声"阿姨"非常受用，这才把证件还给宋文。

宋文和陆司语没想到林绾绾这么出名，互相交换了一下眼神。宋文把证件收回口袋，随口问她："对，就是她家，我们刚去见了林绾绾的妈妈。您也认识林绾绾吗？"

那老太太八卦道："那丫头学习可好了，在我们镇上都是有名的。这才大四，要不是被她妈妈连累了，说媒的早就踏破门了。话说，这姑娘是出了什么事情吗？"

现在案件还在侦查中，宋文不愿意透露细节："她没出事，是林绾绾寝室的同学出了事，我们过来了解下情况。"

"哦，这样啊。"那老太太露出一丝没有听到八卦、略微失望的神色，并没有细想为什么林绾绾同学出事他们却来林绾绾家了解情况。

"那阿姨，您对他们家了解吗？您刚才说，林绾绾被她妈妈连累了，那是什么事啊？"宋文开口问。一般这种老人走街串巷，知道的消息很多。这一趟从南城跑过来，来回路上就是八个小时，有的事情非要亲眼看看才能够断定。嫌疑人会说谎，其亲人更是会粉饰太平。他希望能够从这些邻居口中，听到点儿不同的声音。

老太太聊起这些事来了精神："唉，是啊，那家的小王原是这边小超市的理货员，因为老出错，后来被开除了，就一直闲在家里。说起来，这家人可真是命大呢……那是三年前的寒假吧，我们这里还没改天然气，家家户户都是用煤气，那天小王在家，小李也没出去开车，他家二小子也在家，林绾绾倒是起了个大早，去图书馆看书学习去了。后来邻居闻到他们家有煤气味儿，赶紧报了警。警察、消防，还有急救都来了。当时他们都昏迷了，被送到医院去，住了几天才出院。"

在这种小镇上，煤气中毒差点儿集体死亡算得上是大新闻了。

老太太还会卖关子："你们猜这事儿是怎么着？是小王早上起来烧了水，可是后来她觉得冷又钻回被窝儿睡着了，那水开后扑灭了火，他们都差点儿让煤气熏没了。还好林绾绾那丫头命大，早上出去得早，要不然也得跟着倒霉。不过这件事一出，就没人上门给绾绾说媒了，毕竟，谁也怕摊上这样的丈母娘啊。"

陆司语听后皱眉道："这件事情是王文颜说的吗？"

老太太道："嘿，亏得你们还是做警察的呢，这个哪里有当事人自己认的？"

宋文奇怪道："您不是说警察都来了吗？怎么没验下指纹，做下调查？"

"我家有亲戚是公安局的，当时这个事儿可蹊跷了，就是验过后没发现指纹，所以才更稀奇。反正开始小王说她没有烧水，可是水总不会自己到了煤气灶上，她老公、儿子、女儿都认定了是她做的，后来她也就认了，因为这事儿没死人，所以也就不了了之了。家里换了防外泄的煤气灶，才敢让她继续做饭。"老太太说得活灵活现，仿佛自己就是经手的人，清楚每个细节。

这件事情倒是不太一般，宋文皱了眉头，回头看了看林绾绾家的窗口方向，再回头看向陆司语。陆司语低着头，习惯性地咬着指甲，似乎在想着问题。

随后那老太太又八卦了几句，再也没说出什么有价值的东西。

开始的时候，是那老太太追着他们主动提供线索，后来呢，则是他们追着老太太想问相关的情况，老太太逐渐不耐烦，频繁看手表道："哎呀，我知道的都说了，我还要去买菜接孙子呢。"宋文这才把人放走。

陆司语转过头看向宋文，宋文顿时心领神会道："我们先去吃饭吧，还要抓紧时间往回赶，等会儿问问其他人那边有什么进展。"

这个小镇不大，他们挑了一家小餐馆入了座，宋文点了菜，陆司语照例找人去热他带的食物。看得出来陆司语已经被逼到了一定程度，连食物都变成了简单易做的番茄炒蛋、鸡丁蘑菇、葱姜炒海蟹。东西做得简单，食材却是新鲜的，西红柿剥去了皮，酸中带甜，海蟹也收拾得很干净，连蟹夹都敲开了裂纹，炒到入味。这小餐馆大师傅做的菜分量不小，味道却一般，一个比一个咸，宋文最后又蹭了陆司语餐盒里面的菜，就着米饭吃了。

刚吃好饭，傅临江的电话就打过来了。宋文插了耳机，自己用了带耳麦的一头，另一头递给了陆司语，傅临江的声音传来："我们这边有了一些新的发现。和董芳共同吃饭，陪着董芳买东西的，并不都是马艾静，有时候是林绾绾。我们发现了一小段学校宿舍楼下超市的录像，董芳在那里刷卡，林绾绾直接打开了包装毫不见外地吃上了。"他们今天是去学校里查漏补缺的，能调取的资料都调取了，果然有一些初次勘查没有发现的细节显露了出来。

"还有，马艾静的确和他们教授有关系，但是教授说，她只是让他在论文成绩上给了加分，至于那个出国交流的名额，给了马艾静是因为交流生要求英语好，形象好，马艾静比较符合。这一点他们早就和郭婳说过的，当时郭婳很平静，并没有异议。给马艾静加分的那篇论文是合著的，你猜另外一个作者是谁？"

宋文猜："林绾绾？"

傅临江惊叹："你怎么猜中的？"

宋文道："你都让我猜了，自然不是董芳的，总不会是和郭婳合作的吧？"

傅临江又说了一些情况，主题就是一个：原本他们觉得林绾绾是游离在寝室之外的，而现在看来，她和寝室中其他人的关系，远比他们最初推理的要亲近很多。

"反正，她一边花着董芳的钱，一边享受着马艾静换来的论文加分，过得挺舒服的，一点儿也不像面对我们时的那种楚楚可怜。还有我们查看了录像，那天那盒巧克力是林绾绾上午帮忙取回宿舍的。我现在也倾向这事情和林绾绾脱不了干系，她去快递点取了巧克力回来，也知道郭婳那里还有剩余的毒药，有充分的作案时间。不过，还是没有找到杀人动机。"

"其他方面的进展有吗？"宋文又问。

傅临江道："物鉴那边还在查验那些巧克力，不过他们也遇到了难题，巧克力又没写名字，只能证明曾经有人在各处掉过巧克力，具体是谁留下的痕迹却无法确定。"

宋文有点儿无奈，但是也只能接受这种结果："好的，这些我知道了，你们继续加油，等我回去汇总。"

傅临江挂了电话，陆司语摘下了耳机道："我在之前就发现了，宿舍里面的关系可能不是我们表面看上去的那么简单，那天我就觉得，林绾绾那里太干净了。后来我想通了……"

宋文想了想立刻明白了陆司语的意思："我们看到的，是别人希望我们看到的。我们问到的，是别人希望我们问到的。"

说完这句话，宋文的目光落在了陆司语的身上，他又想起了之前周易宁和他的谈话。这句话用在陆司语的身上似乎也正合适。

陆司语却没有发现宋文目光中的异样，低下头道："宿舍里真正的关系是怎样的，我们并未知晓。"

有人收拾过宿舍了，在警方到来之前，或许在数天前就有预谋，特别是林绾绾那里，太干净了。正是这种干净，反而让她显得特殊起来。

宋文叹了口气道："这几个人的关系，比我们想象的复杂。"这个案子和他们过去接触过的案子都不一样。开始的时候他们低估了案件的复杂性，现在回想起来，整个故事也许比他们想象的更为扑朔迷离。

两个人从小饭店出来，一路走在陌生小镇的街上，宋文没急着打车，转头问陆司语："关于林绾绾的家庭你怎么看？"

陆司语没回答宋文，眨眨眼睛反问他："你觉得呢？"

宋文想了想道："林绾绾家中和我之前想象的不一样，我以为她的父母是冷漠的，对她不好的，这才养成了她这样的性格。可是没想到，她的家庭是这样的，母亲对她很溺爱；继父老实巴交，常年不在家；弟弟蛮横不讲理，可是也很看重姐姐。看上去倒是家庭美满啊，可是我总觉得其中哪里不对。"

陆司语冷冷地道："家庭美满？一个记性不好的母亲，一个常年不在家的父亲，一个蛮横的弟弟，一个疑似杀人犯的姐姐，一次差点儿就让这一家人死亡的煤气中毒，这倒是个恐怖故事的范本。"

宋文清楚，不同的人看待同一事物，感悟可能是完全不同的，这一切也和本人的人生经历有关。他作为刑警，一直都很正直，这种正直能够让他坚守自己的正义，可是也让他无法去理解那些犯罪者所处的不正常的世界，无法深入那阴暗之地，探知他们扭曲的心灵。简而言之，他是一个正常人，无法用变态的思维来思考那些人在想什么。

而陆司语……却好像毫不费力就可以看透他们所想。

就像此时，他只是觉得这一家人不太对，却不知道具体不对在哪里，而这一切在陆司语的眼里却是完全不同的。被陆司语这么一语点破，他忽然想通了：

"你觉得那次煤气中毒不是意外？"

陆司语低声"嗯"了一声。

宋文起身道："是不是意外，我们去问问就知道了。"

陆司语一愣："你要查这件事？"

雷厉风行的宋队主动帮他拎起了包："来都来了，至少要听听当事人怎么说的。走，我们去林绾绾家杀个回马枪。"

案子查到了这里，距离真相，只差一步之遥。

第十三章

—— 精神操控 ——

陆司语和宋文从小饭馆出来，依然是原路返回。他们买的车票是下午一点半的，赶去城里还要一段时间，时间相当紧迫，如果不想再闯车站，留给他们的也就只有十分钟左右的时间。

宋文到了楼下，还专门看了看那老太太还在不在。这是午休时间，居民区越发安静。两个人爬上了四楼，敲着林绾绾家的房门，过了好几分钟，里面才传出来声音，然后门被打开。王文颜隔着一道铁门，看到他们有些惊讶："你们……你们怎么又回来了？"

宋文道："阿姨，我们还有几个问题刚才忘了问，想再问下你。"

王文颜看着他，不像第一次他们来时那么淡然："能告诉的我都告诉你们了。"她完全没有要开门的意思。

陆司语在后面听了微微皱眉，这话不能细想，什么叫作能告诉的？那不能告诉的又有哪些呢？

宋文抓紧时间，直说了主题："我们想问下三年前煤气中毒那件事。"

王文颜的眼睛动了动，像是忽然被人点住了穴道，声音有点儿发抖："你们是从哪里听说的？那件事情和现在绾绾寝室里的事没关系啊。而且，那件事早就过去了，没有人出事。"

陆司语在一旁低声提醒："阿姨，你希望我们在楼道里讨论这件事吗？"

此时他们隔了一道防盗的铁门对着话，宋文和陆司语站在楼道里，王文颜站在门内。这样的站位，只要有人上楼就能看到，有的邻居也有可能听到。

王文颜犹豫了一下，她不想再让他们进来，可是也不想让别人知道。警察找上门毕竟是不太光彩的事情，特别是现在这件事还关乎她的女儿。

宋文用手支着那铁门，微微低了头俯视她，一副不进门誓不罢休的样子："我们只问几句话，问完了就走。"

王文颜这才妥协了，一阵门锁响动之后开了门，这一次，她的态度冷淡了很多。茶几上摆着剩饭剩菜，节俭而朴素，而等宋文和陆司语进入以后她没让他们坐，更没倒水。

宋文单刀直入："我想问一下，三年前的煤气中毒事件发生时，当时林绾绾不在家吗？"

王文颜双手抱臂"嗯"了一声："她平时有去图书馆学习的习惯，早上六点多就出去了。"

"你们煤气中毒的情况是几点被发现的？"

"十点多吧。我们家有个通向走廊的换气窗，当时漏得楼道里都是煤气味儿，就有人打了报警电话。"被封存的记忆忽然被人翻了出来，王文颜回答得有点儿慢。

宋文又问："一般你们早上几点起床？"

"七点半到八点。"显然是因为煤气中毒，所以他们没能按时醒来。

陆司语在一旁一边记录一边抬起头来问："林绾绾在放假的时候，都是这么早去图书馆吗？就我所知，图书馆这么早可是不会开门的。"他刚刚查过了这里到图书馆的距离，整个镇子不大，坐车的话十五分钟，就算是步行，三十多分钟也可以到了。一般的图书馆八点半才会开门，就算是早点儿去，七点出门也足够了，还可以顺路吃个早点。

王文颜明显愣了一下，不知是真的不清楚还是这个问题她没有细想过，她犹豫道："我……我不知道。一般我起床时她就不在家里了。"

宋文继续问："那天，煤气灶上的水是怎么回事？"

王文颜脸色变了一变，低垂着头，小声说："是……是我糊涂，我早上去厕所的时候想喝水，发现家里没有开水了，就烧了水，结果忘记关了。"这是她重复过无数次的说辞，她的头越来越低，如果有个地缝，恨不得钻进去。

宋文俯视着眼前的女人，能够感受到王文颜的内疚，看起来她把自己当成了罪人，他逼问："真的是吗？你为什么大早上的时候去烧水呢？你以前有做过这种事吗？"

王文颜抿着唇摇了摇头："我不记得了。"她站在那里习惯性地搓着手，像是交不出作业，被老师责问的学生，整个人局促不安。

"那之后，林绾绾和你经常提起这件事吗？"陆司语插了一句。

"她……提起过，怪我健忘。"王文颜低着头，往后退了半步，"自责"两个字仿佛镶嵌在她脸上的每一道皱纹里。

一般的家庭发生了这样不幸的事情，都会有所回避，不愿提起，可是林绾绾却把这当作了要挟自己母亲的把柄，反复提及。她对这件事，对这个结果，完全不后怕，也不介意提起它会进一步刺激自己的母亲。

陆司语和宋文对视了一眼，这事儿果然不简单。

宋文考虑了一下，开口问："据我所知，最初有人来问话的时候，你不是这么说的。你说那水不是你烧的。"之前那老太太说得含糊，他只能连猜带诈了。

陆司语在一旁想了想，看出了王文颜的犹豫，说道："这件事已经过去了三年，没有人会因此获罪，但是我们想要了解其中的情况。"他的声音平静，说出来的话却像是根针刺入王文颜的心："如果这件事不是你做的，你真的想要背着曾经险些杀死自己一家人的罪名继续过下去吗？如果你现在不说，那可能所有人都不会知道真相了。"

王文颜的眸子晃动了一下，似是被陆司语的话打动。这三年来，她受到过家人的怀疑和指责，也受过外人的指指点点。所有人看向她的目光，有害怕，有怀疑，仿佛她是一个杀人未遂的凶手。可是她愣了两秒，仍是坚持了刚才的说法："我不知道……我不知道为什么那火会是燃着的，我没有印象。"

陆司语往前走了一步，继续道："那么你女儿林绾绾呢，她是几点走的？火是在她起床之前点燃的，还是她起床之后点燃的？林绾绾是谁通知的？那时候她在哪里？她在你们获救之后是怎么解释的？"

陆司语问得很快，给王文颜带来了一丝压迫感。被这么逼问着，她几乎来不及思考，摇着头否认："不……不是绾绾，不可能是她，我的女儿我很清楚……绾绾说她那天……"话到这里，她忽地一顿，眼眸颤了颤，抿住了嘴唇。

陆司语道："我没有说是她做的，只是问火点燃的时间。"

女人意识到自己说错了话，咽了一口唾沫，有些无助地看向他们，沉默了几秒，小声说："绾绾说……她没注意那灶上有没有火……"

宋文的眼睛微微一眯，配合着给面前的女人施压："你现在的这个反应，倒像是在说，当年的事情，你也怀疑过自己的女儿。"

听到这句话的那一瞬间，王文颜仿佛回到了三年前的家中。那个普通的清晨，她听到了绾绾关门出去的声音，后来她躺在床上，明明已经醒了，想要睁开眼睛，可是身体动也动不了，仿佛是被鬼压床了一般，刚开始鼻子里闻到的是一股刺鼻的怪味，后来连那种感觉都不存在了。她好像一直在一条路上走着，隐隐约约觉得自己不该在这里，可是什么也想不起来。

再往前走，就是鬼门关。

在那之后很久，她经常失眠，只要一闭上眼睛，就会出现那燃烧的火焰、咕噜咕噜开着的水，睡梦里有人指着她的鼻子，说她是个凶手。

是谁在炉子上点燃的火呢？是她自己吗？还是……还是……

她不敢想象那个可能，她给自己想了无数的理由，缩缩的记性好，不可能忘记的，缩缩是她的亲生女儿，不可能把火点燃的……可是，除了缩缩还有谁呢……她真的怀疑过自己的女儿吗？

不！

王文颜睁大了眼睛，脑子里否认了那个想法，那是她自己的女儿，是她在这个世界上最亲的人。年幼的缩缩曾经搂着她的肩膀说："妈妈，爸爸不要你了没关系，我会一直陪着你的。"那是她生命里的天使，是她熬过来的希望。就算是自己错了，缩缩也不会错。

所以一定，必须是她自己忘记了，只有是她忘记了，缩缩才会笑着指责她："妈，你怎么又忘了？"

也必须是她忘记了，这个家才会存在。

王文颜摸了摸脸颊，她抬起头，摆着手，强打精神道："没有，我没有……都是我忘记的，是我不好，我记性差，总是出岔子，放得好好的东西都找不到，出门会忘记锁门。这一切和缩缩无关，和你们查的案子也无关，求你们别再问了，你们不要再逼我了。"她的眼神满是乞求，声音带着哭音。

陆司语没有继续追问，女人的反应已经给了他答案，他咬了一下笔换了一个问题："你觉得，这次宿舍的事，有可能是缩缩做的吗？"

王文颜继续否认："和……和缩缩没有关系……"她的眼神越来越不安，嘴里却还坚持着，似乎只要自己否认下去，就能够被放过，女儿就能没事，这个家就会没事。这一切就像是当时那件事一样，像一个梦，梦醒来，一切就好了，这个家所有人都在，平平安安的。那些无辜的女孩儿，缩缩的同学，事情的真相，这些她已经管不了了。

"你都不了解她们寝室案件的具体情况，是你女儿让你这么说的吗？"宋文紧追着她不放，"你是否在昨晚的电话通知前，就知道警察会来？"

"没……没有……"王文颜快要哭出来了。

缩缩是打来电话过，那时候她还在医院，说是借的护士的手机，她说："妈，我寝室里有同学吃错了东西，进了医院，我这里没事，你们不用过来，可能会有警察来问问情况，回头他们如果问你们也别紧张，知道什么直说就好。”

刚接到学校电话的时候，王文颜是惶恐的，后来接到了林绾绾的电话，女儿的坦然仿佛是她的定心丸。可是越了解情况，她就越惶恐，这几天她几乎夜不能寐，总是觉得一睁眼，就有人站在床头。

是从什么时候开始的呢？原本应该和她最亲密无间的女儿，忽然一夜之间长大了，而且冷得像是一块冰。电话少了，问候少了，有时候她看向女儿那张陌生的脸，竟然会有些害怕，那还是她的女儿吗？王文颜忽然觉得胸口像是塞进去了什么东西，让她有些呼吸不畅。

她觉得自己懦弱、孤僻，对男人十分依赖，一直过的不是自己想要的生活。她对女儿有着殷切的希望，常常说“你妈妈太笨了”“你千万不要像你妈妈一样，走你妈妈的路”“你要自私一点儿，不要学妈妈，总是为了别人活着”。于是女儿聪明、坚强、独立，人人都说绾绾温柔，讨人喜欢，绾绾终于成为她所希望的样子，比她自己强上百倍千倍。可是她知道，她的女儿哪里是不对的。

似乎是初中以后，林绾绾就对生物很有兴趣。她还曾经在女儿的屋子里看到过死去的鸟，那只鸟的爪子紧紧蜷缩着，乌黑乌黑的眼睛睁着，身体已经完全僵硬……

“她的同学中毒，药是下在巧克力里面的。”陆司语说出这个真相，盯着王文颜，面前这个女人的淡定早已不复存在。

王文颜瞬间就想到了女儿房间里堆放巧克力糖纸的盒子。绾绾最喜欢吃巧克力，她每次取得好成绩都能够领到巧克力作为嘉奖，怪不得之前这两位警察看向那东西的时候眼神那么怪异。她还记得，绾绾曾经笑嘻嘻地说过：“妈，如果有一天我死了，一定把巧克力作为最后的晚餐，因为这世界上，再没比它更好吃的东西了。”那时候的她慌忙说：“小小年纪说的什么话！”

“别说了！不要再说了！”王文颜像是一只受伤的鹿，被猎人逼到了绝境，鲜血流了一地，发出了绝望的呜咽。

一瞬间，仿佛有人划过了一根火柴，橙红色的火苗一蹿，被扔进了那满是煤气的房间。“砰”的一声巨响，王文颜觉得脑子被炸掉了，烈焰灼烧着她的血肉，火光冲天之中，所有的都不存在了，再也不能重来。

王文颜的双手发抖，眼角终于滑出泪水，她不停重复着：“都是我不好……”似乎不管事情谁对谁错，孰是孰非，只要重复着这句话，只要揽在自己的身上，就可以解决了。

面对崩溃的王文颜，宋文没有再继续问，而是摆出了一个职业性的微笑道：“阿姨，感谢您配合我们的工作，我们再不走就赶不上火车了。”说完他对陆司语使了个眼色，从门里出来，留下了痛哭的王文颜。

两人下了楼，用打车软件打了辆出租车，上了车坐在后座，宋文小声道："王文颜说的话没错，她的女儿她很清楚。或许林绾绾早就打过电话，让她什么也不要和警方说。她也可能考虑过，她的女儿是凶手。我们第一次去的时候，她做好了准备，紧绷且小心翼翼；我们第二次去时，她没有料到我们再去，非常慌张，露了马脚。"

陆司语看向宋文道："你听说过煤气灯效应吗？"

宋文摇摇头。

陆司语解释："这个词是个心理学上的术语，是一种情感暴力和操控的方法。最早源于一部电影《煤气灯下》。影片里的丈夫不停地对自己的妻子灌输'你有精神病，你的记忆力不好'等信息。他故意把妻子放着的东西偷走，然后指责妻子记错了位置，妻子就一步一步被自己丈夫的谎言和操控折磨至疯。这种控制不是一蹴而就的，而是在日常生活里慢慢形成的，操纵者会不停地否定，以及扭曲事实，把错误信息灌输给对方，对对方进行精神折磨。"

宋文问："这是一种精神操控吗？"

"是一种慢性的精神摧残，很多人身在其中却不自知。"陆司语看向宋文，"我觉得王文颜的状态有点儿像。"

宋文皱眉道："你是通过李子辰的指责和王文颜的表现进行的推断？"他学过一些犯罪心理学的课程，知道心理操控听起来玄奥，但是其实具有可操控性。

陆司语点点头，指责母亲健忘、没用，姐姐因此不回家，这些态度自然不可能是李子辰生来就有的，这些只言片语拼凑起来，可以看出林绾绾对自己母亲一贯的态度。而王文颜那迷茫又脆弱的状态，有些非常态。

林绾绾对这个母亲，对这个家庭是没有感情的，王文颜健忘、懦弱，把自己的姿态摆得很低，她对自己的女儿有所亏欠，这种性格和心理如果加以操控，她会是一个不知反抗的木偶。可能她开始确实是有一些健忘，但是她不断地受到家人的指责，事实被不断扭曲，无疑加重了这些缺点。

她的生活，像是有人点了一盏煤气灯，忽明忽暗。

王文颜是否真的在那天早上去点燃了煤气灶呢？

恐怕在她自己的记忆里这一点都是模糊不清的。也许她点了，也许她没有点。也许那时候林绾绾看到了那烧着的水，也许那壶水根本就是林绾绾放在炉灶上的。或许她真的无辜，完全不知情。事情发生在三年前，没有人因此死亡，这件事情的真相已经完全不可查。

这家中，对王文颜施行操控的，自然不可能是常年不在家的丈夫，也不是她尚未成年的儿子，只可能是之前住在家中的女儿。陆司语越发确认，林绾绾是控制型人格，只是这种操控，随着她的住校有所减弱了。

阳光照在陆司语雪白的脸上，他黑色的眼眸轻轻一动，开口说："我认为每个犯罪者犯罪的原因、过程，都是和他的成长经历密不可分的。大部分杀人者，都是有一些征兆和行为升级的，比如虐杀动物、伤害他人，如果那天忘记关煤气的确实不是她的母亲，那么这可能是一次尝试。"

在那个早晨，那个女孩儿，可能就站在楼下不远处，紧紧盯着那个窗口，等待着煤气吞噬她亲人的生命。她擦去了指纹，想好了托词，可惜自己的家人被救了。这么久，她从来没有对这件事表现出任何后悔与后怕。

陆司语现在说的话只是推测，却比之前的更为大胆。

那么，林绾绾的嫌疑，又重了一分。只是，她为什么要杀掉那些同寝的同学呢？

两个人依然是按照来时的路往回走，先是打车到了城里，然后去火车站取了票，回去的车是动车，上车时有惊无险。

动车比来时的老旧火车干净了不少，陆司语看了看有点儿嘈杂的环境，对宋文道："我们去餐车吧，我请你喝点儿东西。餐车那边有桌子，可以写字。而且现在这个点，那边应该人不多，方便讨论案情。"

果然如他所说，现在不是饭点，和普通的车厢比，餐车宽松多了，也安静了很多。两个人占了个四人位，面前有个小桌板，陆司语给宋文点了饮料、瓜子和小吃，自己喝着保温杯里的水。

宋文这时候有点儿困了，为了不让自己睡着，随手打开了本子，开始画画。火车晃动下，笔尖的控制比往常难了很多，却让画出来的线条多了一分随意。不多时，宋文在纸上画出了一张少女的脸，那是林绾绾的脸，看上去淡然、楚楚可怜，眼神却深不可测。

动车所停的站数比来的时候少多了，火车往前开着，窗外的景色不停变幻，从市镇逐渐到了良田，然后过了几个山洞。宋文画完了那张人物头像，抬起头来。陆司语坐在他对面，打开记录册，在那里一边看一边习惯性地咬着指甲。

宋文发现陆司语平时想得专注的时候，有咬手指的习惯。宋文仔细打量他，那双干净修长、骨节分明的手上，所有的指甲都被他咬得和指肚齐平。在宋文的注视下，陆司语把本子放在桌面上道："我终于厘清了，下毒的事情还是和林绾绾脱不了干系。"

"怎么？"听到这句话，宋文来了兴趣，往前倾着身子看去，本子上，陆司语画了人物的关系，以林绾绾为中心，一边是宿舍，一边是家庭。家庭那边做了一个家族树，把他们目前已知的人都做了标注。

　　"阶级。"陆司语指了指本子上的图，下了结论。

　　宋文有些不解其意，陆司语又在图上点了点："宿舍的阶级，还有她家庭的阶级。"

　　宋文听得更糊涂了，问道"这一共才几个人啊，怎么就产生了阶级？"

　　"你还记得我提过的煤气灯效应吗？"陆司语问他。

　　宋文点点头。陆司语在图上点了点写在两边最下面的名字："如果家庭中饱受折磨和操控的角色是妈妈，那么在宿舍中被折磨的可能就是郭姗。"

　　宋文看向陆司语所画的图，分了三阶。家庭的那一边，第一阶是林绾绾，第二阶是弟弟、继父，第三阶是妈妈。宿舍的那一边，第一阶是林绾绾，第二阶是董芳、马艾静，第三阶是郭姗。

　　宋文有点儿明白过来："你的意思是，这些人里面有阶层，而林绾绾是操控的人？"

　　宋文还记得在昨天，大家对于林绾绾是否为嫌疑人产生分歧时，陆司语说过，林绾绾是操控型人格。他读过一些心理学的课程，对控制型人格比其他人了解多一些，很多控制型人格的人，外表显现出来的并不都是强势、狂妄、冲动，也有可能是纯真、无辜，甚至是谦虚，可是他们的内心，却是自大、偏执，甚至是猜忌的。对于这种人，纯良的外表是他们的伪装，他们聪明地把自己的意图掩盖在友好的人缘儿之下，像是人群中披着羊皮的狼。

　　陆司语解释："林绾绾是她母亲最骄傲、最信任的女儿，也是郭姗最亲近的朋友，这样的关系，让她能够把握她们的弱点，更好地蒙蔽她们。在不知不觉中，让受害者陷入被动。"

　　就算是现在，他们在王文颜这里都听不到她对女儿的半句抱怨。但是这个女儿，无疑是让她在家中地位至此的关键人物。对于郭姗，也是一样，董芳的衣服不可能凭空消失，郭姗没有动过的笔记本为什么进了水，这些事里面都有一些蛛丝马迹。

　　阶级是社会发展的必然产物，只要有人，就会产生阶级。每个人处于不同的地位，分化出不同的等级，各司其位。

　　在宿舍和家庭里，林绾绾都是既得利益者，站在金字塔的顶尖。

　　在家里，母亲对她有求必应，处处把好的留给她，弟弟还很弱小，继父常年不在家，她是家人的希望与骄傲。在寝室里，郭姗给她打饭也好，下雨去接她也好，这些既是好朋友的表现，也是被她奴役控制的表现。而郭婳几次萌生了搬离宿舍的念头，却又多次打消了主意，显然也和林绾绾有关。

宋文皱眉道："林绾绾才不过是个二十岁的女孩儿，这种关系是怎么形成的呢？"直觉告诉他陆司语的说法是对的，只是他不相信，这个女孩儿可以无师自通到这种程度。

"每个人人格的形成，都和她的生长环境、成长经历密不可分。林绾绾也是同样如此，她人格的形成，和她的家庭有关，也和她从小所经历的事情有关。在和王文颜的谈话里我们可以得知，林绾绾从小生长在重男轻女的祖父母家，家教非常严格，且家里等级森严，每个家庭成员都有各自的职责。我在林绾绾的身上还有她的家里，发现了几个较为重要的信息：第一个，伤痕；第二个，巧克力；第三个，娃娃。"

说着，陆司语画了个括号，写了这三个关键词，继续道："她所在的环境，是严酷而压抑的。威逼利诱，软硬兼施，打一棒子，给一颗糖，她的伤痕是做错事的惩罚，她的巧克力是得到的奖励。在这样的环境下被教导出来的她，犹如被饲养的奴隶，自然而然把这些融入了她的世界里。

"幼年的林绾绾像是一张白纸，她遭受的是无尽的苦难，亲生父亲的打骂、祖父母的苛责，让她幼小的心灵受到了伤害。在这样的情况下，糖果是最好的安慰，她像是个斯德哥尔摩的人质，渐渐被这一点点掩藏在家庭暴力之下的温柔所吸引。在被虐待的同时，她也在学习。"

说到这里，陆司语微微一顿，看向宋文："糖要好吃，鞭子要准，长此以往，猎物就被牢牢锁在身边。"

这就是林绾绾在那个家庭中学到的最重要的，也是影响她一生的东西。接下来陆司语又画了一条时间线，继续道："从那个环境脱离以后，她已经十岁，这时候取而代之的是母亲的溺爱，还有继父的冷漠。林绾绾是个聪明的女孩儿，她把在上一个家庭里面学到的手段用在她的生活里。"

随后，陆司语在林绾绾的名字和王文颜之间画了一条直线道："她不爱她的母亲，甚至把母亲视为她痛苦童年的来源。在第二个家中，她把自己的母亲王文颜当作是奴役的对象，她一边走近母亲，和母亲形成感情的牵绊；一边又否定母亲，击垮母亲的意志，对她进行精神折磨。在这种折磨中，对方对她会越来越依赖，最终形成共存。

"后来她来到了学校，就把郭婳定为了这个操控对象。在学校里，林绾绾不停地对郭婳灌输着一些观念——你的家庭出身不好，性格孤僻软弱，只有我对你好，我是你最好的朋友。你一定不能辜负我，背叛我。作为好朋友，你为我做点儿事是很正常的。你的世界只有我了。"

这些都是女孩儿之间常说的话，刚上大学的女孩子，离开了家庭，又涉世不深，很容易被这样的友谊所迷惑。可是现在这些被陆司语分析出来，却让宋文背后发凉。

陆司语总结道："这是一种扭曲又变态的闺密关系。"他顿了一下道："更像是一种奴隶和主人的关系。"

最初，林绾绾取得了郭姵的信任，随后她再不停地质疑她，否定她，孤立她，让她越来越丧失自我，更加依赖这个唯一的"朋友"。到了那时，郭姵也就变得对她言听计从。这个过程说起来简单，但其实经历了数月乃至数年，是一点儿一点儿进化完成的。

这样的分析下，林绾绾的画像清晰了很多，林绾绾和郭姵之间的关系也跟着明朗起来。她看起来不再无辜，也和这个寝室息息相关。

"那么娃娃呢？"宋文注意到陆司语提到了三件东西，但是分析的时候却只说了两件。

陆司语眨眨眼睛看向他："她已经长大了，接触到了社会与人群，就不需要那些娃娃了。"

是的，她的家人就是她的娃娃，她的同学就是她的娃娃，她的同事也都是她的娃娃，甚至连他们这些探案的警察，在她的眼里也和那些娃娃没有区别。那是她的处事方式，不自觉地甄选人群中的目标，为她所用。她的示弱，她的楚楚可怜，都是她的武器。

从现在能够看到的种种迹象表明，林绾绾并不在意郭姵，或者说，她不在意除了自己以外的任何人。她捆绑着郭姵，把她变成自己手里的提线娃娃，而且线绳越勒越紧。

她喜欢这种人与人之间的游戏。

宋文虽然对变态的内心不够理解，但毕竟是个聪明人，他很快就想通了其中的情节。这个女孩儿狡猾又聪明。他们第一次见面时，她在毒药来源上的谎言被他们看破，随后她就换了一套说辞。她曾经假意跳楼，为的就是博取别人的同情。这样一个看起来十分弱势的女孩儿，自然就容易让人同情，她甚至还在警察中进行甄选，比如不由自主对她产生了同情，被她所迷惑的老贾……从而影响他们对她是否为嫌疑人的判断。

想明白了这些，宋文对陆司语道："我理解了她会在人群中寻找适合控制的人，可是这些和阶级又有怎样的关系呢？或者说，阶级是怎样产生的？"

火车行驶到了这里，忽地过来一片云，细碎的阳光从云缝里穿透过来，带了点儿金色，正巧打在陆司语骨节分明的手指上，照得那只略显苍白的手像是一件精美的艺术品。他握紧了笔，在图上画了几个箭头："每个人都身在局中。她是通过搭建关系，来达到迷惑和操纵其他人的目的。"

毕竟，操控一个人比较容易，而想要操控一个群体，就不是一件那么容易的事情了。而且对群体的操控，要更为小心。

陆司语习惯性地舔了一下嘴唇道："开始可能只是一个带着恶意的小游戏，但是暴力会逐步升级。这样，在宿舍的关系里，林绾绾就成为了阶级的最顶层，在宿舍里，她花着董芳的钱，借助马艾静的关系让论文得高分，让郭婳给她端茶倒水洗衣服，她甚至知道郭婳的手机密码，所以她的手机才那么干净。而在拨打120时，她顺手拿了郭婳的手机，因为那个手机平时就是她在用。"

见宋文没有打断，陆司语就继续说，声音低沉："毒药真的是郭婳拿来的，巧克力也是她买的，这大概就是林绾绾敢让我们去审问郭婳的原因。要么是郭婳在林绾绾的鼓励下进行下毒，要么是林绾绾下的毒，郭婳根本不敢相信自己的记忆，也没有勇气指认她最好的朋友。"

陆司语今天说得尤其多，陷入这种推理之中时，他像是个做出了难题的孩子，想和别人分享成果。这一次，他完全不再藏在暗处，而是锋芒毕露。宋文看着眼前的陆司语，此时的他，不再像往日那般迟钝、人畜无害。他俊秀而苍白的脸上透出一种兴奋，却又显得理性而无情。

这些事情是非常态的，匪夷所思却又完全合乎情理，一旦接受了这种逻辑，案子中的很多事情都能够说得通了。宋文觉得自己终于理顺了案情，像是拆去了万花筒中那些折射的镜面，让背后的关系呈现在眼前。

真相终于推断出来了，可是宋文却一点儿也开心不起来，他揉了揉自己的眉心道："我理解了你的逻辑，可是这种情况还是建立在假设之上。心理操控听起来太过玄奥，我们并不能指望靠这些来说服顾局和法官，我估计连说服老贾都有难度，还是需要一些确凿依据。"

陆司语道："这虽然只是我对案子背后的逻辑和人物关系的分析，但是这种操纵是完全可行的。"他想了想又说："不过我觉得，林绾绾还没有发展到能完全操控他人杀人的地步，也因此，最后郭婳从宿舍里跑了出来，进行了呼救。"

宋文问："那么你认为林绾绾的杀人动机是什么呢？"

陆司语伸出两根手指道："主人想要杀掉奴隶，无非两种原因——第一种，她不需要奴隶了；第二种，奴隶不受控制，想要离开她。"

看宋文有些疑惑不解，陆司语开始详细解释："在之前的问讯中，询问药猫的相关问题，有一次我把'郭婳'换成了'你们'，她没有反驳我。而且，根据我们的调查来看，林绾绾更像是这一切的主使，郭姵的目的只是让猫不再吵，而她既是用杀猫来满足自己的欲望，又是在进行谋杀的模拟练习。我想，林绾绾的本性之中，本来就蕴藏弑杀的一面。这个社会之中，就是有一些人会为了一些常人难以理解的理由，用杀戮解决问题。"

宋文听到这里点了点头。

陆司语低下头看着他面前的人物关系图，手指微微摩挲着，说出自己的推测："林绾绾从家中来到了学校，很快发现，宿舍是个更加让她着迷的地方。她的控制在宿舍之中不断升级，在这里她可以过得比在家里更加自由。这个时候，她感觉自己不需要她的家人了。于是，她尝试杀死自己的父母和弟弟，她很厌倦那些人，她觉得他们没用，鄙视他们，她想摆脱自己的原生家庭。"

陆司语顿了一下继续道："至于杀掉宿舍的同学，是因为她发现了自己的家庭和其他人家庭的差距，这是一种浓烈的妒意。如果是平时，那么也仅是嫉妒而已，因为在她搭建起阶级的宿舍之中，她可以从其他方面找回平衡，寻找到安慰。但是一旦毕业，这种平衡就被打破了。那些人将要摆脱她的控制，这是她无法容忍的事情。"说到这里，他抬起头问宋文："你发现没有，林绾绾没有做任何毕业的准备。"

宋文想了想道："董芳家给她找好了工作，马艾静准备出国，连郭姵都买好了新手机准备投入新生活，而林绾绾，她连一份毕业简历都没有准备。"大四的下学期，所有的学生都开始对进入社会跃跃欲试，可是林绾绾却并不想出来。

如果林绾绾真的是凶手的话，最开始的煤气事件可能只是她的尝试。这一次，她的行为进行了升级，从谋划到最后的执行，她谨慎、小心、冷静多了。

聪明的她谋划好了一切，只有她这样的人，才能够活下来，洗脱嫌疑，而那些被她视作奴隶的人，永远逃不出她的掌控，将会被她永远留在此地……

陆司语轻轻点头，把身体靠在椅背上，他捧起自己的保温杯喝着水，努力把自己带入林绾绾的心理："只要想到这些人将会脱离她的控制，她就会发疯。"

两个人忽然不约而同地沉默了，他们两人面对面地坐在火车上，火车摇摇晃晃，时不时传来与铁轨摩擦的声音。

作为警察，宋文常常反思自己为什么看得不够深远，不能洞察全部的真相。可是每当他们临近侦破案件，他就会从心底深处生出那么一种恐惧，原来人心能够生长成这样。

他抬头看去，周围都是人，男人女人，老的少的，每个人都有颗跳动的心脏、运转着的大脑。他们玩着手机，他们谈笑风生，这是他所看不透的人，最复杂的人。

最后他的目光落在陆司语身上，他眼中看到的与陆司语看到的不同，感悟到的也与陆司语的不同。陆司语聪明、敏锐、细致。

平日里，陆司语的身上有着各种伪装，似乎现在的他才是真实的他，锋芒毕露，邪气四散。宋文能够感受到陆司语说起那些犯罪行为时的兴奋。宋文想起了在警校时犯罪心理学老师的理论——只有充分了解犯罪嫌疑人，产生共鸣，拥有犯罪嫌疑人那样的思维，才能够正确分析犯罪行为，刻画犯罪嫌疑人。

火车窗外闪过一阵湖光山色，映照在陆司语的脸上，他拿着笔的手忽地一顿，似乎也意识到自己刚才在推理之中，很多视角没有转换过来。人的逻辑思维、说话习惯，就像是指纹一般，有着自己的独特性，即便伪装得再好，这些特点还是会在不知不觉之间流露出来。

宋文没太追究，转而问他："道理是这样没有错，可是现在的案子没有人证，要想证据链完整，我们还需要找一些直接的证据。"

陆司语思考了片刻，拿起了本子，在上面写了"巧克力"三个字。

美味的糖果变成了致命的毒剂，一切由此而起，也可由此而终。

陆司语抬起头看向宋文道："我有个大胆的想法，如果我的推理没有错的话，我觉得可能有证据能够证明是她了。"然后他顿了一下说："不过宋队，我希望你能够先答应我一件事。"

宋文抬眉："什么事？"

第十四章

—— 梦魇 ——

案发后第四日凌晨，南城警局内，宋文这一队的人照例加班，所有人都在等待着一个试验的结果。这个结果，将会决定整个案子的走向。

为了这个结果，宋文去找了程小冰，征用了她买来的一盒熔岩巧克力。徐瑶和鉴定中心的其他同事从下午就开始忙碌，甚至请教了南城大学的化学系教授，征调了南城化工厂的精密仪器进行试验。

陆司语坐在办公桌前，整理着资料，困得眼睛快要合上了，为了清醒一些，他起身去了趟洗手间，顺路去外面的饮水机接了一杯热水。

趁他出去的时候，傅临江推了老贾一把道："回头如果结果证明林绾绾是凶手，你给小陆道歉去。"

老贾摸了摸鼻子道："结果还没出来呢。"

傅临江道："你们跟着郭姵那条线来回跑了一天，没有找到任何相关线索，就别死鸭子嘴硬了。"

老贾心里早就有了预感，可能是自己错了，但是他作为一个老刑警也是要面子的，真要给一个见习警员道歉，只觉得放不下这个脸。看陆司语进来，傅临江也没再催他，从他的办公桌前离开。

陆司语坐在椅子上，他刚用冷水洗完脸，头发上还带着点儿水滴，于是抽了张纸巾擦了擦。

宋文走过来好心道："你要是撑不住就回去吧。"

陆司语抬起头来小声说："宋队，其他人都在加班呢。"

宋文道："他们昨天可是睡了整晚，又没整理资料。我说真的，熬不住的话，你可以去顾局办公室的沙发上眯一会儿。"

陆司语把保温杯握在手里固执地摇摇头："算了，估计等一会儿结果就能出来，我也好奇真相如何。"

正说着，徐瑶踩着高跟鞋从外面走了进来，然后从袋子里取出一沓化验材料："几个化学室连夜赶工，结果终于出来了。"

所有的人听到这个消息，都围拢过来。宋文拿过那几张化验表，看着上面的一堆数字，嘴角微微一挑，然后他看向陆司语道："走，跟我审林绾绾去。"

陆司语跟着他起身，整个人瞬间清醒了过来，一贯冰冷的表情里带了点儿兴奋。

审讯室的门一打开，林绾绾动了动，抬起头来，看向走进来的宋文和陆司语。这已经是她被关在审讯室里的第二天了，头一晚她受到了格外的优待，被关到一间有床的屋子里睡了一会儿；今天她却在这里被关了一天，显得格外憔悴，也分外可怜。

"四十八小时快要到了吗？还是说郭姵醒了，你们查清楚了？按照规定，你们只能扣留我这么长时间吧？"林绾绾仿佛已经认定自己就是这场游戏的胜者。

宋文坐在她的对面道："那是在你不是凶手的情况下。"

林绾绾抱住自己的手臂道："你们为什么会怀疑是我杀了人？我该说的都说了，整件事情，和我无关。"

宋文把后背往靠背上靠了一下，有些冷漠地看着她道："你也知道，四十八小时快要到了，没有证据，我会来这里见你吗？"他仿佛在对面前的女孩儿进行宣判："我们找到了关键性证据，是你，想要借郭姵的手，杀掉你的同学。"

林绾绾抿了一下嘴唇："警官，你说的话，可是要讲究证据的。"

宋文眯了一下眼睛道："你的计划是从什么时候开始实行的？是你发现了那些偷狗贼经常来宠物店时？是把郭姵介绍过去工作时？是你在那些流浪猫身上试验剂量时？还是你故意挑起宿舍的斗争，让郭姵买来巧克力和董芳还有马艾静言和时？"

审讯室的灯光下，林绾绾的一双眼睛清澈得仿佛是上好的琥珀。她看着面前的两个人，没有辩驳，也没有插嘴，整个人冷得像是一块冰。

宋文继续说着："你一定很好奇，自己是在哪里露的马脚吧？我可以还原一下案发的过程，为了方便下毒，你这次选择的是一款网红熔岩巧克力，一盒正好四块，巧克力外面有一层皮，里面都是巧克力的溏心，方便氰化物溶解。那天上午，你假装好心，趁着没人在的时候把快递取回来，为了不留下指纹，你戴着手套，把毒药注射进了巧克力里。但是，因为你太怕死了，所以在其中一块上做了个标记，只注入了较少量的毒剂。

"那些巧克力被静置了一段时间，等到你们食用时，每一块巧克力的溏心中都含了毒。晚上，她们三个人陆续回到了宿舍，你对她们每个人都非常熟悉，知道她们都喜欢吃甜食，不过我不知道你是用怎样的花言巧语让郭婳拿的盒子，大家分食了巧克力，你拿到了预先准备的那一块，随后她们三个人毫无防备地吃了下去。"

林绾绾抿着嘴唇，没有说话，宋文就继续道："你知道氰化物是剧毒，怕这巧克力会要了自己的命，所以就算你拿的是剂量最小的那一块，你依然没有吃完，你把剩余的巧克力藏在了纸巾中。等所有人洗漱完毕上床，你在熄灯后偷偷进入洗手间，把纸巾、巧克力还有剪碎的手套、踩碎的针剂，一起冲入了马桶。"

说到这里，宋文紧紧盯着林绾绾道："可惜，你刚进行完这些，还没有来得及洗手，她们就开始毒发，寝室里一片漆黑，让你不能做更多清理工作。你回到了自己的床铺边，因为怕死，你曾经犹豫过是否要叫救护车，那时候你就拿了郭婳的手机，在上面留下了巧克力还有你的指纹。但是你不能确定救护车会在她们死亡之后到来，于是你犹豫了一下，又把手机放下了。

"董芳最先发作，迅速致死，马艾静开始喊救命，这个时候，你情急之下用被子蒙住了她的头，紧紧地压住了她，毒发外加窒息，让马艾静分外痛苦。你用了全身的力气才控制住了她，可是这也让你分身乏术，再也拉不住郭婳，惊恐的郭婳看到了宿舍里发生的一切，跑了出去……你闷死了马艾静，听到隔壁寝室的人醒了，自己也开始有了中毒的反应，这才拨打了120。"

宋文描述着这些，如果他们的推断没有错的话，这就是那个夜晚寝室里发生的一切，两个女孩儿因此丧命，一个女孩儿至今昏迷未醒，而那个凶手坐在他们的对面，静静地听着这一切，仿佛在听一个与她无关的故事。

林绾绾沉声反驳："警官，你们真的挺有想象力的。我说过很多次了，闷死人的是郭婳。"

宋文叹了一口气，眼前的女孩儿还真是执拗而自信，事到如今，还咬得这么紧，于是道："你疏漏的是，有一些巧克力的残渣留在了你的手上，那些巧克力随着你的动作，被蹭得到处都是。"

林绾绾眨了眨眼睛，平静地道："我现在也还记得，晚上吃巧克力的时候，大家的手上、身上都沾到了一些巧克力，后来她们吐了，宿舍里更是弄得乱七八糟的，这又能说明什么？也许，我的手在慌乱中沾到了一些。"

宋文解释："可是那些巧克力留下的位置比较特殊，在厕所的地板上，我们找到了一滴巧克力的溏心。在旁边，我们又找到了半个脚印，那脚印的花纹、大小，都与你的拖鞋完全一致。脚印旁，我们找到了微量的玻璃屑，以及一小块橡胶碎片。那应该就是你处理针剂的地方，那块橡胶，应该是你剪碎的手套。"

"你凭什么说是我，而不是郭姵留下的？"林绾绾往后靠住了椅背，反问道。

宋文转了一下手中的笔道："如果只是这些发现，我们并不足以定你的罪，因为那些最重要的部分，都被你冲到了厕所里。可是我们还发现了其他的痕迹，在闷死马艾静的那条被子上，我们发现了较多的巧克力痕迹，那是你抓紧了被子和濒死的马艾静抗衡时留下的。"

宋文的目光盯在林绾绾的脸上，眼前的女孩儿听到了这里，依然没有惊慌，她的语气淡然而冷漠："那些，只是一些巧克力的碎渣而已……"

似乎早就预料到她会这么说，宋文道："是啊，开始我们也被这点难住了，巧克力上又没有写名字。而且如你所说，熔岩巧克力真的是太容易留下痕迹了，包装的盒子里、董芳垃圾桶里的纸巾上、马艾静衣服的袖口上、郭姵座位边上的地板上……都是巧克力，我们首先把那些呕吐物和新鲜未食用过的巧克力进行了区分……"

宋文说到这里，嘴角微微挑起："这种巧克力，由于是手工制作，大小都会有所差异，氰化物的注入也无法很精准，我们把这些巧克力的碎屑拿去做了精准的化学成分鉴定，于是我们计算出了那四块巧克力中氰化物的浓度。"

林绾绾的瞳孔微微一缩。

"洗手间地面上的巧克力，郭姵手机上的巧克力，马艾静被子上的巧克力，这几处巧克力中所含氰化物的浓度明显低于其他三块熔岩巧克力。而这个结果，只可能有一种解释——"宋文看向林绾绾，目光锐利，像是直刺心脏的刀，"这多处巧克力的碎屑源自同一块熔岩巧克力。郭姵手机上留下的巧克力上有你的指纹，我们也有你之前的证词，证明这一处是你留下的。于是不难推导出，这块巧克力是你之前所吃。我刚才所说的犯案过程，就是那晚的真相。"

今天下午，就是在推导出整个过程之后，陆司语提议让宋文把之前的那些巧克力碎屑进一步送检，化验出里面的精确成分。那些碎屑不多，也无法提取指纹，但是却能够帮助他们锁定凶手。

在寝室里，林绾绾闷死了马艾静，郭姵出门呼救，两个人的行动路线完全不同，那些浓度相同的巧克力，都是林绾绾留下的痕迹。

一旦那些液体注入巧克力的溏心，充分融合后，每一块巧克力的溏心就会有一个固定的浓度。那些甜美、黏腻的东西，随着她的手指，散播于寝室的几处角落。甜中带苦的巧克力，是夺命的利器，却也暴露了谁是真正的凶手。

为了让试验的结果精准，他们甚至用了新的巧克力，注入氰化物做了多次试验，到最后，终于有足够的数据来支撑他们的观点。

一切都结束了，他们终于找到了关键性的证据，锁定了本案凶手。躺在病房中的郭姮，只是一个被人利用的傀儡，而真正想要女孩儿们死的人，就是林绾绾。

这时候，林绾绾的口供已经不重要了，那些物证就足以证明，就是她按住了那条被子，闷死了马艾静。

所有的真相揭开，陆司语在一旁停止了记录，抬头看向林绾绾，女孩儿的脸上没有太多的表情。

"你还有什么要说的吗？"宋文也看向了她。

他审问过无数的犯人，大多数前期嘴硬，到了最后就一个一个败下阵来，或是面如死灰，或是痛哭流涕，或是拉别人下水。面对这些人时，他没有了同情，仿佛眼前坐着的，只是一个生物，却不可称之为人。

林绾绾看向他，冷冷地开口："事情不是我做的。"

"现在想抵赖已经没有用了。"宋文沉声道，"可怜你的那些同学，她们本该拥有更好的未来，却因为你……她们的人生都被改变了。杀人总是要付出代价。"

"住口！不要再说了！"这是整整四十八小时审讯中，林绾绾出现的第一次失态。

审讯室里，林绾绾看向面前的宋文和陆司语，微微抬起了下巴，审讯灯照射着她苍白的脸。她很快平静了下来，淡定自若，声音没有一丝慌乱和颤抖："我没有做那些事情，我没有杀我的同学，药是郭姮拿来的，巧克力是郭姮买的，是她让她们吃下去的。你们现在说的这些，根本是在冤枉我。"她义正词严，那双眸子中带着楚楚可怜，仿佛一切真的与她无关。

所有的人在观察室内呆呆地看着她，在铁证面前，她还这么面不改色，继续说谎。

想到案子的整个过程，傅临江的背后阵阵发凉。

老贾看着审讯室内，微微皱了眉头，有些疑惑道："难道真的不是她吗？是不是我们在什么地方出了问题？"

"你是觉得徐瑶的化验结果会出错，还是觉得宋队的推理不对？"傅临江反问他，"她没有再谈巧克力的问题，而是避重就轻，博取同情。事到如今，面对铁证，如此淡然，这本来就不是正常人的反应，这份自大和自信本身，就是她最大的漏洞了。"

朱晓也点点头："我们无法理解这样的人，并不代表这类人不存在。"

人心有好也有坏。有些恶毒的念头，就像是浸了毒的藤蔓，从心头生长而出，借助着人的血肉，不断蔓延，最终把整个人都包裹其中。有心毒之人，自己也许并不觉得有什么不同，可是旁人看来，却是不寒而栗。一旦毒液迸发而出，不仅会毒死他人，还会毒死自己。

林绾绾似乎没有同情心，没有同理心，没有对生命的尊重，有的只是她自己。其他的，家人也好，朋友也罢，都是她的傀儡，她的外表有多么绵软，内心就有多么自大，在她的字典里，不存在"慌乱"一词，仿佛一切都不值得。

如果不是那些巧克力，她精心选择的巧克力，他们也许根本抓不到她。

南城的那场雨，终于还是下了下来，虽然晚了几天。也许是因为闷了很久，这场雨来得很急，从夜晚开始，雨水形成了一张密不透风的水帘，把城市笼罩其中。雨一直不停，很快就在地面上积蓄了厚厚的一层水。天地之间仿佛都被这雨干干净净地洗刷了一遍。空气中的那一丝黏闷不见了，取而代之的是新鲜的草香。

凌晨一点半，宋文加班结束，完成了案件最后的收尾工作，做好了押送交接的准备，把警车开到了警局门口的台阶下，却不急着开走。

远远地，林修然下了一辆出租车，打着一把黑色的伞走了进来，宋文喊了一句："林法医，加班啊？"

"嗯，刚从殡仪馆回来，又有一具尸体刚被发现。"林修然说着想起了什么，"对了，郭婳又挺过了一次抢救，明天，她会转到条件更好的洪城医院接受治疗。"

宋文冲他点了点头。

人陆陆续续走得差不多了，背着包的陆司语这才出现在了警局门口。

宋文装作一副刚来这里的样子，对他挥了挥手："今天你没开车，来，警车捎你一程。"

陆司语应了一声，走过去，上了车他就开始揉眼睛，完全不见刚才的精神劲儿。现在他不仅困，而且冷，像是在冰雪之中，走过了漫漫的荒原，耗尽了全部的力气，只想回到自己温暖的家里，抱着自己的狗，美美地睡上一觉。

宋文看他没动，侧过身，帮他拉了安全带扣上，然后表扬道："干得不错，今天多亏了你。"

陆司语"嗯"了一声，他并不觉得自己做了什么了不起的事。

宋文道："如果案子破不了，那么郭姵的一家可就惨了，等于是你救了他们。"

"是物证破了案子，我只是把线索串了起来。"陆司语眨眨眼睛，忽然想起了郭姵母亲那双冰凉的手，他其实并没有想过去救人，只是当时一时冲动。现在他坐在车子里，身体累到虚脱，心底却有着从未有过的平静，还有一点点满足。原来正义是这种感觉的，这也就是宋文一直所追求的东西吧。

"哎，你为什么不让我说这个主意是你想的啊？"宋文问出了心里的疑问。在火车上，陆司语推测了宿舍的关系以后，就想到了检验巧克力浓度来判断林绾绾是否为凶手的方法，可是那时他却提出了一个要求，让宋文答应他不要和其他人提这些是他想到的。

开始宋文以为陆司语是没有太大把握，怕验证出来的结果不对。可是后来，他发现陆司语早就已经认定了自己是正确的。

"如果是我提出来的话，有点儿太打老贾的脸了，我总不能把人都得罪光了吧……"陆司语说着，仿佛是真心实意地想要在这里混下去，为人际关系而考虑。

宋文发动了警车，雨点打在车窗玻璃上，发出沉闷的声响，后视镜里陆司语的侧脸，白净、俊美、冷清、淡然。

宋文忽然想到了他们下午的那段对话，每个人所呈现出来的状况、对于事情的理解，都是和他的经历、出身密不可分的。那么，能够看破犯罪者心理，与嫌疑人产生共鸣的陆司语，又经历过什么呢？

宋文忍不住问他："你说，林绾绾选择巧克力，是因为那是她最喜欢吃的糖果，是她小时候获得的奖励？"

陆司语低低地"嗯"了一声。

"那么你呢？"宋文转头看他，"你又经历过什么？"

陆司语没有说话，换了个较为舒服的姿势，就在宋文以为他不会告诉自己的时候，陆司语忽然看着窗外小声地开了口："宋队，我有点儿饿了……"

饿是一种怎样的感觉呢？像是有冰碴儿在胃里，刺痛着身体，所有的器官都在叫嚣着，所有的细胞都透着凉，仿佛生命也在一点点逝去。脑子里只留了"饿"这一个字，足以把人逼疯。

车外，雨一直下个不停，落在车窗上满是沙沙之响，南城的雨季，好像要提前来了……

周围的一切都是朦朦胧胧的，宋文的眼前是一条漆黑的甬道，在甬道的尽头，开着一扇门，从门里冒出丝丝的冷气，像是通往地狱的入口。门里的灯是亮着的，那是一种有点儿瘆人的光亮，他一步一步向前走着，似乎已经知道了接下来要发生的事，可是他无法阻止自己的脚步，也无法阻止自己的手。

外面正在下着雨，他听到了雨声，还有雷声，那声音由远及近地传来，像是鼓槌在重重地敲击着地面，天与地都因这雷声炸裂开来，宋文几乎怀疑，有一道闪电就劈在了不远处。

在他的记忆里，在他的理智深处，宋文觉得这件事情发生过，一切又像是以前重复了无数次的梦魇一般……门打开了，眼前是数具腐烂的尸体，空气里是浓重的血腥味，令人作呕，那些尸体睁着眼睛望向他，似乎随时会坐起来……

又是那个梦。

宋文猛地睁开了双眼。如果没有这个噩梦，这是一个普通的清晨。宋文翻了个身，心跳才逐渐恢复了正常，他从床上坐了起来，揉了揉眼睛，逐渐清醒。

宋文一直不知道，如果当年他没有推开那扇门，是不是他的人生会有所不同。这件事至今影响着他，他不喜欢狭小黑暗的房间，电梯间也好，地下室也好，只要走进，身体就会本能地排斥，心跳会加速，呼吸会不顺畅。那是种令他厌恶的失控感。

那件事发生在他七岁那年，那时候他全家都住在南城。十几年前的南城可和现在完全不一样，人们的衣着朴素，互联网还没有这么发达，整个城市只有中心一小片是繁荣的，道路错乱复杂，老旧的排水系统早已失修，每次一下雨，就能淹了半个城。

七岁的宋文，正如他的小名一般，在大班里打败天下无敌手，称霸了整个幼儿园。老师成天叫他爹妈过去谈谈心，从家长会回来，父亲宋城就用戒尺对他的手心一顿打，不打到肿了决不罢休。

可宋文也和他爹一样是倔脾气，专门和宋城作对，错误可以承认，毛病坚决不改，甚至还多出了离家出走的毛病，气得宋城开着警车公车私用满街找儿子。宋城在警局里，也是人人称道的支队长，把手下几十个猴崽子理得顺顺的，可偏偏次次都被自己的亲儿子将军。

在这样的情况下，李鸾芳和宋城早早就去小学给宋文报了名，只等着九月一号一到就把他丢到学校去，好脱离看熊孩子的苦海。

那是五月的一个周末，李鸾芳的医院里忽然来了一个遭遇了车祸的危重病人，几个实习医生不敢做手术，她下午四点半接了电话就过去了。

没人做晚饭，父子两人大眼瞪小眼，到了六点，宋城带着宋文出去打了顿牙祭。

　　宋文现在还记得那天晚上吃的是肉包子外加西红柿鸡蛋汤，那小笼包子肉还挺多，就是特别咸，弄得宋文多喝了两碗汤。宋城却很爱吃，吃完了还打包了几个要当明天的早饭。就在两人开车回家的路上，宋城忽然接到了警局打来的电话。

　　宋文没有听到那个电话具体说的是什么，只记得那时候宋城的面色格外凝重，给他解释了一句："等下爸爸带你去个地方，你千万别乱跑。"说完就掉转了车头往家相反的方向开去。

　　车外的雨越下越大了，车胎划过路面，不断发出"哗哗"的分水声。

　　宋文不知道发生了什么，可是他看得出父亲的表情格外严肃，车一路往城郊开，最后停到了一座破旧的小楼前。宋城安抚了他几句，就把他留在了车上，冒雨跑进了小楼。

　　宋城走了两分钟，宋文就后悔了，在这个黑灯瞎火的雨夜，车窗外黑漆漆的，雨声中仿佛还能听到野兽的叫声。对于一个只有七岁的男孩儿来说，独自待在一辆车里实在是太可怕了，天空中不时划过闪电，然后就是闷闷的雷声传来。

　　"爸……你在哪里啊？"年幼的宋文越来越怕，自己打开了车门，壮着胆子冒着雨跑到了小楼里。小楼客厅的地面上满是尘土，上面有着暗红色的痕迹，地上画着各种线。有穿着警服的人正在神情严肃地说着事情，没有人留意他。

　　宋文哪里也找不到宋城的身影，他一直往里走，顺着一道楼梯走到了地下。那是一处老旧的地下室，墙壁粗糙，渗着水，到处都是灰尘和蛛网，不知道多少年没有人打理，里面有个屋子亮着灯，电压不稳，灯丝有时候会忽然变得暗淡，有时候却又格外亮。宋文又害怕，又好奇地凑了过去……

　　天空中"哗哗"地下着雨，外面不停地打着雷，闪着电，斑驳的树影映在墙壁上，像是一幅鬼画。那扇门虚掩着，没有关，宋文推开了门，就看到了梦里的景象……

　　那天宋文被吓着了，外加淋了雨，所以被送进了医院，后来他发了很久的高烧，退烧以后才出院回家。再往后的一段记忆是模糊的，只记得那段时间李鸾芳因为这事儿天天和宋城吵架。宋文每次醒来都听到他们在客厅里吵得不可开交。

　　"你是怎么当爹的？你怎么能带孩子去犯罪现场呢？如果你不带他去，也不会出现这样的事！"

"哭哭哭，就知道哭，你哭了这事儿就能倒回去？那么大个案子，整个警局都过去了，我能不尽快到吗？而且我早就告诉过他不能乱跑，我怎么能够知道就这么巧？"

"是你的责任，你还怪起孩子来了，他才七岁，七岁的时候你懂什么？看到凶案现场是一辈子的阴影，而且你还把他扯进来！你为什么要……"

李鸾芳那刺耳的声音夹杂着宋城的怒吼，吵了好多个回合总也分不出胜负。母亲怪父亲把宋文带去犯罪现场，而且还是恶性案件的现场；父亲则怪母亲明知道他工作忙还把孩子丢给他管，每天不回家。

都说人的大脑会选择性地忘记那些不想记得的事情，也许是因为连续高烧，那段时间宋文把所经历的其他事忘了个七七八八，甚至想起来就会头疼，唯有那几具尸体的模样，一直在噩梦中挥之不去。

为了让宋文的心理不受影响，宋城还带他去见了几次心理医生，还做了什么所谓的催眠疗法，宋文去那就是回答一些问题然后睡一觉。宋城还会给他一堆图来看，问他各种问题，但是宋城越是问，宋文就越是不耐烦，脑子里空荡荡的，什么也想不起来。

那个案子似乎牵扯了很多，那一段时间之后，家里和附近总是会出现奇怪的人。后来宋城和李鸾芳玩了一把大的，他们离婚了……

这个消息像是突如其来的一棒子，把只有七岁的宋文砸蒙了。而且宋城还去修改了户口和档案，把宋文的档案申请了特殊保护，进行修改和封存，能够查到的所有资料里，宋文的父亲都是他的远房大伯宋涛。宋文见到宋城，只能叫他叔叔。再后来宋文被送到外婆家托管了，直到初中毕业。

年幼时，宋文不知道这些是为什么，他气愤过，抱怨过，失望过，哭过，闹过，长大以后，他终于可以平静地面对这一切。

后来宋文才知道，宋城当时是在处理一个极其危险的案子，也就是"5·19"专案，他怕连累家人，所以才做了那样的安排。姥姥家有个柜子，里面放的是他和他母亲的证件，还有一份宋城亲笔写下的遗书，准备随时派上用场。

"5·19"专案组成立了一年，后来由于某些情况而解散，当时的人员被分遣到了各处，宋城被调往了省局。这么多年过去了，宋城已经荣升为省局的局长。但是从宋文的角度而言，他认为宋城没有尽到父亲的责任和义务，他从心里记恨着宋城，至今也不喊爸爸，每年见宋城的日子，用一只手都数得过来。

宋文上高中以后，宋城和李鸾芳复婚了，只是宋文的户口、档案都没有恢复过来，还是挂在他远房大伯家。

宋文长大以后，故意和宋城对着干，走上了和父亲同样的一条路，直到警校毕业，宋文毫不犹豫地选择离开父亲的羽翼，回到了南城老家。他来南城市局报到的时候，是顾局面试的他，那时候顾局看着他的档案问："哎，你姓宋啊，省局的局长也姓宋。你认识宋局吗？"

宋文摇摇头："不认识。户口本上写着的，我爸爸叫宋涛，而且我家要是和省局局长认识，我也不至于从基层刑警做起。"他知道自己的户籍和相关资料都是被宋城一手改掉的，机密级别很高，查证都查不出来。

顾局想想也对，再没往这方面怀疑，就让宋局长的儿子在自己手下一干三年。整个警局毫不知情，到了现在，这个秘密依然无人知晓。

做了刑警以后，宋文还一直被那个梦魇纠缠着，他也曾经想知道那一晚究竟发生了什么。那些人是谁？为什么会死在那座老楼里？他在老刑警的讲述下才得知，"5·19"大案是南城近二十年来最严重的一起恶性绑架杀人案，三名劫匪绑架了南城当时的首富季氏夫妇，问出了保险柜的密码，从中取出了三百二十八万现款和珠宝，可是穷凶极恶的劫匪还不满足，把人质绑到了那处老楼不断折磨，想让他们说出更多的财产所在。

没人知道那段时间发生了什么，就在季氏夫妇失踪六天后，有人匿名报警说在这片郊外的树林里发现了匪徒的踪迹。可离奇的是，警方赶到后，发现劫匪和两名被害人一起死在了那座老宅中，根据尸体的腐烂程度判断，劫匪和人质都死于三天前，那些钱款不翼而飞。这个案子始终没有破获，甚至市局对这件事讳莫如深，一切成为了湮没在时间长河里的谜团。

青春期的宋文极其叛逆、大胆，他时常觉得，自己连那么恐怖的人间地狱都见识过了，就再也没有什么可以畏惧的了。后来宋文发现他错了，真正可怕的并不是死人，而是活着的人，世界上没有鬼怪，那些死去的人无法再跳起来捅人刀子，而活人……可以做出一切事情来。

他不再惧怕尸体，可是那间黑暗的地下室留在了他的潜意识里。

宋文收回了他的思绪，他忽然想起了什么，拿出手机看了看日期，原来距离那一天，已经过去了整整十七年了。十七年，他从一个懵懂的孩子，成长为一名刑警。现在，他再也不畏惧那些尸体了，可是这个迷案却可能永远无法找到凶手。

结束了上个案子以后，宋文所带的那一队终于闲了下来。也自打那天晚上开始，南城再没见过太阳。

宋文刚穿好衣服，手机就响了起来，他拿起来接了，就听周易宁的声音传了过来："宋队，算起来，那个新人到你那边也一个多月了吧，最近情况如何？"

宋文不知道为什么周易宁忽然打电话来问陆司语的事，而且是在上班前的大早上，他一边穿鞋一边道："挺好的，听话，聪明，用着挺顺手。"他说到这里顿了一下，想起了两个案子的一些细节，又道："不过，我确实觉得他……和正常人不太一样，哪里有点儿怪怪的。"

"我这里最近托人查看他的档案。"周易宁继续道，"然后，发现了点儿东西。"

"什么？"宋文皱眉问。

"一般来说，一个人的档案反映了一个人的所有状况，档案是很难作假的，但是也有特例，"周易宁顿了一下，"那就是警方修改过的档案。某些事故中的证人、被害人、线人、卧底等，为了对他们进行保护，警方会修改档案。这种修改是没有痕迹的，只有高级权限才能够查询到修改记录。我在查询时，发现了他的档案可能被修改过。"

宋文听到这里，微微皱了眉。

周易宁继续道："上一个被我发现这种痕迹的，还是宋队你。"

宋文当然知道，他的档案为什么有修改记录。而这就代表，周易宁所找的人的权限，甚至在顾局之上。宋文说道："所以，你的意思是……"

周易宁直接问宋文："你是否考虑对他进行调职？"

宋文握着手机，思考了片刻道："暂时不必，我会查清楚的。"

第十五章

—— 灭门 ——

连续一周多，天上不是在下大雨，就是在下小雨。

雨季提前一个月就来了，被子、床单、墙壁、地砖……到处都是湿的。晚上睡觉都觉得被子裹在身上，仿佛翻个身就能拧出水来。还好经过了昨晚一夜雨，这一大早的，天气不错，难得见了太阳。

南城警局的早上，一如既往。这段时间一队较为清闲，倒是二队在队长田鸣的带领下忙里忙外。

"借过借过！"

宋文一进办公室，就听到老贾一边喊着一边从走廊走过，他的手里拎着几杯豆浆和牛奶，显然是在帮大家带早餐。上周他和队里的几人搞得关系有点儿僵，这一周，老贾格外殷勤。

见宋文走过来，老贾收了肚子给上司让路，他努力侧了身，可是这过道可走的地方依然狭窄。

宋文瞥了一眼老贾那日渐发福的肚子："哎，老贾，看你这身材我可得提醒一句，回头年终的体能测试你可别垫了底。现在市局对刑警要求很严，顾局还说要试行末位淘汰制度，这年头进人难上加难，案子却不见少，你要是再被淘汰了，那是非战斗性减员。"

老贾笑道："考核的事情放心吧，我都考核了多少年了，有经验。临阵磨枪，不快也光。再说了我约了美女下了班去健身房，不吃饱了怎么有力气减肥？"

朱晓呵呵一笑:"下班去健身房你早饭就多吃上了,你这蓄力时间可够长的啊。"

"年终考核?那是什么?"陆司语抬头问了一声,他对这些事务不太熟悉。

宋文看了陆司语一眼,今天他戴了一副金丝框眼镜。过了一个星期,陆司语脸上的创可贴已经撕了,伤口恢复得挺好的,基本看不出来受过伤。这几天大概是休息得不错,前一段时间熬夜熬出的黑眼圈褪去了,又因为今天雨过天晴出了太阳,身上的清冷之气去了一些。

宋文正要讲解年终考核的规矩,就被傅临江抢了先:"做警察也是要考试的,过年的考核,个人主要是身体检查、体能测试、心理测试,就和你入职前进行的差不多;团队主要是案件盘点,算破案率,进行团队总结。"

宋文看了看陆司语,想起之前周易宁的那个电话,故意试探:"我觉得周医生好像挺关注你的,最近还和我打听你的情况来着。"

陆司语"噢"了一声,没有说什么,也没有什么表情,而是低头打开了电脑。

宋文看了看时间,八点到了,招呼众人:"都回座位吧。朱晓,你的电子录入做得如何了?"

最近警局开始推行老档案电子化补档,过去的纸质案件资料全都要整理成电子版。几十年来的案子全部需要翻出来进行扫描入库,这是不小的工作量,最近这一周一队没有案子,这任务就落到了他们头上。

朱晓推脱道:"做了一半了,老贾那边还有些没理完呢。"

老贾这早点还没吃完,天上就掉下一口锅:"哎,档案室就我在收拾,你们又不是不知道,里面老档案发霉的发霉,被老鼠和虫子咬坏的也不少,好多文档都散掉了,都要一页一页地找,怎么可能快得了?"

陆司语在一旁听着插了句话:"我这里上个案子的报告写完了,要不我和你们一起整理吧,这样还能快一点儿。"

老贾没想到,他上个案子一直针对陆司语,可到了关键时刻,反倒是人家不计前嫌对他伸出了援助之手,"老混混儿"的老脸竟是一红。

陆司语侧了头,探出半张清秀的脸问宋文:"宋队,可以吗?"

看陆司语诚恳的态度,宋文只能挥了挥手道:"去吧去吧。你们快点儿整理,把这事儿早点儿弄完算完事。"

南城市局的档案室有几间,存放相关人事资料以及重要文件的档案室由档案部的几个小姑娘管理。而他们这里要收拾的档案室,是专门存放案情的。这些档案被按照年份装在了数个大纸箱子里,每个箱子占满架子的一格。

陆司语戴着金丝框眼镜,站到比他还高一头的架子前,客客气气地问老贾:"前辈,我从哪里开始?"

老贾被他的一声"前辈"叫得不好意思,加上上个案子对陆司语大发脾气的愧疚,于是详详细细地教给他怎么看架子上的编号,然后告诉他:"你整理右边的那个架子吧。"

档案室里还算干净,可是打扫得再干净也躲不过空气里的潮湿,挡不住那些闻着纸香跑过来的老鼠和虫子。

那些档案里,年头越久的,受损也就越严重。

陆司语搬下来一个箱子,开始翻里面的档案,这一步骤主要是检查这些档案是否有缺失遗漏,进行初步整理后,再给朱晓入档。由于年久,很多卷宗都被翻乱了,各种资料散乱着,要重新归拢。

这些箱子里装着这个城市最为罪恶、最为阴暗的过去,可能有些事情这个城市都忘记了,那些亲身经历的人也已经忘记了,可是这些档案还清楚地记着。

陆司语问老贾:"前辈,这些案子是没破的吧?"

"哎,你别叫我前辈了,和其他人一样叫我老贾吧。"老贾听着"前辈"两个字虽然受用,但也浑身不自在。他走过来看了看陆司语拿着的箱子,指着上面的一个红色标记道:"对,有这个标记的箱子都是没破的案子,过去南城市局几十年未破的案件,除了成立过专案组的'5·19',应该都在这里。"

陆司语眸子动了动,看着手里的箱子,再看看架子上的箱子,数了数,一共有七个。

陆司语拿起一本翻开,里面是用钢笔记录的,字迹有些潦草,但是大体可以看出来是一宗恶性杀人案。

老贾凑过来道:"我记得,没破的案子里有一个'斧子人'专砍小孩子的。对了,还有东桥碎尸案,我工作第五年那年遇到的,整个人被分成了几块,融入了铸造东桥的水泥中。唉,还有那个最有名的、死亡人数众多的芜山敬老院的案子,恶魔医生夏未知到现在还没抓到呢。"

老贾说的这些令人毛骨悚然的案子不是故事,而是这座城市里真实发生过的事。他似是为了证明陆司语那声"前辈"不是白叫的,随口给他讲起那些悬案来。

这些案子中的凶手,有的可能伪装在人群中,不再杀人;有的可能移居了;有的可能因为其他的罪行被捕了;还有的可能已经死了……大部分的案子,再也不会有结果。

陆司语心思细腻,很适合做文案工作。他听着老贾的讲述,速度也快了很多,很快就整理完了两个箱子。

等他站起身正要继续时，宋文忽然推开门走了进来。

"陆司语，你和我出去一趟。"宋文说完又解释了一句，"是出差，去鹿宁那边，和法医一起。那边村子里发生了案子，申请了市局的援助。"

南城市下辖七个县，一般县里面案子比较少，偶尔发生了较为严重的案子，下面人力不够，就会向市局申请支援。同理，市里要是发生大案，省里也会有专家和法医配下来协助调查。

鹿宁的案子是今早发生的，那边的几位警察九点左右赶到现场，觉得事关重大，急忙打电话联系了这边。

宋文说完看了看陆司语身旁一沓码得整整齐齐的文件，随手翻了翻，每张纸都被细心整理过，折起来的边角也弄平了，一如他记录的各种文件般整齐，忍不住开口表扬道："嗯，干得不错，你速度还挺快，这些资料够朱晓扫描半天了。"

老贾接话道："小陆去吧，我一个人能行。"

陆司语"嗯"了一声，这才放下东西跟着宋文出来。宋文瞅着他笑："挺和谐嘛。我还担心你们两个关一起会打起来呢。"

陆司语没说话，侧头看了宋文一眼。

两个人走到走廊里，宋文又随口问："你们刚才在聊什么？我进来是不是打断你们了？"

"没什么，都是过去的一些案子，看到了就聊了几句。"

宋文看向他道："你想听什么案子，可以问我啊。这警局里没人比我更熟了。我们还可以讨论讨论那些悬案，说不定哪个就能被破了呢。"

陆司语抬起头来，阳光正好照射到他的身上，映得雪白的皮肤更加发亮。他推了下眼镜道："等下次有空的时候我们讨论，现在鹿宁的案子是怎么回事？"

宋文站在他的对面，道："一起灭门案，具体情况还不清楚。"电话是直接打给顾局的，宋文也就知道个大概，但是光凭"灭门"两个字，就足以知道案子的严重性和凶险程度。

"那……要几天啊？"陆司语伸手去关电脑。

"至少两天吧，具体看案子的进展。你快点儿，我们开车去，午饭前能到，不耽误你饭点。"

陆司语点点头，默默地把记录的纸笔收到书包里，又从抽屉里取了备用衣物。为了应对突然出差，他们常备的用品都在警局里放了一份。

宋文道："这周围的县城，半年也叫不了几回援助，谁叫你赶上了呢。一般的话，县里的命案激情杀人的多，也不一定会耽搁很久。"

　　说着，宋文和陆司语坐进了警车。两人回头，就看到林修然穿着西服坐在后座上，他双手放在身前，跷着二郎腿，看上去像一名要去机场的商业精英，而不像一名要赶到犯罪现场去的法医。

　　"老林你这次亲自出马啊？我还以为是'端午'或者小张去呢。"宋文发动着车。

　　"这次的被害人有三人。"林修然开口道，"就算有鹿宁那边的法医帮忙，估计也要好几个小时。他们手太生，不适合。"

　　宋文："唉，一下子三具尸体，你们这个工作可比我们辛苦多了。"

　　林修然淡然道："就和你们有破不完的案子一样，这些尸体已经是我生活的一部分，就像吃饭睡觉一样。"法医的工作无比辛苦，却是整个社会无法缺少的一个职业。

　　车一路往前开着，风景变幻，陆司语这一侧的窗户开了一条缝儿，吹进来的风吹起他的头发，他安静地听着两个人说话，没有插嘴。

　　"对了，前几天二队那个案子有结果了没有？"宋文又问。上个案子审完林绾绾后，他正好看到林修然从殡仪馆回来。

　　林修然知道二队长田鸣一直把宋文当作假想敌，宋文也对二队多一分关注，就给他简单介绍："拖了一段时间，还没确定嫌疑人。那天被发现的是一具女尸，位置是莲花堂后面的荒地。尸体有点儿奇怪，被害人的脸上盖了一块丝巾。尸体颈部勒痕明显，喉骨骨折。被害人是被勒死的，凶器是丝袜。"

　　陆司语听了描述，把手指放在唇边咬了两下，他思考专注的时候，眉头微皱。片刻后，他长长的睫毛微微一颤，回头看向林修然。

　　"死者身份确定花了半天时间，是一名女销售，叫李铃。"说到这里，林修然顿了一下，"今年三十八岁，家住桥坊街。死亡时间是晚上十一点多，二队还原了她的行程，推断她是在回家路上被害的，最后出现的监控画面是李铃下了一辆公交车，随后人就失踪。没有目击证人，没有线索，这个案子挺难办的。"

　　聊完了案子，车里一时安静下来，宋文开着警车下了高速，转上国道，越往县城开，路况就越发不好。

　　鹿宁县离南城不太远，他们所要去的地方在县城边缘上。过了县城，路两边都是电线杆，拉着黑色的电线。沿路建造了很多二层小楼，楼外面贴了瓷砖，楼间距颇远，是典型的城乡接合部。

　　林修然来过这里，给他们讲了点儿鹿宁这边的情况。

　　再往前走，车路过了一个牌坊，进了山，盘山路上行了几公里，宋文把车拐到一个山坳处，他看到前面停了两辆警车，刹了车道："到了，发的定位就是这里。"

虽然这事儿归鹿宁县派出所管，但这里其实已经是下面的乡了。这个有山有水、相对独立的小村庄，叫蚊头村。因为挨着县城，离南城也不远，很多农家以种茶为生，山头上有很多的茶园，再往深处走，山里有各种山货，所以这里还算富裕，并不是穷乡僻壤。

现在正是上午十一点，陆司语背了包下来，林修然去后备厢拿了他的法医勘查箱。山里昨晚刚下完雨，十分凉爽，踩在地上，脚上有点儿沾泥。这里到处都是树，林间可以听到各种鸟叫声。

发生命案的一家在村口第一家，这家房屋坐西朝东，独门独院，和其他民宅隔了几十米远。陆司语抬头看了看，今天难得是个大晴天，阳光照得他眯起了眼，这地方前面是路，后面就是几座山。最近的一座山不算太高，是个百米左右的小山包，山头看着很平。

这么看去，这一家楼盖得有些气派，两米高的围墙围了小院，门口一道近三米宽的双扇铁门，现在正虚掩着。

正在这时，门里出来了一名老警察，看到林修然仿佛见到了救星一般直奔过来："哎呀，老林，你可终于来了！"

鹿宁这边三年前出过一个腐尸案，被害人的尸体被发现时就已经基本腐烂，验不出来死因，那时候市局派了林修然过来，两天就搞定了案子。鹿宁这边配合的刑警正是这人，当时就对林修然五体投地，还要拉他去喝酒，恨不得要当场结拜兄弟，对此林修然理智地拒绝了。没想到这次鹿宁出了案子，两人又在此相遇。林修然给他们介绍道："这位是鹿宁县派出所的张大海张队长，他就是这蚊头村的人，所以这边治安归他分管。"

宋文自我介绍："我叫宋文，南城市局刑侦队一队队长。"然后指了指陆司语道："这位是我的搭档陆司语。"

陆司语取出记录本，乖巧地打招呼："张警官好。"

那张大海有点儿自来熟，先给他们戴了顶高帽子："唉，我这昨天晚上右眼皮一直跳，就觉得要出事。今天一早接了报警的电话，带着人来一看，大家都慌了，还好顾局派了人来，三位都是市局的精英，有你们在，我心里就有底了。"

宋文不动声色："我们对这里不熟，这次听说案子重大，顾局让我们三个过来帮忙，要是抓犯罪嫌疑人，还少不了你们的配合。"言下之意是，我们只是来帮忙的，不要全指望我们三个。

"是，是，宋队说得没错，你们别见外，我们派出所这几个人随便支使。"张大海说完，指了指里面，"那现在……我们先去看看？"

林修然戴上手套问："听说这次死了三个人，是个灭门案，怎么个情况？"

张大海搓了搓手，把他们往门口引，说道："唉，这个案子说来奇特，这一家人是被电死的。"

"电死？"林修然脚步一顿，"你们确认是谋杀，不是什么漏电事故之类的吗？"

这些自建房电线排布得往往不是那么规范，有着安全隐患。触电事故夏秋季多发，主要原因是这段时间人们穿着较少，人体多汗，易导电；而且天气潮湿、多雨，电气设备的绝缘性能降低；又正好是农忙时节，农村用电量增加，触电意外时有发生。

"确定。"张大海说着指了指那房门口旁的一处地方。

宋文定睛看去，如果不是张大海指给他，他几乎都没有发现那是一条拉来的电线，此时拴在那铁门的顶部。这东西自然不可能是平白无故出现在这里的，肯定是被人故意拉过来的。

"电我们已经断了，怕破坏了现场，没敢把电线取下来。"张大海说着拉开了门，"几位放心，现场被我们保护得好好的。"

在这处小院子里，昨晚下雨积攒的雨水还没有蒸发完，地上趴着三具尸体。

"这一户的男主人姓周，叫周楚国，死者是他，还有他的母亲陈翠华、他的妻子杨梨。今早，有人过来串门，发现门半开着，里面躺了人，就报了警。"张大海一边领着他们进门，一边介绍着。

林修然跟着进了门，宋文和陆司语也戴好了手套、鞋套，走进了院子。院子里已经站了三个人，旁边一个呆愣愣戴眼镜的中年男人拿着法医的勘查箱，旁边的一个小胖子正在拍照，还有个长了青春痘的小警察，看着尸体畏惧着不敢向前。

张大海介绍："李德是我们县派出所的法医，和林法医也打过交道。物证员小吴。那个小刑警姓孟，叫他小孟就好。"

林修然看了看，很明显，这小院子就是犯罪现场，开口问："照片拍全了吗？"

张大海笑着点点头："都拍好了。"

在靠近门口的地上，躺着一男一女两具尸体，看年龄，两个人大概都在三十岁左右。应该就是周楚国、杨梨夫妻。

现在这个季节，两人穿得都不太多。两具尸体的脸色都发白，尸僵已经形成，尸体呈现出有点儿诡异的僵硬姿态，女人身上的纽扣散开了，男人的一只鞋掉在一旁，男尸的左手和女尸的右手紧紧拉在一起。在男尸的右手上有一道灼烧后的焦煳痕迹，很明显是一处电击伤。

林修然看了几眼，微微皱了眉头道："你们移动过这两具尸体？"

院子里站着的法医老李被他问得一愣，求救似的看向张大海。他本来不想移的，但是张大海早上到的时候下了令。

听了林修然的问话，张大海只得在一旁连忙解释道："我们赶到时，这三个人都已经死了。那时候周楚国的手还拉在门把手上，我们断了电，为了顺利打开门，把他的手拉了下来……其他一点儿没动。哎，对了，那扣子不是我们解开的。"

"那扣子应该是挣扎时弄开的。以后遇到这样的情况最好不要挪动，等我们来了以后再做处理。"林修然说着蹲下身，大概检查了一下这两具尸体，他看了看那具男尸手心的电流斑，又检查了一下尸僵程度，道，"死亡时间在早上六点到八点间，具体的要看尸检结果，死因应该都是被电击。"

说完他又起身走到里面，经过了一上午的太阳照晒，院子里的积水已经少了不少，但是水渍还在。在院子中心的一片积水中，趴着一个上了岁数的老妇人，应该就是周楚国的母亲陈翠华了。

林修然走过去端详，他撩起老人垂下的头发，看了看老人的面部，可能是摔倒的时候碰到了，额角上有血迹，她的脸色灰白，一双眼睛是半睁着的。她手指痉挛，想要抓到点儿什么。

"现在确定是谋杀，凶手对周边情况十分熟悉，应该是熟人，可以排除流动作案。你们最好和上面申请下，派出警力严查附近的车站，以防嫌疑人逃脱。"宋文接着又补充说，"村子里的人的动向也要关注下。"

张大海这才想到这一环，脸色微变，拿出手机道："我马上打电话。"

宋文看出张大海这个人话说得圆满，其实就是个棒槌，无法指望。那小警察和物证员明显都没有多少经验，可能死人都没见过几个。他支使他们去把基本的现场勘查做了，然后回过头问张大海："村子里出了这么大的事，村长来了吗？"

"唉，别提了，老村长年前中风，两个月前刚去世。村子里有几个人明争暗斗，都想当村长。可那些人平时争得凶，真出了事一个个都怕了。现在是支书代管事务，早上你们没来的时候，支书是来过的，叮嘱我们好好查案子，村里一切配合。"张大海说着从烟盒里抽出一根烟，还给宋文递了一根。

宋文一摆手道："我不抽烟。"

张大海还不放弃："来来来，不要客气，这烟虽然没有你们那里的金贵，但是也好抽得很。"

宋文皱着眉头毫不留情道："这是现场，您要抽烟就到外面抽去。"

张大海这才作罢，"哦"了一声，怏怏地把烟别在了耳后。

陆司语知道宋文的性格，在生活中他会给这种老同志应有的尊重，但是在工作中，宋文就会严肃起来。谁的工作若是做得不好，那就是和他过不去，不管对方的资历、年龄怎样，那可是一点儿面子不给，照训不误。这拍马屁拍到马蹄上，张大海活该被宋文上了一课。

随后宋文问张大海："这几名死者的职业都是什么？"

张大海道："陈翠华早就赋闲在家，周楚国是这村里的会计，杨梨一直在务农，顺便照顾家里人。"

宋文点点头，进了屋子看了一圈，陈翠华住一楼，周楚国夫妻住二楼。这一家人显然对厄运完全没有准备，厨房里还有没吃完的饭。从外面看，这家的房子盖得不错，理应生活富裕，可是不知为何，家里的布置却十分简陋，桌子上也都是素菜，看起来生活拮据。

"屋内没有被翻动的迹象，里面的屋子也没有外人进入的痕迹，说明凶手根本没有进入院子，所以不是为了财；所有人衣衫还算完整，也不是为了色；应该是为了仇，或者是其他的原因，他就是想要这一家人死。"宋文一边查看着现场，一边说。

陆司语点点头道："这案子绝对不是偶然的，而是经过凶手精心准备和策划的，他就是在等这样一场大雨。"用电击的方式，能够让凶手不进门、不照面就杀人于无形，比其他的手段更隐蔽。

"昨天晚上，六点到八点下了雨，八点半之后，雨完全停了。所以那根电线的安置时间应该在晚上八点半和第二天早上七点间。凶手知道只要一下大雨，这院子里就会有积水。"宋文说着回到门口，开关了一下门道，"电是直接接到铁门上的，在门没有开启的时候，院子里是安全的，也根本无法察觉到门上接了电线。早上来开门的应该是周楚国，他被电击后，挣脱不开，杨梨去拉他，却被粘在了一起。而她踩在院子的水里，等于把电引到了院子里，这样整个院子都带了电，出门找儿子的陈翠华也被电击身亡。"

这一家三口完全没有想到自己家的铁门被凶手当作了杀人的利器，在这样的早上殒命。

陆司语在一旁低头记录着，脑中浮现出了早上的惨状，电弧在院子里闪耀，三人不停抽搐，他们很快就一动不动了。那种电流击入身体的感觉是种难耐的刺痛，像是烧得火热的针扎入了皮肤，像是有毛毛虫顺着血肉快速爬入了身体。直到那些接入的电流击中了心脏，造成了心脏的骤停。

陆司语把每一个具体的位置测量标注好后，微微皱起了眉头，戴着手套的手指不方便去咬，于是张开嘴叼住了手里的笔，心想：是什么人对这一家人怀有如此大的恨意呢？

看完了屋外，陆司语走进了二楼的房间，他的目光落在一个本子上，随手翻开，发现那是周楚国的记账本，上面的每笔账目都记得清清楚楚，事无巨细，还会因为各种生活琐事把账目记成不同的颜色，这样的记账本架子上还有好几本。在旁边有一个饼干盒，陆司语打开，发现里面是各种票据，叠得整整齐齐，他看了看最早的票据，居然是几年前的。

"看铁门这个高度，凶手身高应该在一米七五以上，是个男人，至少，这个接电线的可能是个男人。凶手应该认识死者一家，只有熟人才能够知道他们家的位置和情况，知道怎么拉来电，绑在哪里。凶手有一定的电工知识，可能戴着绝缘手套完成了操作。"宋文迅速做着判断，然后他看了看门外，问张大海道，"物证员提取门口的脚印了吗？"

张大海道："宋队长，你也知道，昨天晚上下了大雨，今早村里的群众也在门口围观过，有价值的痕迹不多。"

宋文没听他的忽悠，想了想道："不对。昨晚下了雨，门口那个地方泥土潮湿，地势比较高，更容易留下脚印。而且凶手想要在门上安置电线，需要离门的合页很近，那个位置应该是个死角，围观的群众是不会踩到那里的。"

宋文说着走到门口蹲下身，看到那个位置有两个叠在一起的脚印，上面的一个脚印花纹较为明显，宋文看着十分眼熟，然后他略带了怒气，转头看向张大海道："张队，这是你的鞋印吧？"

张大海一看，果然和自己踩出的脚印一模一样，一张大脸立刻就红了，支支吾吾道："啊，那个……这个……大概是我早上看电线的时候没有注意……"

张大海夸下海口说现场保护完好，结果一上来就被林修然和宋文挑了刺儿，还毁掉了重要的物证，不亚于被他们当面扇了两个耳光。他之前想当然地把院子里当作了案发现场，完全没有仔细去想，其实凶手根本没有进来，只在门口停留过。

宋文虽气，但是对这个情况也毫无办法。大家都知道要保护现场，可是现实中，现场经常会被报案人或者看热闹的群众破坏，这会对后期的侦查取证造成困难。眼前脚印的前脚掌部分被张大海破坏了，模糊不清无法辨认，只有个脚跟还留在外面。

宋文抬头问："这边拍照了吗？"

张大海这才如梦初醒，叫了物证员去拍照，又让他下面的小刑警去测量提取脚印。

看着几个人慌乱的身影，工作狂宋队长无奈地叹了口气，这群"猪队友"真的有点儿带不动。

陆司语走过来看了一眼那被破坏的物证："至少后面还有半个鞋印，先拍了吧，可以做部分的足印甄别。"他眨了眨眼睛，努力用视觉把那两个脚印剥离，过了片刻又开口说："这脚印大约是四十三码，厚底，脚跟处有波浪花纹，由此可以判断，接电线的是位男性，身高一米八左右，根据两个脚印的位置看，这人脚尖有点儿内扣。"

张大海虽然有点儿糊涂，但是也知道脚印的重要性，挠了挠头道："我听说省警校有个专家，单凭脚印就可以判断是谁的，特别神奇。"

陆司语抬头看了他一眼，淡然开口道："你说的大概是我导师。"

脚印具有个人特征，和人的年龄、体重、身高，甚至过往经历都有关系，这世界上找不到两个完全一样的指纹，同样地，即便是穿着一样的鞋，也不能留下两个完全一致的脚印。吴青当年退居二线以后，对脚印、血迹等一系列犯罪现场的证据进行了系统研究，还发表了数篇论文。陆司语跟着他学习相关的刑侦技术，也得益不少。

张大海冲着陆司语赔了个笑脸："名师出高徒，那这案子应该很快就能破了。"

陆司语没理他，拿着相机连续按下快门。

"扩大搜索的范围，看看村子里其他地方还有没有类似的脚印。下午可以圈定嫌疑人，一个一个穿着类似的鞋来试，看看是否为同一人。"宋文看了看现场又叮嘱道，"你们等下通了电，测下门上带电时候的电流和电压，测的时候千万注意安全。等测完了，你们再小心拆下来，查看下电线是从哪里接出来的，什么牌子，长度多少，上面有些什么信息。"

张大海咬着牙点点头，他所在的鹿宁县一年也就几起凶杀案，大部分还是情节比较简单的，要么是有目击证人，要么是激情杀人。要不是这案子死亡人数多，又透着诡异，也不至于把宋文他们叫来。

张大海在这地界里蛮横惯了，谁都尊称他一声"张警官"。现在叫来的这刑侦队长干起事情来雷厉风行，完全不顾他的颜面，弄得他又气又恨，但是表面上又得听宋文的。

这段时间，林修然在那边查看完了三具尸体，站起身道："这边周楚国的尸体上，在肋下和膝盖处有一些打斗的痕迹，现在无法判断这痕迹是否和案子有关。三人几乎是同时触电身亡的，其他的要到殡仪馆看解剖结果，等下我们兵分两路吧。"

运送尸体的车已经在门口停好了，看这架势林修然是想赶时间。老李几个人帮林修然把尸体抬到了车上。

"那我们随时联系。"宋文说完摆了摆手送走了林修然。

他看了看现场总结道："男人，身高一米八左右，熟人，有电工知识，和这家人有仇，昨天晚上到今晨有作案时间。张队长，这是你的地盘，你们有没有觉得谁有嫌疑？"

张大海有点儿怕了宋文，想了想道："好像是有嫌疑人……不过，我这也很久没回村子里了，要去核实一下。"

宋文道："符合条件的人你先筛一遍吧，如果遇到有重点嫌疑的，我们挨个儿盘查。"

张大海忙点头："唉，好好好，这事情简单，回头我调了村民资料挨个儿排查。我估计符合这几点的，这村子里也就十来个。"

话到这里，陆司语皱着眉头说："张警官，我在他们家里，看到有小男孩儿的衣物，你也说杨梨一直在家相夫教子，可是他们家的孩子到哪里去了？"

提到了这个话茬儿，张大海面色有点儿尴尬，咳了一声道："周楚国夫妇是有个儿子，不过说起来有点儿凄惨，这孩子在两个多月前，也就刚开春的时候意外溺水身亡了。"

"这么重要的信息，刚才你怎么没说？"宋文听了这话，说了张大海一句。照理说这些信息在他们到现场的时候就该告诉他们，结果还是陆司语发现后他才说。

张大海面露尴尬道："这个……你们刚才没问啊。"

"这么巧？是溺水身亡吗？"宋文皱眉问道。这一家人似乎是受到了死神的青睐，孩子在两个多月前溺水，现在大人又出了事。虽然说是意外，可是这时间点也太近了。也许，这小孩子的出事也并不简单，或许和现在的案子有点儿什么关联。

张大海解释道："这个……反正孩子是和他爸爸出去玩儿，跑丢了，后来全村子的人都去附近帮忙找，最后是在河边找到的。那个时候刚春天，小河偶尔会涨水，看着只到脚脖子的水面不到一分钟就能够涨到成人的腰部，可能小孩子没注意，贪玩的时候赶上了涨水。"

"那后来呢，解剖了吗？确定是意外吗？"宋文继续追问。

张大海提起这事儿就来气道:"他们家孩子叫周聪,今年才六岁半,家人当时不愿意解剖啊,说不想孩子死了还没有全尸。我们当时是谨慎起见,还是劝着签了字解剖了,结果切开尸体一看,都是溺液,那孩子就是被淹死的,只得又缝上了。为这事儿,周楚国好长时间都没给我好脸色看。"

宋文生怕有什么遗漏,又问张大海:"这家的房子从外面看起来是高门大户,为什么进来以后,却让人觉得他们生活有点儿拮据?"

张大海道:"唉,那是你们不知道我们这里的习俗,在我们这边,有句话叫作'倾家荡产娶老婆,欢天喜地卖女儿'。在这边,女孩儿稀少,适婚的男孩儿众多,结一次婚,算上聘礼之类的,还有送给女方的金银首饰,举办婚礼的钱,总共要几十万。

"对于你们城里人来说,这点儿可能就是个买厕所的钱,但是对于农村人来说,那就是一辈子的积蓄啊……很多人家都是咬着牙去讨老婆,甚至是借钱去娶媳妇。有的人家有子有女,那就嫁了女儿,用女儿的聘礼钱来娶儿媳妇。这娶过来还要摆酒,宴请全村,乡下人要脸面,酒要好酒,烟要好烟,收的份子钱根本不够本,都是贴钱办婚事。

"这周家也是如此,盖了个房子花了大半的积蓄。几年前为了娶媳妇,把剩下的钱也花完了,还欠了一屁股债,现在生活只能紧巴过了。"

宋文感慨:"你们这里就和南城挨着,怎么婚嫁的价格比那边还高?"

张大海笑道:"现在越是乡下地方,越是规矩多,好多女孩儿都想离开这里,最后被你们城里人带走了呢。"

和张大海又聊了几句,看这边也一时问不出别的线索,宋文道:"如果没有线索表明孩子的死亡和这件事有关的话,我们还是先查这个案子吧,其他的就麻烦张警官。"说完,他拉着陆司语道:"走,到饭点了,我们吃饭去。"

第十六章

—— 开棺 ——

晴了一上午的天空到了中午有点儿雾蒙蒙的，宋文和陆司语从那有些压抑的小院子里出来。村子里的街道比城市里的狭窄一些，这蚊头村种茶比较出名，在不远处的山头上有一片茶园，都是半人高的茶树，空中时不时有鸟儿飞过。

陆司语道："我带了吃的，要不我们找个地方热一下？"

宋文点点头，现在正是饭点，村子里一片安静，偶尔有几声狗叫。他仰头做着扩胸运动："别说，这地方的空气的确是不错，比城市里的好多了，挺适合做个旅游景点或者农家乐的。"

陆司语还在想着事情，低头"嗯"了一声。宋文又道："这个案子感觉不是太复杂，村子里就这么多人，符合条件的更少，挨个儿排查的话，一两天的时间肯定能找到凶手，你就当出来度个假，呼吸下新鲜空气吧。"

两个人一路顺着村子里的路走着，往前走了几百米，宋文忽然指了指一旁的山道："这地方居然有人和我想的一样，还真有个小型度假村。"

陆司语被他打断了思路，顺着他的手指看去，路边有个广告招牌，上面写着几个字"蚊头村度假山庄欢迎您"，下面几行小字"三千万平天然氧吧，独栋别墅四星宾馆，现代化温泉浴场"。

宣传语写得挺唬人的，他们的目光往山上看去，顺着一条林荫路往上走，不远处有几株特别高大的树，枝叶繁茂，在一片新绿中，隐约可以看到几栋小别墅。

陆司语早就对住宿的环境有所担忧，看到这个度假村倒是眼前一亮。两个人顺着小道，一路走了进去。这度假村虽然不大，但是设计得十分巧妙，几栋别墅通过一条密闭回廊连在了一起，夏日的风光十分赏心悦目。在回廊的外面有一小片人工湖，想必是准备做温泉用的，不过还没建好。

前台小姑娘就是这村子里的，给他们介绍说老板原来是村子里的茶农，后来发了财，就向村子里租了地盖了这几栋小别墅。建度假村的目的是增加就业机会，开发旅游资源，回馈家乡的养育之恩。

陆司语侧了头，眼睛望向那片湖，波光粼粼的水面随风而动，像是撒了碎钻。宋文看了看风景，又回头看了看陆司语，打趣道："这里风景不错，也算是高端湖景房了，你满意了吧？"

陆司语尖尖的下颌轻轻一点，没再挑剔。

这度假村是接待老年旅游团的，价格便宜，设施好，没想到还挺紧俏，最近有个团去了西樵，把这度假村当中转的地点，人不在这里，房间却没退，行李也都放在这边。现在只剩了两间空房，一间标间，一间大床房。

宋文拿了两张房卡，转头看向陆司语道："今儿晚上怎么办？"

陆司语低着头，小声道："我晚上睡觉轻。"

宋文大度地把那张大床房的房卡递给陆司语道："那我晚上和老林睡了，你好好休息。"

他们在度假村办好了入住，陆司语让前台帮忙把带的饭热了，然后两个人在外面找了一家农家乐。

这山野之间的饭店，桌椅餐盘都挺简陋，但是食材特别新鲜。老板听说是来办案的警察，还送了一盘白切肉，酱汁不知道是用什么调成的，有点儿辣，味道不错。农家乐做菜的水准之高大大超出了两人的预料，陆司语这次也忍不住动了筷子，宋文还和老板约好了晚上再来。

吃过饭以后，宋文闲不住要去村子里逛逛，打探一下消息。陆司语早上过来的时候被盘山公路绕得有点儿晕，没跟着宋文去，自己去房间里躺了一会儿。

到了下午，宋文问了消息回来。

这村子中等大小，大家互相之间都认识，每天抬头不见低头见的，有点儿什么风吹草动，只需要半天的时间，就能整个村传遍了。

宋文去村子里转了一圈儿，就有不少人提供信息。他回来以后，把觉得有价值的消息给陆司语说了一遍。

首先是昨天晚上十点左右，有人看到一个穿着雨衣的人在附近徘徊，那时候雨已经停了，穿雨衣有点儿扎眼。但是因为天黑，没有人看清是谁，只知道是个瘦高的男人。

其次是最近这村子里有一块田地上要建现代化的农场，村支书出面谈的，城里的老板给的价格不错。地呢，需要几十亩，从西头划，划到王家的地；从东头划，划进去的则是周家的地。因此这周家和王家闹得不太愉快，不久前还打过一架。村委会一直在协调这件事。

第三件就是之前周家孩子淹死的事。那孩子中午的时候是和他爸爸周楚国一起出去的，据周楚国说，他低头看了一会儿手机，再抬头孩子就不见了。当下他就去找了村支书和张大海，全村的人一起出动帮他找孩子，直到晚上才在小河的下游发现了。

村子里的小孩儿经常在小河里玩水，那孩子本来会点儿水，不知道怎么就淹死了。而且这里沿着小河都有人家和商铺，如果孩子大声呼救，肯定会有人听到的。村子里有人说，孩子是被水鬼钩住了，捂了口鼻，才叫不出来；还有人说，晚上的时候能够听到河边有哭声，像是闹了鬼……

宋文又道："不知道是不是我的错觉，这村子里的人提起周家的孩子总是支支吾吾的。"

陆司语听了以后微微皱了眉道："那个穿雨衣的人很可能是凶手，特征和时间都很符合。至于争田地的事，那一场架说不定就是周楚国身上伤的由来。至于鬼，肯定是不存在的，我总觉得那孩子的死有点儿蹊跷。"

宋文点头道："我刚才听说，张大海吃了饭以后也往王家去了，我们先去那边看看情况。"

陆司语跟着宋文从度假村的后面走了条近路下了山，刚刚走到王家附近，就见到一群人围在王家门口。

两人走到门口，看到张大海手下的小警察堵着门，想要关上。门外面一群看热闹的群众恨不得抓把瓜子，搬了马扎过来；门里面哭天喊地，有男声也有女声，交织在一起，像唱大戏一般热闹。

宋文拨开人群看到张大海站在院子里，用手铐铐了一个四十多岁的中年男人，正要往外带。那男人留刺头，皮肤黝黑。院子里还有个中年妇女，她拽着张大海的裤腰不撒手。三个人一时僵持着，谁也弄不动谁。张大海叫着："你们这是反了天了，警察的话也敢不听。"那男人大喊着："张头，我又没杀人！凭什么抓我！"那女人也跟着大喊着："谁给评评理，这什么世道，警察冤枉人啊！"

宋文急忙走过去问张大海情况："我不是让你们排查嫌疑人吗？这是怎么回事？"

张大海道："宋警官，刚才吃午饭的工夫，我在村里都查问清楚了，这人叫王宇，身高、情况都符合。过去和周家挺熟的，也是这村子上的电工，最近他因为村子里划田的事和周家闹了矛盾，刚和周楚国打过架，扬言要给对方点儿颜色看看。昨天晚上下雨后，他有一段时间不在家里。人不是他杀的还能有谁？查清楚了你也能早点儿回去。"

宋文在村民那里也听说了王家和周家有争执的事，但是要查清楚也不是这么查的，他被这队友弄得脑仁疼，说道："现在什么证据都没有呢，你动什么手铐？快点儿把人解开！"转头又把那女人拉开来："我们在办案呢，只是找你男人了解下情况。"听了这话，那女人才哭哭啼啼地撒了手。

张大海满脸不快地把手铐解开了。失控的现场终于得到了控制，警察小孟在陆司语的帮助下关上了门，将那些围观看热闹的群众驱散了。

宋文回身道："外面人太多，也别去派出所了，就在这里问吧，你们夫妻两个一起进来。"

宋文看起来不凶，却十分严肃，身板笔直，说话思路清晰，干脆利索。两人觉得这才是心目中警察的样子，看起来比张大海靠谱儿多了，互相交换了一下目光后点头同意了。

他们进了门，面对面坐下。宋文的目光从男人的脸上扫过，这人是个普通乡下人的长相，粗眉，圆脸，皮肤黝黑。不知道是不是他的错觉，进屋以后，宋文闻到了一股若有若无的香气，只是辨别不出是什么东西散发出来的。

由于要收拾烂摊子，宋文就没按照程序来，直接开门见山地问那男人："你叫王宇是吗，之前和周楚国打过架？"

那叫王宇的激动起来，叽叽咕咕说了一通本地话，宋文没听清几句，冷冷地道："说普通话。"

男人这才"嗯"了一声，咬着牙道："是那小子不地道，那征地的事情两个月前就定下来了，原本就是轮到我家的，他趁着村长还没上任，去找了村支书，又去找了那个老板，非要撺掇着改了。"

宋文："你就没想过因为征地的事情报复他们一家？"

王宇道："那征地的结果被报上去了，然后就没下文了。实话说，如果结果出来了，选了他们家，那我会去跟他玩儿命，但是现在结果没下来，我没理由去啊。"

一旁的张大海冷笑着插嘴："你打架时分明威胁了周楚国，说要给他们一家点儿颜色看看。"

王宇道："这个……打架嘛，谁不撂几句狠话？再说了，那一架是我赢了。

这次他们全家都死了，也是报应，不过警官我真没杀他一家。我想要他们征我家的地是为了钱，我杀了人又得不到钱。"

宋文又问："你们那一架是什么时候打的？"

"大概是上周三中午，还没吃饭的时候。"王宇回想了一下，"是他先动的手，这个村子里的好多人都可以做证。他打掉了我一颗牙，他也没讨到什么便宜，被我揍了一顿。"

这村子里王家是大户，做证的也都是他家亲戚，还有什么好证明的？宋文放过这个话题继续问："你是这村子里的电工？"

王宇点点头道："我跟着师傅学过两年的手艺。我们村子里盖房子，有百分之八十的电是我接的。"

"周楚国一家是被电死的你知道吗？"宋文问道。

王宇挠挠头道："我上午睡到九点多，起来以后才听说，不过这更不可能是我干的了。首先，我跟着师傅的时候，师傅就教导我说不能拿电开玩笑，这就和正经开锁的不能随便撬人门是一个道理。其次，你想啊，我是吃这碗饭的，我们村子里就这么些人，这一电死还不得第一时间怀疑我？"

说到这里，张大海在一旁冷笑道："你小子花言巧语不少，还想抵赖？"

宋文伸出一只手，止住了张大海的话头，继续问："昨天晚上八点以后你在哪里？"

"我……我去村里活动室打牌了。"男人微微一顿，有点儿结巴。

"胡说八道，那几个打牌的开始还帮你打掩护，后来我吓唬了一下他们，就都说了实话，你昨天根本就没去。"张大海戳穿了他的谎言，为了表示他没有抓错人，加了一句，"你如果昨儿晚上没去接电线，现在撒什么谎？"

"对啊，警察问你话呢，你说昨儿晚上八点去打牌了，出去晃了两个多小时才回来，那时候你去哪里了？"那女人这时候反应过来，瞅向了自家男人，开始拆他的台。

"我本来想去打牌的，后来去转了一圈儿看没位置又回来了，他们可能是没看见我，再后来我就在村子里逛了逛。"男人这时候没有了刚才的嚣张和淡定，伸手摸了摸鼻子，找补了一句，"我又没犯法，去哪里你们管得着吗？你们警察说是我做的也要拿出点儿证据来，不能平白无故就污蔑我吧。"

一时间屋子里又争了起来。刚才宋文问话的时候，陆司语一直冷冷地站在一旁，他现在靠在门上，一下一下咬着指甲，沉默地看着这一屋子的闹剧，仿佛一切都与他无关。可听了王宇的这句话，他却忽然想起了什么，抬起头眨了眨眼。

随后陆司语转身看向刚才院子里留下的脚印，那些脚印中有张大海的，还有王宇和他老婆留下来的。陆司语思考了片刻，又看了看王宇的裤脚，上面沾着些嫩黄色的粉末，摇了摇头小声道："应该不是他。"

屋子里吵得不可开交，陆司语的声音不大，却一下吸引了宋文的注意力，他有些惊讶，没想到陆司语这么快就下了判断。

陆司语转头问那女人："昨晚你丈夫出去了多久？"

女人想了想道："两个多小时。"

陆司语又转向王宇，伸出一只素白的手道："你的手机可以给我配合调查下吗？"

王宇咽了一口唾沫，一瞪眼把手机捂紧了，那表情仿佛要了他的命一般："我只是配合你们问话，为什么要查我手机？"

陆司语收回了手，刚才他只是试探，本来也没想过王宇能够把手机交过来。随后他又转头看向那女人，小声道："最近你该问问家里的账目了。"

那女人听了这话，又看到此时王宇的举动，忽地起了疑心，斜了眼睛看向王宇，质问他道："你……你是不是在这村子里有了相好的了？我在这里，你才不肯告诉警察昨晚那两个多小时去了哪里！"

眼看着又要夫妻大战，宋文觉得没有审下去的必要了，起身问张大海："除了这个嫌疑人，还有别的人选吗？"

张大海有点儿慌，觉得王宇这情况拂了他的面子，说道："哎，看我这记性，大概一想觉得没有嫌疑人，可是细细查起来，半个村子都有恩怨，回头我理了名单让你们慢慢问哈。"

这边他们说着话，陆司语朝宋文打了个手势，径直往外面走去。宋文也顾不得张大海，急忙跑了几步跟上，刚才的事他还没想明白，追着陆司语问："你怎么看出来的？"

陆司语这个战争的挑起者装着无辜："我没看出来什么啊，作为刑警要讲证据，可不能乱说。"随后他又小声道："那是他老婆误会了，我都不觉得他是去偷情了。"

"我还是好奇，你到底看出什么来了？"

陆司语一边往外走，一边解释道："这个人的脚有一点点跛，虽然没到影响走路的地步，但是站在地上的时候，明显一只脚比较稳，另一只脚又出去。如果是他，留下的脚印应该是外八字状的，不应该是内扣的。

"还有，他脚上沾的泥土不一样，身上有黄色的花粉，还有种淡淡的香味。如果我没闻错的话，他曾经碰过一种叫作待宵草的花，顾名思义，这种花在傍晚开花，直到第二天清晨才凋谢。他的裤脚和鞋底沾了这种花粉，肯定是在大面积有这种花的地方待过。

"昨天晚上下雨之后，裤脚和鞋底上的雨水正好和花粉混合在一起。我们在这小村子里逛了一圈儿了，这种花在村子里只出现在度假村外的那片山坡上。

"今天我们路过那片花田，我看到多个矿泉水瓶、烟头，还有一些错杂的脚印。夜深人静，这么多人躲在野外，八成是在放野糊吧。王宇不敢细说，大概是怕张警官会扣了他们那一群人。"

放野糊是乡间暗赌的一种叫法，通常选择的地点在荒郊野岭，数额较大，一直是警方打击的对象。现在这些村民也怕被查，不会带着大额现金，大家都是网上交易，所以陆司语说要查看王宇的手机，王宇就紧张了。

这些推理听起来玄奥，其实都是靠一些微小的细节，宋文理顺了，不由得感慨："你的鼻子可真灵，我只是觉得那男人身上有点儿香，根本闻不出来是什么。"

陆司语继续道："还有，他说的话也有点儿道理，电工要是靠接电来杀人，那也太明显了。而且这个人身强力壮的，周楚国是挨打的那一个，征地的事情还没下来，犯不着这时候把人家全家都杀了。最重要的一点，我觉得如果他昨晚接了线，今早要电杀了这一家人的话，是不会早上睡到九点多才起的。"他停了停，喘了口气道："查到这里，我倒是想明白了一件事。"

"什么事？"宋文跟在陆司语的身后，"哎，你走慢一点儿。我们这是往哪里走啊？"

刚才陆司语忽地示意他往外走，并没有告诉他要到哪里去。陆司语转头回了他四个字："去找证据。"

陆司语说完后，就一直闷头儿往前走着，他走得很快，似乎着急赶往什么地方去，宋文跟在后面，都有些跟不上他。宋文以为他想去现场再看看，就没再问。这么走了几分钟，他们已经走到了案发院子的附近，陆司语却没往那个方向去，而是走了另外一条路，往之前看到的那座不太高的山坡上走。这小山头上郁郁葱葱的，树木很多，风景倒是不错。

宋文没有闲情逸致，他被搞得更糊涂了，问道："案子还没头绪，你爬哪门子的山？"问完这句不等陆司语回答，他又紧跟了几步追上道："你不等张大海的消息了？"

陆司语微微有些气喘道："张大海那人不靠谱儿，等他的消息得等到猴年马月，我还想快点儿回去呢。而且，王宇说得对，我们缺的是直接证据。否则就算是遇到了真正的嫌疑人，也很难定罪。"

现在办案讲究的是证据链完整，这个案子之所以卡在这里，是因为直接证据太少了。没有目击证人，没有证物，没有指纹，只有半个模糊的脚印，这种情况十分被动，即便是找到了犯罪嫌疑人，只要对方咬死了说没有做过，他们就无法突破。

越往山头上走，路就越发平缓，陆司语一言不发地爬了一段，快到山顶时才回了宋文的话："我也只是猜测，不一定准确，我之前在揣摩凶手的心理，这个凶手不是激情杀人，而是谋划杀人。假设你要杀人，制订了一个自以为很完美的计划，你会在家里躺着睡觉，一直等那个计划实施吗？"

宋文想了想摇摇头道："不会。我大概会直接收拾东西准备逃跑吧……"

陆司语扶额："你这样的人，看来杀不了人。"他解释道："这个凶手是想要灭周家满门的，他们之间一定有深仇大恨。凶手会惶恐，会不安，但是更多的应该是期待！是兴奋！他一定要目睹那最后的时刻，看着那些人死去，才能够解心头之恨，才能够给他带来最大的快感。"

这好比一场戏到了大结局，放烟花点燃了火信，考试到了揭榜的时候，没有这最后的一步，那么前面费的功夫都成了无用功。

宋文忽地反应过来道："所以我们现在是去……"

陆司语三步并作两步，上到了山头上。这个山包并不算大，大概比下面高个几十米。只高了这么多的距离，就已经可以感觉到山上的风和山下的不同。陆司语的胸口起伏着，眼睛向四周扫了扫，马上选定了一块空地，然后他走到边上，俯下身去。宋文跟着陆司语从这里望下去，周楚国家的那个小院子尽收眼底，院子里有点儿什么动静都可以看得一清二楚。陆司语轻声道："是了，就是这里，最佳观测点。"

这块空地可能被人踩得多了，没有生长杂草，很平坦。宋文低头找了找，果然如陆司语所说，在不远的地上发现了几个清晰的脚印，那纹路和之前在周楚国家门口被张大海无意中破坏的一模一样，而且那脚印上带点儿棕红色的泥土，也和周楚国家门口地上的颜色一样。

陆司语用手机拍了几张照。宋文蹲下身，取出随身带着的物证袋，从草丛里小心翼翼地夹出了一个烟头观察着："昨天下过雨，这烟头却是干的，很有可能是凶手早上留下的。"

凶手在周家门口的时候，还保持着警惕，没有留下太多的痕迹，可是到了这里，完全放松了，留下了诸多证据。烟头可以化验出凶手的 DNA，他们又得到了完整清晰的凶手的脚印，有了这些证据，凶手就会被锁定了。

陆司语站起身来往下望去："他昨晚接了那根电线以后，一夜都没怎么睡，不等天亮就爬到了山上，站在这里，看着那些人死去。这残忍的杀人方式，恐怕在他的心中是个'杰作'。"

从烟头和鞋印可以看出，凶手曾经在这里焦急地等待着。今天早晨，天色蒙蒙亮之时，他就在这里，一边抽着烟，一边来回走动，等着那令他激动的惨剧发生。

宋文侧身去看陆司语，如果是一般人，是不会想到案发当时凶手就站在不远的山头上看着这一切的。就算要扩大搜索范围，也最多把附近多搜寻一下，不会来到这山头之上。

陆司语因为刚爬过山，面色潮红，眼角眉梢却带了一点儿印证了自己想法的得意，风吹起他前额的头发，露出雪白的额头。分析案情的时候，他看起来不再像平时那么冷冰冰的，却还让宋文觉得有点儿陌生，他的那种语气，仿佛杀人是一件让人沉醉的事，是一种无人能够理解的艺术。而他能够与凶手共情，了解这种感受。

宋文站在陆司语的身边，被冷风一吹，有片刻错觉，他觉得陆司语并不像是个刑警，更像是个会去杀人的变态杀手。可陆司语那么聪明，那么敏锐。

宋文喜欢破案，抓到坏人会让他有成就感。最初，他只是憋了一口气，想让宋城看得起他，可后来，他发现自己真的享受这种过程，即使身处黑暗，也想追求正义。

陆司语不一样，如果说每一个凶案是一局迷棋，他就是在做复盘，勘破这一切能够给他带来极大的快感。

同是破案，他们一个正，一个邪，两个人的目的是一样的，出发点却完全不同。如果能够维持一种平衡，就能够很好地互相弥补。可如果这平衡被打破的话……迎着山风，站在这小小的坡顶，宋文有点儿恍惚地想：如果眼前这个人是个杀人凶手，那自己能否抓得住他呢？

说完了那些话，陆司语忽地觉得身体里浮上来一种钝痛，他被这感觉压迫得低咳了两声，随后蹲下身来，按住痛处。刚才爬山的时候，胃就有些轻微的痉挛，他没有在意，现在一停下来，感觉身体里有只手像揉废纸一般把柔嫩的内脏揉成了一团。宋文看他脸色一白蹲了下去，急忙问他："怎么了？"

陆司语稳了稳，想着可能是中午贪嘴多吃了几块加了辣的白切肉，引得胃病犯了，他不想让宋文担心，开口道："可能是刚才上来得太急了，岔气了……"

宋文急道："你刚才那么着急干什么？我一直叫你慢点儿。"

这一阵难受来得很凶，陆司语额头上冷汗直冒，修长的手指紧紧攥住了衣服，狠狠地抵在胃部，恨不得穿透进身体里。他觉得体内像是有把刀在绞动，那种感觉就像身体里的器官抽筋了一般，他咬着牙说："你让我歇会儿，就……没事了。"他的声音发颤，怎么听都不像是没事的样子。

宋文看向陆司语，短短时间，陆司语的唇色都变了，额上也出了冷汗，显得俊美的面容越发苍白。这架势让他有点儿慌，他拉着陆司语道："你别撑着了，要不我背你下去吧？"

陆司语闭着眼睛摇了摇头。宋文在一旁什么忙也帮不上，想扶他起来，可是陆司语的身子团着，眼睛紧闭，睫毛抖得厉害，过了片刻他才哑着嗓子说了一句："别碰我。"这一句甚至带了点儿哭音，吓得宋文再不敢动他。

陆司语心里清楚，下午他等宋文出去的时候，偷偷吃过止疼片，算着时间也要起效了，运气好的话熬一会儿就能过去。

宋文还想说些什么，陆司语又缓过来一口气，侧头说："你手机在响……"

宋文一翻口袋才发现手机的模式不知什么适合变成振动了，刚才他光顾着陆司语，都没注意到电话响了，反倒被陆司语提醒了。

电话是林修然打来的，宋文怕误事，一手扶着陆司语，一手接了电话。林修然和他说了验尸的各种情况，宋文听得有点儿心不在焉。

挂了电话再回头，陆司语疼过了那一阵，已经缓过来了。他的脸色好了很多，嘴唇也有了颜色，就是眼睛还水蒙蒙的，像是哭过一般。

宋文扶陆司语站起来，问他："还难受得厉害吗？"

陆司语摇摇头，手还放在腹部，单薄的身形有点儿摇晃，那种疼又变得丝丝绵绵的，还算可以忍耐。他的胃病严重，胃里早就有溃疡，平时把止疼片当饭吃。可能刚才有点儿痉挛，现在止疼片生效，就好了很多。

宋文以为他真岔了气，忍不住说他："你啊，也太任性了，下次别这么勉强了，也不差这十几分钟。"宋文自诩是一工作起来就废寝忘食的人，没想到陆司语比自己还不知深浅。他现在这样子，让宋文又后怕，又心疼。

"我怕有人上来，破坏了证据。"陆司语吸了口气，努力让自己的声音不再发颤，"真没大事。"宋文刚才接电话时他在一旁听到了几句，知道是林修然打来的，他努力分散着自己的注意力，转头问宋文："林法医说什么？"

"尸体都检查过了，是电死，周楚国身体上有一些外伤，和刚才王宇的口供一致，基本都是我们所知道的，我让他尽快回来了。"

宋文简单总结了一下，看向陆司语，他清俊的面容还是有点儿苍白，就是眼圈通红，看起来像只红眼睛的兔子。宋文不放心地再次和他确认："你真的没事了吗？"

陆司语不想让他担心，"嗯"了一声："我真没事了，就是那一阵。"事实上现在的确是好了很多，忍着疼也可以下山了。

陆司语完全不在意自己的情况，又和宋文说："林法医尽快回来比较好。我觉得周楚国儿子淹死那件事还值得再查一下。"

宋文一愣："你怀疑是他杀？"

陆司语点头："仅是怀疑而已，我怀疑里面还有隐情。"

这个村子里，大家每天生活在一起，如果说人与人之间一点儿摩擦都没有，那是不可能的。只是，如果恶化到了死仇，其背后必然有不可化解的矛盾。

"按照这边的习俗，尸体倒是未必火化了，这事情估计需要开棺验尸……"宋文说完低头想了想，现在灭门案的证据找得差不多了，还差一个突破口，说不定调查这孩子的死亡能够给他们新的线索。

两起死亡事件发生的时间太近了，孩子的死听起来疑点颇多，村民们又对那孩子的事情支支吾吾，其中必有蹊跷。

想到此，宋文下了决断："不过我觉得你说得对，再查验一下还是有必要的，里面似乎有些问题。张大海都靠不住，这里的法医可能更马虎。那孩子究竟是怎么死的，回头还是要让老林看看。"

所谓耳听为虚，眼见为实，这件事还是自己亲自查一查才有把握。

宋文看陆司语好多了，他们开始往山下走。都说上山容易下山难，这座小山虽然不高，但是只有一条狭窄的土路。加上昨天下过雨，山路还有点儿湿滑。

宋文走了一段，前面有个小坡，回身去接陆司语。陆司语还有点儿胃疼，觉得胃里时不时绞上一两下，他不敢表现得太明显，轻轻咬着唇，一只手掐着腰，走得不是太稳。宋文伸手一扶，就把他的另一只手拉住了。

陆司语顺从地低下头去，被他牵着下了山。

到了山下停放警车的地方，宋文才撒开了陆司语的手。走了这一会儿，陆司语的脸色又好看了一点儿，宋文去给他取了杯子，倒了杯温水。

两个人又休息了一会儿，宋文看了看时间，这么一番折腾，已经是下午三点多，他本想让陆司语歇歇，但是陆司语执意要跟着。两个人就一起去找了张大海。宋文叮嘱物证人员去把山上的脚印采样，又把烟头给他们让找人送去县城的机构化验，然后就问起了那个男孩儿溺亡的事儿。张大海不明白宋文为什么对这件事情这么感兴趣，把具体的时间和过程又说了一遍。

宋文问张大海："当时那孩子是直接埋了还是火化了？"

"这个……"张大海搓了搓手，有种不好的预感，但还是实话实说，"虽然说现在号召火化，可我们村子里……还都讲究入土为安。"

宋文道："那你带我们去埋他的地方看看。"

张大海面色一僵道："宋队长，那尸体都验过的，你这是不信任我们。"

宋文道："老林比你们这里的法医经验更加丰富，我们只是核实一下，如果证实你们没错，就再原样封上。"

张大海听宋文这意思是想往这条线上查，下意识不想把事情闹大："哎，宋队长，你们找到了一些证据，我很感激你们，但是到了我们这里，你们也得入乡随俗啊。人们都说入土为安，这个'为安'，就是不能再动了。这都埋了两个多月了再挖出来也不吉利。再说了，你这动静也忒大了点儿，回头我怎么和村民还有领导交代啊……"

听他又推三阻四的，宋文有点儿火大："不就是开棺验尸吗？现在案子都查到这份儿上了。你到底是怕没法和亲属解释呢，还是怕没法向领导交差？说出来我来替你解决。"

这话宋文是故意这么说的，周家直系的亲戚都绝户了，自然没有亲属阻挠；怀疑死因有异常，要求验尸合法合理，领导也拦不下来。他把张大海找的理由都堵上了，等着张大海的回答。

"这……"张大海知道自己的小九九都被宋文看透了，一时迟疑，在那里权衡。这案子本来就够大了，他又破坏过证物，再有什么差池，他背不起。宋文的话里带了点儿不容抗拒的意味，张大海不自觉地往后一缩，他有点儿怕宋文。

陆司语在一旁听着他们谈话，他的目光落在宋文身上，眼睫轻轻抖动。这个男人身上总有种一往无前的劲儿，关键时刻会挺身而出，绝不退步。

宋文看向张大海，继续给他施压："所以，现在你有两个选择。

"第一个，协助我们开棺，如果案子破了，有你一份功劳。

"第二个，你可以坚持己见，我把所有问题如实上报，走流程打申请，到时候看上面的批复行事。现在，我们的目的都是能迅速破案，如果开了棺，有任何问题我担着。"

宋文的话说得不慌不忙，张大海的脸色愈加难看，可第二个选择，有可能会让他的乌纱帽不保。他拦着不开棺还有一个意思，怕那孩子的尸体真的有什么问题，自己会受到处罚。可是宋文的话都说到这份儿上了，两相比较，好像开棺查验会让他的罪责轻一些，说不定还可以将功补过。

打定了主意，张大海换了笑脸道："宋队长哪儿的话呢，我把你们请来，就是要配合你们工作的，我去打个电话请示下领导。"

两分钟后张大海打了电话回来对宋文道："领导那边全力支持，看来我刚才的担心都是多余的。既然宋队长有这个决心，那我去村子里找几个劳动力，一起把那棺材挖出来。"

村后面的山坡上是一大片坟地，新近的只有一个小土包，前面立了一块无字的小木板，当作了小墓碑。因为是新坟，还比较好辨认。

别的坟头前有一些祭拜和烧纸的痕迹，这一处却干干净净的，坟头上有几株小草，开了星星点点的小白花，有点儿冷落和凄凉。

张大海从村子里喊了几个人，直接挥了铁锹就开始干起来。

下午五点，林修然赶回蚊头村的时候，装尸体的匣子已经被那几个青壮年挖出来了。说是开棺，其实并没有棺材可以开，按照这里的习俗，成年人死了才用棺材，小孩子死了，就用个木匣子装起来埋了。

这地方雨水多，两个多月，那匣子已经发霉了，木头开始腐朽。木匣子一打开，马上就传来一种腐臭的味道。林修然戴了手套，穿了件工作服，先跳下去看了看尸体的情况。尸体还能辨别出的地方明显发黑，身体大部分都已经腐败。整个尸体都泡在了发绿的尸水里，那些水中不知是什么，散发着阵阵恶臭。

一阵微风吹过，闻到那味道，张大海只觉得不能呼吸，跑到路边就吐了。随后他刚回过头来，就看到那尸体的腹部微微起伏，他吓得三魂七魄都散了，叫道："那尸体里有东西在动！"

那些村民听了这话也往后一退，生怕从木匣子里爬出什么。打头的大高个儿说："那个……你们先查着，回头要用我们再打电话。"说完不等张大海点头，一伙人就全都狼狈而逃。

林修然抬起头，波澜不惊道："我解剖过成百上千具尸体了，至今没见过鬼长什么样。"

宋文和陆司语站在一旁，也都聚精会神地看着，脸色变都没变。

那是一具六岁多的男童腐尸，身高一米二左右，被蜷放在那个大木匣中。由于尸体被水泡过，尸水浸染了衣物，现在匣子里早就已经面目全非，一片狼藉。

两个多月的时间，尸体已经重度腐化，但是还远远不到白骨化。孩子脸颊上的肉也腐烂了，牙齿从颊上露了出来，看上去有点儿吓人。随着林修然戴着手套的手指触动，从尸体下面的尸水里冒出几个气泡。

林修然穿着法医的蓝色隔离服，淡定地解释："是之前尸体解剖和内脏腐烂形成的气体。"

刚才就是这些气体残留在尸体里，把那些村民吓破了胆。

第十七章

—— 流言 ——

　　林修然做法医将近十年，最不喜欢解剖两种尸体，一种是老人的，一种是孩子的。这两种尸体难度较大，特别是孩子的，总让人有点儿不忍。他摸了摸尸体判断着情况："尸体曾经在水里泡过，加上儿童尸体水分多，腐败得比普通尸体要快，我和老李两个人估计不够，你们谁帮我一起把尸体弄出来？"

　　这尸体现在是一摊烂肉，可以看到森森白骨，非常可怖。张大海刚吐完，和手下的小警察面面相觑，都在犹豫。

　　宋文正准备上前，陆司语却忽然站出来道："我来吧。"

　　看着他站出来，宋文伸手去拦他："你别添乱，这事儿还是我来吧。"

　　陆司语面色淡然地抽出了口袋里的一双白手套，戴在手上道："我已经没事了。"

　　宋文心有余悸，拉着他小声道："你刚才还不舒服呢，等会儿你别又吐了。"

　　陆司语知道宋文是想起了火车上的事儿，他是有点儿洁癖，但是这洁癖只是针对活人的，对于活人的体味、呼吸等他都很嫌弃，距离过近他会不舒服，闻到味道重的会恶心，甚至有时候仅仅是触碰，他就会不停地洗手。可是他对死人并不介意，或者说早就已经适应。他对这些腐烂的味道也并不讨厌，对他而言，那些只是肉，虽然是烂了的肉。

　　看宋文不放心，陆司语解释了一句："我只是不喜欢人味，腐尸的味道比那些好闻多了。"

　　宋文对此有点儿不能理解，随着时间的推移，那腐烂的味道飘到空中，臭

· 204 ·

味越来越浓重，他现在都强忍着胃里的翻腾，不知道陆司语怎么能这么淡定。陆司语侧头看了看那尸体又神色凝重道："而且这尸体又小又脆，如果劲儿用得不对，很可能会对尸体造成二次破坏。"

林修然本来也没指望张大海和小孟，看着陆司语和宋文抢来抢去，他伸手从勘查箱里取出一件备用的塑料披问："你们谁来？"

宋文把自己的袖子撸到了臂弯处，露出了精壮的小臂，下了决断："得了吧，我还在呢，轮不到你个见习警员吃这个苦。再说了，有你和老林的指点，我还能办砸了不成？"说完宋文不等陆司语回答，就跳下了深坑，接过了林修然递过来的衣服。

陆司语这才没坚持，看着自己的直系领导亲力亲为。

于是，宋文、林修然还有那个李法医都在坑里做着准备工作。陆司语蹲下身，在坑边看着他们忙活。

张大海在远处，看了看陆司语，他早上就注意到了，这个小警察肤色雪白得像是冬天的霜，一双眸子乌黑，长得特别好看。此时这个小警察蹲在尸体边，聚精会神地看着木匣，表情完全不见常人的厌恶，只有理智与冷漠，仿佛那不是恶心的尸体，只是什么平常的东西。这景象看起来有点儿诡异。

林修然他早就见过，专业到了极致，精准得像是一台机器。宋文嘛，是个雷厉风行、一言九鼎的刑侦队长。至于这个小警察，虽然话不多，张大海却有种感觉，这个人很不简单。

张大海对宋文有点儿怕，又有点儿敬畏，对陆司语则是觉得神秘，甚至有点儿好奇。

似乎是注意到有人在看着自己，陆司语抬起头回望了一眼。张大海急忙避过他的视线，等陆司语垂眸下去，才敢继续看他。

林修然先把一块塑料布逐步铺在了尸体的下面，然后喊了个"一二三"，三个人一起用力，把尸体从木匣子里弄了出来。那孩子才几岁，不算太沉，就是这活儿有点儿恶心。难闻的味道和眼前的画面弄得宋文很不舒服，他心里想着，如果这孩子死得蹊跷，他一定要找出凶手。

林修然示意他们把尸体平放在一旁的空地上："先在这里做个简单检查吧。"

宋文一直憋着气，等干完了才站起身大口喘气。陆司语却像是没事人一般，戴了个口罩凑过去和林修然一起查看尸体。他的脸小，这么一遮只剩一双明亮的眼睛在外面，垂下眼眸的时候，卧蚕明显，睫毛也显得越发长了。

张大海忍不住又多看了陆司语几眼，然后捏着鼻子躲在几米之外道："你们快看，要是没问题就在这里就地埋了吧。我看这尸体都快烂透了，就别往殡仪馆运了。"

李法医也说:"尸体我真的仔细验过,当时有溺液,肯定是淹死的。"他自认为就算自己的技术再不精湛,这基础的问题总是不会弄错。

"是否要运去殡仪馆做详细检查,你们说了不算,尸体说了才算。"林修然隔着口罩,闷声说完后低下头,熟练地从尸体的外表开始检查。

尸体的躯干上确实是有解剖过的痕迹。陆司语伸手帮他按着,林修然就用剪刀把之前缝的线一一挑开。现在尸体埋了这么久,已经腐烂不堪,还被虫子咬过,宋文强忍着恶心站在一旁,用张纸巾掩了口鼻,但还是被这味道熏得头昏脑涨。李法医也弓身在一旁大气也不敢出。现场一时鸦雀无声,只能听到林间的鸟鸣。

此时已经下午六点,天边的云彩像是被火烧过,漫天红霞。可是黑夜迟早会到来,林修然抓紧了时间,把童尸的全身检查完,然后站起身摘下一边口罩道:"尸体有多处骨折,其中头部这处比较严重。"

李法医道:"有些骨折我也发现了,因为尸体是在河里漂过,而那条河的水很急,可能是碰撞到了河中的石头造成的。"

林修然摇摇头道:"身体上的骨折是死后造成的,头部这一处,你们当时没有剃去头发吧?"刚才他伸手一摸,可以感觉出那处伤口不太寻常。伤痕被头发掩盖,不好观察,好的法医必然是好的剃头匠,可这李法医验了尸体却没有剃头。

李法医有点儿郁闷道:"当时周楚国本来是不同意验尸的,孩子的妈妈杨梨却希望验一下,到最后周楚国才妥协。他说验尸可以,但是什么模样死的就要什么模样葬了,不能影响遗容。这死人的头发要是剃了,可就长不出来了,我哪敢给尸体剃啊。"

林修然也知道很多死者的家属对这些比较忌讳,他没说什么,而是让人配合着把尸体翻了过来。伤口就在后脑部位,之前有头发在,不易觉察,可现在尸体腐烂露出了白骨,反而让这一处的伤痕明显了起来。

林修然仔细查看道:"伤口在后脑处,是一处平行伤,不像是石头留下的,更像是用木棍或者重棒击打留下的。具体情况,需要把尸体运回殡仪馆,把骨肉剥离,充分暴露伤口后再下结论。"看来运送一趟是躲不过了。

陆司语还是蹲着身,摘下口罩,他似乎不觉得那尸体难闻,呼吸自然。

林修然继续道:"头上当时应该出了不少血,有生活反应。如果我没猜错的话,可能当时孩子被人用重物击打了头部,造成了昏迷,随后被抛入了河中,所以他的肺部和胃里会有溺液,说是淹死的也不为过。"

生活反应，通常是在受害者还活着的时候因为机体内还有循环才能够产生，也就是孩子入水时是活着的，但是有可能晕了过去。他落入了涨起来的水中，水进入了肺部，导致了他的最终死亡。

张大海没想到真让他们验出了点儿什么，这时候才反应了过来，他惊讶得一屁股坐在地上道："我的妈呀，这孩子也是被人谋杀的？"

李法医的脸红透了，解释道："当时我就说那尸体和一般溺死的不太一样，尸体僵直着，是家长不让我们再细查了。"

林修然又问："胃容物查了吗？"尸体已经不全，他需要问李法医才能够知道更多当时的情况。

李法医回忆了一下道："查了，胃里有鸡肉，还没有消化，当时杨梨还说他们中午没有吃鸡，周楚国说是他下午带孩子出去的时候买了一个鸡腿给孩子吃了。我当时还在感慨，这爹对儿子不错，怎么就一个没留神让孩子淹死了呢……"他之前觉得这些都还算正常，现在回想起来，却觉得处处都有问题。

"哪里对他儿子不错？你是没看到周楚国打他儿子，有时候还用笤帚疙瘩，打得孩子身上青一块紫一块的。"张大海接着话茬儿道，"那现在……我们这是又多了一桩案子？"

灭门案还没破，又发现这家的孩子死得蹊跷。这接二连三的事情，让张大海有些焦头烂额，没有头绪。

陆司语在旁边想了想道："我觉得，溺童案在前，灭门案在后，两个案子应该是有关联的，甚至溺童案可能是侦破灭门案的钥匙。我们想要搞清楚这一家人是怎么死的，就要先弄清孩子是怎么死的。"

此时已经过了晚上六点半，天色渐渐昏暗下来，天空中橙红色与蓝色相互交融，像是一幅极美的水彩画。几个人或站或蹲地待在村后面的坟地里，却无心欣赏这里的山村美景。

听了陆司语的话，张大海皱着眉头理了理思路道："那这么说，孩子有可能才是第一个被害人？他是这次灭门案的开始，他们全家死于同一个凶手，凶手杀了孩子还不解气，在几个月后又杀了他们全家？"

众人一时沉默了，他们回想着两个案子，里面有诸多的细节，第一次了解时不觉得特殊，现在仔细回想起来却有点儿恐怖。空气里依然有浓烈的腐尸味，不过因为在现场待得久了，大家也都适应了。

陆司语又有点儿胃疼，站起身，脸色苍白地靠在树旁，他低着头，合着眼睛默不作声。他沉思了片刻，想清楚了一些缘由，开口道："我觉得有两种可能，第一种就是你说的那种。"

“另一种呢？”张大海惊讶地问道。

“另一种，恐怕孩子是被自己的爹杀死的。”

陆司语低头看向孩子的尸体，他的眼皮已经部分腐烂，一双眼球凸出来，看起来像是死不瞑目。

看大家脸上浮现出疑惑的表情，宋文想明白了其中的环节，替他解释：“孩子是跟着周楚国出去的，究竟发生了什么，你们只能听周楚国的一面之词。我之前听村子里的人说过一个细节，两岸的人一直没有听到孩子的呼救声，可能因为是周楚国下的手，小孩儿才没有来得及呼救。孩子是周楚国带出去的，也是他告诉村子里的人不见了的，他有作案的时间，事后也几次阻挠解剖，可能就是怕被人发现。”

林修然也反应过来了，低头想了想，补充道：“如果是周楚国杀了孩子的话，那个鸡腿有可能是因为他内疚才给孩子买的，也由此哄着孩子到了小河边。”这样的话，很多事情就能够讲得通了。

这个观点乍一听觉得难以理解，可是联系起刚才张大海所说的，孩子的爹经常打骂孩子，最后在孩子死前却给孩子买了鸡腿的事儿，有点儿让人背后发凉。

听着宋文和林修然的话，张大海嘴唇都在抖，他几乎不认识这从小生长的村庄了，都说虎毒不食子，杀害孩子的凶手怎么可能是小孩儿自己的爹？这比眼前的灭门案还要让他匪夷所思：“周楚国也就是平时对孩子严厉了点儿，他又不是疯了，为什么要杀了自己家的孩子？还是个男孩儿。他的动机会是什么？”

宋文回头看了看那尸骨，回想着之前所知的信息：“至于动机……”说到这里，他的眼睛眯了起来，眉头稍蹙，而后眼睫微微一颤，忽地想通了其中的环节。

“你们注意到没有，在家里，他们没有给小孩子设置灵位，坟头也没有上坟的痕迹，村子里的人说小河边有哭声，可能是杨梨在偷偷祭奠。”宋文说到这里看向了张大海，“我之前和村子里的人打听孩子的时候，他们支支吾吾的，那时候我有点儿想不明白，现在我终于理解了。这孩子的身世，是不是有什么问题？”

张大海被宋文的目光盯着，低下了头道：“那个……村子里是有那么一点儿风言风语，不过那些都是村民们开玩笑的啊。”

“把话说清楚点儿。”宋文继续逼问他。

张大海咽了口唾沫说：“好吧。杨梨的尸体你们是见过了，长得挺水灵的，村子里的人怀疑杨梨可能给她男人戴了绿帽子。不过，村子里就是这样，总是有这些闲言碎语，真的也好，假的也罢，都传得真真儿的，其实大部分都是假的，大家闲得慌，八卦而已。"

"不管传闻是真是假，周楚国是信了的。"宋文的眼睛发亮，似乎洞察了一切，"他要杀了这个小孩儿，很可能是觉得这不是他的儿子，或者说，是不是他的儿子不重要，他认为是不是他的儿子才重要。"

宋文继续分析道："周楚国是个会计，思维守旧，有点儿教条。流言是可以杀人的，也许是平时的生活细节，以及一些关于妻子的风言风语让他加重了疑虑。他这样的人，无法接受妻子的不忠，更无法接受养育了多年的孩子不是自己的。

"最初周楚国可能也只是对儿子的出身怀疑而已，渐渐地，说者无心听者有意，这件事成了周楚国的心结，像是一根刺扎在他的心里，每当他看到孩子，就夜不能寐。"

宋文推断着案情："他对家人的态度越来越恶劣，且随着孩子的长大脾气日益暴躁，周楚国没有勇气带着孩子去做亲子鉴定，而是狠了狠心，选择了另外一种极端的解决方式。那一天，他带着孩子出了门，到村头的杂货店给孩子买了个速食鸡腿，然后两人一路来到了小河边……"

悲剧就此发生。

一旁的小孟疑惑地问："怀疑不是自己的儿子，为什么不离婚？"

张大海想起什么道："大概觉得老婆分了的话再找也难，而且家丑不能外扬吧……那时候我还记得，孩子死了以后周楚国安慰杨梨，说他们还年轻，回头再生。"

"孩子是谁的，显然要鉴定后才能确定，脸型和特征也不一定准确。"林修然说着，运尸的车到了，他们把孩子的尸体放进裹尸袋，运送到殡仪馆做更加详细的检查。等待 DNA 的结果出来，才能最后定论。

宋文走过去掏出房卡给林修然，林修然摆摆手道："算了，我晚上能不能睡还不一定呢。"

等这边一切妥当，林修然和老李上车一起赶往殡仪馆。宋文又转头看向了张大海道："这村子里还有些什么故事是你没有告诉我们的？和杨梨有关系的那个男人会是谁？"

张大海道："你刚才那么一分析，我倒是想了起来，关于这一家，还真有些陈年旧事。杨梨嫁到周家以前，曾经在村子里处过一个对象，叫薛景明。说起来，这个人和周家还沾亲带故，薛景明的母亲和周楚国的母亲是表姐妹。

"几年前，薛景明和杨梨两情相悦，是村子里人人羡慕的一对儿，可是薛景明父亲早死，家里也穷，出不了聘礼钱。为了这门婚事，薛景明和母亲去找了各个亲戚借钱，甚至去过周家。可是薛母毕竟只是一个丧夫的寡妇，亲戚关系早就都断了，到了最后总共也没借到多少。他们因为礼薄被杨家赶了出去，婚事也就没成。后来，他们没想到杨梨嫁给了周楚国，被自己的亲戚捡了漏儿，薛母一气之下生了重病，没几年就去世了。

"再说周家这一边，杨梨后来嫁给了周楚国，很快就生了个儿子，那时候周家老爷子还在，大办了孩子的百日宴。可是……后来大家发现，周楚国是单眼皮，孩子却是双眼皮；周楚国是长脸，孩子却是圆脸，长得不太像……"

宋文道："这么听起来，薛景明有很大的嫌疑，这么重要的事，你为什么不早说？"

张大海脖子一缩道："这两家早就不来往了。要说有恩怨也都是以前的，就算薛景明再愤愤不平，也不会过了好几年再来报仇吧？之前我以为孩子死亡就是意外，就没往这方面想。"

宋文听到此，摘下了一次性手套，裹一裹准备扔掉，扭头却看向还在一旁发呆的张大海和小孟道："你们愣着干吗？既然都说到了那个薛景明，这个人有重大嫌疑，尽快确认下他是否还在村子里。还有，找村子里的年轻人来把这个坑填了，挖坑不填可是不道德的。"

"那个……薛景明是谁啊？"一旁的小孟插话问张大海，"我在村子里这么多年，没听说有这个人啊。"

张大海道："就是九指，锯掉过一个手指头的那个，村子里有名的老光棍儿。"这村子里大家平时说话，用外号多过用本名，薛景明和小孟差了辈，小孟不知道名字也正常。

小孟"啊"了一声，这才对上号："那人不是附近有名的大孝子吗？他的母亲重病时，他一直不离不弃。而且他很喜欢孩子，经常去学校给孩子们分糖果。我有一次就看到，他和周楚国家的儿子在说话。"

宋文听了这话眉头微皱道："也许正是他的这种行为，加上村子里的流言，才让周楚国下定决心要杀自己的儿子。"

陆司语插话问了一句："你们说的这个薛景明，是做什么工作的？"

张大海说："他曾经帮人装修，做些木工活儿，后来有一次干活的时候被电锯锯断了一根手指，再也没法工作，这才以采山货为生。"

宋文分析："如果他做过木工的话，说不定和电工学了一些接电的手艺，这么看，职业对上了。如果薛景明认为那孩子是他的，又偶然得知是周楚国故意杀了孩子的话，是很可能会做出灭门这种极端的事儿的。"

到了现在，证据已经搜集了大半，逻辑也已经理顺。

张大海在一旁整理着思路道："那么可能是周楚国害死了孩子，薛景明就杀了他们全家？"

这两个案子，溺童案在先，电击案在后，看似没有关联，可其实这溺童案才是整个事件的诱因。

宋文："根据现有的线索推理出来是这样，也许里面还有我们尚未知晓的细节。具体是不是这样，还要等抓住薛景明问问看。"

张大海又问："那这孩子究竟是谁的啊？"

宋文道："等 DNA 的检验结果吧。"在有结果之前，他们的推断也仅是推断而已，现在他们有了凶手留下的烟头、周楚国和孩子的尸体，只要找到薛景明拿到他的 DNA，一切就可以真相大白。

张大海挠头问："我理解了你们的逻辑，可是薛景明为什么连杨梨都要杀掉？那毕竟是以前和他好过的女人啊。"

宋文想了想道："这么久了，薛景明最初对杨梨的那份感情恐怕早就化成了恨意，而且在孩子死亡以后，他觉得杨梨也有一定的责任。至于对周母，大概和当年他曾经去过周家借钱，最后没有娶到杨梨有关吧。不过，这两个人不是他主要想杀的，他主要是为了报复周楚国，假设周母和杨梨的安全防范意识很强，在周楚国触电后没有急着上前，那么这两个人有可能会逃过一劫。"

张大海被宋文说服了，在一旁点头道："细节都对上了，而且那人的身高也符合，别看他平时有点儿驼背，但是个子可不低。小孟你叫上小张，去把他叫过来。"

几人越分析，越觉得这人的嫌疑大，宋文皱眉道："别叫过来了，抓紧时间，直接找人去他家里看看就是了。我们也马上赶过去。"他想了想又道："去看的人一定要注意安全，只确认下是否在家就可以了。"如果薛景明就是那个灭人满门的杀人犯，恐怕早就已经是个亡命之徒，贸然接近可能会有危险。

张大海这才如梦初醒，打了个电话让腿快的先去薛景明家里看看。不多时电话就打过来了，薛景明家里大门紧闭，问了邻居，说是早上八点就看到他出门了，背着一个包，问他去哪儿也不回话。

张大海急忙带着他们进村，穿过几条街来到了薛景明家的门外。这一处位于村子南边，有点儿偏，门也有点儿旧了，上面漆色斑驳，此时华灯初上，很多人家都亮起了灯火，这里却是漆黑一片。几人站在门外，陆司语把手机调成了手电筒模式，先是往地上照了照，然后开口道："脚印一样。"说完他看了看门口的一个烟头："烟的牌子也一样。"

"八成就是这位了。"宋文说完从身后抽出枪来，攒劲儿一脚踹开了紧闭的院门。"砰"的一声后，门应声而开。宋文看里面没有动静，这才进入，对身后的张大海道："注意保护现场，把物证人员叫过来，提取物证，封锁这一处。"

张大海"唉"了一声，急忙去打电话。

宋文进了门，陆司语在他身后用手机照着。

白色的亮光划开了那片黑暗，屋子逐渐明晰起来。

这是一个单身男人的家，一共两间房，朝里的那间放着两张床，显然收拾过，不算凌乱。靠墙的位置，放着一台老旧的电视，墙上整齐地糊着一些奖状，早就辨认不清字迹。宋文接着看到靠门的地方挂了一个墨绿色的东西，走近了一看，那是一件长款的雨衣。宋文想起了之前村民的话，回身冲着陆司语一点头，凶手极有可能就是这个人了。

"里面有发现吗？"张大海的声音传了过来，他刚打完电话叫了人过来，此时进门准备开灯。陆司语忽然想到了什么，叫了一声："小心！"

张大海一愣神，就被陆司语拉开，有些不解其意。借着手机的光，陆司语走近了灯的开关，仔细查看了一番，然后小心翼翼地用放在一旁桌子上的木筷子挑起了一段裸露的铜线。这里的灯早就已经被改造过，做成了陷阱。

宋文此时也看到了那根电线，如果在黑暗中触碰到，很容易造成新的伤亡，还好被陆司语发现了，他低声说了一句："真狠。"

张大海想起了早上那几具尸体的惨状，只觉得自己捡回了一条命，浑身冷汗直冒，抚着胸口道："吓死我了，小兄弟，你这是救了我一命啊。等这案子结了，我一定要请你喝酒答谢。"

陆司语抬头冷冷地看了他一眼，惜字如金地回绝："我不喝酒。"

张大海一时噎在那里，说不出话来。这城里的警察业务水平挺高，可是怎么都这么不通人情……

宋文环视四周："小心点儿，屋子里的陷阱可能不止这一处。"想了想他冷静地提醒了张大海一句："这个人身上背了几条人命了，是个亡命之徒，你打电话申请发布通缉吧。"

张大海点头，急忙打了个电话，不多时挂了电话道："我让局里准备发布通缉，刚才让人在系统里查过，没有这个姓名下的新购车票记录，也许他坐了黑车，或者选择了其他交通工具……"

话刚说到这里，小孟急急忙忙地跑了进来，张大海见他慌慌张张的，急忙喊了一句："别碰开关，有电。"

小孟"嗯"了一声，汇报道："我刚才碰到了一个村民刘山泉，他说今天上午十点多的时候见到过九指。"

张大海皱眉道："快说说，当时是什么情况？"

"刘山泉那时候刚进南边的山取了一些山货，下山的时候看到了薛景明，向他打了招呼他也没说话。刘山泉以为薛景明也是要进山采东西，就没多想。"

这些农民靠山吃山，经常进山弄点儿木耳、蘑菇、野菜之类的，既可以自己吃，也可以卖了补贴家用。

张大海叹道："唉，我记得宋警官来的时候，说要注意排查出入人员，这薛景明是不是看外面查得严了，就走山路了？这小子到现在还是这个习惯，小时候我记得他被他妈妈打了就往山里跑，那时候我们经常大半夜进山找孩子。现在杀了人，还是往山里跑……"

宋文微微皱了眉，究竟是躲进了山里，还是要从山里跑到隔壁村去，这是完全不同的概念。人是上午八点多出门，十点多进山的，现在将近晚上八点，近十二个小时，这么长的时间，他现在究竟会在哪里？

听了张大海的话，陆司语低着头，努力把自己带入薛景明的心理，思考了一会儿抬起头来，轻声说："我觉得这个人只是躲在山里，不会往外跑。这是个自卑而又自负的罪犯，他平时不善与人交际，山里才是他熟悉的地方，那里会给他带来安全感，他也自信警方一时找不到他。"

宋文翻了翻地图，点头道："你说得有道理，这边的几座山翻出去以后，都是通往周边的市镇，一旦出了山，他会更容易被抓到；反倒是在山里，我们更难抓他。他的目的可能是躲，而不是逃。"

宋文转头问张大海："你们这里采山货的人，一般会在哪里过夜？"

张大海被问到才想到这一茬："有几处，落仙峰、谷老池，那边有一些洞穴，他们出山晚了会睡在那里。现在天黑……我们要不要上山看看？"

宋文道："好，我这边申请调配警力，你找几个经常进山的人带路，我们一起进去找找。"

晚上休整吃饭的工夫，张大海很快叫来了一些熟悉路的村民和老猎人，宋文也叫来了附近村庄的协警，大家匆匆组成了一支二十来人的搜捕队伍。

刘山泉是在这山里挖山货的老人了。他之前在山里碰到薛景明的位置叫作燕雀山，根据那条路他们估算了一下薛景明现在可能所处的位置，给宋文简单画了一下山上的分布图。

这个时候，宋文的特长就显露了出来，他从小就是孩子王，就算是打弹弓都能总结出经验。再后来他当了刑侦队长，更是主导完成过各种追捕任务。宋文人很聪明，他既豁得出去，又胆大心细，绝不蛮干，而且他的思路灵活，反应速度很快，又对地形路线格外敏感。他有种让人可信赖的号召力，天生就是当领导的料。

此时，宋文根据图纸把人分为三队：第一队小孟领着，这一队只是为了打草惊蛇，引蛇出洞，带着火把，在燕雀山附近的山头游走，目的是让薛景明发现他们；第二队张大海带着，事先埋伏在暗处，把下山的路堵住；第三队宋文亲自带着，等待薛景明出现后实行抓捕。三支队伍作用不同，却可以互相呼应，随时支援。

宋文布置得周详，和大家交代以后，又互相核对了几遍，确定万无一失，这才开始整顿出发。既然要上山，就需要准备各种东西，还好这里的山不太难爬，只需要一些基础的装备。

这个事情虽然看起来有些危险，但是其实每个人分配的任务并不难，只要薛景明在燕雀山附近，就插翅难飞了。

宋文给他们每人派发了绳索、手电筒和一些武器，最后叮嘱了一句："大家注意安全，带火把的小心不要引燃山火，如果有其他人看到了薛景明也千万别逼他，留给我们上。那人现在被逼急了，不知道会做出什么来。"

晚上八点半，整支队伍出发，先开车到了山下，再逐渐摸黑往上爬。

经历过下午的那件事，宋文本来是不想带着陆司语的，可没想到这人倔得很，一定要跟来。宋文最后只得叮嘱他紧跟在自己的身边，感觉不对就随时休息，不要勉强。陆司语一路上抿着唇，虽然脸色不太好，但是一直紧紧跟在宋文的后面，没有掉队。

众人按照计划，爬了一个多小时的山路，终于到了之前约定的位置。一队点燃了火把，在寂静的夜里，格外醒目。

刘山泉去附近的路上看了看，回来报告宋文："这边有上山的痕迹，还有新鲜的脚印，应该就是薛景明留下的！"

第十八章

—— 抓捕 ——

此时的薛景明躺在山洞里，望着对面漆黑的山，听着划过树梢的风声。

他喜欢山里，只有这里是安静的，能够躲开一切人。

小时候，他犯了错误就往山里跑，那时候母亲找不到他，还会拜托村里人翻山越岭地来找他。后来大家都习惯了，他年纪也大了，母亲也不再管他了。每次和母亲吵了架，他就到山里躲着，估摸着母亲消气了，再跑下山去。

山里的风有点儿硬，这时候薛景明又想起了自己的母亲。年轻时候的母亲是很美丽的，后来病了以后，变得越来越丑。在记忆里，她的相貌都有些模糊不清了，可是他还记得母亲尖厉的声音和恶毒的语调。母亲最常说的话就是："你怎么这么没用！"而他，只能忍气吞声地把母亲打碎的碗盘扫走。

连日的劳作，还要照顾病人，使他晚上也睡不好。

与其说母亲是在骂他，不如说是在骂命运的不公，她清醒的时候也会哭着呼唤自己的儿子，糊涂起来一切都变成了罪恶。

"我是白生了你了，薛家单传，到了你这里，媳妇都没本事娶，老薛家因为你要断子绝孙了！"

那女人病入膏肓的时候，靠在床边，嘴里还在不依不饶地骂他："你爹死了，我只能依靠你了，你为什么不像别人家的孩子那么能挣钱？"

薛景明在一旁冷笑，这些事情能怨他吗？他不也是受害者？钱……他所有的钱都拿去给她看病了。

一次做木工活儿时，薛景明因为晚上没有睡好，不慎割断了自己的手指。

等他去卫生所包扎的时候，医生还惋惜地说："你的手指为什么不留着？兴许还能接上。"

薛景明在心里想，接手指？他哪里还有那么多钱？

他回到家，那女人并不体恤他，没有安慰，又是一阵骂，那时候的薛景明甚至想要买瓶毒药，和那女人一起死了。

有时候薛景明远远地看着杨梨，那个曾经差点儿成为他妻子的女人，如果他娶了她，大概一切都会不同，年少时所说的情啊，爱啊，那时候他是真心的，而她呢，说忘就忘了？

除了有份聘礼钱，周楚国哪里比得上他？没有他聪明，没有他帅气，为人守旧，小肚鸡肠。上小学的时候，还会尿裤子，见到女孩子说话就哆哆嗦嗦，结结巴巴的，这样的人过去连给他提鞋他都不会多看一眼。周楚国不过是家里比他家多了十万块钱，怎么就娶了自己心爱的女人呢？

母亲终于去世了，可是她的声音似乎一直萦绕在薛景明的耳边，挥之不去。

有一天，薛景明偶然碰到了周聪，那孩子的脸圆圆的，长得白白胖胖的，简直和他小时候一模一样。

那时候，薛景明想到了之前听到的一些传闻，心里一动，这不会是他的儿子吧？他忽然觉得，杨梨当初执意要离开他，可能是因为有了孩子，否则她怎么嫁到了周家那么快就怀孕了呢？

自打那天起，薛景明觉得自己的生活不太一样了，他为这个假设所着迷，似乎活着也有了意义。他像是一个疯子一般起了执念，塞给周聪糖，然后去村边偷偷看他和孩子们玩耍。他并不在意事情的真相，像是个影子躲在远处，似乎只是看着孩子，心里就愉悦了。

后来这事儿被杨梨发现了，她找过他一次，让他不要跟着周聪："那孩子和你一点儿关系也没有，我们既然早就没关系了，你就不要纠缠不清。"

薛景明一口回绝："我并没有打扰到你们，我只是喜欢小孩子。再说了，我愿意干什么，是我的事。"

再后来，有一次薛景明发现周聪的脸上带着伤，他气得牙咬得咯咯响："是谁打伤了你？"

周聪低垂着头小声说："我爹。"然后他抬起头来有些惶恐地看着薛景明道："我妈妈……不让我和你说话。"

"你别信他们，他们都见不得你好。我只是把你当朋友。"薛景明说着，把抓来的蛐蛐儿塞到周聪的手里。

他也说不清自己现在的心理是什么，可是在他暗淡无光的人生里，这个孩子似乎就是小时候的他，是他的希望，是他情感的寄托。他愿意把自己所有最好的给周聪，哪怕这孩子真的不是他的儿子，和他没有一点儿血缘，也没有关系。

他会买牛奶给周聪喝。周聪喜欢吃甜的，对牛奶并不喜欢，薛景明会逼着他喝下去："你要多喝牛奶，以后才能够长得高高壮壮的。"

周聪有点儿害怕，但是又觉得这个大人应该是为自己好，于是乖乖把牛奶喝了。

薛景明全然不觉，自己对周聪的感情已经有点儿病态。渐渐地，周聪越来越大，村子里有了更多的风言风语。什么周聪和周楚国长得不像，什么薛景明和孩子的关系很好之类的。这些话语有的真，有的假，不断传播发酵着。

有一天薛景明从山上下来，远远地看到周聪和周楚国站在小河边，然后周楚国用木棍从背后打了周聪一下，紧接着抱着孩子放入了河中。薛景明大概猜到发生了什么，他想喊人，可是已经来不及了。他追着跑出去好远，跑到上气不接下气，跑到感觉自己快要死了。

孩子的身体漂在水中，眼睛半睁着，软绵绵地随着水流而去。然后那孩子翻了个个儿，口鼻淹入了水里，于是薛景明生命里最后的光也随之消失了……

薛景明没有和任何人说那天他看到的事，晚上他回到了自己的家里，望着顶棚上亮着的灯，下了一个决定。

他要策划一场谋杀，让周家的人全部去死……

薛景明刚刚回忆到这里，就听到了一阵嘈杂的声音，那声音由远及近，逐渐向他所在的位置而来。薛景明探出头去，看到有火把从山下往上移动着。他没有想到，那些人这么快就进山来找他了。他犹豫了一会儿，想往山上转移一下，到更隐秘的地方去，可他刚一露头，就听到有人喊叫。

"发现了！在那边在那边！"

"快抓住他！别让他跑了！"

薛景明只能往黑暗深处没命地跑去，以往他无比熟悉的山林，这时候也变得陌生起来，像是一只野兽张开了大嘴，想要把他整个人吞噬进去。

宋文跟着人群一直往山上搜寻着，他抬头看去，果然看到一道黑色身影快速地跑了出来。

晚上山上还是有些冷，今晚有风，从树木的枝丫间划过，发出声声怪响。二十来人说多不多，说少不少，在这大山里，对方总是有缝隙可以钻。这时候宋文之前的安排起了作用，由于做了精密部署，张大海早就带人把下山的各个口子堵住了。

无论走哪个方向，都有追兵，等薛景明发现过来时，他已经是猎人网中的猎物。

他没命似的往山上跑去，很快，他就被堵在了燕雀山的山头上。三十米，二十米……众人逐渐围拢上去。这时候宋文借着朦胧的月光，可以看清薛景明的脸。那人三十多岁，个子很高，略微驼背，脸型端正，鼻梁高挺，看得出曾经长得帅气，可现在早已经被光阴磨去了棱角，只剩下一脸阴郁。

终于被逼到了绝路的薛景明气喘吁吁，他的手里握着一把砍柴刀，满脸凶狠地看向众人，吼道："都别过来，你们谁过来，老子就砍死谁！"在临近午夜的山谷中，声音回响。

几位村民围拢过去，薛景明舞动着手里的刀，一副准备拼命的模样，他已经背了三条人命，不在乎多杀几个。现在，他犹如一只笼中困兽，只待殊死一搏。

那些村民一时都被他震慑住了，无人敢上前。宋文掏出腰间的枪，拉下了保险，果断地瞄准，借着手电筒的光开了一枪。"砰"的一声响，枪声划破了夜空。和这样的亡命徒拼命并不值得，宋文对自己的枪法绝对自信。

这一切发生得十分迅速，在不远处，薛景明的身子一低，而后山头处发出一阵林木折断的声音，随后一切安静了下来。

等过了三四分钟，确定山上再无一点儿声音，众人才围拢了上去。可是奇怪的事情发生了，在山顶上，他们并没有看到受伤的薛景明，也没有找到薛景明的尸体。

张大海挠挠头，怎么也想不通其中的环节："怪了，这人不会是长了翅膀飞走了吧？怎么一点儿踪影也没有？"

"大家在附近尽快找找。"宋文微微皱眉，薛景明竟然不见了，活不见人，死不见尸。

陆司语低头看了看刚才薛景明所站的位置，手指在一旁的草叶上摸了一下，湿漉漉的，还是热的，是血迹，他搓了搓手指沉声道："打中他了，他受了伤。"说完他的目光往下望去，远处一团漆黑。那人躲在哪里呢？

陆司语正想要往前探身去看，忽然脚下一滑，身体失去了平衡，这时他被人拉了一下，回身一看，却是张大海。张大海龇牙笑道："小陆警官小心，这山里不比你们城里，到处都有危险，现在天又黑，注意安全。"

陆司语"嗯"了一声，这才站稳。

众人在山上找了十几分钟，这薛景明还真的就像是人间蒸发了一般，完全不见了踪迹。此时天色全黑，这里的地形又有些复杂，不便搜查。宋文看了看时间，已经十点多了，天空传来隐隐的雷声，好像快要下雨了。

张大海道："今天就先这样吧，多谢两位警官了。能够确定凶手这已经是大功一件，你们晚上好好休息，明天我再带人上来搜捕。"

无奈之下，宋文只得下令先收工，而张大海和其他人约定了明天一早再来山里找。

刚才上山的时候还不觉得，现在宋文才切实感觉到了山里的冷，他脱了外衣披在陆司语的身上。

陆司语正在前面走着，忽然看宋文默不作声给他披过来一件衣服，有点儿奇怪地回头去看，下意识想要拒绝。

宋文却道："披着吧，你穿得太少。别总是不听领导的话。"

这人，这会儿又拿队长的身份压他，陆司语摇了摇头，决定不和宋文一般见识。可那衣服披上以后，身上的确马上暖和了很多，他忍不住把衣服裹得更紧。

大家都赶时间，一路上气喘吁吁完全无话，到了山脚下的时候，他们还是没有躲过那场雨，淋得浑身湿透。

宋文和陆司语折腾到度假村的时候，已经晚上十一点半了，爬了几个小时的山，又淋了雨，两个人都狼狈极了。一路走着，水就顺着衣服往下滴。陆司语刷开了自己的房门，却见宋文在门口试了两次，门都没反应。

"这门是不是坏了？"宋文站在门外，有点儿无奈，他又掏出了之前准备给林修然的那张卡，又试了一次还是打不开，愤愤道，"我找前台去。"

度假村晚上没几个工作人员，现在这门毫无反应，不知是感应器失灵还是出了什么问题，大晚上要修的话就不知道要多久了。

陆司语看了看狼狈的宋文，忽然开口道："我这边房门打开了，你先过来吧。反正是大床，要不你晚上和我凑合一宿？"

宋文想起他之前说的，问道："你不是睡觉轻吗？"

陆司语看他没动，又开口说："你要是觉得不方便就算了。"说完作势要关门。

宋文伸手拉住了门道："别，感谢收留。"

毕竟奔波了一个晚上，窗外又有隐约的雨声，宋文在床上躺了一会儿，不知不觉就睡着了。陆司语看了看他，转身闭上双眼，也睡了。

山村里的夜晚安静极了，开始还偶尔有那么一两声虫鸣，后来就什么声音也没有了，整个世界都安静了下来，仿佛只剩下这么一间屋子，一张床。

到了半夜，陆司语睡得昏昏沉沉，好像还做了梦，可是梦到了什么却全然不知。他想醒来，可是怎么也醒不过来，身体像是被什么东西压住了似的，于是拼命挣扎。

宋文觉得有点儿冷。那感觉，仿佛身体泡在了冰冷的雨水之中。到了后半夜，他被冻醒了，睁开眼睛一看，是陆司语裹着被子蜷着身子背着他躺着，那被子全都被拉走了。山间的温度本来就比较低，这几天接连下了几场雨，温度又降了一些，空调好像怎么也吹不热，什么都不盖确实有点儿冷。

宋文坐起来沉默了半分钟，看了看一旁蜷着的陆司语，他把自己裹得像是一只蜗牛。

宋文觉得又可气又可笑，他从睡梦中的陆司语那儿抢过来半条被子钻了进去。

宋文刚迷迷糊糊地要睡着，又觉得身上的被子滑动着被陆司语卷走了。宋文抓住被角忍不住小声道："别拽了！"

陆司语喃喃叫了一声："小狼……"

宋文开始觉得陆司语是在叫他，然后他想起来，这人应该是在叫自家的狗。这一次宋文察觉出来有点儿不对，往他身旁凑了凑，发现他身上都是冷汗，还在微微发抖。宋文忽地一激灵清醒了过来，伸手往陆司语的额头上摸去，只觉得温度高得吓人。

宋文急忙去叫陆司语："别睡了，醒一醒。你都快烧成暖气片了。"

陆司语昏昏沉沉的，那种被压着的感觉终于没有了，他努力睁开眼，看眼前的宋文有点儿着急，还不知道发生了什么事。然后他就觉得浑身酸疼得厉害，胃里像是刀割一样疼着，嗓子里一时也像是堵了东西，火辣辣的。他忍不住"唔"了一声，咬住了下唇，闭着眼睛把身子蜷得更紧。

"走，起床，去医院。"宋文当机立断起来穿衣服，"你发烧了没察觉出来吗？"

陆司语刚从那种被压制的昏睡状态中出来，挣扎了一下，觉得有点儿起不来，哑着嗓子问："几点了？明天去可以吗？"

宋文看了下时间道："这才四点多，明天你得烧到四十度了。"他直接按开了灯，现在没有温度计，他只能凭借手感判断陆司语烧得不轻："也许现在都有四十度也说不定。"

"宋队……我胃疼。"陆司语这次再没瞒着，可怜兮兮地说。灯光刺眼，他伸出一只手遮了光，另一只手紧紧攥着被子按在腹部上。他的额角都是冷汗，清俊的脸上苍白一片，眼角发着红，看上去越发可怜。

现在回想起来，昨天下午的时候他就有了征兆，那时候歇了一会儿还庆幸着没什么大事，到了晚上折腾了半夜又淋了雨，如今疼痛来得变本加厉。陆司语试着想要坐起来，可是胃部痉挛抽搐，身体里疼得像有把刀在绞动一般，稍微适应了灯光，他把身体折了起来，两只手打横死死按住胃部，连呼吸都不敢用力。

　　"胃疼更得去医院，本来昨晚不让你跟着，你非要逞强。"宋文摸出手机，"要不我打120叫救护车过来。"他一边说着一边急忙地把衣服穿上，然后摸了下陆司语的额头，只觉得烫得厉害。然后他说："救护车过来估计都得费点儿时间。"

　　陆司语疼得浑身都在颤，却又死要面子，眨了眨眼睛道："别……让我歇两分钟，我换衣服起来。"

　　宋文先去给他倒了一杯温水，端着让他喝了，然后把他的衣服拿过来。陆司语等疼痛稍微缓了些，才坐起身来。衣服刚换好，他又捂着胃部低伏下身去，他感觉喝下去的不是水，而是一把刀片，在身体里不停割着。

　　宋文一边揽着他，帮他系扣子，一边说："再忍一下，等下到医院就没事了。"

　　陆司语脸色苍白，虚弱地看着他，话都说不出来，也就任由他摆布。宋文只觉得怀里的人正不正常地发着热，见陆司语低垂着头，尖尖的下巴快垂到颈窝儿上了，一双眼睛闭着，长长的睫毛颤得厉害，根本没有力气起身。

　　宋文打了个急救电话问了情况，县医院派车过来，一来一回要一个小时，还没有他开车过去快。而且陆司语现在状况不明，先去村子里的卫生院看看，拿点儿药也图个心安。

　　宋文拿了他的鞋过来，那双鞋子昨天淋了雨，在空调下吹了一晚，现在基本干了。宋文单膝跪在地上，帮他把鞋穿上。看陆司语疼成这样，宋文已经不指望他能走了，拉着他的手道："来，你趴我背上，我背你出去。"

　　陆司语"嗯"了一声，乖乖把手支在宋文肩上道："宋队，又给你添麻烦了。"

　　"这么见外干什么，谁没有个生病的时候？"宋文把他背了起来，陆司语看起来瘦，其实并不轻，宋文掂了掂他道，"你是实心的吧？看不出来竟然有这么沉。"

　　"我还是有肌肉的……"陆司语脑袋换了个方向趴在宋文肩上，忍不住"哼"了一声，"疼……"

　　宋文也不敢耽搁了，隔着衣服都觉得身上的人透着热，赶紧把陆司语背出来放到车里。

此时夜深人静，正是黎明之前最黑的那段时间，宋文开了七八分钟，到了导航指示的位置。村子里的卫生院是几间平房，蓝色的屋顶，墙壁刷了白漆，挂了个蚊头村卫生院的匾，门口简陋的院墙上，贴的都是各种注意卫生和防治疾病的宣传画。

宋文开到外面停了车，看到卫生院关着门，十分安静，里面却亮着白色的灯。他对陆司语道："你等我，我去看看。"

陆司语抬了抬眼睛，有些虚弱地"嗯"了一声。

宋文这才下了车，走过去，推了推卫生院的门，发现那门是从里面锁着的。"有人吗？"宋文在外面拍着门，连叫了几声。过了一会儿里面才传来了一阵窸窸窣窣的声音。不多时一个穿着白大褂的值班小护士打开了门旁边的一个小窗口，望向宋文的目光有点儿复杂："大哥，什么事？"

"来看病，急症。"宋文心想，大晚上来这里还能有什么别的事？

"晚上村子里的医生没在，我就是值班的，看不了病，你们快去县里吧，县医院离这里就四十分钟。"那小护士作势就要关那小窗。

"别……"宋文好不容易敲开了门，一把拦住，"那我买点儿药总可以吧？"

那小护士有点儿无奈，又问："什么症状？"

"感冒，发烧，还胃疼。"宋文也不知道陆司语是什么病，"疼得还挺厉害的。"

"没对这个症状的药。"小护士眼睛动了动，眼神里闪过点儿奇怪的东西，欲言又止。

"给我点儿退烧药总可以吧？"宋文做了最后的让步，"退烧贴也可以，如果你们这边有的话。哎，最好再来个温度计。"

"那你等会儿。"小护士说着进去了，过了一会儿，从那小窗口塞出来一盒药还有一根温度计，又催促道，"大哥，你们快去吧，别耽误了时间。"

宋文拿过那盒药，只觉得哪里不对，可是又说不出来。"哎，药钱……"不等他说完，小护士就把那小窗关了。

宋文第一次遇到这样的情形，又怕拖太久，陆司语等不及，他走回到车里。陆司语疼得脸色煞白满头是汗，却忽地抬起了头道："我想明白了……"

"怎么？"宋文有点儿疑惑，递给他温度计道，"你先夹着，测下体温。我马上带你去县医院。"

陆司语接过温度计咬着牙道："我想明白了，那时候薛景明……可能是掉下山了……他身上中了一枪，如果还活着，可能会……"他话说到一半又咬着唇低下头去。

鬼怪神仙是不存在的，人也不可能凭空消失。刚才山上那个位置不远处有个小陡坡，陆司语差点儿从那儿滑下去，幸好被张大海拉住了。因为太陡峭，植被又多，他们并没有仔细搜查。现在想，也许薛景明正好从那掉落下去，所以他们才没有搜索到。

　　陆司语虽然现在发着烧又胃疼得厉害，可是脑子却格外清醒，他灵光一现，想到了一种可能。

　　宋文低头看了一眼手里的药盒，上面潦草地用笔写了个"SOS"。

第十九章

—— 危险行动 ——

蚊头村，凌晨四点五十三分。

天空不知何时遍布了乌云，一颗星星也找不到。

夜晚的小村庄安静得像是沉睡了一般，只能听到各种虫鸣，还有轻微的风声。

小护士张颖战战兢兢地把小窗锁好，从外面的药房走回了靠里的那间屋子里。里面亮着一盏简易的无影灯，绷带和沾着血的纱布散落了一地，到处都是血腥气和消毒水的味道。

在里屋的病床上，坐着一个满身是血、面色阴冷的男人，他的一只手缺了小指，另一只手紧紧握着一把刀，挟持着身前的人质。看了这人一眼，张颖就匆匆低下了头，有些害怕地拉了一下衣服。

张颖希望外面的人看到她留在药盒上的字，时间紧迫，她就仿照着看过的电视剧，写了几个简单的英文字母。

就在一个小时之前，满身是血的薛景明忽然闯入了这间卫生院。

这个亡命之徒从山里跌落后，侥幸地挂在一棵树上，等到那些搜查的人撤了，才从山里出来。他受了伤，求生的欲望让他铤而走险，于是他来到了村子里的卫生院。晚上村子里经常会有人因急症来看病，女医生好心来开门，却被薛景明用刀架在了脖子上。

晚上这里一共有三个值班人员，李医生和段医生是一对夫妻，他们是县医院的医生，来这里算是公派，已经干了三年时间，马上就能够回去。

　　这间卫生院不大，白天他们接待病人，晚上就住在这里。除了他们之外还有个小护士，就是张颖。张颖今年刚二十出头，是这村子里的人，卫校毕业，日常帮他们接待病人，打理事务。

　　薛景明一进门就挟持了李医生，在她的腿上刺了一刀，又逼着其他的两个人帮他包扎伤口，取出肩膀上的子弹。这些人薛景明都认识，平时在村子里，大家也经常见到，可是这时候，他的眼睛里只有杀戮。

　　薛景明不喜欢这卫生院，因为在这里尽是些不好的记忆。

　　第一次他在这里，看到了父亲的尸体；

　　第二次，他被电锯伤到了手指，工友把他送到了这边，他疼得浑身都在抖；

　　第三次，母亲死在了这里。

　　薛景明低下头，看了看左手上的伤口。他的左手小指连根断了，现在伤口早就不痛了，狰狞的伤口却还在提醒着他，他是个不折不扣的残废。

　　薛景明也淋了雨，身上的湿衣服穿了半晚，现在被焐干了。宋文射出的那颗子弹被树丛挡了下，入肉不深，也没伤到骨头，不会危及生命。

　　这边才刚做完简单的手术，外面就忽然响起了敲门声。

　　薛景明仍是用手里的刀架在了李医生的脖子上，这才让张颖去开窗应对。

　　整个过程中，张颖的腿都是软的，可又顾及着李医生和段医生的生命，不敢求救。这时候她应付走了宋文，锁了门，才过来战战兢兢地说："大叔，我都按照你说的做的，把那人打发走了……"

　　"外面的是不是警察？"薛景明不仅中了一枪，身上还多处擦伤，让他看起来更加狰狞，"刚才你写了什么？"

　　"就是个服用剂量，你也来这边拿过药的，不写那个，对方会起疑。"刚才张颖在外面对答的时候，薛景明一直都在盯着，也正因为这样，张颖不敢多做。

　　薛景明回忆了一下，那么短的时间，张颖也就拿笔划拉了两下，应该只是简单的数字之类，他点了点头，一双眼睛却依然阴鸷地盯着张颖，不知道在想些什么。

　　张颖怕他还在怀疑，颤声解释道："刚才的应该不是警察，不是来搜查的，是来买药的，也许是城里的游客。我……我不认识那个人，挺面生的。他没发现你，真的。"

　　张颖看着薛景明，这个村子太小了，薛景明杀人的事情很快就传遍了。昨天晚上吃饭的时候，她已经知道这个男人做了怎样丧心病狂的事。此时，眼前的男人早已没了理智，就像是疯了一般。

"他们已经走了，你的伤我们也治了，我妻子她现在失血过多，你再不让我给她包扎，等下会出人命的。"段医生看了看情形，开口道。

在刚才的一个小时中，他一直尝试着分散薛景明的注意力，也曾想着怎么把李医生救下来，可是薛景明手里的刀一直架在李医生的脖子旁，就连给他缝针的时候都是如此。段医生平日里都是救死扶伤，根本没有见过这样的阵仗。

"求你，求求你，看在我们刚救了你的分儿上……我家里有孩子还有老人……"李医生也颤声道。随着时间的推移，她的脸色越发苍白，腿上流出来的血已经染湿了床单，眼角也满是泪水。她没有想到，自己的一时善心却放入了一只恶狼，现在后悔不已。

薛景明"哼"了一声，看了看李医生，又看了看段医生，犹豫了一瞬，这才站起身。段医生急忙把妻子扶起来，给她包扎腿上的伤口。

看着这一对夫妻，薛景明拿着刀往后撤了几步，拉开了距离。他的牙关咬着，似乎在下着什么决断，随后他似乎想清楚了一般，抬头看向了一旁的张颖，对她道："你去给我拿点儿消炎药。"

张颖"嗯"了一声，来到了外间的药房，在架子上取了药。她一回头，就看到薛景明也跟着她无声无息地走到了这边。

张颖吓了一跳，看着薛景明眼中凶光毕露，心里有种不好的预感，她不由得往后退了一步道："你……你干什么……刚才我们救了你的……"

薛景明咬着牙往前一步道："我感谢你们救了我。不过，也许刚才就是警察在探路，留着你们在，说不定就会暴露我的行踪。"

刚才薛景明就在犹豫要不要一刀杀了李医生，可是段医生毕竟是那个女人的丈夫，如果他杀了李医生，她的丈夫一定会和他搏命。现在他受了重伤，不一定拼得过段医生加张颖两个人。

于是薛景明让段医生去给妻子包扎，假装放过了他们，等他杀了张颖以后，那两个医生也就好解决了。李医生的腿受了伤，段医生顾及妻子也跑不了。那时候，他就更好控制人质了。

所以薛景明才故意把张颖单独引到外边，想要杀她灭口。

看着他狰狞的表情，张颖一边后退一边颤声道："叔，你放我们走吧，大家都是乡里乡亲的，有什么仇化不开呢？我们不会告诉其他人今晚见过你的。"

这是明显自欺欺人的谎话，卫生院出了这么大的事儿，早晚会查到薛景明头上。张颖的话本是求情，却又激起了薛景明心里的恨意，他忽地发了狠道："我现在身上已经有几条人命了，再多几条也不怕了！"

话说到这里，他向着张颖挥刀而去。他现在已经穷途末路，要想安然逃走，眼前的人非杀不可。

"救命！"张颖尖叫一声，急忙矮身躲闪。

段医生刚才一直在给妻子包扎，没有留神外面的状况，此时听到呼救，想要去救却来不及了。

正在这时，薛景明身后的窗户一阵响动，一颗子弹击碎了玻璃，直接在薛景明侧额开了一道深可见骨的血口。

宋文刚才发现了药盒上的字，急忙通知了张大海。随后他绕到屋后想看看里面的情况，刚来到后窗这里，就看到了薛景明举刀砍向张颖的一幕。

情急之下，宋文开了一枪，清脆的枪响划破了夜空，打破了小山村的宁静。

趁着薛景明愣神之际，宋文从破碎的玻璃处伸手开了窗，然后利索地翻身而入，与持刀的薛景明缠斗在了一起。此时拉近了距离，旁边又有人质，宋文不敢再开枪。

薛景明手里有刀，虽然已经受伤，但是麻醉药让他几乎感觉不到疼痛。此时的他像是凶神恶煞一般，不要命地冲了过来。

宋文侧身躲过了刺过来的寒光，刀劈在一旁的铁架子上，发出一阵刺耳的摩擦声。宋文回身，用手肘重重击在了薛景明的胸口。薛景明受到了重击，却借机用四指抓住了宋文的衣服，手中的刀横着向宋文的腰间划来。

宋文身子往后一缩，锋利的刀挨着他的腰际而过，宋文顾不得停歇，又一脚踹在薛景明的腿上，那里正好是一处伤口，薛景明顿时疼得闷哼了一声。可他是个亡命之徒，出招无比狠戾，竟不管自己伤得多重，只知道疯狂地进攻，向着宋文挥砍。

眼看把宋文逼到了墙角，薛景明手中的刀又是全力刺出。寒光乍现，宋文只能用手臂去挡那刀，刀刃划破了衣服，划开了一点儿皮肉。

两人错身之后，薛景明还想再刺，宋文从一旁的桌子上抽了一个放药的金属托盘，直接砸在了薛景明的头上。"咣"的一声响之后，薛景明只觉得眼冒金星，险些跌倒，他的伤口撕裂，半张脸上也都是血。

薛景明摇摇晃晃后退之际，一把抓住了缩在角落里的张颖。

张颖早就吓得六神无主，被刀架在脖子上，只能无助地低声抽泣。

这样的变故也让宋文不敢轻举妄动，薛景明一边挟持着张颖一边往后撤去，走到药房门边时，他伸出血手关了灯。

整个药房忽然陷入了一片黑暗，只有里间的无影灯透着丝丝亮光，宋文正要去追，薛景明却忽然把张颖推向了他。张颖的腿脚早就软了，一个没站稳，往前仆去，宋文连忙扶住了她。

就这几秒钟里，薛景明已经打开了大门，狂奔了出去。

"站住！"宋文喊了一声，又放开了张颖，急忙追了出去，然后他便看到，薛景明没有跑出去多远，就被一个人影拦住了去路。那人正是原本应该在车里的陆司语。

陆司语原本待在车里，可是后来他听到了枪声，知道卫生院里面打起来了。他犹豫了一下，有点儿担心宋文，还是下了车，走到这边时，正好遇到薛景明跑了出来。

薛景明看到有人拦他，挥舞了一下手里的刀。锋利的刀锋发出破空的声响。望着浑身是血的薛景明，陆司语犹豫了一瞬，胃疼刺激着他的神经，让他越发清醒。看着远处追来的宋文，陆司语抿了一下唇，迅速做出了选择，他没有躲闪，而是直接迎上去拦住了凶徒。

两人交错之际，薛景明手里的刀几乎贴着陆司语的胸口划过。他用了大力，若是刺进去，定会穿透内脏，血液飞溅。

陆司语躲过了那一刀，这种接近死亡的距离，让他有点儿兴奋。他伸出右手死死地扣住薛景明拿刀的手腕，随后手上用力，把薛景明的手臂向上举起。

薛景明的一只手被控制住，另一边肩膀上有伤，此时是困兽之斗，发现挣扎不开，便发狠往后推着他。陆司语离卫生院的围墙不远，生生被推了两米来远后，后背就撞到了墙上。下一秒，薛景明面露凶光，抬起膝盖重重顶上了他的腹部。

那瞬间，陆司语只觉得五脏六腑都被撞得移了位，痛到了极点，不由得"唔"了一声。

"放手！"薛景明怒吼了一句，然后把身体的重量往下压去。

陆司语抬起头看向他，咬着牙没有松手，眼神中闪过一丝狠戾。他单手对抗着薛景明手里的刀，另一只手凭着一股狠劲儿，把手里的温度计直接插入了薛景明肩膀上的伤口之中。

温度计像是一把利刃，刺入薛景明的肩膀，缝合的伤口被刺穿，一时间血花四溅，就连麻醉剂也失去了效果。薛景明疼得惨叫了一声，终于放开了手里的刀。"叮当"一声，刀落在地上。

陆司语得了机会，出手反制，手肘重击薛景明的头部。之前被宋文开枪打伤的额角出血更多，糊住了薛景明的眼睛。陆司语接着一拳上去，打得对方嘴角出血。不等薛景明反应过来，他又是一个抬膝侧踢，薛景明便踉跄地往后退了两步。

陆司语虽然发着烧，但是他受过良好的专业训练，就算疼痛不止，身体还是会做出自然应对。这三招一气呵成，出招快准狠，薛景明完全被反制，没有还手之力。

整个过程说来缓慢，其实只有十几秒。此时，宋文终于到了，他从薛景明的身后扑过来，用胳膊肘子狠狠勒住了对方的喉咙。薛景明被锁了喉，又被拉了几下，身体失去了平衡。宋文脚上用力，把薛景明摔倒在地，然后身体压上。薛景明的脸着地，激起一片尘土，脸被砾石擦过，顿时蹭出了一片血迹。

宋文动作不停，单手压着薛景明的肩膀把他按在地上，同时从腰后取出手铐，把薛景明铐在卫生院的栏杆上。薛景明这才不动了，趴在了护栏旁，脸上血肉模糊，不住地喘着粗气。

抓住了薛景明，宋文这才松了一口气，他回头有些焦急地问陆司语："你没受伤吧？"

陆司语刚才在打斗中有那么几秒钟，几乎忘记了身体的不适，此时被宋文一提醒，才觉得腹部受到重击以后胃里像被火烧一般，他俊秀的脸上没有表情，眼中却带着血丝，腿一软作势要往前扑倒。宋文发现他有点儿不对，急忙起身伸手扶住了他。陆司语抬头看向宋文，觉得胸腹之中浮上一股血腥气。

诊室药房的灯又被人打开，在灯光的映照下，陆司语的脸色白得像是透明，他低低咳了两声，忽然从嘴里喷出一口血。

陆司语自己也愣住了，皱眉看了看那暗红色，想要说些什么，却是一个字也说不出来。

"陆司语！"宋文叫了一声，只觉得周身一片冰冷，连骨髓似乎都被冻住了。他伸出手去擦陆司语唇角的血，不想陆司语眼睫微动，脖颈儿一挺又呛出一口血，暗红的血液顺着嘴角流到尖尖的下巴，染红了雪白的衣领。

宋文刚才无比英勇，这时却完全慌了神，上下检查了一下陆司语，发现没有伤口，越发不知所措。张颖听到外面的声音，从门里出来看了看情况道："可能是胃出血，把他头侧过来，别让他呛到。哎，你还是把他扶进来让段医生看看吧，我去联系救护车。"

宋文这才如梦初醒，顾不上处理薛景明，打横抱起了陆司语，进了卫生院，把他放在床上。

段医生刚才匆匆给妻子包扎了伤口，这时急忙转过头来看陆司语的情况。他之前也在里屋听到了宋文的病情描述，这时候撩起陆司语的衣服，手刚触碰到陆司语的胃部，还没往下摁，陆司语就皱眉按住了他的手，身子颤抖着又轻咳起来。段医生轻轻叩击了一下，里面有水声。这么一动，陆司语又捂着嘴巴，他努力忍了片刻，最终没有忍住，又吐出一口血。

"一直恶心想吐是吗？"段医生皱眉问他，"这里疼吗？有一段时间了？"

　　陆司语冲他点点头。

　　段医生问："以前有胃溃疡吧？"

　　陆司语点了点头。

　　段医生又问："之前刚喝过水？"

　　陆司语又点点头。

　　宋文听了这话心里一跳，出来时他给陆司语倒了一杯温水，他那时候并不知道陆司语严重到了胃出血的地步，满心自责。

　　段医生简单判断道："可能是胃溃疡引起的高烧，受了打击造成了胃静脉出血。保持侧卧，不要喝水也不要吃东西，冷敷下额头，先把血止住吧。我给他用一点儿血凝还有补液，再做进一步检查。"

　　一旁的张颖刚打完电话叫好了救护车，此时"唉"了一声，就去准备东西。小卫生院虽然药物不多，但是这些基本的东西都有。

　　陆司语却显得很淡定，似乎对此早就习以为常，接过张颖递过来的药就往嘴里咽下去了。宋文接了湿毛巾，搭在他的额头上。

　　接下来段医生用枕头把陆司语的脚垫起来，说是有利于血液回流心脏，保证大脑供血。药效起来需要一段时间，于是陆司语躺了一会儿。段医生给他测了血压，发现血压下降，心率增快，但还在正常范围之内。

　　陆司语侧躺在床上，神志还算清醒。宋文看着他的手指攥紧了床单，坐在床边问他："还疼得厉害吗？"

　　陆司语轻轻"嗯"了一声，他的刘海儿被汗浸湿，贴在额角上，眉头微皱，睫毛颤动着，清秀的脸上泛着不正常的白，眼圈却一直是红红的。

　　"刚才太危险了……"宋文现在还一阵后怕，幸好只是胃出血，如果刚才薛景明的刀刺中了陆司语，那他恐怕要愧疚一辈子。

　　"我怕他再伤到别人。"陆司语好了一些，终于能够开口说话，咳了一声轻声道，"是我赢了。"

　　"好好，是你赢了，你刚才特别英雄，就是……以后一定要注意安全，量力而为。"宋文帮他擦着手指上沾染到的血迹。宋文觉得他遇到事情时，对自己的生命有一种漠然，好像对生死都不在意。他还有一种倔强，又豁得出去。宋文宁愿他一直是个惜命的家伙，也好过这么让人提心吊胆。

　　陆司语眨了眨眼睛说："我觉得我可以拦下他。"事实也是如此，他说这句话似是为了证明自己不是蛮干，而是权衡之后的结果。

　　事情再危险，也总是需要有人去做，凶徒需要拦下来，否则有可能造成更多的死亡，那个人不是他，就是宋文，或者是其他人。与其这样，还不如事情就在他这里了结了好。

宋文帮他看了看体温计，冷敷了一会儿，体温降下来了，到了三十八度左右。看着他的眉头又皱了起来，浑身轻轻颤抖，宋文知道他的疼痛并没缓解。

让陆司语休息着，宋文起身小声问段医生："医生，能用止疼药吗？"

段医生道："两位恩人，不是我不想用，是这会儿用了，等下到了县医院还要检查。最好忍着点儿。"他此时为了谨慎起见，并不敢给陆司语用太多药。

宋文又问："他现在的情况严重吗？"

段医生道："他的胃本来就有溃疡，又被外力击打，造成了胃内血管破裂，也就是胃出血，还好处理比较及时，如果出血止住，应该不会有生命危险。若是出血止不住……"段医生欲言又止，胃出血如果严重起来，是有生命危险的，他看了看陆司语，宽慰宋文道："不过现在情况还算稳定，他还年轻，恢复起来应该比较快。"

宋文又问："那除了胃出血，胃溃疡怎么治啊？"他只知道胃溃疡是慢性病，具体的不太清楚。

段医生解释："胃病嘛，就是个娇贵病，平时按时吃饭、吃药，按时检查身体，不能吃冷的，少烟少酒，适量体育锻炼，慢慢养着。还有要保持心情愉悦，胃是最受情绪影响的器官之一，心烦意乱、心情抑郁的话就容易犯胃病。"

宋文"嗯"了一声，这才知道陆司语平时不是娇气，有些事情早就有征兆，若有所思地回到陆司语床边。陆司语眨了眨眼睛，看向宋文，却发现宋文的衣袖开了。他忍着胃疼，想起身，宋文怕他再吐血，按住他道："别乱动，医生说了要绝对静卧。"

"现在知道了是什么问题，医生又在旁边，我出不了什么事。"陆司语伸出一只手钩住他的衣袖，哑着嗓子问，"你受伤了？"

宋文的衣袖上有一些血迹，他原本都忘了，经陆司语提醒，才想起自己刚才和薛景明搏斗的时候，小臂上被刀划了一道，他毫不在意地把袖子撸起来道："没事，一点儿小伤，不深，现在血都止住了，我等会儿向他们要点儿碘酒擦擦。倒是你，好好躺着，等下救护车就来了。"说完他低头看着陆司语苍白的脸，道："我看你今天就该坐一次救护车。"

"你最好打一针破伤风。"陆司语看他那道伤口的确不大，这才放下心来，眨了眨眼小声道："我要是那会儿就坐了救护车，你就抓不到薛景明了。"

宋文看他话多起来，稍微放了心："算是你的功劳。"

这边正说着，张大海终于到了，昨天早上的时候，他还对这两个年轻警察有点儿不信任，横看竖看都不顺眼，可经过了这一天一夜，早就对他们佩服得五体投地。刚才他听说他们抓到了凶手，整个人都兴奋起来。此时进了卫生院就拍马屁道："哎，宋警官，你还真有本事，我看到薛景明被铐在外面了。"

宋文道："也是凑巧。"

这事儿有一定的运气，如果不是陆司语正好晚上发病，两个人来到了卫生院，恐怕又会有人丧生，后果不堪设想。

张大海的眼睛瞥向床上，看宋文在那里照顾着陆司语，那小警察不知道伤在了哪里，此时面色惨白，唇角带血地蜷在床上，他也有点儿被吓着了，忙问着："小陆警官这是怎么了？"

宋文看陆司语脸色好点儿了，心里稍微安定了一些，没和张大海说详细的，简单解释："抓捕的过程中受了点儿伤，有点儿胃出血。"

张大海又探头看了看陆司语雪白的侧脸，他的额角有汗，领口染着血。张大海也不由自主地跟着心疼起来："这可不能大意，希望他没事，一定要好好养伤。"

说完这话，张大海从布袋里拿出几小包东西道："那什么……宋警官，陆警官，这次真的是谢谢你们。我呢，就是个挺没用的老警察，要是没有你们几个，这案子指不定什么时候才能破。你看你们烟也不抽，酒也不爱的，这是我自家种的茶叶，还有晒的枸杞，没农药没添加剂，你们带回去泡个茶什么的，也是我的一份心意。"

宋文一直对张大海没什么好印象，这时候听他这么说，从表情和神态里看出来这人是真诚表示感激。张大海世俗、胆小、能力有限，还有点儿油滑，但绝不是什么坏人。说他身为警察守卫了家乡安宁太夸大了，可若是少了他这样基层的人，这诸多城乡又不知成了什么样子。

看宋文不说话，张大海紧张地搓搓手道："那什么，真不贵，没几个钱……"

"收下吧。"陆司语躺着缓过来一点儿，对宋文说，"回头给林哥也留点儿，可以泡茶喝。"

张大海听到陆司语松了口，急忙把东西塞给宋文道："我这会儿知道错了，要不是之前的溺童案我没看出来疑点，也不会弄出这么大个事儿。我已经都报上去了，回头看领导怎么处罚……"他叹口气又说："我们这鹿宁，山清水秀，茶叶好喝，景色也还是挺好的，别因为出了几个坏人，就坏了你们对这里的印象。那个……你们两个好好休息，回头再过来玩，我请客。"

宋文接过了东西，道了声谢，然后摇了摇头说："这里的东西好吃，风景不错，住宿也还行，不过以后大概没有任务不会过来了。"

张大海以为又是自己得罪了人，结结巴巴地问："那个……为啥啊……"

宋文道："我开始有点儿想不明白，为什么这里和南城挨得这么近，但各种风俗习惯、人与人之间的相处模式，还有人的观念却差了那么多。到现在我有点儿明白了，这里的人可以变得有钱，城市和农村可以模糊界限，可是还是有一些遗留下来的东西，始终是不同的。大概也是因为这个，所以很多人才想要舍弃生养自己的家乡，奋斗到大城市去吧。"

"我懂你的意思，这里嘛，的确是有很多不好的地方。很多习俗习惯，都挺害人的。各种繁文缛节，封建迷信，有八卦的极品亲戚，也有没事找事的闲人，我女儿也不愿意回来，怕我们逼着她结婚。就算人们的口袋里有了钱，这些一时还是改不掉，因为一些成见印在了骨髓里。就像这个案子，因为流言蜚语，就死了一家人。有人只是张张嘴，就造成了这样的结果。"张大海顿了一下，神情暗淡了下来，"可是这里，是我的家啊……"

宋文反过来安慰他："这次也是比较特殊的情况，这里大部分人还是善良的，而且，还有很多人会把外面的东西带回来，这里也在慢慢改变。"

张大海释然了："谢谢你，我明白了，以后看缘分吧。"

在城市里，人们对着网络上的人掏心掏肺，却不知道自己的邻居姓甚名谁。在乡村里，人与人之间又缺少了隐私，被各种流言左右。可是生活总要继续，总会越变越好。

陆司语听他们说得差不多了，开口对宋文说："我这边有医生陪着，好点儿了，你和他去处理下薛景明的事吧，留他在那里难免伤人。"

宋文放心不下陆司语，可毕竟还有事情要处理，他看救护车也快到了，对陆司语道："那你先躺一会儿，我去交接下，等下陪你去县医院。"

陆司语"嗯"了一声，蜷着身子，闭上了双眼。宋文按照流程，把薛景明交给了张大海，几名县里警局的警察丝毫不敢大意，押薛景明上了警车。

这边手续刚完成，那边救护车也到了，由于有两名伤者，所以县医院派了两辆救护车。李医生先被抬了上去，段医生跟着上了那一辆车，宋文则陪着陆司语上了另一辆。

救护车上有护士进行登记，问跟上车的宋文："你是病人家属？"

宋文道："是同事。"

护士让他签了字，就递给他一把小的折叠椅。

救护车开动，走山路的时候有点儿摇晃，宋文坐在小椅子上，看着合眼侧躺着的陆司语。护士给陆司语加了一些补液，然后给他接上了测试血压和心跳的仪器。

车上一时安静，宋文怕陆司语失去意识，和他聊着天儿："你看，这个案子基本上是破了，回头我会给你请假的，多休息几天。"

陆司语头发沾在额角，一双眼睛像是黑玉似的，脚缩了缩道："过来的报告我还没写完呢。"按照市局规定，援助之后都要写报告的，把事情的起因、经过、结果，做了什么工作，取得了什么成果讲述清楚，虽然不用像勘查报告那么复杂，但也要写上几页。

宋文没想到都这时候了陆司语还想着这一茬儿："别想那么多，好好休息，工作的事情先放放，别说得好像我压榨你似的。"

车开上了一段山路，路况有些不平，这时候快早上六点了，车窗外不再是漆黑一片，而是亮出了一丝鱼肚白，长夜即将过去，很快，太阳就要升起来了。救护车不敢耽误时间，加上早上路上没有车，一路开得飞快。

陆司语随着车晃动着，又困又恶心，他感觉随着时间的推移，吃下去的药粉都被血浸润了，胃好像变成了一个盛满了血的容器。救护车里空间狭小，他只能侧身躺着，冷汗不停冒出来，心脏也在"怦怦怦"地快速跳着，开始他还和宋文有一搭没一搭地聊着天儿，到后来宋文说什么他已经听不太清了，只能低低地应着。

宋文看他有点儿神志不清，低头问他："陆司语，你怎样了……"

陆司语头发都被汗浸湿了，脸色苍白地皱着眉。

宋文看了看表，这时候快六点了，路程也就还剩几分钟，安慰他道："再坚持一下，马上就到了。"

陆司语自己也知道，这时候不能睡，可是意识怎么也不受自己控制，那种冰冷和无助感是无止境的，像是要把他吞噬。陆司语只觉得身体越来越冷，胃里钻心地疼，忽地想到了一个"死"字。

就这一个念头，让他好像站在了悬崖边，脚底下就是万丈深渊，所有的人都死了。父亲也好，母亲也好，那些陌生的人也好，他见过那么多的尸体，终有一天自己会是其中一具……

可是为什么，他还活着呢？

陆司语知道，有时候活着比死了残忍无数倍。留给他的，只有饥饿，还有死亡……他醒着像是睡了，睡了像是醒着，黑夜和白天的分界变得不太明显。从那一天起，他就失去了成为一个正常人的机会，活着的只是一个躯壳。

思绪越发不受控制，眼前的一切都是旋转着的。

黑暗里，陆司语有些茫然地伸出手，他的手上有一只死去的鸟，眼瞳乌黑，早已经没有了呼吸。他能够感觉手上有红色的血，顺着手腕不停地流淌下来，不知道是自己的还是那只鸟的。好像有人围着他指指点点，像是在看一个怪物。

疯子、变态、神经病……那些词语从他们的口中吐出，像是一把把锐利的刀，刺入他的身体里。

宋文一直观察着陆司语，只见他双眼失神，身体轻微抽搐，喉咙不停滚动，像是在极力忍耐着。宋文急忙叫了他的名字："陆司语？！"

那声音像是从很远的地方传来，那一瞬间，陆司语的眼睛轻轻一眨，抓着宋文不敢松手，只怕手一松自己就再也睁不开眼了，平时不敢说的话，忽然觉得再不说就没机会了，于是他鼓起勇气低声急急地叫宋文的名字："宋文，我……"他的声音只剩了气音，一直紧咬着的唇一张开，血水就溢出来了。

宋文帮他擦着唇角，雪白的纸巾瞬间就被染红了。那句话宋文听了一半，只当他难受得厉害，拉着他道："陆司语，别睡，你看着我。"

这时候一旁的仪器上忽然"嘀嘀"亮起了红灯，护士道："血压在降低！"

陆司语看着宋文的脸，眼睛大睁，想说的话生生卡在喉咙里，随后被吐出来的血淹没了。他感觉身上所有的力量都用尽了，眼睛眨了眨，然后轻轻合上了。

宋文的脑子里顿时一片空白。

一旁的随车医生倒是十分冷静："病人晕过去了，让院里准备输血。"

这时，县医院到了，救护车猛地一刹，后门打开，早有护工和医生等在外面，他们从救护车上把人推下来，一路跑着，直接运到了抢救室里，整个过程像是打仗一般。

医院里到处都是白色的，白色的走廊、白色的屋顶、白色的大褂，这些白色交错着，乱极了。宋文想要跟进去，却被挡在了门口，抬头看上面贴了三个字——急救室。

宋文做刑警几年来，生生死死也见了不少，可是从没有这样惊慌失措过。那种感觉像是在数九寒天里喝了一杯冰水，一颗心被冻在了半空中，有那么口气上不去，下不来，可偏偏全身的血液都是沸腾着的，血腥味儿和医院那种消毒水味儿混合在一起。他摊开掌心，手中一片鲜红，那是陆司语的血。

宋文愣愣地在门口站了一会儿，陆司语的包里忽地滚下来一个咖啡色的小药瓶。宋文将它拾起捏在手里，坐在了外面的椅子上，这才想起来还没有通知林修然，随后给他打了个电话，简单地告诉了他整个事情的经过。

林修然昨天忙着解剖化验，一大早就被宋文的电话吵醒。还好他所在的殡仪馆离县医院不远，早上七点他就急急忙忙地赶到了医院。

林修然一路找到了急救室门口，看宋文垂头坐在门口，心里咯噔一下，问道："情况怎样？"

　　宋文抬头道："推进去半个小时了，刚才做了检查，后来在输血，有个护士出来说他脱离了生命危险，让我签了几个字，其他的我还不知道。"

　　"我还以为……"林修然这才松了一口气，刚才电话里宋文连声音都在发颤，情况也说得严重，同事三年，他几时见过宋文这么慌张？还以为陆司语这次要以身殉职，一路跑过来，这时候一听情况便放下心来，安慰宋文道，"可能是胃出血太多造成的休克，脱离了生命危险就不会有大事了。"

　　"医生说差点儿造成胃穿孔。"宋文低头看向地面，手还是有点儿抖。

　　他沉默了一会儿，扭过头来对林修然说："林哥，我刚才真的被吓坏了，只觉得心脏差点儿跟着停了。"

　　"你这个……也不用太紧张了，平时警员受伤也是常事，你自己也进过好几次医院。哪次是轻伤啊？我还是第一次见你这么慌。"林修然是个法医，早就看惯了生死，也看惯了人世的冷暖，以他平时对宋文的了解，宋文向来是个抗压的人，不知道宋文为什么这一次会乱了分寸。

　　宋文轻轻摇了摇头，小声说："他不一样。"

　　林修然宽慰他道："会没事的。"

　　宋文沉默了片刻，从口袋里翻出了那瓶药问道："对了，这是什么药啊？"

　　林修然有些奇怪地接过来，翻看了一下，他对这个药名有点儿印象，问道："进口的，强效止疼片。是陆司语的？"

　　宋文叹了口气，默认了。

　　都溃疡到这么严重的程度，显然已经有很长时间了，平时刑警队工作忙，他也就用止疼片撑着。这么一想，陆司语平时的那点儿娇气，也都有了原因。宋文越发检讨起了自己的不人道。

　　这时候，林修然的手机忽然一响，他拿起来翻看了两眼道："关于那个案子，相关的检查结果出来了，那个烟头和脚印都是薛景明留下的。"

　　宋文点了点头，这些直接证据加上证词就等于锁定凶手了。这个案子他们侦破的速度很快，很多都得益于陆司语的分析。

　　林修然又问："至于周聪究竟是谁的儿子，你猜结果是什么？"现在警方的DNA鉴定技术已经成熟，一般十二小时到二十四小时，加急的话六个小时就可以出结果。昨天下午送过去的样本，今晨就有了结果。

　　宋文略一沉默，把头靠在了医院的墙上说道："不是薛景明的儿子。"

　　林修然问："为什么这么猜？"

"没有什么推理，单纯是基于第六感以及我个人的情感……"宋文的眼中浮现出一丝冷漠，"我不希望薛景明是一个为儿子报仇的父亲，他不配。我也希望周楚国杀死的是他自己的亲生儿子，这是对他的惩罚。"

林修然沉默了片刻，理解了宋文的意思，他的目光回到手机的屏幕上，揭晓了答案："你猜对了。"

乡村之中，两个案子，四名被害人，两名丧心病狂的杀人者。周楚国不配为人父，而薛景明更加不配。

有时候流言可以杀人，猜疑也可化为利剑。

可怜了那些枉死的妇女和孩童，生命是那么来之不易的东西，不该如此被人践踏。

第二十章

—— 荒地抛尸案 ——

十八年前的南城。

这是一个建设中的城市，四处都有在动工的工地，城市东北方向的几个巨大烟筒没日没夜地吐着滚滚的浓烟。因为有时候有沙尘天气，天空时而是橙黄色的。整个城市像是一只巨大的钢铁怪兽，从沉睡中醒来，伸着懒腰想要在世间崭露头角。

九月中的城市，天气还是闷热的，乌云挡住了太阳，一场雷雨即将到来。那些飘浮在空气中的尘埃，让整个世界仿佛都加了一层咖啡色的滤镜。这个时间，正是下班的高峰期。位于南城北边不远处的一个街区，路边都是行色匆匆的人们。

雨忽然就坠了下来，打在身上都有点儿疼，慌张的路人在雨中奔跑着，寻找着避雨的地方。

命运注定了这是一个多事之秋。

在路口的红绿灯柱旁，站着一个女人。她披着风衣，穿了一双裸色细跟的高跟鞋，像是在等红绿灯，可是红灯变换了几次，都不见她过马路；她又像是在等什么人，可是等了很久，都不见有人来。她安静地举着一把红色的雨伞，那样炙热的颜色，鲜艳得像是血一样，在这昏黄的世界里显得尤为醒目。

女人的眼睛呈现出一种晶莹的琥珀色，她看得有些出神。从她的这个角度望去，可以看到一片灰色的楼群。那是她的监牢，她的归处，享受完这短暂的自由，她便要再次进入那片腐朽之地。

只要想起那个地方，她的耳边就好像浮现出了各种声音，惨叫声、咳嗽声、呼噜声、叹息声，各种让她嫌恶的声音好像交织在了一起，而这一切都是拜那个人——那个把她推入地狱的人所赐……

她觉得自己像是一个被摔出了裂纹的鸡蛋，就算里面的蛋液一时还没有流出，但是蛋壳也保护不了太久。

她已经临近死期。

女人的胸口起伏着，好像呼吸不畅。她举起了一只手，想要抓住一些什么。

随后，所有的声音都消失了。一切又被"沙沙"的雨声所代替。

那些雨滴过滤了空气里的灰尘，远处的天空竟然出现了一片淡蓝色。

女人回过头，目光看向了那座高高矗立的南城塔，她忽然有种冲动，想要从那塔上一跃而下。

最终她还是放弃了这个念头，她抿了一下嘴唇，似是打定了一个主意，鼓起了勇气，目光坚定地向着那片灰色的楼房走去。

这场对战，成败就在今晚。

她脚步轻盈，消失在了雨中。

十八年后。

时间就像是流水一般，在你不知不觉间就过去了，随着时间的推移，年少时的记忆越来越模糊，像是隔了一层雾、一层纱。很多事情仿佛还在昨天，忽然一晃眼，一切都变了。一天一天，一月一月，一年一年，这么日积月累着，人们就这么走过来了，城市就这么走过来了。

今日的南城，早就已经和十几年前完全不一样了，只有一些街头小巷还留存着过去急速发展时导致的破败痕迹，像是一个打扮精致的妇人，眼角有一些淡淡的纹路。

唯有城里的那座南城塔，几经风雨，依然矗立在那里。

盛夏，晚上六点多的南城虽然不似白天那么繁华，却有着独属于夜晚的神秘。

此时的人们正在享受自由的时光，远离了白日的喧嚣，蒸腾的热气随着夜晚的来临逐渐散去，又被阵阵夜风卷走，一天中的这个时候，是最自由、最让人放松的，你可以拉着恋人的手走进影院，可以独自一人玩着手机，再倒上一杯红酒，也可以拉上几位亲朋好友，玩上几把牌试试手气。

在南城东北面有一片荒区，这里几乎是市区与郊区的分界线，隔着一条早已经干枯的河床，一边是一片灯红酒绿，另一边却是一片垃圾满地的荒凉之地。

干枯的河床边，温度都比市区低了几度。这里白天就人迹罕至，到了晚上，更是安静极了，像是一个被所有人遗忘的角落。

　　流浪人赵晓信早就习惯了这种生活，那些垃圾的味道和"嗡嗡"的苍蝇声都让他无比熟悉。自从南城开始实施垃圾分类，就有人发现了这片地方，把垃圾运送到此，省时省力，而且还不会有人发现。

　　每天晚上，赵晓信会遛弯儿来到这一片区域，捡点儿垃圾，晚上再回到不远的桥洞下过上一夜，等着第二天太阳照常升起。

　　今天的河边荒地却有一些不同，赵晓信敏感地发现这里的味道浓重了很多，那些虫子也比往日里活跃了不少。他找了一圈儿，然后在临近河床的地方发现了一个黑色的大旅行袋。

　　那个旅行袋是纯黑色的，有点儿大，放在那里，足足有半人高，浓重的味道就是从袋子里发出来的。

　　如果是个普通人，这时候看到这样的景象肯定会马上躲开，可是赵晓信不是常人，他打小就笨，还有点儿愣。用他父母的话说，脑子不好使，他说话也总是结结巴巴，表达不出来完整的意思，正因如此，他无法与常人交流，正常工作，在爸妈去世以后，就成为了一个拾荒人。

　　赵晓信并不引以为耻，他热爱自己的工作，热爱自己的人生。

　　他就喜欢这河边，天也大，地也大，没有人，所有的一切都是他自己的，他好像成了主宰。

　　常人能够猜得到的事情，到了赵晓信这里，反应都要慢上几拍。鬼使神差，他起了贪念，觉得那袋子还算不错，看起来防水，捡回去还可以装东西。他这辈子没什么好运气，想着如果能够被老天眷顾一下，那感觉一定很不错。

　　赵晓信带着好奇心与贪念，壮着胆子走到那袋子旁，伸手一拉，只见从里面"嗡"的一声飞出一群苍蝇。

　　赵晓信吓了一跳，他借着路边的灯光探过头去……然后他就看到那袋子里好像躺着一个东西——那是一个死人，而且是完整的、蜷缩着的死人，好像还是个个子不小的男人。

　　赵晓信"啊"了一声，往后退了退，下意识就想要逃，可是他的身体刚才往下探的时候，衣角钩住了袋子，这么一动就把那袋子带倒了，尸体的头脸完全暴露在路灯之下。

　　那是一具半腐的男性尸体，四肢被绑着，全身诡异地蜷缩着，一双眼睛倒是睁着，死死地盯着赵晓信，一副死不瞑目的样子。这样的变故把赵晓信完全吓蒙了。他没有想到，这河边忽然出现了一具被丢弃的尸体。

然后赵晓信发现了一些异样……他有点儿愣，越是害怕就越是想要看清楚，借着昏暗的路灯，他终于看清了，在那尸体圆睁的眼睛里，有着红色如血的细线正在慢慢蠕动。

那东西，像是一只虫。

这一切就像是一场噩梦，赵晓信转过身，沿着河道没命地跑了出去，急于离开这是非之地……

现在已经是晚上九点多，南城市局办公室里已经变得空荡荡的，只有几位值班的警员和加班的刑警还在。

宋文没想到陆司语这个点还跑到市局来，他伸手接过了陆司语递过来的复职表，主治医生李医生居然在上面签了字，不知道他用了什么方法，让李医生同意了他的提前复职。

"你这也太心急了吧？"宋文看了看坐在对面的陆司语，"我最近还去专门找李医生谈过你的情况。"

陆司语站在宋文对面，用手支在桌子上，等着宋文继续说。

宋文并没有急于签字，而是放下那张表道："上次我去的时候，李医生和我说你现在虽然能出院，但是药物治疗还有一个星期，而且这一个星期后，还需要休养。我记得他给你开的假条还有一个月呢。"

陆司语低着头道："可是李医生已经准许我出院，然后又签了字。我觉得已经休养得很好了。队里人手不够，我早点儿回来，也能够分摊一些工作。"

事实上，这些天陆司语在医院，宋文可是一点儿没有委屈他，有时间就亲自过去照顾不说，还经常带着各种餐点慰问病号。

陆司语能够进食以后就开始少食多餐，每天早上六点吃早餐，然后上午吃点儿水果，随后午餐、下午茶、晚餐、夜宵，算了算，一天到晚吃六顿。住了一回医院，反而胖了两斤。他原本偏瘦，现在稍微胖了那么一点点。

宋文还是没拿笔，双手手指交叉道："首先，出院和复职是两个概念，李医生之前给你开的假条，肯定是考虑了你的身体状况；其次，医生不好直说，可我作为队长，觉得你还应该多休息一段时间，至少把假休完再回来。"

陆司语舔了一下嘴唇道："那假条时间偏长了，而且也没人和我商量，我也是刚知道。"

那张假条还是陆司语刚转院回来的时候开的，队里请假需要假条，宋文直接去找了市附属医院的主任医师李医生，让他根据病情开下假条。

李医生那时候拿着检查结果道："胃里多处溃疡，差点儿胃穿孔，你这队员不要命了？"

宋文道："是是，您说得对，我对他一定多加关照，严加看管。"

于是两人也没和陆司语商量，李医生大笔一挥直接开了一个半月。宋文直接把假条上交给了市局人事部门。陆司语也是最近才听李医生说起，没想到这东西成了宋文拒绝他的依据。

现在陆司语在医院不过住了半个月，就心急火燎地想要回来。这种行为医生可以同意，宋文可不答应。

陆司语低下头，把复职表拿回手里，表上一共三关，主治医生签字，直系领导签字，心理医生评定。宋文不肯签，流程就走不下去。

他似是早就预料到宋文会卡他，叹了一口气。

陆司语一向是冷淡的，情绪鲜少外露，可是这时候却露出了点儿委屈的表情，像只红着眼睛的兔子。

沉默了片刻，他低低地问："宋队，我是不是哪里做得不好啊，还是我之前惹了麻烦？你才不愿意让我回来……"

"没什么，你做得挺好的……"宋文见不得他这表情，立时心软，"警队的工作压力大、节奏快你也知道，肯定比不了在家里吃得好睡得好，身体是革命的本钱，复职的事情不用着急。而且，就算是过了我这一关，你还要和周医生再去聊聊呢，所以我觉得这事儿我们还是从长计议。"

看陆司语站在那里没动，宋文哄孩子一般道："听话，你今天先回去，等下周一来，我给你签字。"

下周一，还有五天，好歹比之前提前了些。

一旁的傅临江忍不住帮腔道："小陆放心吧，谁不知道你是宋队的爱将，又不会不要你了，这次你出事，宋队比你还自责，一边顾着这边，一边天天跑医院看你。你要是不休养好就回来了，他都过不了自己这一关。"

"那……我下周一再过来。"陆司语这才没说什么，起身离开。

看陆司语走了，傅临江绕了过来，对宋文挤眼道："是谁啊，之前抓心挠肺地希望人家归队，可见了面，又在这里假装不着急。"

宋文好不容易哄走了陆司语，此时被点透了心思，辩解道："他身体根本没有休养好，而且，不是我不让他回来。你知道吗？就他刚脱离危险的第三天，他被转到南城这边的医院来，我那边刚处理完一个案子，急着去看他。结果一进病房我就看到他用输液的手在病床的小桌板上写着汇报总结，当时气得我，顾及他是个病人才没和他一般见识，只把笔纸给没收了。你说这样的人我敢让他早复工吗？"

最后那份报告还是宋文自己写的，而且把大部分的功劳都归给了陆司语。回头评了功绩，对升职加薪都有好处。可惜陆司语好像并不领情，他不太在乎这些，只一心想要归队复职。

傅临江在一旁"扑哧"笑出声来，看热闹不嫌事大道："哎，不是你让他负责文案工作的吗？"说到这里他压着声音道："还是你觉得今晚这个案子严重，不想让他沾？"

宋文敲着键盘的手指一顿，今晚的案子是三队去现场勘查的，最后顾局却忽然通知他来接手。这样的工作安排在平时挺少见的。宋文分析了，有几种可能，要么是顾局认为三队可能解决不了这个案子，指派给平日里破案率较高的一队；要么就是三队队长程默拿到案子以后，主动表示希望别组接手。无论是哪个原因，都说明眼下的案子将会很难处理。傅临江作为一个老警察，无疑也想到了这一点。

宋文不想让陆司语过早回来，除了觉得他的身体状况不应该提早复工，怕他辛苦了以后胃病再犯，的确还有点儿私心——宋文怕这个案子牵扯太多，想让他置身事外。到了下周一，怎么也能够有个缓冲期。正想着，放在一旁的手机忽然一响，宋文看了看道："老林说尸体运回来了，我们去看看吧。"

晚上九点半，南城市殡仪馆里依然亮着幽白的灯光，这种白色之中透着一股冷意，整个房间比外面低了好几度。尸检已经完成，林修然把双臂支撑在解剖台上，低着头观察着解剖台上的这具半腐的男尸，神色有些凝重。

显而易见，杀人者不想让被害人轻易死去，被害人死前经受了漫长的折磨，尸体的表面满是各种虐待的伤痕，这个时间可能是几天，乃至一个星期。尸体的胃容物是空的，这代表被害人在死前很长时间都没有进食。

伴随着脚步声，宋文和傅临江从门外走了进来。

宋文的鼻子动了动，除了腐臭味儿和一种浓烈的血腥味儿，空气里还有点儿特殊的味道，那是一种令人厌恶的腥气，像是混了海水的液体蒸发的一种味道。

林修然指了指解剖台上的那具男性尸体，开门见山地介绍道："尸体是三队给运过来的，死者名叫张培才，今年三十五岁，生前是自媒体公司的外聘调查记者，有着自己的公众号，还挺知名的。死者身高一米七八，死亡时间初步可以断定是三天以前，尸体今晚被人发现丢在了暗河区的河沟旁。"

"那里一片荒凉，又没有什么监控，估计抛尸的人很难寻找了。"宋文说着往解剖台上看去，死者身份敏感，他有点儿理解为什么这个案子会到了他的手上，"从现在的信息看，只能够确定抛尸人可能有交通工具，才会把尸体运送到了那种地方。"

"根据发现尸体的拾荒人的证词，昨天晚上这具尸体还不在那边，我们初步可以把抛尸时间确定为今日凌晨。最近温度升高，各种虫子到了活跃期，腐败的时间要比平时快了很多。"林修然做了个简单的说明。

在白灯之下，尸体的眼睛微微睁着，若说有其他的不同，那就是尸体的眼白处有一种淡红色的浑浊。在这惨白的灯光下，尸体像是长了一双血瞳。

宋文忽然想到了自己看过的电影，里面的丧尸好像就有这样的眼睛。他低头再看向那腐烂的尸体，仿佛尸体随时会坐起身来。死者正值青年，肌肉结实，他的身高不低，是谁制服了这样的一个男人，并且把他折磨致死？

林修然继续介绍道："张培才过去是社会调查记者，后来他辞去了自己的工作，却没有停止社会调查，再后来他自己开始做自媒体。之前做得比较有名的系列比如外卖工厂的探访，还有私立幼儿园乱象。"

傅临江点了点头道："我好像看过他的一个五星级酒店卫生情况揭秘。只要想起来，我就感觉身上要起鸡皮疙瘩。"

宋文道："你不用太紧张，五星级酒店我们也住不起。"

傅临江捂着胸口道："谢谢宽慰，很有道理，可我怎么更心酸了呢。"

世间不乏黑暗，甚至有很多众所周知的灰色地带，许多人都有各自隐藏的秘密，张培才的工作就是把这些事情爆出来。而他自己，也早已经为了钱财和知名度身处灰色的地带，不能用单纯的好人还是坏人来评定他。

他的报道有的是真的，有的则夸大了一些事实。

这种做私人调查的要是想发财，要么是做狗仔查明星，要么是像张培才一般做这种有轰动效应的社会新闻。伴随着一条有轰动性效应的新闻，他们往往名利双收。

林修然继续道："死者在出事前，曾经和自己的亲人说要去调查一段时间，家人也就没有在意他的行踪。大约是在一周前，他的弟弟多次无法联系上他，就报了警。由于亲属提供了张培才的外貌特征信息以及一张清楚的胎记的照片，这次才能够这么快确定死者身份。"

宋文轻车熟路地伸手取过一副手套戴上，然后低头观察着尸体，问道："死因确定了吗？"

"确定了，是外伤失血过多而死。"林修然开口道。

"可这么看上去，尸体上各种伤痕很多，并没有明显的致命外伤……"傅临江仔细观察着那具腐烂的尸体，大部分的伤口都不致死。

林修然解释道："尸体满是伤痕，躯干、四肢，包括头部都有。凶手知道怎么让被害人更痛苦。"

"也就是，被害人被人慢慢放血折磨而死。"傅临江边说边忍着恶心，俯下身去观察死者的脑部。宋文也跟着看去，此时尸体的头盖骨被锯开，裸露出来的大脑暴露在空气之中，整个大脑变成了虫子的乐园。

"这个是……"傅临江发现大脑上有几个白色的囊状物，像米花一般大小，他伸手想要去触碰。

"别动！"林修然伸出手用一根镊子夹破了一个白囊，然后把它放在解剖台上。那破开的囊状物中流出了一些透明的液体，随后一条几厘米长的白色虫子从中蠕动着爬了出来。

宋文终于知道自己之前闻到的味道是什么了，就是这种蛆虫带来的，有点儿像是快要坏了的鸡蛋发出的一种又臭又腥、难以形容的味道。他低头看了看那还在挣扎的虫子说："看这虫子的发育情况，这人可不像是只死了三天。"

宋文对这个研究不多，但也知道一点儿，法医经常通过虫子的情况来确定死亡时间，可是看现在这具尸体中的虫子，像是死亡超过一周才会有的发育状态。

林修然点了点头道："大脑表面浮肿，冠状切面中也有蛆虫，这人的脑子差不多被虫子蛀空了。"然后他侧过头解释："一般死亡后，蛆虫会根据环境生长，蝇类喜欢在一些湿润的地方产卵，比如口鼻、生殖器官等地方，虽然现在尸体腐烂，但是根据虫子的生长情况来看，这人生前头部受伤时应该就有虫子侵入。"

宋文看到这一幕，站直了身体道："这就意味着……"

林修然面色平静地说出有点儿残酷的事实："他的头部有铁钉钉入的痕迹，在头骨上留下了圆形的伤口，这也是一种折磨方式。也就是说，有可能在他还活着的时候，虫子就已经在他身体里下卵了。"

宋文道："看起来凶手很有经验，像是个老手。"

"除此之外，"林修然的面色依然凝重，"死者的手脚有一些绑缚性伤痕，口鼻处有胶带粘过的痕迹，我怀疑他生前曾经被人囚禁过一段时间。为了把死者固定在袋子里，他的手上和脚上都带着绳结，那绳结的编法有些特殊，回头你们可以看下。"

在很多连环案件中，嫌疑人都会有特殊的绑缚方式，这也是后期锁定凶手的重要线索之一。

"他身上的物品呢？随身有没有手机，或者其他证件？"宋文又问。

林修然摇摇头道："没有人知道他究竟在调查什么，这段时间又去了哪里。他被发现的时候，身上只穿了简单的衣物。我们能够作为物证的，除了他手上的绳子，就是一个抛尸所用的黑色大袋子。"

"其他的线索呢？不是说之前他的家人报过失踪吗？"宋文又问。

林修然想了想又道："我之前听了几句，好像是死者的弟弟说哥哥离开的时候告诉过他，死者发现了一个惊天的新闻。"

宋文听了这话微微皱眉，会比他之前的那些爆料还要惊人吗？那这个人是否因为知道了什么，被人灭口？

查看完了尸体，已经是晚上十点多钟，林修然还要对尸体做进一步的切片化验，写验尸报告，宋文对傅临江道："我们先撤吧，等明天再调查。"他说完这句话，目光忽然看向了一旁，发现在殡仪馆一角的桌子上放着几包东西。

"这个是？"宋文的眉头皱起，那东西看着实在有点儿眼熟。

林修然抬头扫了一眼道："哦，陆司语送过来的。他说是之前张大海给的枸杞和茶叶，你把我的那一份放在他那边了。他今天正好有空，给我送过来。"

宋文的眉头皱得更紧："什么时候的事儿？"

"就刚才，他刚走，你们就来了。"

"你就让他送到殡仪馆来了？"

林修然道："他说他刚好在附近，打了个电话以后一分钟人就过来了。然后留下东西聊了两句就走了。"说到这里他终于从宋文话里感觉出点儿别的意味，直起身问："你们最近是不是……不太对付？"他斟酌了一下，才用了这么个词，反正傅临江也不是外人。

宋文问："他还说别的没有？"这么算时间，陆司语大概是从警局出来就往殡仪馆来了，一直开到这边停了车，再给林修然打了电话。

林修然这才抿了一下嘴，做了个摊手的表情道："说你不让他复职，让我帮他求求情。可我毕竟是法医鉴定中心的，又不是他的直属领导，也不好说你们队里的事，安慰了几句，让他回去了。"

宋文这才算接受了这个解释。可他想不太通，陆司语这么积极是为了什么。

殡仪馆是个地处偏僻、阴气颇重的地方，两个人出来后，外面的温度比里面要高了好几度。等上了车，傅临江继续刚才的话题："这个凶手恐怕不简单。"

"凶手目前隐藏得很好，没有留下什么痕迹。"宋文发动了汽车，"这个案子没有那么好破。"

"哎，你真不准备给陆司语也透露点儿信息？我觉得，他有时候的直觉和想法都挺准的。"傅临江试探着建议。

"他不会也拜托了你帮他说情吧？"宋文还是拒绝道，"我们先查查再说吧，当初他不在的时候，我们还不是一样破案？"

只要是杀人，从凶手动了念头那一刻起，每一个行为都会留下各种痕迹，只要能够通过推理合理地把它们串联起来，就可以找到想要的答案。

没有足够聪明的猎物，只有还不够聪明和执着的猎人。

尸体发现后的第二日早晨，陆司语早早地就坐在了自己的办公桌前。

此时的陆司语望着桌子上打印机旁厚厚的一沓材料，这些都是昨晚自动打印出来的，他之前用U盘插过朱晓的笔记本电脑，于是就在里面安了个小小的后门软件。这个后门软件进不了警局的内网，但是外部的资料都能够获取到。

若是个道德观念强的人，恐怕不会选择这种方式，但是这些约束在陆司语这边并不管用。对他而言，生死都是可以置之度外的，更别说这些小小的手段了。

朱晓电脑里新下载的资料，无疑是宋文指派着整理的。里面有张培才的所有相关信息，比如各种视频和文字的报道，朱晓昨晚加班进行了整理。于是陆司语原样复制了一份。

就在昨天晚上七点多，导师吴青给陆司语打了个电话，问了几句他最近的状况，然后就问他什么时候归队。那时吴青道："今晚在河边发现了一具尸体，有朋友给我发来了现场的照片。现场是三队去勘查的，不过我问了下，可能会归给一队，这个案子你最好还是跟一下。"

陆司语不知道吴青是从哪里得到的信息，在南城，老师一向有自己的关系网，他有些忧心道："李医生虽然准许我出院，但是还没给我的复职表签字。"

"这件事情好办，我在那家医院也有不少老朋友，一个签字还是很容易拿到的。等下你等我的信息，联系好了以后，你就去找宋文试试。"吴青顿了一下，"宋文最近还好吧？"

陆司语"嗯"了一声："宋队挺好的。"

电话那头的吴青笑道："我都十多年没有见他了，上次见时他还在上中学呢，一晃这么多年过去了。他那边没有什么问题吧？"

陆司语又"嗯"了一声："他开始有一些怀疑……现在应该打消了一些念头。"生一场病对他而言是一件好事，每个人都会对病人给予同情，也会把他们视为弱者，放松警惕。

陆司语开始试探过宋文，那种方式有点儿太危险了，在此之前他就好奇，宋文究竟是个怎样的人，又有多聪明。他故意放了点儿水，然后就被宋文抓住了尾巴，这也是个交心探底的过程，宋文有他想要的答案，他也一样。

吴青没有多说什么："反正现在这个案子，你一定要跟下来。"

陆司语道："回头我拿到了签字就去找宋文试试复职的事，不过……我的假期还有一个月，宋文有可能不会批准。"他想了想又道："老师放心，就算他不批的话，我也会想其他的办法。"

"那就好。"吴青顿了一下又说，"我这边最近总是感觉有人在盯着，来往的人很多，你和宋文在一起也要小心谨慎，以后我会减少和你的联系。"

于是在那个电话之后，才有了昨晚陆司语去找宋文的事情，结果嘛，不出陆司语所料，宋文果然是不想让他提早回来。

可惜，陆司语不是个听话的人。尸体他昨晚就看过了，虽然只看了几眼，但情况已经掌握了，此时他正垂眸整理着桌子上的资料。

死者张培才，社会关系既简单又无比复杂。

说他简单，是因为这个人的父母双亡，从小和一个弟弟一起长大，没有什么七大姑八大姨的亲戚，只娶了一个小他几岁的妻子，没有子女，邻里关系和睦。这样的社会关系，对于一个现代都市人来说，算得上非常简单。

说他复杂，是因为他的手机云端备份之中有着几千个号码，那些人或是点头之交，或是有求于他。他有时候会去做卧底，几个月后再换个身份。他每天都会收到大量的私信、短信，有很多人向他反映情况，甚至有一些无望之人把他当作救星。因为他的新闻报道，有一些社会的盲点受到了重视，他被一些人奉为英雄，也被另一些人恨之入骨。

面对这些，想要抽丝剥茧找到他近期接触过的人，找出有作案动机的凶手，简直是一件不可能完成的任务。

而且……这个人……说他正义？

他曾因为收到钱财而放弃了将要爆出的新闻。

还曾经为了博人眼球，把正常的恋爱写为第三者插足。

可是说他市侩，好像也不准确，他有时候又会对素不相识的人伸出援手。

这样的人，自然会不时受到死亡威胁，有被调查中的人得知了消息，想要杀他灭口；有事件的当事人，想要置他于死地；也有被爆料者，名誉扫地，想要杀他以解心头之恨。

张培才曾经在网上公开过自己收到的死亡威胁，还有别人要收买他的言论。

那时候他说："你们不要以为，杀了我就能堵上我的嘴，我已经设置好了一个秘密的邮箱，一旦我身死，邮箱有一段时间没有人登录，就会自动发布里面的消息。所以即使我死了，也无法阻止我的爆料！"

这种行为无疑让网民疯狂,他们有人称赞张培才,觉得他不惧怕死亡,绝不妥协。有人说,张培才这样公布出来,让想杀他的人有所忌惮,这才是最安全的方法。还有一部分人,根本就是看热闹的,甚至有的还期盼着发生点儿什么,看看是否如同张培才所说,会爆出巨大的秘密。

看到这些消息,最为惧怕的,无疑是那些被爆料者,这就意味着,可能张培才的死亡也不能解决问题,秘密依然会被公开。那封邮件,像是一把悬于他们头顶上的剑,随时有可能落下来。

那他为什么会被杀了呢?杀了他又抛尸的凶手,现在恐慌吗?

张培才的死亡,是否会引发出多米诺骨牌效应一般的事件?

陆司语在日历上标注了一下张培才的发稿频率,他发现,张培才死前已经四个月没有发表新的稿件了,这比他以往两到三个月就会发表一篇文章的时间晚了一到两个月。

张培才最后究竟是在查什么呢?

更为重要的是,吴青为什么非要他跟这个案子?

陆司语看着那些档案,揉了揉额角,然后他的目光落在了一张照片上,那是三队拍摄的现场照片,也传到了朱晓的电脑上。在照片上,张培才的尸体眼睛睁着,双手被缚,身体蜷缩。

在那根绳索上,有一个独特而漂亮的八字绳结,这个绳结有点儿像是外科结,但是仔细看来又不同,那个结比外科结更为复杂,也更为牢固……

陆司语过去认为,外科医生是这个世界上最会打结的人,他们能用各种绳索材料在人体内外打出各种各样的绳结。此时凝视着这个结,陆司语抿着唇,他好像在哪里见到过这个漂亮的绳结,可是又一时想不起来……

上午十点半,南城市局,张培才的家属被叫到了市局。警方先讯问的是死者的妻子杜若馨。这一场,傅临江和老贾主审,宋文进入观察室的时候,问讯已经过半。

傅临江正在问她夫妻关系的一些相关细节。资料表上写着,杜若馨今年二十八岁,比张培才小了七岁,她是名电台女主持,是张培才在做记者的时候认识的。算起来,她是张培才的师妹。

"你和张培才已经分居一段时间了?"傅临江问道。

分居?宋文听到这句话后翻看资料的动作一停,转头看向审问室,这倒是之前在资料上没有了解到的。

"我可以抽烟吗?"杜若馨的指尖微抖,似是怕不允许,又加了一句,"电子的，草莓味儿的。"

隔着玻璃窗，宋文向内看去，杜若馨的身材消瘦，眉毛很细，嘴唇很薄。他能看出这个女人对张培才的冷漠，女人似是没有经历过这种事情，因为死的是身边的人，再加上现在面对警察的盘问，她有些恐惧，而烟能够掩饰她的恐惧感。

傅临江看了看她，做了个手势示意她自便，然后似是随口问："你抽烟多久了？"

杜若馨整个人放松了几分，脸色也正常了一些，用手指夹着电子烟吐了一口白雾道："有个四五年了吧，有时候心里不痛快就想学着男人的样子抽一根，可是我们这个行业，抽普通烟太毁嗓子了，我就换了电子的，算是个心理安慰吧。"常年吸烟，她的声音依然柔和好听，反而多了一分淡淡的沙哑，满是女人味。

傅临江继续问她："你们分居的原因是？"

"哪个女人受得了男人半年半年不回家呢？张培才调查起那些事情来就是个疯子，可以不眠不休，谁也联系不到。他开始说工作是为了钱，为了让我们过上更好的日子，还有什么所谓的正义感，哼，其实都是骗人的，他就是自己喜欢，喜欢查真相，追求刺激感。"杜若馨顿了一下又道，"他喜欢别人膜拜他的感觉，我却讨厌他这种不顾现实的虚荣。我们虽然现在名义上还是夫妻，不过事实上，之前我们一直在闹离婚。"杜若馨的话语带着激愤，这下子，她的冷漠和事不关己的态度似是有了答案。

傅临江追问："要离婚是谁的意思？"

杜若馨的视线移开，似是不太愿意回忆："好像是我？但是我记不清了，那种感觉很不好，就像是忽然有一天，我发现我的丈夫和我像是两个陌生人，我们彼此不够相爱，关系也没有想象中密切。我们没有大打出手，但是争吵摩擦不断，总之我们闹得不太愉快。"

老贾试探着说了一句："你好像对你丈夫的死，并不感到意外。"

杜若馨抽着电子烟，手在无法抑制地抖着，说道："他得罪的人太多了，做那些调查，就是断人的财路，断人的生路。他惹的人，黑道白道都有，我早就料到，他会有这一天。"

谈到这个话题，杜若馨的眼圈终于微微发红了，也许是因为悲伤，也许是因为恐惧，然后她深深地吸了一口烟道："我劝过他几次，不要做得太过了，把对方逼到穷途末路。可是他却以揭开别人的秘密为乐。有许多个晚上，我一个人无法入睡，不知道他去了哪里，现在他死了，我反倒能够睡个安稳觉了。"

傅临江抬起头来问了一句："最近这两个月你有没有见过张培才？"

"没有见过。"杜若馨叹了口气，"准确地说，是三个月左右。"

宋文在观察室里安静地听着，杜若馨现在反映的情况，他们稍后都要向其他证人进行核实。

"张培才被人杀害，你觉得有可怀疑的人吗？"

杜若馨又吐了个烟圈道："他的仇家很多，要说最近一年想要他死的人，我倒是想起了一个。"

"谁？"

杜若馨迟疑了一下，开口道："一个姓王的老板，好像是叫王超什么……"她的眉头皱起来，像是在努力回想。

宋文早就把所有跟张培才相关的采访录像都看了一遍，这时候在脑内搜索了一下，有些印象，好像是去年年末的时候一篇报道的当事人。

傅临江想了想也问："是那家做外卖料理包的老板？王启超？"

杜若馨"嗯"了一声："他早就给张培才发过一些威胁的短信，还曾经派人跟踪过他……"

这也是张培才生前较为有名的一次报道，随着外卖行业的兴起，很多根本不会做快餐的无良商家也开始销售外卖，这些食物的源头就是那些做外卖餐包的老板，这位王老板就开了南城一家有名的料理餐包公司，甚至很多外地的人都找他们进货。

那些料理包大部分用的是最廉价的、没有经过检验的食材，粗制滥造，有很大的安全隐患，而这位王老板就用浓重的配料把这些腐烂的肉菜味道覆盖掉，以低廉的价格拿下了市场，牟取暴利。

这件事被张培才卧底跟踪报道之后，很快得到了有关部门的重视，王启超的公司被查封。他自然是对张培才恨得牙根痒痒。

"你知道他最近在查什么事情吗？"

杜若馨摇摇头道："不清楚，但应该也是能够引起轰动的吧，做这种事情，就像是登台阶，你总是希望下一级的台阶比这一级的高，越往上走，难度就越大。"

傅临江记录了这些线索，准备稍后去进行核实。整个盘问的过程大约花了三十分钟，在杜若馨后面接受问讯的是张培才的弟弟张铭轩。

张铭轩今年三十岁，开了一个小网店经营红酒，他平日里吃喝嫖赌，四处浪荡，没个正形。可他毕竟是刚死了哥哥，被家人突如其来的死亡弄得心神不宁。此时张铭轩坐在审讯室里，染成栗色的头发杂乱，一双眼睛肿得如同核桃一般，脸上还可以看得出疲惫。

基本情况汇总完后，傅临江直奔主题，先问了一下张培才的个人情况，一切都和他之前在报警时说的差不多，张铭轩只是反复地强调着，一定要查明自己哥哥是被谁杀的。相对于杜若馨，张铭轩明显对这个从小和他相依为命长大的哥哥感情不一般。

傅临江问："根据杜若馨的反馈，张培才曾经收到过死亡威胁的短信和邮件？"

张铭轩道："那些人，大部分是说一说，很多也就是想打我哥哥一顿出出气。我提醒过我哥哥要小心，可是他都不以为然，甚至我怀疑我哥哥曾经希望有人那么做。"

老贾记录的笔一顿，显然是无法理解，问道："你这话是什么意思？"

"我哥哥说如果真的发生点儿什么，那就是大新闻了。"张铭轩说着，眼圈微红，在张培才的眼中，没有什么比新闻重要。

事到如今，张培才果然成了自己口中的大新闻。

"王启超这个名字，你听说过吗？"傅临江又问。

"好像是个食品加工厂的老板吧？之前这个人扬言要我哥好看，后来我就不知道了。"张铭轩毕竟只是弟弟，两兄弟分家以后见面并不太多，对这些事情甚至还不如离婚中的杜若馨清楚。

老贾插问了一句："你哥哥和你嫂子的关系如何？"

"你们不会是怀疑我嫂子吧？"张铭轩听了这话立即摇头，"我嫂子？不可能的，虽然她是我嫂子，但是从来只有我哥哥对不起她，很多时候，我嫂子甚至只能从我这里得到我哥的去向，这样的事情估计是个女人都忍不了。"

似是为了证明他说得正确，他打开了手机，给傅临江看了看他和杜若馨的聊天记录，几乎每过几天，杜若馨就会问问他张培才的情况。在观察室内的宋文眉头微微一皱，这样关心张培才的杜若馨，和刚才盘问中冷漠的她判若两人。

傅临江开口道："你反映的这些情况并不能排除嫌疑，在我们处理的案件中，甚至有一些嫌疑人还会自己报案。"

张铭轩听了这话张大了嘴巴道："你们不会也怀疑我吧？"

傅临江也只是吓唬一下他："目前只是在初步的排查阶段，我们会抓紧找到嫌疑人。你哥哥之前究竟在查什么，你们提供的信息越多就对案件的侦破越有利。比如，你哥哥在失踪之前，有没有什么反常的举动？见过什么人？到过什么地方？"

"对了……"这一提醒，张铭轩倒是想起了什么，"我哥哥在失踪之前，曾经去了市里最大的图书馆，然后翻了很久的旧报纸。该图书馆借书是有限制的，想要查看过去的资料，需要工作人员辅助查询，费时费力，我知道这事儿是因为他把自己的借阅次数用光了，又用我的身份证办了一张卡。"

"旧报纸？"傅临江的笔轻轻一顿，南城市的图书馆是收集各种报纸最全的地方，想要查阅过去的新闻，那里无疑是最合适的地方。只要是借阅，就会有记录，这个倒是一条可以利用的信息。

张铭轩的眼睛红着，可能是因为缺少睡眠，也可能是因为常年宿醉的原因。他忽地低下头，一双手在膝盖上攥了攥道："我觉得，我哥哥的死可能和一个女人有关系……"张铭轩整理了一下思路继续说："我之前，就是一个月前，偶然有一天见到我哥哥和一个挺漂亮的女人在一起。"

"你怀疑你哥哥有外遇？"傅临江问。

张铭轩摇摇头道："我只是看到他和一个美女走在一起。"

傅临江皱眉道："那你为什么怀疑你哥哥的死和她有关系？"

张铭轩道："因为我哥哥那时候是在工作中，他看到了我，却假装不认识，也就是说，这个女人可能和他正在查的事情有关系。"

这个逻辑倒是也说得通。如果真的如张铭轩所说，那么这个女人很可能是个突破口。傅临江问道："别的还有什么特殊的吗？这个女人叫什么？多大年纪？什么工作？"

"短头发，大概一米六几，身材很好。"张铭轩努力回忆了一下，然后摇了摇头，"我只看到个背影，我哥哥那个人，没查清楚的事情，绝对不会透露半分。对于他们这种人而言，消息就是钱，有时候走漏了消息，就是几百万甚至上千万的损失，所以就连我也只是知道有个女人的存在，这个女人姓什么，长什么样子，和他查的事情有多少的关系，我都不知道……"

傅临江微微皱眉，这个女人是刚才杜若馨没有提及的，他追问："你对这个女人还了解多少？"

张铭轩摇摇头道："没有了。"

老贾有些不快道："你这个说法太过模糊了，所有的一概不知，让我们警察怎么找人？"

张铭轩嘀咕道："我也就是把我知道的告诉你们，如果我们都知道得清清楚楚，那你们警察还查什么？"

傅临江没纠结这点，抬头又问："那你是否知道，你哥哥这一次有没有留下来曝光的邮件？"

"你们也在等着那个大新闻吧？"张铭轩开口道，"我哥哥，只信得过他自己。根本就不可能告诉我，他查的是什么，有没有留下信息，必须要等邮件发出的那一刻才会知道。我觉得真正的凶手现在一定怕得要死，害怕自己的秘密被公之于众。"

这封邮件，就像是悬挂在南城上的一颗炸弹，随时可能爆炸。

等送张铭轩从审问室出去，回到了大办公室，傅临江叹气道："这些证词也不知道有多少有用的信息。"他们到现在还没有明显的线索，案子也没有头绪。

宋文道："抛尸处的交通摄像头都查了吗？"

朱晓面露难色道："调取是调取了，可是那边偏僻，进出的小路并没有摄像头，旁边的一条主路过往的车辆又太多。"

一旁的老贾叹了口气道："我上午看了几篇被害人做的报道，有的报道还有反转，比如他写的有个名校校长收受贿赂，可是最后查明根本就是有人上不了学校而蓄意报复，即便如此，还是害得校长离了职，人家能不恨他吗？这样的事情有好几件，我估计可能不止三五个人想要他死。"

傅临江道："那接下来，我先去问问图书馆，看他查阅了哪些新闻。"

宋文点头道："继续跟进，刚才说的王启超，还有那个女人都找出来。"

宋文又转头问朱晓："死者的手机记录以及信用卡信息调取如何了？"

朱晓递过来几份资料道："他名下的手机上次的通话记录和那几位证人的证词相吻合，最后使用时间是半个月前，之后没用过，我怀疑他有另外一个手机。这几个月间，他的信用卡倒是有一些消费记录，有一些女性奢侈品，感觉像是送给女朋友的。"

宋文翻看了一下信用卡记录，确实如同朱晓所说的，在过去的几个月间，张培才的信用卡上忽然增加了几单大的开销，买的都是一些女性的首饰之类，餐饮消费也有所增加。这些信息说明，张培才这几个月就在这座城市，而那神秘的女人也的确是在张培才的生命里存在过，不过……

宋文按了按眉头，一个人，活生生的人，每天吃饭睡觉，到过那么多地方，和那么多人说过话，他认识很多人，时刻在和人交流，想要把所有的一切复盘出来，是一件多么困难的事情。

虽然现在他们已经开始调查，但却像是在一个迷宫里打转，还没有寻找到突破口。

关于案件的白板已经做好立了起来，上面贴满了相关的照片。那处荒地显然只是个抛尸现场，由于白天下过一场雨，抛尸的痕迹被冲刷得差不多了，脚印也没有留下，真正的案发现场尚未可知。

宋文看了看傅临江他们所拍摄的现场照片，其中有一张的角度是被害人的脸朝下，他的双手被缚着，宋文凝望着那绳结，想起了昨晚林修然说的话。他又仔细看了一下，觉得那绳结确实有些眼熟，对老贾说："老贾，你去找物证科的徐瑶，让她帮忙从库里调取一下，是否有案件出现过类似的绳结。"

　　所有任务布置完，宋文附近的办公桌空了一片，倒是衬得他这一角突兀了起来。

　　警察的工作是忙碌的，盘查，讯问，顺着蛛丝马迹找各种方向，推理着各种可能，然而宋文心里却还不踏实，总觉得身边缺了点儿什么。直到他多次无意识地抬头看向侧前方空着的座位，才发觉是因为少了陆司语。

（未完待续）

番外

—— 法医日常 ——

在高考之前，陆司语就已经打定了主意，想要报考法医专业。他的成绩一直很好，老师都把他当作重点大学的苗子培养，他做了这个决定以后，没敢和老师说，而是先回家和奶奶打了个招呼。

奶奶听了这个想法，和他一本正经地聊着："现实里的法医可是和那些电视剧里演的不一样，什么俊男美女，妆容精致，西装笔挺地站在尸体面前，那都是骗小孩子的。做法医，你将会看到这世界上最悲惨、最可怕、最黑暗的一面。"

陆司语点头道："我知道。"他已经十八岁了，早就知道真实的法医需要做什么。

奶奶还是想劝他，她知道这个孙子从小就过得苦，她不怀疑他能坚持下来，但是她心疼他，不想让他的生活再多坎坷："依我看，你还是学临床吧。学了临床，你毕业以后想当法医，就能转法医；但是你学了法医，就只能去公检法、鉴定中心或者保险公司。一旦转行，大学几年就白学了。"

奶奶说的听起来像是万全之策，陆司语却完全不给自己退路。他认真地说："奶奶，我不会转行的。"陆司语顿了一下，小心翼翼地说出了自己考虑了许久的决断："我毕业以后想回南城。"

奶奶听了这句话愣住了，她忽然明白了他的选择。

这么多年过去了，眼前的孩子已经长大了，可是他的心里还是放不下。自从那场事故之后，陆司语是怎么一步一步走过来的，她早就看在眼里。这么多年，祖孙两个一起生活，他们对那件事情避而不谈。

陆司语俊秀、聪明、乖巧，有点儿孤僻，他没有朋友，大部分时间都是默不作声的。

不去谈不代表事情就真的没有发生过，奶奶知道十几年前的那场灾难，如同一根针、一把刀，一直插在他的身体里，伤口从未愈合过。他在与之抗争着，不愿意屈服于自己的命运。现在，他想要寻找那起悬案的真相了。

奶奶有些紧张地握紧了手指，她知道这条路不好走，知道孙子可能会遇到危险，可是她还是低下头说了一个字："好。"然后加了一句："奶奶支持你。"

她是他唯一的亲人了，经历过那么多事，她早就明白了一个道理，那就是人生苦短。她希望他能够把那些经历、怨恨化为动力，她希望他可以成为一个好警察。

想要做什么，那就放手去做吧。

陆司语是以高于录取线五十分的成绩考上的刑警学院法医系，不光是这一届的状元，更是破了警校的录取分纪录。他还没进入学校，名字就已经在校内传遍了。

去报到的那一天，陆司语先找到了院系里负责后勤的刘老师："老师，我想申请校外居住。"

"什么？"刘老师第一次见到大一新生提这种要求的，皱起了眉头，"你是陆司语对吧？我记得你是今年录取分数最高的一个。"

陆司语把一沓检查报告放在老师桌面上："老师，我有严重的胃溃疡，身体不好，吃不了学校的食堂，也无法参加接下来的军训。宿舍的话我可以交住宿费空着床。"

"军训的话你这种情况是可以免，不过住宿……"刘老师有点儿为难，"周末你可以不住宿舍，但是周一到周五还是得住校……现在学校有规定，进行半军事化管理，无特殊情况大一学生都不许住在校外。食堂你吃不惯，我可以给你办一张老师的食堂卡，那里都是小炒，饮食比学生的好上很多。"

陆司语还想再说些什么。

刘老师道："现在新校长上任，实在是很难办。这样，大一你先克服一下，到了大二我想办法给你开特例转出去。"他看了看眼前俊秀的学生，试探着问："或者你还有什么更为特殊的理由吗？如果有的话，我可以帮你申请。"

陆司语舔了下嘴唇，没有说什么，还是算了，他不希望把自己的经历弄得人尽皆知。刘老师已经很照顾他了，陆司语也不想为难他。

警校宿舍是六个人一间的，洗手间和浴室都在外面，陆司语了解自己的情况，他睡眠浅，身体又不好，这么折腾下来，肯定是休息不好的。

　　而且从当年那件事情起，他就对其他人失去了基本的信任，他喜欢和人保持距离，不喜欢和陌生的人说话，不喜欢身体的触碰。他用冷漠把自己包裹了起来。

　　在校园里拖着沉重的箱子走了一圈儿，陆司语就觉得自己胃病要犯了。

　　他去了宿舍，那里早就有几个同学到了，正在收拾床铺。

　　陆司语对照着自己的床位号，是三床的下铺。他打开行李箱，铺上领来的被褥。他自己买的明天才能到，到时候再换吧。

　　有男生走过来问："哎，你就是今年学校录取的那个状元？"语气有点儿自来熟。

　　陆司语人不舒服，实在没精神，头也没抬，冷冰冰地应道："嗯。"

　　其他人反应过来："哦，你就是那个超过分数线五十分的状元？"

　　那最先说话的男生道："我叫薛童，在你上铺。"

　　陆司语又是冷冰冰地"哦"了一声。

　　旅途劳顿，他现在忍得难受，实在很想躺一会儿。床铺好后他就上了床，蒙上了被子。

　　外面人声嘈杂，陆司语根本就睡不着。他一直躺到了晚上，晚饭也不想吃，然后模模糊糊听到有人压低了声音在说话。

　　"怎么一来就这么装啊，看着像小姑娘似的，眼里却根本没有人。"

　　"你看看人家用的手机，最新款；穿的鞋，一只就顶你所有的……"

　　"这么有钱，学习又好，学什么法医啊？"

　　"也许人家是真的有理想呢。"讥讽的话之后跟着一声冷哼，这声音从他的上铺传来，陆司语还记得，那个人好像是叫薛童。

　　陆司语觉得那些声音很吵，但是什么也没有说。

　　接下来是为期两周的军训，陆司语请了假，在学校附近租了一套三室一厅的豪华公寓。他知道自己体能不好，这一段时间也没松懈，每天去小区的健身房进行一些锻炼。他的爆发力和耐力不算好，但是柔韧性和平衡性还算不错。

　　两周以后，其他学生军训完了，他也来学校上课了。

　　其他的学生相处了两周，早就互相打成了一片，熟悉得不能再熟。他却独自坐在后排，像是一个陌生人。

　　同学们在烈日的暴晒下被折磨了这么久，早就晒得黝黑黝黑的，只有陆司语白到发着光。他们班一共三十五人，其中二十六个男生，只有九个女生。那些女生频频回头看向他，陆司语却装作没有看到。

第一节课是丁童老师的法医理论基础课。

老师的第一张幻灯片是一张图，图是修改过的，一个穿着法医服的男人从一个窗户里探出头来，举着一张白纸，上面写了两个字——快跑。

这张图也是网络上的热图，曾经被改成了各种版本，下面的学生没有料到这一出，看到图后都笑了起来。

丁老师说："大家别笑，你们其中有些人马上就会后悔自己选择了这个专业，也会反复听到师哥、师姐和你们讲一些很惨痛的故事。你们还年轻，如果觉得这个专业不适合你们，回去重考还来得及。"

有人笑着搭茬儿："老师，别的老师第一节课都是忽悠学生，说这个专业怎么怎么好，你怎么把我们往外赶呢？"

丁老师说："我的话不好听，但都是实话。"

幻灯片忽然就变了，上面骤然换成了一具腐烂的尸体，所有人都被吓了一跳，胆小的女生"啊"了一声。虽然大家都是学法医的，也早就做好了心理准备，可是他们毕竟还没有接触过尸体，忽然看到这样的图片，还真是猝不及防。

丁老师笑了："有人怕了？"

他又点了一下图片，上面显现出来的是巨人观的图片。

更多人脸色变了，还有人开始干呕，这简直是视觉轰炸。陆司语看到坐在旁边的薛童脸色变了，然后低头骂了一声。

丁老师不以为然："这就不行了？"

有学生说："老师，这些你不怕吗？"

丁老师笑了："怕什么？这都是我当年工作时拍下来的，太小意思了。这些根本就不能吓到一个成熟的法医。"

他又往后翻动了几张幻灯片，大部分的学生都被恶心得不轻，只有陆司语还神色如常。

丁老师道："我给你们看这些只是让你们熟悉一下，让你们对今后的学习更了解。这些东西，都是你们以后要面对的，而且你们遇到的可能会比这个恶心百倍千倍。你们知道面对是什么意思吗？不是像这样隔着电脑屏幕，而是需要触碰这些尸体，还要去捡那些残碎的内脏、尸块，你们需要闻着那些腐烂的味道，感受软腻的触感，甚至还需要在旁边吃饭。"

学生们面面相觑，不太相信他的话。

丁老师扶了一下眼镜："哦，对了，还有啊，一定要做好防护，因为这些东西上不知道会有什么细菌病毒，还有的连着高压电，如果你们不小心，自己也会死在当场。我曾经有一个学长，就是去一个地窖里查看尸体，结果下面缺氧，他进去了，就没有出来。"

随着他的话语声，那些学生的脸色更难看了。

丁老师继续给他们泼冷水："这就是法医的工作，你们穿着和医生差不多的白大褂，可是那些血迹、体液都会沾在上面，是永远也洗不干净的。你们会被半夜叫起来去化验尸体，从臭水沟、粪池里面打捞出残骸尸骨。每天低着头，腰酸背痛，可就算你们快要累死了，拿到手里的也只有区区几千块的工资。你们没有什么假期，买不起房子。你们知道当初我老婆在产房生我儿子，我在哪里吗？我在拼一具碎尸。"

"你们以为这就是全部吗？没有，孩子们，你们想得太简单了。"丁老师苦笑两声，"别以为你们做法医，面对着死人，就不会有医闹。你们知道法医的一个重要工作是什么吗？那就是伤情鉴定。如果你们在鉴定书上用错一个字，等待你们的可不仅是医闹那么简单，还会吃官司。"

"选择了法医专业，这些，就是你们将来几十年的人生。"

教室里一时安静极了，所有年轻的面孔看着他，从最初的嬉笑到后来的恶心，再到现在的震撼与迷茫。他们才十八岁，很多事情真的没有细细想过。

其中有的人是第一志愿未被录取才来的；有一些是子承父业，遵从父母的选择；还有的是因为家境贫寒，看中了法医专业有一些定向培养的名额，出来可以做公务员。十几岁的年轻人，有时候根本没有想过那么多。

可是现在，坐在教室里，看着面前的老师，听着老师的话，他们安静无声了。

到现在，他们才知道那张白纸上的"快跑"并不是一句玩笑话。这真的不是电视剧、电影，甚至都比不上那些猎奇故事书里说的，可这就是现实。

丁老师说到这里，低头翻开书，神情忽然严肃起来，他又开口说："但是法医的工作是有意义的。我记得我刚做法医的那一年，一个幼儿身亡，家人怀疑是保姆作案，我们检验了尸体，最终找到了保姆下毒的证据。当时孩子的父母就给我跪下了。那时候，我才知道法医的工作是多么重要。

"你们之中的某些人，一定是热爱这些事情的。你们大胆、心细，天生与众不同，这种热爱会支持你们一直走下去。

"对于真正热爱法医这一行业的人来说，读了这个专业，你会觉得不负此生。

"正是因为有了上面我所说的那些难处，法医这个职业才更让人敬仰。我在一线工作了十年，然后来到这所学校教书，我希望能够带出更多法医。因为总是需要有人去为死者发声，去做那些事。

"孩子们，你们将会面对死亡，但我希望你们更能够知晓生的珍贵，去做一名好的警察，或者是法医。"

教室里响起了掌声，从最初的稀疏，到最后的轰然。

陆司语觉得丁老师这几句话说到了自己的心里。这节法医课和丁老师说的这些话，他觉得自己可以记一辈子。他终于明白了自己报考这个专业时内心的期望。

他想要搞清楚真相。他从不畏惧死亡，也不害怕那些尸体，甚至他期盼能够和那些尸体交流，听到他们的尸语。

法医专业的生活正式开始了。他们的课程分为基础知识课程和专业课程。每一天都很忙，有那么多的东西要背。

在学校里，陆司语是不合群的，他去找刘老师办了教师食堂的卡，除了上课时间，他尽量不和同学们相处，一个人吃饭，一个人去图书馆，一直独来独往。在繁忙的课业之外，他还会去旁听一些高年级的课程，他恨不得把自己所有吃饭睡觉之外的时间用学习填满。

在入学以后的两个月中，陆司语婉拒了几个要他微信的女生，还回绝了一封情书。

他的胃病犯了一次，吃不好是一方面，另一方面是因为他神经衰弱，总是噩梦缠身，宿舍里人多床窄，他经常整夜无法入睡。

过去的那段经历已经彻底摧毁了他的身体，这是他再要强、再努力也无法克服和弥补的。那些创伤在内部，他甚至无法证明给别人看。

他和常人是不同的，陆司语不认为这些是他应该忍受的，他是来求学的，理应让自己过得舒服一些。只是一时之间，他也没有找到很好的解决方法。

在学校里，陆司语偶尔会看到一些不怀好意的目光。他偶然上了一次学校的BBS，才发现在匿名区自己被挂上了"墙头"，里面放了一些他的照片和他做过的事。

陆司语还发现，自己好像成了班里男生的假想敌。

帖子开头看上去是无意的，后面就越来越离谱儿。他的书丢过，鞋子被人弄湿过，有人在他的身后指指点点，甚至还有一些谣言也传了出来。

陆司语不介意，但是并不代表他对这些无动于衷。

一天下课，陆司语忽然叫住了薛童："薛童，我想和你聊聊。"

　　薛童有点儿意外："陆司语，你找我什么事？"

　　陆司语平心静气："就想请你吃个饭。"

　　薛童疑惑："你是想要借吃饭来做什么，还是想贿赂我？"

　　陆司语道："你不敢？"

　　薛童一挑眉："敢。"

　　他们虽然是上下铺的同寝室同学，但开学这么久了，也没说过几句话。

　　薛童对等着他的几名同学做了个手势让他们先走。他回过身看着清秀的陆司语，撇了下嘴，最后还是跟着他走了。

　　晚上六点的校园里，晚霞浸染，到处是刚下课的学生。

　　两个人顺着操场一路穿行而过，相隔半米，一路无言。

　　他们最后来到了校内的一个小炒店，陆司语找了个包间，点了几个最好的菜，还专门点了几瓶啤酒。

　　等酒和菜都上来，吃了几口，陆司语才开口问："薛童，之前在 BBS 上关于我的帖子，发帖人是你吧？"虽然那是一个匿名区，可是想要查找用户的话，只要懂一些技术也并不是什么难事。

　　薛童点头认下来："对，是我发的，我敢做敢认。而且我没有造谣，说的是实情。"

　　"我知道，在里面反驳他们的，也是你吧？"陆司语轻声问。

　　薛童"哼"了一声："我是告诉他们你是怎样的一个人，又不是为了造谣抹黑你。有说得太过分的，我自然要反驳了。今天我当面告诉你，我纯粹就是看不惯你高高在上的样子。对，你成绩好，家世好，可是我并不觉得这些是你高傲的理由。"

　　话说到这里，他抬头看向陆司语："所以你今天找我来干什么？兴师问罪，还是要把我做的这些事告诉老师？"

　　陆司语摇摇头道："没有，我只是印证一下我内心的想法。"

　　薛童听到这里，满脑子的问号，他到现在还不知道陆司语想要干什么。这种一头雾水的感觉，让他有点儿不爽。

　　陆司语继续说："薛童，我觉得你不是个坏人。我觉得你只是在发泄心里的怨气，还有恐惧。"

　　薛童正喝着的一口啤酒差点儿呛出来："你胡说什么？我好得很，哪里有恐惧？！"

　　陆司语不慌不忙道："我看得出来，你不喜欢法医专业。你选择这个专业，是因为掉了档对吗？而你不复读，也是因为家里没有钱让你复读，你看中法医是个铁饭碗，可是你的生理反应是作不了假的。"

薛童不适合做法医，也做不了法医，他看到那些图就会恶心，每次上完课，陆司语睡在下铺，都可以感觉到上铺的他在不停地翻腾。

才开学两个多月，薛童整个人就瘦了八斤，这还是没见过尸体的时候。

一想到那些尸体，他就濒临崩溃。等见到了尸体，他会被逼疯的。

这些事情，和薛童关系好的那些同学都没有发现。薛童也没有想到，陆司语竟然发现了，而且还约他出来谈话，把真相分析给他听。

薛童承认他有点儿针对陆司语，这是有一种妒意存在的，他不理解这个人为什么处处比他强，而又能够那么淡然。他是寝室里第一个和陆司语打招呼的人，但是得到的却是冷漠的回应。

薛童被点透了心思，有点儿不适应，他又喝了一口啤酒道："你到底想要干什么？"

陆司语低下头道："我想你应该比我还要清楚你不适合这个专业。作为室友，我建议你遵从自己心里的意愿，退学。"

薛童骂了一句："就算我想要退学，那也是我自己的事情，关你什么事啊！你找我来就是为了说这些？也太多管闲事了吧？"

陆司语抬起头看向他道："在你退学之前，我希望你变本加厉地针对我，最好能够把这件事情闹到学校那边去。"

薛童傻了，他第一次见到有人会提出这样的要求，仿佛在看一个怪物一般看着眼前的人道："我说，你没疯吧？你要不要去看看精神科？"

陆司语不说话，他拿出一旁的一个袋子，从里面掏出五万块钱。

"我是认真的，这是五万定金，如果你可以做到的话，我还会给你五万。拿着这十万块钱，你可以回去复读，读你想学的专业，考你喜欢的学校。"

薛童看向他，满脸疑惑道："你是有钱烧的吧？你还想拿钱和我做交易？我才不稀罕你的钱，你得告诉我，这究竟是为什么？"

陆司语看向他道："这件事我没有和别人说过，但是我想，今天我是可以告诉你的。我小时候家里出了事，我爸妈，还有我哥哥都因此去世了，我也住了好久的院。从那以后，我的身体就不太好，我不能吃一点儿冷硬的食物，时常失眠，有时候又会莫名嗜睡。我根本无法适应寄宿生活，每一天都度日如年。可是那些事情，我不想告诉老师，也不想告诉其他同学，我不希望别人带着同情的眼神来看我。"

他肯告诉薛童，也是因为他知道，薛童留不下来。

薛童愣了一下："你的意思是……你家里人都去世了？"他是曾经针对过陆司语，但是当他听到了陆司语的遭遇后，他又有些同情陆司语。他是家境贫寒，但是他还有爱他的家人；而眼前的这个人，却什么都没有了。

"我是跟着奶奶长大的……有时候我宁愿我没有那些钱，也想要换回我的家人。"陆司语继续说，"你说我孤僻也好，高傲也好，那些我都承认。我早就不会和正常人交流了。我想，如果有人针对我这件事闹大以后，我可能有机会向老师申请搬出学校住。你……愿意帮我吗？"

在陆司语看来，能够用钱解决的问题都不是问题。如果花钱可以节约一些时间，让他过得好一些，那为什么不可以？

薛童想了一下，问他："你是因为家里的事情，才读这个专业的对吗？"

陆司语点了一下头道："我想要找到那些真相。"

薛童道："我明白了，怪不得，你的眼神看起来就和我们这些人不同……你从不属于我们，你是独立的，以后也会有所成就。希望你可以找到你想寻找的真相。"

那一晚，陆司语并没有喝酒，薛童喝完了六瓶啤酒后，发着酒疯，又哭又笑："你们这些有钱人，真的以为钱是万能的吗？！我告诉你，你买不来我的尊严！小爷我只做自己喜欢的事！

"我只是现在暂时不适应，等我克服了，等我能面对那些了，我就能成为最强的法医！

"我从小到大，那么多的难关都熬过来了，怎么会不如你这个小白脸？！"

再后来，薛童酒醒了，他装着五万块钱，存进了银行卡，回到了宿舍。

他注销了自己的 BBS 匿名账户，也删除了之前的帖子。

他的确念不了这个专业，他向现实妥协了。

既然都下定决心要走了，他又很需要这一笔钱，为什么要和钱对着干呢？

一个月后的一天夜晚，陆司语被薛童带头锁在了解剖室里，他们还拿走了他的手机，拉了电闸。如果换作其他学生，遇到这样的情况，应该是惊恐的、害怕的，可是陆司语却不畏惧这些。

那一天，解剖室正好运来了一具新鲜的尸体。陆司语在解剖室里找到了蜡烛和火柴，他点燃蜡烛，借着烛光观察着尸体，感觉自己好像是十六世纪那些围着烛光检验尸体的医生。正是那些人点燃了现代医学的星火，拯救了数以万计的生命。

安静的夜晚，陆司语却感觉到了激动和兴奋。

尸体是被尸检过才运过来的，已经被缝合好了。陆司语不满足于只是看着那具尸体，而是拿起了解剖刀，一点一点划开了缝合的线。

陆司语永远记得，那是他触碰到的第一具尸体。

那是一名老者，男性，年龄在七十岁左右，他的皮肤干瘪，面部和手背上有一些老年斑，老人十分清瘦，脂肪很少，胸腹微陷。

这是一具完整的尸体，陆司语摸着冰冷的尸身，仔细地看着他，像是在与他对话。陆司语思考着，他生前会是一个怎样的人，过着怎样的生活，有着怎样的人生。

老人的手上有一层薄薄的茧，那应该是一双灵巧的手，他的指缝里有一些机油，闻起来还有一些淡淡的味道。他可能是一名工人。

解剖刀所到之处，分开了他的血肉皮骨，陆司语按捺下心中的激动，凝视着那些内脏，看着血管的走向。

从死亡的瞬间开始，尸体就开始变化和腐烂了。凝血、尸僵、尸斑以及诸多的生理现象开始一一出现。书本看得再多，也没有亲眼所见来得直接。陆司语丝毫不感觉恶心，反而觉得无比神圣。

大自然的生物如此神奇，尸体里面是每个人都有的脏器，只是现在，它们停止了运转。

根据胃容物可以测算出，死亡的时间大约是夜间两点。

陆司语很快就找到了他的死因，心脏看上去有些不同，心肌有大片的坏死区，心血管几乎完全堵塞了——老人死于大面积心梗。

整个过程应该很快，老人没有受到太多的痛苦。

陆司语记得丁老师说，如果有一天他死了，那么他会选择捐献遗体，让那些年轻人能够对着自己的身体好好研究，探索生理的奥秘。

这是一句伟大的承诺。

尸体是医学者最好的老师，而死亡亦是每个人必须经历的一步。

陆司语独自待在解剖室里，完成了所有的观察后，学校派来寻找他的老师这才姗姗来迟。陆司语还曾想过是否要做开颅检查，后来他觉得这是他第一次开颅，可能会做得不太好，把尸体破坏太多的话，就没法给老师讲课用了，这才作罢。

所有师长都对陆司语满怀歉意，他却并没有太多的表示。陆司语很快就接受了校方和薛童的道歉，甚至他还为薛童求情，请学校不要给他处分。

事情的处理结果是薛童扛下了所有事，选择自动退学。

学校怕把这件事情闹大，选择了息事宁人的处理方式，他们觉得陆司语非常通情达理。当老师问他是否需要什么补偿时，陆司语提出了校外居住的请求。这件事得到了校领导批准，他最终如愿以偿搬出了学校。

　　在这件事之后，陆司语终于过上了不住校的生活，每天下午的课上完，他就可以回家做饭，休息。

　　虽然有点儿忙碌，但是比之前的宿舍生活要好上太多了。

　　后来陆司语还向同学们询问薛童的后况，他重考之后，上了经商管理学校，毕业后进入了一家大型的出租车公司，几年以后进入了公司的管理层。

　　他们每个人都拥有了属于自己的人生。

　　如果在大三的时候没有遇到吴老师，陆司语将会成为一名成熟的法医，这一生都会和那些尸体打着交道。

　　可就是吴青的出现，改变了他的选择，也改变了他的一生。